阅读俄国 Читай Россию

果戈理
神秘的浪漫
与现实

于明清　著

人民东方出版传媒
東方出版社

“阅读俄国”丛书编委会

“阅读俄国”丛书总序

中俄两国互为最大邻国,两国已有数百年交往历史,在这数百年间,从《尼布楚条约》(1689)奠定两国边境地区百余年的相对安宁,到《瑷珲条约》(1858)使俄国得以窃取中国大片领土,从康熙1708年在北京设立“俄文馆”,到叶卡捷琳娜女皇18世纪下半期在俄国兴起“中国热”,从“十月革命一声炮响,给我们送来了马克思列宁主义”,到20世纪50年代的中苏“蜜月时期”,再从之后不久爆发的中苏“意识形态论战”和“珍宝岛事件”,到中国改革开放后中苏关系的“正常化”……中俄两国的关系起伏跌宕,风风雨雨,直到近年,在中俄两国建立“全面战略协作伙伴关系”之后,两国领导人才在不同场合多次重申,中俄两国关系现处于历史“最好时期”。在这样一个历史时期,我们有必要进一步强化我们对俄国的了解和研究,而这一切的前提和基础,无疑就是对俄国的深入“阅读”。

阅读俄国,首先就要阅读它的文学和文化。俄国作为欧洲大陆一个相对后起的国家,其文学在19世纪中期的勃兴和繁荣对于俄罗斯民族意识的觉醒和俄罗斯国家的崛起发挥了至关重要的作用,并因而催生出俄国文化中的“文学中心主义”现象。以普希金为代表的俄国文学“黄金时代”和19—20世纪之交的俄国文学“白银时代”交相辉映,而在这两个“时代”的相交处,则耸立着由陀思妥耶夫斯基、托尔斯泰和契诃夫的创作构成的世界文学史上继古希腊罗马文学和莎士比亚之后的“第三高峰”。文学以及以文学为核心构成和内在动力的文化,向来被视为俄罗斯民族最珍贵的国家财富和精神遗产。

这套“阅读俄国”丛书便旨在诉诸这笔财富,陆续推出一批以俄国文学和文化为对象的翻译和研究成果。本丛书将以三个“开放性”为编选原则和出版愿景:首先是选题的开放性,本套丛书以俄国文学为中心,同时辐射至俄国文化的各个领域,包括俄国的语言、哲学、宗教、艺术等,只要是有助于我们理解俄国和俄国文化的成果,均可纳入。其次是出版形式的开放,本丛书不设固定数目,没有固定时限,成熟一本推出一本,所选书目将分别列入三个系列,即“俄国人文著作翻译系列”、“俄国文学经典作品翻译系列”和“俄国研究著作系列”,后一系列着重推出中国学者的相关研究著作,以期赢得翻译和研究间的平衡,实现中国学者和外国学者间的对话。三是译者和作者队伍的开放性,本丛书由首都师范大学立意推出,编委会由首都师范大学的俄国研究学者组成,但本丛书的选题则面向全世界的同行作者,翻译工作则仰仗全中国的优秀译者。

让我们共同努力,创建一座“阅读俄国”的专业阅览室,一家“阅读俄国”的读书俱乐部。

“阅读俄国”丛书编委会

目　录

前　言

果戈理在俄罗斯文学进程中的巨大作用是无法忽视的。别林斯基将他誉为普希金逝世之后俄国“文坛的盟主,诗人的魁首”。他开拓了俄国散文的新时代,奠定了批判现实主义文学的基础。“果戈理时代”“果戈理流派”“果戈理现象”这一系列概念的提出说明他对俄罗斯文学发展的影响之深远。作家去世至今已经160余年了,但他的精神依旧延续着。19世纪的“自然派”作家发扬了他创作中的现实主义手法。19世纪末20世纪初“白银时代”的文学家开掘了他作品中的宗教神秘主义因素。果戈理的文学遗产取之不尽,用之不竭,每经历一次“重读果戈理”浪潮的洗礼,人们对他天才的了解就更深一层。

在中国,对果戈理的研究始于鲁迅先生。早在1907年,他就注意到“19世纪前叶,果有鄂戈理者起,以不可见之泪痕悲色,振其邦人……”[①]自1920年起,果戈理的作品开始陆续被翻译成中文,他的创作对中国新文学的发展产生了一定的影响。当时的中国文

① 赵瑞蕻:《鲁迅〈摩罗诗力说〉注释·今译·解说》,天津人民出版社1982年版,第13页。

人研究和译介果戈理的创作主要是从爱国主义角度出发,借其犀利的笔锋,抨击当时中国黑暗的官僚制度,唤醒中国民众的自觉意识。因此,作家作品中对现实深刻的批判、辛辣的讽刺、含泪的笑备受称誉,与此同时,他笔下那个光怪陆离的神秘主义世界却没有落入受众的视野之内。长期以来,果戈理主要作为批判现实主义的奠基人,“自然派”的鼻祖而被中国读者所接受。苏联解体之后,“白银时代”的研究也成为国内学界研究的热点,同时,这轮研究带动了从宗教哲学角度看待果戈理创作的热潮。果戈理神秘主义大师的身份逐渐得到认可,他笔下的神奇世界越来越受到重视。

以上两种解读果戈理的方法都有合理之处,但是,对大师的阅读是永无止境的。远古时期的神话浸透着千百年历史凝萃的人类精神,至今仍绽放光辉;唯美的艺术品随着时间年深日久的沉积愈发显得弥足珍贵。文学作品也是一样,对经典的每次重读都会为其注入新的时代内涵。作为一位对俄罗斯文学的发展举足轻重的作家,果戈理的影响并不局限于19世纪俄罗斯文学,而是对当代,乃至未来的世界文学都有着深远的影响。较系统、全面地思考果戈理创作的整体性特征,为其注入我们的时代、文化特征是有重要意义的科研工作。

果戈理是19世纪俄罗斯现实主义文学的奠基人,但他的文学之路起步于浪漫主义。在重诗歌、轻散文的俄国浪漫主义文学及其研究中,果戈理的创作并没有得到充分的认识。他的浪漫主义创作始于长诗《汉斯·古谢加顿》,但由于作品遭到恶评,对自己要求甚高的果戈理将所有出版的书籍从书店取回,付之一炬。之后,他将创作的焦点聚集在民间故事的搜集和整理中。他向母亲、妹妹求援,要求她们为自己尽可能多地提供乌克兰民间故事题材。并在整理民间传说基础上进行再创造,完成了短篇小说集《狄康卡近乡夜话》和《米尔戈罗德》。这两部作品在内容和结构上都具有深刻的浪漫主义烙印。

欧洲浪漫主义流派中,注重民间故事搜集、整理工作的还有德国海德堡浪漫派的代表格林兄弟。他们对世界文学最杰出的贡献之一是伟大的《儿童与家庭童话集》,也就是今天几乎世界各国儿童必读的《格林童话》。格林兄弟生活在19世纪早期,当时神圣罗马帝国刚刚解体,现代的德意志民族国家还没有出现。39个中小国组成的邦联影响德意志人民的统一。渴望形成一个德意志民族认同感是激励兄弟俩写作的要素,而整理民间故事就是为了形成民族认同感,发扬民族精神。果戈理怀着报效祖国的热忱来到彼得堡,看到的是十二月党人起义之后的白色恐怖。俄法战争期间高涨的民族热情已经被严苛的政局消磨殆尽。俄国人民有国家而无祖国,俄国有国民而无公民。振兴民族精神,形成民族认同感在果戈理看来是复兴俄国的重要一步。在这一点上,他整理民间故事的目的与海德堡浪漫派是相通的。事实上,果戈理与格林兄弟的共同点不止如此。格林兄弟认为,语言也是阻碍德意志民族统一的障碍,他们于1838年开始编纂《德语词典》,直至去世才完成"A"到"F"的部分,1860年,这部长达33卷的词典终于完成。19世纪初期,也是现代俄罗斯标准语的最终形成阶段。果戈理收集了大量民间俗谚语、民间诗歌,并选取来自底层的养蜂人鲁德·潘柯为讲述人,形成平民化的语言模式,这些无疑都为现代俄语的形成做出了贡献。

《狄康卡近乡夜话》和《米尔戈罗德》的民间文学来源并不仅限于创作题材、叙事语言,还包括作品的叙事模式。作品采用了与民间故事相同的叙事结构。俄国民俗学家普罗普(В. Я. Пропп)1928年出版《故事形态学》一书,他预先设定"神奇故事"的定义,并提出“故事形态学”的相关理论。我们在探讨果戈理这两部小说集的叙事模式时，发现其结构符合民间故事的叙事模式。从而证明，果戈理作品对民间故事的运用并不局限于内容层面，还涉及结构层面。民间故事是浪漫主义文学的重要创作源泉。根据以上种种可见，果戈理的浪漫主义创作并不是浅尝辄止，而是深得19世纪浪漫主义文学的精髓，并能与当时的欧洲文学接轨。果戈理不仅是现实主义大师，也是一位杰出的浪漫主义大师。民间文学题材的选择既受浪漫主义大潮的影响，也表现了在民族意识高涨的年代，作家对真正民族文学的渴望。神奇故事结构更对果戈理的后期创作产生了深远影响，是其作品中魔幻世界稳定的结构支撑。

当然，在正视作家的浪漫主义因素的同时，我们必须承认，果戈理创作的顶峰，他对世界文学的最大贡献是他在俄罗斯现实主义的奠定和发展中做出的伟大贡献。19世纪，俄罗斯成了现实主义文学的中心之一，20世纪则是现实主义文学的主要阵营。以果戈理为核心的“自然派”作家是19世纪40年代现实主义创作的中坚力量，他们奠定了现实主义文学在俄国长期发展的根基。自然派集中了包括屠格涅夫、陀思妥耶夫斯基在内的俄国现实主义文学中坚力量，发展了精雕细刻的现实主义手法，引导了俄国文学的平民化走向，深化了文学对社会批判的力度，在俄国现实主义文学发展中占有关键性地位。难怪屠格涅夫、托尔斯泰和陀思妥耶夫斯基都说自己是从果戈理的“外套”中走出来的。从“外套”中走出来的作家不仅数量大，后期的创作手法也多姿多彩，甚至可以说风格迥异。因为造就他们的“外套”是博大庞杂的。果戈理的创作中既有现实主义文学的典型特征，也有他丰富的个性化特征。在他的现实主义作品中，果戈理特色的神奇故事依旧存在，果戈理神鬼过界的民间故事创作风格依旧发挥着批判现实、针砭时弊的作用。

果戈理在引领俄国文学面向社会现实的同时，也用充满幻想、象征、联想、虚构等隐喻性修辞手法的个性化创作开创了俄国文学的新传统，即变现实为想象又不失其真实。这是果戈理宗教情结在作品中的反映，也是在当时的社会状况下，“在猫爪子底下唱歌的夜莺”不得已的选择。19 世纪文坛上，萨尔蒂科夫-谢德林、陀思妥耶夫斯基继承了果戈理的传统，20 世纪的布尔加科夫、托尔斯泰雅将这一传统继续发扬。2010 年第 19 届俄语布克奖获奖作品《鲜花十字架》延续了果戈理风格，作者叶莲娜·科利亚金娜本人也尊称果戈理为“文体之父”。

别林斯基是果戈理的文学挚友，正是他的支持才造就了自然派作家人才济济的盛况。《死魂灵》第一部被别林斯基认为是俄国现实主义文学的巅峰之作，但第二部却成了果戈理与以别林斯基为代表的革命民主派的分水岭，自此，两位文学挚友渐行渐远，水火不容。《与友人书简选》尚未完全面世，便遭到别林斯基的迎头痛击。别林斯基认为，果戈理是伟大的现实主义作家，晚年陷入宗教神秘主义误区，导致创作源泉枯竭。果戈理被神秘主义毁灭这一定论主导了学术界多年。事实上，作家失声，对自己的作品没有诠释权，在 19 世纪上半期愈来愈高的革命呼声中是司空见惯的事情。同样遭到误读的还有屠格涅夫，在与杜勃罗留波夫就长篇小说《前夜》的论战中，作为作品缔造者的他并没有占上风，黯然退出了《现代人》的阵营。

宗教神秘主义与浪漫主义、现实主义不同，并非一种席卷全欧的文艺思潮。它是教徒信奉神灵的观念意识，是宗教的深层精神基础。果戈理创作中的浪漫主义和现实主义具有阶段性特征，尽管我们很难把一个作家的创作简单地分割成两个不同的阶段，但是，果戈理早期作品中的浪漫气息较浓，而后期作品则更写实，这是毋庸置疑的。相对于浪漫主义、现实主义两种创作手法而言，宗教神秘主义作为一种思想倾向，一种教徒固有的思维模式，贯穿果戈理一生的创作之中。更准确地说，是贯穿果戈理的整个人生之中。不管别林斯基在评价《死魂灵》第一部时给了果戈理多么崇高的声望，果戈理始终坚持一点："我是主创造的，主没有向我隐瞒我的使命。我降生人世，完全不是为了开辟文学领域的一个时代。""我的事情是心灵和人生的永久事业。"①尽管微弱，但果戈理一直在强调，自己为之奋斗一生的事业是主的事业，而不是别林斯基所说的革命事业。抛开宗教神秘主义，我们就失去了整体性欣赏果戈理作品的基点。

对浪漫主义、现实主义研究的主要方向是果戈理的创作主题、艺术手法，而对宗教神秘主义的研究重心是作家的创作心理、思想意识。果戈理是一位笃信基督达到狂热的教徒，他的所思所为，包括他的许多作品都笼罩在一层神秘的色彩之中。他笔下那个可信而不可能的世界事实上是他内在神秘主义精神生活的一种外化，也只能用神秘主义的敏锐触角去探查体会。果戈理是最神秘的俄罗斯作家之一。他的创作已超越了文学的界限，带有改造和净化社会生活的意图。因此，"果戈理不仅属于文学史，而且属于俄国宗教史和宗教——社会探索史"②。果戈理为俄国社会设计的出路是走出地狱、经过炼狱、到达天堂的宗教之路。果戈理是一位伟大的幻想家，在他整个的生命历程中，他始终在用作家果戈理的全部创作和教徒果戈理的全部狂热去找寻人间的上帝之城。由此可见，在分析果戈理的作品时，宗教神秘主义的角度也许并不是全能

① ［俄］果戈理：《与友人书简选》，任光宣译，安徽文艺出版社1999年版，第120页。

② ［俄］别尔嘉耶夫：《俄罗斯思想》，雷永生、邱守娟译，生活·读书·新知三联书店1995年版，第79页。

的，但却是必不可少的。

果戈理的生活经历是复杂的。他出生、成长在充满神奇色彩的小俄罗斯，却生活在迅速物化、迅速资本化的彼得堡。他认定自己是肩负上帝使命的圣徒，却无奈地成为最卑微的官场刀笔吏。

果戈理的创作是复杂的，他在浪漫主义与现实主义更替的文学大潮中走向成熟，用一笔一画，精雕细刻的白描手法，去篆刻自己想象中那个光怪陆离、虚无缥缈的世界，用以实现对黑暗沙俄帝国的反讽。他着眼于19世纪俄罗斯的社会现实，却寄希望于以上帝之城的再度来临解决社会矛盾。

果戈理的生平与创作具有鲜明的个性特征，也具有丰富的时代特征。现实主义文学讲求塑造典型环境中的典型性格。政教合一的历史，落后的社会模式，历史进步的大背景，俄罗斯文化传统中的弥赛亚意识，所有这一切都让19世纪俄罗斯充满着动荡不安的情绪。不仅果戈理，很多19世纪的作家都在积极寻求拯救俄国之路，托尔斯泰如是，陀思妥耶夫斯基如是，别林斯基亦如是。在俄罗斯将何去何从的问题上，这些社会的良心有的走上革命道路，有的诉诸灵魂世界。果戈理、托尔斯泰、陀思妥耶夫斯基等将个人道德的完善视作解决社会问题的方法，别林斯基、车尔尼雪夫斯基、卢那察尔斯基等则将社会进程的质变看作解决问题的方法。两派水火不容，但是我们应该认识到，不管采取任何方式，作家们在为俄罗斯社会服务过程中体现的牺牲精神、公民热情都是不容置疑的。

认识果戈理，要正视他的浪漫主义情怀，要正视他的现实主义批判，要正视他的宗教神秘主义精神特征。这三种元素如三位一体般清晰地烙印在作家的创作之中。它们互为补充，构造出果戈理复杂的艺术世界。果戈理的复杂令研究者困惑、畏惧，却又无限向往。毕竟不丰富、不博大，就无从复杂。我们将从浪漫主义、现实主义、宗教神秘主义三个层面观察果戈理的生平与创作，体会果戈理作品中清晰质朴的语言、扑朔迷离的情节、坚定执着的信仰、不拘一格的叙事模式，以及这种质朴与繁复背后隐藏着的热情洋溢的爱国精神、坚不可摧的宗教信仰。

本书得以顺利出版，要感谢刘文飞先生的指导，感谢“阅读俄国”丛书编委会的支持。

此外，中国国家图书馆馆员李金涛，首都师范大学博士后王玉珠，博士生于明鑫，硕士生张孝菊等人参与本书部分章节的编写和校对工作，特此说明，并向他们致以真诚的谢意。

第一章

果戈理与浪漫主义

浪漫主义是对启蒙时代以来的贵族和专制政治文化的颠覆，以艺术和文学反抗对自然的人为理性化，是主观激情的爆发，是民族意识的觉醒。浪漫主义带有强烈的自由主义、民族主义倾向。民间艺术的采集和整理是浪漫主义对所谓高级文体的反驳，是其反对以阶级地位限定人的本性的重要手段，是浪漫主义流派爱国激情的集中表达。在搜集民间故事资料，抒发浪漫主义激情方面，最有代表性的是德国的海德堡浪漫派。1805 年左右，一批聚集在海德堡的作家创办文艺刊物《隐士报》，以此为阵营发表评论文章和文学作品，形成的文学社团史称“海德堡浪漫派”。以阿尔尼姆、格林兄弟、布伦塔诺等为代表的“海德堡浪漫派”与“耶拿派”相比显得更为实际，也对德国知识界产生了更大的影响。“海德堡浪漫派”重视民间文学，大量采集民歌和童话，整理文化遗产，期望借此复兴伟大的德意志民族精神。阿尔尼姆和布伦塔诺收集编写的民歌集《儿童的奇异号角》，格林兄弟的《儿童与家庭童话集》（又名《格林童话》）都是对德国民族文学的重要贡献。果戈理毕生的创作和使命都围绕着复兴伟大的俄罗斯民族精神展开，这也是在具有强烈“弥赛亚”意识的俄罗斯很多哲学家、思想家、作家毕生追求的理想。当果戈理怀着振兴祖国，复兴民族的热望来到彼得堡时，他的目的与“海德堡浪漫派”不谋而合，因此，搜集整理民间文化是作家眼中最合理的手段。果戈理出生、成长在俄国最富有传奇色彩的“小俄罗斯”，即乌克兰，故乡丰富的民间文学作品、母题、原型都是果戈理搜集整理的目标，在此基础上形成了他的浪漫主义小说《狄康卡近乡夜话》和《米尔戈罗德》。值得称道的是，果戈理的浪漫主义小说不仅在主题和原型上集中了俄国民间文学的元素，而且在结构上也保持了民间故事的写作结构。如此对民间风俗、民间文学深得神髓的整理和留存是果戈理对于俄国浪漫主义文学，也是对世界浪漫主义文学的巨大贡献。

第一节　果戈理早期小说中的民间文学主题

世间万物都由基本元素构成，五彩斑斓的颜色可以归结为红、黄、蓝三原色，变化万千的物质世界其组成元素不过是周期表上的118种，复杂的计算机语言其实只是0和1构成的二进制，同样，看似天马行空、变化无端的神话世界，也可以归结为不断重复的母题。

“母题”一词，来自于英语词汇“Motif”的音译，是指某种事物（特别是艺术作品）的基础和主要组成部分。在民间文学研究层面上，“指的是一个主题、人物、故事情节或字句样式，其一再出现于某文学作品里，成为利于统一整个作品的有意义线索；也可能是一个意象或原型，由于一再出现，使整个作品有一脉络，而加强美学吸引力；也可能成为作品里代表某种含义的符号。”①

作为民间叙事文学作品内容的最小元素，母题“既可以是一个物体（如魔笛），也可以是一种观念（如禁忌），既可以是一种行为（如偷窥），也可以是一个角色（如巨人、魔鬼），它或是一种奇异的动植物（如会飞的马、会说话的树），或是一种人物类型（如傻瓜、骗子），或是一种结构特点（如三叠式），或是一个情节单位（如难题、求婚）。这些元素有着某种非同寻常的力量，使它们能在一个民族的文化传统中不断地延续。它们的数量是有限的，但是它们通过各种不同的组合，却可以变化出无数的民间文学作品”②。

《狄康卡近乡夜话》和《米尔戈罗德》均属于果戈理的早期创作。小说集《狄康卡近乡夜话》出版于1831至1832年间，《米尔戈罗德》面世于1835年。在扉页的题词上作家声称，“《米尔戈罗德》中的故事是《狄康卡近乡夜话》之续篇”，也就是说，果戈理很清晰地指出了两部小说集之间的关系。当我们通读了两部小说集之后，就会发现《米尔戈罗德》中最接近于《狄康卡近乡夜话》的就是《维》，因为这篇作品不仅具有如《狄康卡近乡夜话》的神秘性、童话性，并且同样都细致地勾勒出了“小俄罗斯”各个社会阶层日常生活的各个方面。因此我们把《狄康卡近乡夜话》和《维》作为主要研究对象，因为他们都描绘出了“小俄罗斯”生活的丰富多彩，普通老百姓对自由、真善美生活的渴望，并且都选用了民间传说的资料来创造果戈理独具特色的神秘

① 李达三：《比较文学研究的方法论》，台北联经出版公司1982年版，第391页。

② 陈建宪：《神话解读：母题分析方法探索》，湖北教育出版社1997年版，第22页。

世界。

无论是在俄罗斯的古典文学还是当代文学中，民间故事母题都拥有不可忽视的地位，它比书面语起源更早，深深地扎根于斯拉夫民族的民间文学和神话体系中。果戈理在小说集《狄康卡近乡夜话》、《米尔戈罗德》里把乌克兰民间故事母题大量移植到自己的作品当中，使得小说在纵深上继承了悠久的基辅罗斯文化传统，在横向上与全欧如火如荼的民族意识觉醒大潮产生共鸣。果戈理作品中神秘的情节来自神话和民间传说，又与民间传说中的原型有所区别，它们与现实的日常生活相互作用，展示亦真亦幻的小俄罗斯风情。

果戈理的创作并不是《格林童话》般对民间故事的整理，他借民间文学母题中沉淀的民族历史环境文化来展示当代乌克兰的风貌特征，但这种历史积淀有时对现代人来说会难以辨别。维谢洛夫斯基（А. Н. Веселовский）认为，民间传说通过特殊的方式来反映社会、信仰等各个方面发展的不同阶段。有一些民间传说中的内容、主题和形象是不为现代人所理解的，产生这种“不理解”的原因有很多，根本原因在于人类的世界观、处世态度和语言世界文化图景的迅速变化。民间传说并不把准确无误地记录历史和社会文化的现实作为目标，因此其中的一些话语、场景或主题在很大程度上可能会发生变化，这就给我们真正认识其本质造成了困难。

为了将民族历史中长期积淀、不断变异的母题与 19 世纪乌克兰乡村的现实生活融为一体，果戈理利用大量的民俗文化因素，营造狂欢节的气息，配合乌克兰民间传说中固有的母题，实现民间故事与现实生活相结合的目的。“狂欢化”这一文化美学及诗学命题是巴赫金提出来的，是指一切狂欢节式的庆贺、仪式、形式在文学体裁中的转化与渗透。通过对果戈理的研究，巴赫金深化了他对狂欢化问题的思考。这些在他的《拉伯雷与果戈理——论语言艺术与民间的笑文化》《讽刺》《果戈理之笑的历史传统和民间渊源问题》中有所显示。巴赫金指出，大量民俗文化元素构成了果戈理作品的狂欢化特征。乌克兰民间节庆生活和集市生活是这部小说中重要的组成部分。小说各章节的标题融入了“圣诞节”“圣约翰节”“复活节”等大量的民间节日文化，同时，“五月之夜”“索罗庆采集市”都以集市生活作为主旋律。在小说中，各种与节日相关的迷信、自由欢快的气氛使得生活脱离了常轨，带来狂欢节的气氛。作家在小说中坚持正义必胜的观点，邪不胜正带来民间正义主题的确立。此外，小说中描写的吃喝的酒席、甜蜜的爱情与婚礼都带有狂欢节的色彩。通过对乌克兰民间民俗文化的发掘，果戈理研究建立了一个蕴含丰富的民间文化宝库，使得自己小说的狂欢化问题从一开始就奠基于本土化的民间文化语境之中。

尤里·曼恩（Ю. В. Манн）针对果戈理作品中的民间传说习俗进行了细致的研究，为我们提供了另一个非常重要的范畴。该范畴具体体现在对艺术作品影响颇深的民族笑文化当中。分析果戈理作品中的各个要素，可以看出我们即将研究的小说集《狄康卡近乡夜话》和《米尔戈罗德》中的《维》正是在狂欢化的基础上统一起来的。

尤里·曼恩指出，在果戈理早期浪漫主义的作品中读者往往会体会到种种规范在被破坏，“从社会规范、道德规范，直至伦理规范。这是角色的设置，但是同时又伴随着选择的时间点设置(集市，五月的游行或者是圣诞节前夜)，在这一时间点人们之间传统的联系方式停止了，新关系的世界产生了，这个世界中没有社会和道德（我们暂时只提到这两种）规范”①。因此，我们可以说，在作品中所有传统规范的破坏是狂欢化的体现，而在这种破坏中也表现着民间传统习俗。

狂欢化的时空被巴赫金确定为“快乐的地点”和“快乐的时间”，也就是说地点和时间的非比寻常是表现狂欢化的基本条件。在我们接下来要研究的作品中为了破坏传统的规范，这一条件总是被创造出来。“快乐的地点”如许多人聚集在一起狂欢的集市，或者是普通铁匠觉得非同一般的彼得堡。“快乐的时间”可以是圣诞节前夜，也可以是《维》中的假期，任何一个日历上的节日，或者是家庭的节日。

《狄康卡近乡夜话》和《维》中所表现出的民间文化习俗以现实存在的礼仪、风俗和信仰为基础，同时这些风俗又是建构于狂欢化的反映之上的，这种反映在非同寻常的时空中占据重要地位，并允许主人公破坏所有传统的道德规范，甚至逃离到可能的界限之外，来到另一个神奇的世界与鬼神沟通。果戈理向我们展示的艺术世界是丰富多样且矛盾的，在这个世界中有许多不同寻常的奇妙之物，这些奇妙之物并不影响所有这一切与作品中的社会生活细节的相互配合，而这些奇妙之物中有很大一部分就是民间文学的素材。

民间传说和文学紧密相连，相互影响。正如民间传说能够影响文学一样，文学对民间传说的作用也不容忽视，例如《船夫曲》等艺术作品，它们由作家创作出来，并被认为是具有民族性的民间传说而广泛流传。但是，如上文中所述，在民间传说素材向文学作品过渡的同时伴随着变形，这种变形增添了各种形式的评价

① Манн Ю. В. *Поэтика Гоголя*, М.: Художественная литература, 1998, с. 9.

和论断，从而使民间艺术带有作者本人的特点。普罗普指出："重新认识并不是一件容易的工作，因为变形可能已经达到了不为人所熟悉的程度，如果想要呈现其最初的形式，只有在掌握了相当一部分不同民族、不同发展阶段的资料之后才能进行。"① 他认为，在研究和具体解释文学中的民间创作元素时，准确地利用民族学资料也是十分重要的："民族学的资料很重要，但不仅是为了狭义上的词汇起源而研究，同时也为其发展而研究，因为物质和社会生活方式不仅决定着体裁、内容和主题的起源，同时也决定着它们的发展和改变。"② 风俗习惯、传统歌舞，甚至狂欢化的服饰毫无疑问都属于民族学的范畴。果戈理在对大量民间传说母题的运用中，也赋予了这些元素以新的生机和活力。狂欢化的情境、民俗元素的集中体现、民间故事母题的重复共同烘托出乌克兰人民本性中富于想象力的民族特征、邪不胜正的正义精神、欢歌笑语的愉悦生活，所有这些将成为新的历史积淀，凝结在各个母题之中，给后人对民间故事的认识增加新的层次。当然，所有这一切，首先是建立在果戈理敏锐的文学触感和对大量母题和民俗文化的搜集整理基础上的。别林斯基认为："在每一个民族的这些差别性之间，习俗恐怕起着最重要的作用，构成着它们最显著的特征。"③ 果戈理作品民族性的重要源泉之一，就是对民俗的再现。

一　《狄康卡近乡夜话》中的民间故事母题与民俗分析

如上文所述，《狄康卡近乡夜话》和《维》中的民间文学元

① Пропп В. Я. *Поэтика фольклора*, М. : «Лабиринт», 1998, с. 169.

② Пропп В. Я. *Поэтика фольклора*, М. : «Лабиринт», 1998, с. 165.

③ Белинский В. Г. *Полное Собрание Сочинений Том I*, М: академии наук СССР, 1953, с. 35.

素基础是表现为破坏各种规范、原则的狂欢节文化。小说有大量仪式的描写，仪式本身不具有任何实际意义，但却是已固定下来的社会关系的象征，是社会关系的直观表现和固定形式。仪式一方面经常与人的社会定位的变化有关，此类仪式包括成年礼、婚礼、葬礼等，另一方面又和与人相连的事件有关，例如，祈祷文、集市等。仪式可以划分为按日历的（也就是说重复的）和日历之外的（或者称之为家庭的）两种。每个仪式都具有各自的主题，或者是举办典礼的风俗和特征。应指出的是，占卜也是一种仪式，这种能够预见自己命运，建立与阴间世界沟通的渠道已经成为一种习俗，并且不止一次地出现在果戈理的作品中。

民间文学能够按照自身意义来历保留古老的形象，正是这种民间文学作品的意义可能才是果戈理最为看重的，接下来我们将简短地分析《狄康卡近乡夜话》和《维》，其目的在于更好地体会作者描绘的民间习俗。

• 讲述人鲁得·潘柯

《狄康卡近乡夜话》虽然并不是果戈理的第一部作品，却开启了作家创作的浪漫主义阶段，赢得了评论界的大量好评，从而比《汉斯·古谢加顿》带有更多的处女作意味。

果戈理在小说集的标题下面加了一个附笔“帕西奇尼克·鲁得·潘柯的小说”。可见，假托的讲述人鲁得·潘柯在小说中的地位举足轻重。潘柯是小说集中每个故事之间连接的纽带，也是连接古老的母题元素与现实生活的纽带。养蜂人鲁得·潘柯长着一头火红色的头发，修饰语“рудый”即“рыжий”（红黄色的、火红色的）。而“Рыжие люди”（红头发的人）在民俗中的意义是很特别的，出现在大量的诗歌、笑话、俏皮话中。俄罗斯人对红色的理解和中国人不同，基督教文化里的红色代表牺牲、血液和死亡，这常常使俄罗斯人联想到火焰、流血等，它在俄语中具有恐怖、警示和不安等文化内涵，如俄罗斯谚语：红头发红脸的人是危险的（Рыжие да красные——люди опасные）。这直接影响着象征派诗人的色系象征意义。勃洛克在《我预感到你的来临》中将红色形容为灾难性预感。别雷在《忠诚》里将红色作为恐怖的象征。"рыжий"在民俗中经常与阴间的事物联系起来。显然，小说中讲故事的人鲁得·潘柯被赋予的间接的作用和特有的知识体系是同样符合他的"职业"的。帕西奇尼克在民俗中常常是骗子、巫师；在农村人们对他（又如其他职业人员——铁匠、磨坊工、猎人和乐师）是崇拜的，但同时又是惧怕的，因此常常将他与妖精联系到一起。所以鲁得·潘柯在这种意义上实际上充当了"这个世界"和"那个世界"的中间人的角色。

鲁得·潘柯不仅是两个世界的中间人，也是彼得堡和狄康卡之间的中间人。他的叙述细致地表现着整个乌克兰民族生活与彼得堡上流社会的本质区别。绅士们的世界，对潘柯来说，是陌生的社会名流的世界。"说真的，像我们这些乡下人，要从穷乡僻壤把鼻子伸到上流社会里去——哎呀，老天爷——那就正像有时候走到一位大老爷的府邸里去一样：大家都来围住你，要弄你。要是上房里的仆人呢，——那倒也罢了，不呀，一个穿得破破烂烂的小鬼头，在后院里打理的家伙，也要来跟你麻烦；人们从四面八方向你顿脚，问道：'往哪儿走？往哪儿走？怎么了？乡下人，滚出去……'"① 作为农民阶级的代表，鲁得·潘柯对显贵并不恭敬，甚至公开讽刺他们的狂妄自大。在对上流的消遣与民间游玩进行了比较之后，他指出了民间日常生活的丰富多彩和普通百

① ［俄］果戈理：《果戈理选集》（第一卷），满涛译，人民文学出版社 1983 年版，第 5 页。

姓的感受："你们要是去赴跳舞会，那么，是去活动活动两条腿，用手掩住嘴打哈欠；我们的情形却不同，一群姑娘聚集在一家人家，根本没打算来跳舞的，她们手里拿着纺锤和梳子；起初仿佛一心一意干着活：纺锤喧嚷着，歌声荡漾着，大家连眼睛都不往旁边望一下；可是，只要小伙子们带着提琴手闯了进来，立刻就扬起了一片喊声，欢腾起来，跳起舞来，玩出这么许多花样，叫我说也说不尽。"①

鲁得·潘柯以准确幽默的民间语言深化了作品的民间故事特色，带给作品鲜活的艺术表现力。果戈理将讲述者的角色交给这位民间文化的代表，让他引人入胜地讲述了同村形形色色的奇闻逸事，从而使文学接近于生活。《狄康卡近乡夜话》的创作手法是多样的：这里既有日常口语的表达，乌克兰农民带着喜剧感的言语，同时又有民间诗歌的语调，在描写"可怕的"故事时又带着浪漫主义童话般的叙事语言，此外还存在着庄严文体，作家以多层次的问题来分别讲述民间迷信传说、奇闻逸事和历史故事所蕴含的诗意。

叙述者和叙述类型的更换创造了《狄康卡近乡夜话》相当整齐的结构，在这部小说集中每个小说在结构上都能找到自己的"孪生兄弟"。吉皮乌斯（В. В. Гиппиус）在小说集中分出了四种结构上的对称：

1）有着民族的"喜剧的，并非恐怖"的形式的两部小说。(《失落的国书》和《魔地》)

2）两部爱情短篇小说（《五月之夜》和《圣诞节前夜》），更为严肃地介绍了"圣洁之力与魔鬼的竞赛"。

---

① 《果戈理选集》(第一卷)，满涛译，第6页。

3）两部悲剧童话，其中所有试图与魔鬼抗争的人类都死去了。（《圣约翰节前夜》和《可怕的复仇》）

4）两部处于或几乎处于魔鬼学说之外的小说。（《伊凡·费多罗维奇·希邦卡和他的姨妈》和《索罗庆采集市》）

显然，潘柯讲的故事是按照其基本情调交替出现的。

不过，如果注意分析就会清楚：尽管在所有的小说中都有固定的占主导的基调，或是欢快，或是悲情，但是潘柯实际上在每篇小说内部已经做到了恐怖与可笑两种概念的平衡。

正如上文中提到的，果戈理尽量使妖精符合民间传说。这些人物之一就是《五月之夜》的投水女。她们的脸色苍白，身体云彩般透明，在月亮的银辉下显得通明透亮。在民间传说中的美人鱼正是这一形象。她们非常像有尾而无腿的美人鱼。正是她们有腿，并且正如文中描写的那样喜欢沿着河岸跳圆圈舞。所以果戈理说：这个人鱼公主是落水的少女。在这里，作家并没有违背民间传说的记载。人鱼公主的来源通常有以下几种：1）自愿走向河底的投水女；2）入水却没有画十字的姑娘；3）被人鱼公主诱惑去跳圆圈舞的姑娘。

同时，《圣约翰节前夜》中的一个民族情节出现了一种叫作“蕨”的植物。传说在夏至日之夜（从六月二十二日到六月二十三日夜晚）变长了，魔鬼就会高兴地出来闲逛。而“蕨”的硕大红色花朵也会在那一晚开放。谁得到了这朵花，谁就会找到很久以前被藏起来的宝藏。但是要想占有它，人们要付出鲜血的代价。为了得到财富和与心爱的姑娘结婚，彼得听从巴沙甫留克的话，决定开始寻找宝藏。他与魔鬼签订了契约，最终彼得达到了自己的目标，但是这个年轻人实际上已经将自己出卖给了魔鬼，因为在满足了愿望之后他没有感觉到一丝喜悦。魔鬼从来都不无偿地满足人类的要求。而彼得愿望的代价就是无辜小男孩宝贵的生命和彼得自己的生命，也就是说他不死的心灵已带有滔天罪行。

在第二部小说集《米尔戈罗德》中果戈理舍弃了鲁得·潘柯这位神奇又质朴的叙述者，以艺术家的身份出现在读者面前，同时更尖锐地提出了生活的重要问题，直接将现实的社会矛盾暴露在光天化日之下。但是在《维》的问题编排中，宗教学校寄宿学生的交谈同集市商人嘈杂的口音，形形色色的日常谈话和带有"不洁之力"的短语交织在一起。毫无疑问，摆脱书面语言规范约束，富有民间语言的生动性元素，同时以适当方式描绘彼岸世界的"果式语言"是潘柯叙事特点的延续。

•《索罗庆采集市》中的民间文学母题与民俗元素分析

《索罗庆采集市》的内容反映着赶集作为货物销售手段的风俗，同时集市也是发展民族行业的平台。也就是说，作为主线的发生于集市的事件是来源于传统民间的元素。另外，在作品开篇，就出现了传说中的恶魔。众目睽睽下出现了一桩怪事：在一堆货物中间出现了"红袍子"，这是恶魔的袍子，它被撕成了碎片，这让人们不安。"每年逢着赶集的时候，总有一个猪脸的鬼走遍整个广场，在广场上游荡，呼噜呼噜地叫唤，寻找褂子的碎片。"① 值得注意的是，集市所在地根据传说正是袍子被撕碎的地方，也就是巴赫金所提到的"快乐的地方"，自古以来就是快乐和恐惧永远伴随着彼此而出现。

同时，在这篇小说中运用了世界文学最古老永恒的神话情节——有关人与魔鬼之间的契约。这一情节在 12 世纪之前传入古罗斯，起初被收在《圣瓦西里行传》中。小说中吉茨柯为了迎

---

① 《果戈理选集》(第一卷)，满涛译，第 31 页。

娶自己心爱的姑娘求助于长着魔鬼面目的茨冈人，和他达成了协议。从那时起，集市上就开始传起“红袍子”的故事，而关于“红袍子”则是另一个契约：欠了酒钱的魔鬼将自己的红袍子抵押给了犹太人，并打算一年后赎出。然而，犹太人却把这件“红袍子”高价卖出，魔鬼回来时他拒不承认此事。犹太人因自己的失信付出了代价。当“红袍子”的故事又传入大家耳朵的时候，大家都害怕它给自己带来不幸，因而都开始改过自新，这样吉茨柯和自己心爱的姑娘最后有情人终成眷属。

魔鬼诅咒是民间文学作品的传统情节之一。古罗斯民族相信诅咒产生的魔鬼的力量，赋予话语魔力。关于不洁之力和会招致不幸的想象并非民间文学所特有的，与此相对应的情节可在一些文学作品中找到。例如：斯蒂文森的小说《瓶中精灵》，小说讲述的是一个可以满足主人愿望的神奇瓶子，但同时瓶子的主人也会受到诅咒：如果他不能摆脱这个奇妙的瓶子，那么他的心就会变成魔鬼，瓶子是不可以扔掉或打碎的。这样，我们可以看出魔鬼诅咒不仅是民间传说同时也是文学的传统情节。

在斯拉夫民族的世界观中水的自然力占据着非常重要的位置。水作为界限将尘世和阴间分开，心在这条路上抑制着该界限不向彼岸世界偏移，这是许多民族传说所共有的，例如古希腊神话冥河上的摆渡者卡戎。水祛除罪恶和疾病，带走所有肮脏。例如：洗礼仪式就是在水中进行的。水是生命的摇篮，同时也与死亡和忘却紧紧相连，水是矛盾的。果戈理在《索罗庆采集市》里将集市上的声音比作瀑布的水流，将集市上的人流看作旋涡，同时强调广场上、街道上人们喧哗、狂笑的情景。这是将索罗庆采集市和水的自然力相比较（虽然只是声音的比较），是对集市特殊意义的一种诠释。集市是一种特殊的时空关系，在那里所有需要的都可以得到；这是某种受限的领域，这是一道门廊，通过它不洁之力就可以渗入到正常的生活。值得注意的是，在另一时间另一地点“红袍子”的出现是不可能的，这也正是诅咒的特殊之处。

袍子的红色也是民间文学作品的传统。红色——血和火的颜色，上文提到过红色在民间文学中的特殊意义，因此摆脱袍子、藏起它甚至撕碎它都是相当困难的。

小说以婚礼结束，婚礼是节庆的场所。这也正是民间文学惯用的结局，我们可以看到大部分的作品都是在婚礼的宴会上告终的,《猎鹰芬尼特》也是以马茹卡可芬尼特的婚礼作为结局。婚礼带来狂欢的环境、圆满的象征、新生活的开始，充满着生生不息的寓意。

- **《圣约翰节前夜》中的民间文学母题与民俗元素分析**

《圣约翰节前夜》(一译《伊凡·库巴尔日的前夕》）的情节来源是乌克兰民间关于“伊凡·库巴尔日”的传说。圣约翰节在各个民族中总是伴随着各种各样的仪式，这些仪式与“火”这又一斯拉夫民族世界观中最重要的自然力相关。但是圣约翰节也和水有关。泼水在这一天不仅仅可以起到净化的作用，同时也可以将雨带到大地上。水和火的自然力在《圣约翰节前夜》中同样有所表现。例如，彼得获得的金子变成了煤，直译就是：它被火毁灭了。钱的意义本身和不洁之力相关，从魔鬼之处获得的金钱，即使同样耀眼，但却不会带来幸福。我们认为，在这个情节中古斯拉夫的概念体现在：人对钱的依赖和享受财富的快乐正是恶魔的诡计。唯利是图的小人与魔鬼的契约亘古以来都是注定走向毁灭的。

与《索罗庆采集市》一样，在《圣约翰节前夜》中我们同样能够体会到与魔鬼定契约的情节。彼得克服重重障碍进行尝试，希望能够实现愿望，将幸福掌握在自己手中。但是为了达成自己的心愿，他同样也听任了“变成人形的魔鬼”的摆布。巴沙甫留克告诉彼得，只要他同意做一件事，就可以得到大笔金钱。彼得回答是他什么事情都肯干。彼得和人形巴沙甫留克之间达成了契约，是民间传说传统的情节模式。

彼得为了实现自己的愿望，迎娶自己心爱的姑娘，未经受得住恶魔的诱惑——小说中的宝藏，在诱惑面前他杀了无辜的孩子，得到金子，可是为此他似乎付出了沉重的代价。这种传统正是《圣约翰节前夜》所表达出来的——主人公经过千难万险才能成功。

在《圣约翰节前夜》的时间好像被拉长了，夜里的活动让我们的主人公十分疲倦，整整睡了两天两夜。主人公来到了某个有魔力的地方，感觉不到时间。这对他来说是完全不同的地方，是不受他控制的地方，可见，在这里可能存在着另一些规则。

除此之外，在这部作品中出现了变化的女巫的形象。在彼得面前出现了鸡腿小木屋，从一条大黑狗变成了一只猫，最后变成了丑陋的女巫。女巫变幻着形象，这在民间文学中经常可以看到。人们认为女巫具有很大的能量，同时一定是会危害人类的。有人猜测，狗的形象与歌德《浮士德》中的靡菲斯特有关，他这个变化的魔鬼就曾是一只黑色的卷毛狮子狗。浮士德把他带回书斋，并与他订立契约。猫是女巫最典型的伴生品，几乎每一个女巫都拥有一只猫，一只黑猫，因为黑猫象征魔力的强大。鸡脚小木屋是民间文化中常见的女巫住所。在小说《猎鹰芬尼特》中，女巫也是住在不停地像旋风一样旋转的鸡脚木屋里。小说中的红色同样是有意义的：伊瓦斯红色“无罪的鲜血”，彼得红色的幻象等。也就是说，正如上部小说一样，《圣约翰节前夜》中的红色也是不洁之力的象征。

很有意思的是主要的反面人物的名字同样带有邪恶的含义——巴沙甫留克，我们推测，这个人名应该是与罗马尼亚的“博斯普鲁斯”有关，指不愿接触人群的吸血鬼。

- **《五月之夜》中的民间文学母题与民俗元素分析**

《五月之夜》的主要情节是父子争取爱情，同样这也是民间文学的传统情节。新旧两代人之间在社会活动不同观点上的冲突不止一次地成为艺术表现的对象。除此之外，此部小说中的矛盾更为复杂，具体表现在列弗柯的父亲是村长，是权力的化身。也就是说，可以将冲突解释为革命性的，因为旧势力不愿承认自己的落后，更不愿让位于新一代。

美人鱼的形象实际上是投水女的灵魂，应是定位于东斯拉夫民间文学的传统。投水者可以和生者的世界联系，同样他们也有欢乐景象。本部小说中的投水者具有正面的品质，列弗柯认出了女巫，因为她不像其他女孩那样开心、纯洁。可以说小说中对美人鱼的评价并不符合东斯拉夫民间文学的传统，因为在东斯拉夫的民间文学中水鬼是邪恶之力，但是对水中精灵善良的评价同样是有迹可循的，例如：茹科夫斯基翻译的作品《温迪娜》。

小姐的房子在湖旁，这样就再一次将我们的注意力集中于民间文学中关于水的自然力的描写。正如上文提到的那样，水被认为是尘世和死界的某种过渡，除此之外在本部小说中还存在着另外一种过渡状态——梦或者幻象，同样可以称为是现实和空想出来的不洁之力的世界的过渡。

作家选择春天作为事件发生的时间不是偶然的，在这个季节万物复苏，开始孕育新生命，同样，美人鱼的力量也在增强。因此，在小说中强调了生命的双重性——生和死总是位于理想的边缘。

姑娘们披散着头发跳着圆圈舞，玩着“老鹰捉小鸡”的游戏。我们翻译这个游戏名称时，为了符合中文传统，采取了意译的方法。俄语里这个游戏是“Играть в ворона”，其中“ворон”一词直译为渡鸦。这是种传统的游戏，并且果戈理的选择也并非偶然：被称为渡鸦的姑娘也是女巫。渡鸦是典型的斯拉夫民间文学的传统形象。渡鸦——阴间的使者，邪恶的化身。渡鸦的黑色据说是由火烤成的。因此，渡鸦与火相连（火烧），也与水相关（溺水者被称为渡鸦），还和空气相关（尘世作为鸟）。

渡鸦这种酷爱啄食腐尸的鸟在民间传说的传统中是属于女巫的。在小说中还描绘了另一种女巫，百户长的妻子，她变成了戴着铁链的猫，这传达了女巫可以采用猫的形象出现的民间文学传统。

• 《失落的国书》中的民间文学母题与民俗元素分析

《失落的国书》这部小说再一次让读者认识了魔鬼的诡计。小说里再次出现了集市，在那里，福马·格里戈里耶维奇从正轨转入歧途。可以说，集市是整个事件的转折点，主人公在此认识了把自己卖给魔鬼的朋友。这同样是人和不洁之力之间达成契约的情节。故事中喝醉酒的“二流子”很快乐，也许，他想在偿债之前最后一次尽情地享受生命的自由。

人和魔鬼达成契约是传统的伪圣经的情节，不过同时又是与人类对宗教的想象相关联的情节。小说中描写了人和魔鬼之间的两个契约。第一个契约是福马·格里戈里耶维奇爷爷在集市上遇到的朋友与魔鬼的契约，有趣的是，魔鬼在完成契约时却又拿走了他周围的东西：马、缝着国书的帽子和钱。第二个契约是魔鬼们要求爷爷陪她们先玩三次纸牌，才能把国书还给他。由于魔鬼拥有一种人所不及的神奇力量，能够完成人类达不到的目标，因而，果戈理笔下的众多主人公们才会为了达到自己的目的，和魔鬼订立契约。

魔鬼的藏身之所相当地神秘，与森林那个在民间传说中被认为是异域的地方相邻，火当然也是魔鬼的典型标志，同样的还有吉普赛人。当主人公进入森林时伴随的嘈杂声的描写，这样写道：吉普赛人“每逢只有妖精才骑着火钳子出门的那样的夜晚，他们就从蜗居里钻出来打铁”①。这段描写与关于吉普赛人、耶稣和钉子的传说相呼应。传说正是一个吉普赛人受了金钱的诱惑锻造了四颗钉子，而这四颗钉子被用来钉住了耶稣基督。因而吉普赛人给自己惹上了毒咒：他们永远过着游牧的生活。果戈理描写吉普赛人的嘈杂，正是为了表现这段宗教神话。

女巫和魔鬼安息日的描写在民间传说中是典型的情节。在主人公来到的地方，所有的魔鬼跳起“某种魔鬼的特列帕克舞”。欢快的舞蹈在果戈理的小说中十分常见，而且在作品中的舞者不仅是鲜活的人类，同时也有魔鬼。正如尤里·曼恩所说，果戈理作品中的舞蹈是“一切愉悦事物的具体体现”。愉悦的情绪不仅属于人类，也属于魔鬼。

小说中福马·格里戈里耶维奇爷爷与魔鬼的扑克游戏的片段非常有趣，在游戏中爷爷凭借聪明才智取得了胜利。一方面，这个片段中赌博被带到了魔鬼的世界，另一方面，画十字架取得了胜利。这也符合传统宗教中关于十字架力量能解除魔力的想象。和魔鬼的游戏进行了三轮并非偶然，因为“三”对民间文学和宗教都是象征性的数字。中华文化以三为极，将其看作质量互变的

① 《果戈理选集》(第一卷)，满涛译，第100页。

界限，事物发展的极点。西方数文化认为“三”是宇宙，具有神性，是完美的化身。游戏的场景描写得相当轻松，但想象一下当时的环境，我们可以感受到主人公取得第三次胜利是相当困难的，也是取得神性，战胜魔性的关键。

十字架形象促进了情节进一步的发展：福马·格里戈里耶维奇爷爷拿回了自己的马，要不然他就会向所有的魔鬼画十字。当主人公看到瘦骨嶙峋的马时，他难过地流下了眼泪。在这里将马当作人类好帮手的传统观念表现了出来。一方面，马是与超自然世界联系的化身；另一方面，马在神话世界里往往与死联系在一起，它具有预言性：他能预见主人的死亡。可能，正是对死亡的恐惧才使主人公哭泣。

在小说结尾，作家指出了在睡梦时的某种意识改变：在主人公游历期间，他的妻子梦见了“所有的不可思议的事情”。这反映出了梦的预见性，是一个人在亲人发生不幸时能够感受到悲伤。人和魔鬼交流时，时间是冗长且不确定的，最后主人公也不确定他在魔鬼森林待了多久。这与传说中魔鬼可以改变正常的时空相呼应，《大师和玛格丽特》里，布尔加科夫也采用了这个传说，让魔王沃兰德对时间、空间尽情地加以改造。

主人公的妻子自那次事件之后每年都会在福马·格里戈里耶维奇爷爷遇到魔鬼那天跳起特列帕克舞。文中是这样解释的：主人公的房子没有立即消失，耽误了女主人的净化。净化也可称为洁净化，即以仪式作为对抗被认为是不洁、罪恶或非所愿见的情景。在这个程序中应该用承载着上帝能量的具有无穷力量的活水。这也是民间传说中一个能够积聚正能量的仪式。

- **《圣诞节前夜》中的民间文学母题与民俗元素分析**

《圣诞节前夜》的艺术世界充满着不洁之力、女巫和魔鬼。

索洛哈——主人公的母亲，就是女巫。在民间文学中女巫的能力之一就是飞行。作品中女巫带着铁匠瓦库拉奇妙的空中风行的情节正是出自民间文学。对此，我们可以回顾一下俄罗斯童话中的老妖婆，她们可以在扫帚上飞行。同样，西欧传说中的女巫同样可以在扫帚上飞行。这种超能力使女巫感觉到自己在天空中是自由的。这是普通的灵魂所不能的。除此之外，索洛哈非常地迷人，她的女性魅力不仅在人群中，同时也在阴间的灵魂间扩散。除了飞行之外，女巫还有一大特性：她们都很漂亮，能够蛊惑男人的心。

妇人和自己的很多情夫周旋这种复杂的情节是民间文学中最典型的。我们可以在童话《聪明的妻子》或者《彼得·苏图洛夫和他聪明的妻子的故事》中看到类似的情节，在这两部作品中女主人公表现出了聪明机警和能够化险为夷的智慧。类似的情节和人物性格同样可以在薄伽丘《十日谈》和其他的世界名著中找到。也有可能，正因为瓦库拉是女巫的儿子，因为他拥有不同寻常的力量和聪慧，才使他在其他人面前有着某种权力。

邪恶之力偷走天体也是民间文学传统的一部分。魔鬼偷走了月亮，这个情节可以解释为对宗教力量的蓄意破坏。在很多文献中，有被称为“堕落的天使”的情节出现，他们因某种行为被赶出了天堂。宗教、邪恶之力甚至和人间的联系、转换和可以过渡到另一世界在一些作品中是可以碰到的，例如：在小说《索罗庆采集市》中关于“红袍子”出现的描写：魔鬼不知出了什么错，被撵出了地狱，在人间借酒消愁，把身上的钱全都喝光了。只好把自己的“红袍子”脱下来做了抵押。又如：《失落的天书》中，人去魔界的旅行，在那里爷爷不仅成了不洁之力狂欢聚会的见证者，同时也开始与之相联系。

可以假设，本部小说的艺术世界建立在三个世界之上：人间（大部分主人公所熟悉的日常的生活），不洁之力的世界（在某种特定的情况下人可到达）和天堂。但是宗教的力量几乎在这部小说中没有体现，不过它的存在是可以预知的。此时，不洁之力的世界和人间的距离最大限度地缩小，这两个世界相关联，频繁地相互影响。不洁之力让人觉得更接近、更能够理解和“更为人性”。有趣的是，大部分的不洁之力或是类人的，或是完全为人的样子。

同时，不洁之力往往利用动物似的器官：长满毛的手、狗嘴等。在《圣诞节前夜》中魔鬼有着“狗鼻子”，关于“小俄罗斯”咒语的分析指出，狗或者狼常常和魔鬼有关，因此果戈理此转喻修饰的选择并非偶然，这符合民间文学中关于魔鬼的想象。魔鬼这个词来自“黑色的”，这种颜色为不洁之力所特有。黑色象征着地狱中魔鬼的处所，他被烧成灰的灵魂。

在《圣诞节前夜》中作家描绘了圣诞节祝歌，伴随着歌曲的节前民间游行，这些都是“小俄罗斯”传统的文化习俗。象征着祖先灵魂的乔装是圣诞节祝歌不可忽视的元素，祖先们在祝歌之时来到，并保佑富足、美好和顺利。图腾的象征也是乔装的，是多神教的信仰。但同时值得注意的是，圣诞节是多神教风俗（圣诞节祝歌、占卜）和宗教传统（节日本身）的紧密结合。瓦库拉在与魔鬼达成契约时正在教堂的墙壁上描绘着《旧约》和《新约》中的画面，因此当时他就已经知道在他面前的是不洁之力。因此可以得出，宗教和魔鬼是不可分的。

魔鬼从古至今都厌恶瓦库拉，因为正是这个人在教堂的墙壁上勾画着让魔鬼饱受羞辱的末日审判。也就是说在果戈理艺术世界中的魔鬼有着人类的情感——羞愧。走出“不洁的”世界，他已不能完全地潜藏于人间，同时也不能回到那个世界了，因为他已具有了人的特性。

小说以幸福收场，正如其他的魔法童话故事：主人公经过千难万险的考验，最终娶到美丽的新娘。

- **《可怕的复仇》中的民间文学母题与民俗元素分析**

《可怕的复仇》可以称作是宗教和民间传说关于世界体系概念不同寻常的综合。所有主人公所生活的世界中的元素在这里碰撞。小说的内容是在一个可怕的诅咒上构建的，其时间范围十分广阔。正如上面提到的那样，诅咒是民间传说的典型情节。在《可怕的复仇》中诅咒又带有其他的特质。

两个兄弟的故事被安排在文章的最后。兄弟俩的名字——伊凡和彼得是宗教教义中传统的名字，就连耶稣也有两个叫这名字的老师。我们可以推想，正是这种用意让果戈理引喻了这两个名字。彼得背弃了耶稣，在圣经中耶稣不止一次地称他为兄弟。也就是说，果戈理小说的用意应该是解释彼得背叛上帝的这段历史。

伊凡的形象并不如彼得那样清晰，容易猜测。为了报复，他在自己的兄弟身上附加了可怕的诅咒，让他的后裔都得不到幸福，可谓是“以牙还牙，以血还血”，这违背了宗教教义。伊凡无辜被杀的儿子与父亲成为一体，这体现了一种概念：婴儿的心灵还没有形成，因为他还没有经历过洗礼。传统观念认为，在婴儿时期死亡的孩子是无罪的，但在这部小说中孩子的心灵受制于父亲的命运，就好像他完全被父亲邪恶的、极其渴望的复仇的心灵所吞没了一样。

伊凡以骑着黑马的形象出现。马是某种阴间的传导者，这一点在上文已经提及。茹科夫斯基的《斯维特兰娜》里就记载着骑士夜间到来，骑着马，带着未婚妻奔赴坟墓的情节。这有可能是隐喻了启示录中的马，它承载着所有生物的死亡。沉睡的巨人勇士伊凡穿着新外衣生活在喀尔巴阡山，这是个传统的禁区。符合这一形象的例子可以在许多文化传统中找到：色雷斯的扎尔莫克西斯；罗马尼亚民间传说中的山巨人；俄罗斯壮士歌中的斯维亚托戈尔。斯维亚托戈尔在地球上找不到自己的位置，失去了家园，伊凡焦虑不安的心也不能得到安宁。果戈理塑造的这个形象也许符合某个古代沉睡的力大无穷的神灵，但他的力量不同于三位一体的上帝基督。

卡捷琳娜是巫师的女儿，也就是说她有一种能和阴间人交流的潜在力量。女主人公有敏锐的洞察力，可以看到预言性的梦境。巫师父亲正如传统民间文学所描绘的一样：驼背、绿色的眼睛，看到这些描写我们可以认为作家对传统民间文学进行了直接的借用。

小说的一个片段是死人从一个墓地到另一个墓地。在这里介绍了世界民间传说中关于未完全死去的人的概念：他们可以同时存在于活人和死人两个世界。

文中有这样一个情节：两尊圣像被带来祝福年轻人的婚礼，看到圣像，巫师被吓坏了。这里体现了圣像显灵的力量和他们可以驱赶邪恶之力的能力。

除此之外，在父母和孩子之间产生的另一种情感是民间传说和文学的典型；例如在《一千零一夜》或者俄罗斯民族童话中公主常常被父亲拘禁在监狱中，这可以解释为父亲的强权。在这部作品中，体现为施法的巫师拘禁女儿卡捷琳娜的灵魂。在这样的情节中，故事常常以父亲的被杀而告终，此类结局正和本部小说的结局相吻合。民间传说中的这种结局一般与皇位的继承或者朝代的变更有关。

• 《伊凡·费多罗维奇·希邦卡和他的姨妈》中的民间文学母题与民俗元素分析

在小说《伊凡·费多罗维奇·希邦卡和他的姨妈》中在读者面前呈现的是地主日常生活的画面，但是这一普通的画面在果戈理娴熟的笔法下散发出了非同凡响的魔力。地主们表面富足的生活之下我们在文中看到的却是另一番景象：无所事事的、阻碍小地主发展道路上的所有一切。这是作家从小所熟知的世界。果戈理细致地描绘了地主日常生活的场景，似乎平静的、父权制规范下的生活实质上充满了庸俗和狭隘。

当伊凡·费多罗维奇还小的时候，他的父亲去世了；还有一个情节是“严厉的老师”痛打了主人公，使他受了伤。这部小说中父亲和教师的品格在姨妈身上集为一体，对姨妈的描写有着一些男性的特征。这种男性主人的特征向女性身上的转移应该解释为母权制社会的原型概念。在母系社会女性才可以支配家庭财富，这也是我们在这一部小说中看到的。

在母系社会人们迷信土地，这在小说中得到体现。例如：主人公看着割草者劳作的欣喜或者对姨妈的形象描写：肥胖、笨重，非常高大的个子又使她像某个古代的神灵。

伊凡·费多罗维奇·希邦卡是个孤儿，孤儿的主题在民间文学中是非常重要的（如《魔戒》等）。我们可以猜到关于孤儿的童话总会在最后让孤儿获得财富。但是本故事的结局我们只能想象了。

除此之外，在小说结尾主人公看到了一个梦境：梦境中他未来的妻子有着不同的面孔。总的来说，梦境具有预见性是民间传说典型的概念。

•《魔地》中的民间文学母题与民俗元素分析

《魔地》(又名《中了邪的地方》)继续描绘了不洁之力对人的控制。小说的主人公是受到财富诱惑的爷爷。在这部作品中我们与果戈理的“中了邪的地方”再次相遇。这个地方，根据民间传说的概念，有一种特殊的能量，能够控制人的意识，让他们找不到出口。主人公正是来到了那样一个由阴间力量所控制改变的时空体中。不洁之力以“鸟嘴、羊头”的形象出现。魔鬼类似动物的塑像即传统图腾的概念。踏入“魔地”的主人公失去了方向感。魔鬼为了更加迷惑主人公便藏起了月亮。读者可以在《圣诞节前夜》中找到类似的情节，在那部作品中魔鬼同样从天空偷走了月亮。

在斯拉夫的民间传说中有着关于出现在坟地、古墓和沼泽中的“鬼火”的概念。他们不仅是字面的意思，也就是说那个地方是“有鬼的”，同时也昭示着这里藏着大量的宝藏。鬼火总是和魔鬼的诡计有关，但是他们同样也吸引着行人。爷爷找到宝藏的位置说明了民间文化中关于财富、宝藏的想象。

藏着宝贝的锅子是世界民间传说中又一普遍的情节。例如：游牧民族专门用来藏宝贝的锅子就是匈奴、蒙古此类游牧民族文化的标志。

主人公遭受了魔鬼的考验，毫无疑问，他经历了使他放弃财富的恐惧。又如和不洁之力谈判或和他们签订契约等此类考验不仅是民间传说也是宗教文学中传统的情节。

爷爷带回来的宝藏变成了“垃圾、废物”，这塑造了魔鬼财富的概念，同时也表现了恶魔同所有卑污把戏的联系。

二 《米尔戈罗德》中的民间故事母题与民俗分析

• 《维》中的民间文学母题与民俗元素分析

《维》是《米尔戈罗德》中魔法力量最为强大的一篇。在这篇小说中处处可见对黑暗的、凶恶的魔鬼和妖精的描写，令人毛骨悚然。故事的标题“维”就是民间传说中一个妖怪的名字，整个叙事也都在亦真亦幻的奇诡氛围中进行，情节扣人心弦，引人入胜。《维》是各种艺术元素的综合体，其中既有斯拉夫，甚至西欧的民间传说，又有关于各种宗教发源的文字。这部小说中的恐怖程度达到了最高点，让读者吓得战栗。会飞的棺材、站起来的死人，围绕在教堂附近的灵魂——所有这一切构造了一个极其紧张的氛围。

对小说中主人公的描写仅是只言片语，但是正是这个角色至今使文学家对果戈理颇有微词。我们来看，确定这个形象最重要的是作家的注释：“维——老百姓想象中的一个大妖怪。‘小俄罗斯’人用这个名称来称呼小妖们的头目，那个眼皮一直垂到地面上的妖鬼。这部中篇小说整个儿是一个民间传说。我不想对它作任何改动，我几乎是以我所听到的那种朴实无华的形式将它讲述出来。”① 虽然果戈理为故事加了一个注释，并且声称整篇故事是对某个民间传说完整的叙述，但迄今为止，人们尚未发现与《维》情节类似的民间文学作品，也并未在已知的“小俄罗斯”的民间文学中发现这位“小妖们的头目”。

因而，我们在研究的基础上将维的形象来源进行了分类：

作家的杜撰：维不是东斯拉夫神话的独立组成部分，而是作

---

① ［俄］果戈理：《米尔戈罗德》，陈建华译，安徽文艺出版社 1999 年版，第 209 页。

家想象的结果。此观点得到学者雷彬娜（Н. Я. Рыбина）的支持，她认为果戈理的小说是这一消失的民间传说的唯一源头："保存到19世纪的乌克兰关于维的传说在果戈理的小说中被获悉。"①

词汇学来源：语言学家指出，果戈理小说中"小妖们头目"的名字"Вия"和乌克兰语的单词"вія"有关，"вія"是上眼睫毛的意思。假设果戈理小说中维的名字来源于这个乌克兰单词，那么维的独具特色的中心就是眼睫毛，他们明察秋毫的"头目"维将会有着无边的眼皮。不过仍有关于这个名字的其他解释。死去的姑娘一直盯着霍马·布鲁特。对于这种注视，讲述者在第一夜已给予关注："哲学生觉得她似乎在用闭着的眼睛看着他。他甚至觉得她右眼的睫毛下面像是淌下来一颗泪珠。"② 这种闭着眼睛的目光好似在为霍马·布鲁特最后一夜的守夜描写做准备，死去的姑娘对哲学生的复仇表现得突如其来，来自内部力量的铁盖"віка"的打开："突然……在寂静中……棺材的铁盖咔嚓一声裂开了，死人站了起来。"③ 渴望看见霍马的女巫在这一片段中表现为某种被压抑的力量的化身，而她突然掀起的棺材盖"віка——вія"与后面维向上卷起眼皮相符合。

斯拉夫或者西欧神话来源：在一些神话理论中，维的形象符合一些为人熟知的斯拉夫或者西欧神话。关于这一点有一种固定的逻辑链："Вий – Ний – Ниян – Плутон"（普拉东，希腊神话中的冥王）。因此，维是地下王国的主宰者。下面引文可以作为神话理论的例证："他浑身都是黑土，蒙上了土的胳膊和两腿如坚硬的、筋脉显露的树根一般。他艰难地跌跌撞撞地向前挪动着。

① Рыбина Н. *Фантастика в "Вии" Н. В. Гоголя*, 2007 - 02 - 12. (http://nikolay.gogol.ru/articles/fantastika_u_gogolya/fantastika_v_vii)

② 《米尔戈罗德》，陈建华译，第245页。

③ 同上，第260页。

长长的眼皮一直垂到地面上。霍马惊恐地发现，他的脸竟然是铁铸的。”“他在这儿！维喊了起来，铁的手指指向了他。” 金属的身体是他与地下世界，同时也与西欧的土地精灵有关的证据。

卡西扬来源：有另外一种说法称维与东斯拉夫民间传说中的形象相符。纳扎列夫斯基（А. А. Назаревский）指出维的形象特征和乌克兰民族传说中的卡西扬类似（有危害性的眼神，眼皮长至地）。这个人物突然地从人变成某种魔鬼。根据关于卡西扬的某个传说，他是个因背叛上帝而堕落的天使，后因自己犯下的罪悔过，之后被锁在地下。看守他的天使三年来从不间断地用大锤捶打他的额头，第四年的时候卡西扬被释放，从此刻起他开始毁灭所有他看到的东西。在另一个传说中卡西扬是一个神秘的有危害性的生灵，他的眼皮长至膝盖，因此他看不到上帝创造的世界，只有在 2 月 29 日，每四年一次，他拉起眼皮，环顾世界，而他所看到的东西都会被毁灭。在波尔塔瓦卡西扬是黑色的生物，身上有毛，皮肤类似于橡树外皮；生活在山洞。他的大眼皮在 2 月 29 日那天抬起各种妖魔，卡西扬环顾世界，此时人类和动物开始生病，世界发生瘟疫和饥荒。可见在所有关于卡西扬的传说中都指明他是个恶魔，有不同寻常的危害性的眼神，因此卡西扬的形象与果戈理笔下的维相类似。

基督教来源：有研究称，维就是基督耶稣，在一些不符合教规的作品中，关于基督死前不久的叙述是这样的：他的眼皮开始变得很长，长到了不可思议的程度，这使他什么都不看见。身体肿得十分可怕。这一不足以凭信的基督形象同时也确定了维的主要特征。果戈理让心灵倦怠的霍马·布鲁特看见维，向懒散的宗教寄宿学校学生展示了他的双生子。

印度、伊朗传说来源：很流行的一种说法是将维和印度、伊朗传说中的伐由形象相关联，伐由在一种情况下是死神，在其他情况下是恶魔。① 维（вий）这个词与印度的古老神灵伐由（вайю）谐音。他曾是风神，В. 阿巴耶夫认为维的形象和名字可以追溯到古代的、基督耶稣前的东斯拉夫神灵 Вею，同时也与伊朗的风神和死神 Вайю 相符合。

从上面的分析我们可以看出，关于维形象的来源众说纷纭。每个说法都有自己存在的道理和足够的证据。

小说中“土地精灵”这个词语的运用具有很大的意义。土地精灵是西欧民间传说所喜欢的形象，是德国和斯堪的纳维亚民间传说中杜撰的生物，人形侏儒的形象，住在地下。果戈理的土地精灵完全是另一种样子，与西欧神话中的土地精灵形象完全不同。“传来了公鸡的啼鸣声。这已经是第二遍鸡叫了，头遍鸡叫妖怪没有听到。惊慌失措的魔鬼们胡乱地夺路而逃，扑向门窗，但为时已晚；它们卡在门窗上，一直留在了那里。”② 从这段描写可以得出，土地精灵是一种无实体的鬼魂，同时，可能也是所有阴间生物的总称。

当然，果戈理对主人公名字的选择并非偶然。霍马是《新约》中使徒名字福马（Фома Неверующий）发音的一种方式，这个名字最后成了形容性格多疑人的专有名词。根据福音书使徒福马不相信基督复活，直到基督在他面前显现。

小说中还有一个人名——布鲁图，指的是马尔库斯·尤尼乌斯·布鲁图，罗马的参议员，以杀死恺撒而闻名，实际上任何背叛者都可称为布鲁图。霍马·布鲁特是一个粗暴的世俗的人，有

---

① Абаев В. И. *Образ Вия в повести Н. В. Гоголя*, Русский фольклор, Т. –М. –Л, 1958, с. 303.

② 《米尔戈罗德》，陈建华译，第 261 页。

过不少过失。因此，主人公的名字可以和犯过错的、心智不成熟的人联系在一起。这一点可以在宗教学校寄宿学生的日常生活的描写中找到例证："我的圣洁的生活？……上帝保佑您，老爷！您说的是什么呀！我就在星期四受难日那天上卖面包的女摊主家去了，虽然这种事情说出来不大体面。"①

《维》中小姐-女巫的形象也是很传统的，漂亮的女巫在民间传说中常被称作一种特殊的恶鬼（甚至魔鬼都怕她）。也就是说果戈理塑造了一个邪恶的女性形象，在这形象中融合了女性的美丽，同时也加入了邪恶灵魂的阴险恶毒。

《狄康卡近乡夜话》和《维》等作品恰似一股清流，用自然、清新、明快的笔调向读者展示了一个小俄罗斯人充满生机、不乏激情的生活画面。而这些作品中所使用的与民间文学相关的基本元素，如丰厚的取之不尽的宝藏，向我们诉说着古老的诗篇，启迪人类的发展进程；如一篇巨幅的寓言，从中我们可以吮吸经验和养分，让通往未来的道路一马平川。

第二节　果戈理早期小说中的民间故事结构

果戈理早期中短篇小说的故事在内容上与民间文学的关系是极其紧密的，这一点已经毋庸置疑。很多学者都从故事内容中找到了民间故事的影子。这些故事与民间故事的关系不仅仅是利用民间故事的素材，而且在叙事结构上也密切相关。普罗普强调，"在论及民间故事对作家文学的影响和作用时，不应把问题简单化，似乎作家们只是简单地从民间文学中借用情节，对其加以复

---

① 《米尔戈罗德》，陈建华译，第233页。

述，实际情形要复杂得多。”“故事是各种情节的源泉，但是它们在纳入文学轨道时，也受到了实质性的加工”①。他在另一本著作《故事形态学》中探讨了民间故事的结构性规律。这部著作是他最具影响力，同时也是最惹人争议的作品。普罗普的著作在世界许多国家都有译本，他的民间文学论著为许多民间文学家、文艺学家、语言学家和民族志学家所熟知和引用。在《故事形态学》一书中，普罗普预先设定了“神奇故事”这个定义，所谓神奇故事就是阿尔奈和汤普森归在300—749号的故事。继而，他划分了这些故事的组成成分，然后按照这些组成成分进行比较，从而提出了“故事形态学”的相关理论，即“按照故事的组成成分和各个成分之间、各个成分与整体的关系对故事进行描述”②。对果戈理早期中短篇小说的故事用故事形态学的理论进行分析后发现，《狄康卡近乡夜话》中的部分故事与《米尔戈罗德》中的《维》符合故事形态学的结构性规律。这再次证明了果戈理早期中短篇小说的故事与民间文学之间有着更深层的关系。

一 《狄康卡近乡夜话》与《米尔戈罗德》的故事形态学分析

普罗普通过研究发现，不同的故事中同时存在着“不变的因素”和“可变的因素”。不同故事中的角色名称以及他们使用的物品可能存在变化，而他们的行动或功能却没有改变。例如：

“1. 沙皇赠给好汉一只鹰。鹰将好汉送到了另一个王国。

---

① 贾放：《普罗普故事学思想研究》，博士论文，北京师范大学，2002年，第70页。

② ［俄］普罗普：《故事形态学》，贾放译，中华书局2006年版，第16页。

2. 老人赠给苏钦科一匹马。马将苏钦科驮到了另一个王国。

3. 巫师赠给伊万一艘小船。小船将伊万载到了另一个王国。

4. 公主赠给伊万一个指环。从指环中出来的好汉们将伊万送到了另一个王国。"①

根据上述例子，普罗普得到结论："故事常常把相同的行动分派给不同的人物，这就使得我们有可能根据角色的功能来研究故事。"而所谓的功能就是指"从其对行动的意义的角度确定的角色行为"②。

民间故事里面，各种各样的人物经常做着具有同样功能意义的事情。这显示出功能的实现方法可以变化，而功能本身则是固定不变的。普罗普认为，对于故事研究来讲，里面的人物做的什么是至关紧要的问题，而至于是谁做的，以及怎样做的则只不过是研究的附带问题而已。

角色的功能则是故事中稳定不变的因素。他们不依赖于事情由谁来完成或者怎样完成。因此，角色的功能才是构成故事的基本组成部分。

普罗普用俄国民间文学作家阿法纳西耶夫故事集中的一百个故事作为材料，经过详细的比较研究，从中提炼出 31 个故事角色功能，每项功能列出的有：1. 该项功能性质的简要叙述；2. 用一个词表达简略定义；3. 该项功能的代码（引入符号使得后面能够用公式化的方法对故事结构进行比较）。③ 这些功能项是普罗普"故事形态学"的基础，也是核心。

故事通常从某种初始情境开头，列举家庭成员，或干脆就是

---

① 《故事形态学》，贾放译，第 17 页。

② 同上，第 17 页。

③ 同上，第 23 页。

以提到名字或介绍其状况的方法引入未来的主人公。尽管这一情境不是一个功能项，它依然是一个重要的形态要素。我们将这一要素作为初始情境来定义，代码为I。

在初始情境后的功能项是：

1. “一位家庭成员离家外出”① （定义：外出 отлучка；代码：e）

2. “对主人公下一道禁令”② （定义：禁止 запрет；代码：б）

3. “打破禁令”③（定义：破禁 нарушение；代码：b）

4. “对头试图刺探消息”④ （定义：刺探 выведывание；代码：в）

5. “对头获知其受害者的消息”⑤（定义：获悉 выдача；代码：w）

6. “对头企图欺骗其受害者，以掌握他或他的财物”⑥ （定义：设圈套 подвох；代码：г）

7. “受害者上当并无意中帮助了敌人”⑦ （定义：协同 пособничество；代码：g）

8. “对头给一个家庭成员带来危害或损失”⑧（定义：加害 вредительство；代码：A）

---

① 《故事形态学》，贾放译，第24页。
② 同上，第24页。
③ 同上，第25页。
④ 同上，第26页。
⑤ 同上，第26页。
⑥ 同上，第27页。
⑦ 同上，第27页。
⑧ 同上，第28页。

8a. “家庭成员之一缺少某种东西，他想得到某种东西”[1]（定义：缺失 недостача；代码：a）（注：“远非所有的故事都是从遭受危害开始。还有其他一些开头，它们常常就像始于遭受危害的功能项（A）的故事一样展开。这些故事是从有某种不足或欠缺的情境开端的，于是引起与受到危害后相似的寻找。由此可以得出一个结论：欠缺可以被作为跟窃取同样的形态学成分来考察。”[2]）

9. “灾难或缺失被告知，向主人公提出请求或发出命令，派遣他或允许他出发。”[3]（定义：调停 посредничество，承上启下的环节 соединительный момент；代码：B）

10. “寻找者应允或决定反抗”[4]（定义：最初的反抗 начинающееся противодействие；代码：C）

11. “主人公离家”[5]（定义：出发 отправка；代码：↑）

12. “主人公经受考验，遭到盘问，遭受攻击等等，以此为他获得魔法或相助者做铺垫。”[6]（定义：赠予者的第一项功能 первая функция дарителя 代码：Д）

13. “主人公对未来赠予者的行动做出反应”[7]（定义：主人公的反应 реакция героя；代码：Г）

14. “宝物落入主人公的掌握之中。”（定义：宝物的提供、获得 снабжение，получение волшебного средства；代码：Z）

---

① 《故事形态学》，贾放译，第 32 页。
② 同上，第 31 页。
③ 同上，第 33 页。
④ 同上，第 35 页。
⑤ 同上，第 35 页。
⑥ 同上，第 36 页。
⑦ 同上，第 38 页。

宝物可以是：（1）动物（马、鹰等）；（2）能够变成神奇相助者的东西（内藏马匹的火镰、内藏好汉的指环）；（3）具有神力的东西，如大木棒、宝剑、古斯里琴、球及其他许多东西；（4）直接赋予主人公的神性，如力气、化身为动物的本领等。所有这些转交的对象我们都（权且）称之为宝物。①

15. “主人公转移，他被送到或被引领到所寻之物的所在之处”②（定义：在两国之间的空间移动 пространственное перемещение между двумя царствами，引路 путеводительство；代码：R）

16. “主人公与对头正面交锋”③（定义：交锋 борьба；代码：Б）

17. “给主人公做标记”④（定义：打印记 клеймение；代码：К）

18. “对头被打败”⑤（定义：战胜 победа；代码：П）

19. “最初的灾难或缺失被消除”⑥（定义：灾难或缺失的消除 ликвидация беды или недостачи；代码：Л）

20. “主人公归来”⑦（定义：归来 возвращение；代码：↓）

21. “主人公遭受追捕”⑧（定义：追捕 преследование погоня；代码：Пр）

---

① 《故事形态学》，贾放译，第 39—40 页。

② 同上，第 45 页。

③ 同上，第 46 页。

④ 同上，第 47 页。

⑤ 同上，第 47 页。

⑥ 同上，第 48 页。

⑦ 同上，第 50 页。

⑧ 同上，第 50 页。

22. “主人公从追捕中获救”①（定义：获救 спасение；代码：Сп）

23. “主人公以让人认不出的面貌回到家中或到达另一个国度”②（定义：不被察觉地抵达 неузнанное прибытие；代码：X）

24. “假冒主人公提出非分要求”③ （定义：非分要求 необоснованныеПритязания；代码：Ф）

25. “给主人公出难题。”④（定义：难题 труднаязадача；代码：З）

26. “难题被解答”⑤（定义：解答 решение；代码：Р）

27. “主人公被认出”⑥（定义：认出 узнавание；代码：У）

28. “假冒主人公或对头被揭露”⑦（定义：揭露 обличение；代码：О）

29. “主人公改头换面”⑧（定义：摇身一变 трансфигурация；代码：Т）

30. “敌人受到惩罚”⑨（定义：惩罚 наказание；代码：Н）

31. “主人公成婚并加冕为王”⑩（定义：举行婚礼 свадьба；代码：С※）

普罗普发现阿法纳西耶夫故事集中的一百个故事中的行动一

① 《故事形态学》，贾放译，第 51 页。
② 同上，第 54 页。
③ 同上，第 54 页。
④ 同上，第 54 页。
⑤ 同上，第 56 页。
⑥ 同上，第 56 页。
⑦ 同上，第 56 页。
⑧ 同上，第 57 页。
⑨ 同上，第 57 页。
⑩ 同上，第 58 页。

律都在这有限的31个功能项的范围内展开，“形形色色民族极其多样的其他故事中的行动亦然”。还有，出于逻辑的需要和艺术的需要，一个功能项会引出另一个。而且“有很大数量的功能项是成对排列的（禁止—破禁、交锋—战胜等）。另一些功能项是分组排列的，例如：加害，派遣，决定反抗和离家上路（A B C ↑）构成了开场。赠予者对主人公的考验，他的反应和对他的奖赏（ДГZ）同样构成了某个完整的段落”①。

（一）小说的故事功能项序列

下面我们利用普罗普的故事形态学的角色功能项理论，对《狄康卡近乡夜话》和《米尔戈罗德》中的典型故事进行叙事结构分析。

- **《索罗庆采集市》(出自:《狄康卡近乡夜话》)**

《索罗庆采集市》是《狄康卡近乡夜话》的第一篇故事，写作于1830年初，在1831年完稿。“索罗庆采”是乌克兰的一个集镇之名，果戈理就出生在这个地方。

这篇故事为我们描绘了19世纪乌克兰夏日里人民的日常生活；描述了乌克兰大自然的迷人之处；讲述了青年哥萨克吉茨柯和俊俏姑娘帕拉丝卡的爱情故事。小说大致情节为：帕拉丝卡凶狠的继母设法破坏这一对年轻人的爱情，吉茨柯在茨冈人的帮助下，冲破了继母的阻挠，最后与心爱的姑娘成婚。

初始情景：

在故事的开头，作者热情洋溢地描写了色彩斑斓、令人陶醉的小俄罗斯夏日；以充满乐观而鲜明的色调勾勒了乌克兰的大自然美景。之后故事中的人物出场，并介绍了他们的情况。

“……车上堆满了布袋、麻绳、麻布、各种家什。牛车后跟

---

①《故事形态学》，贾放译，第59页。

着货主，上身是洁净的亚麻布衬衫，下面穿的是弄脏了的亚麻布灯笼裤。他不时举手擦脸，黝黑的脸膛上大汗淋漓，甚至顺着长须往下滴。

“……马车上坐着一位俊俏的姑娘。

“继母学会了熟练驾驭父亲……唉！一个不可理喻的女人！

“……桥上站了一群小伙子。其中一个穿着比别人讲究些，白色的长袍，列舍季洛夫村出产的灰色羊羔皮帽。”①

禁止：

禁止这一功能在《索罗庆采集市》中并没有明显地表露出来，但是能从一些细节看出它的痕迹。

“第一次赶集嘛！十八岁的姑娘头一遭来到集市呀！可走路赶车的人有谁知道她费了多大力才求得父亲带她来的呀。在以前父亲内心本也愿意带他，只是凶狠的继母作梗。”②

继母从中阻挠，不让父亲带姑娘外出赶集。这里可以理解为：继母将姑娘幽禁，并禁止外人与其接触。换言之，就是对所有外人下了一道禁令，包括主人公白袍青年。

破禁：

“‘姑娘真漂亮！’白袍青年继续说，目不转睛地注视着她，‘要能亲她一下，我愿意把家产全交出去。可前面坐着个妖婆！’”③

白袍青年的赞扬引起了姑娘的注意，打破了不能与外人接触的禁令。随着禁令的打破，作为对头的继母正式进入故事情节。

加害：

---

① ［俄］果戈理：《狄康卡近乡夜话》，白春仁译，安徽文艺出版社1999年版，第11—13页。

② 同上，第12页。

③ 同上，第13页。

"'你这该死的拉船工，让你不得好死！让你爹脑袋被夜壶打烂！让他掉进冰窟里，反基督的坏蛋！到了地狱让小鬼把他胡子点火烧了！'……牛车开始下桥了，最后几句已经听不清楚了。……牛车此刻已走出很远……"①

白袍青年想要亲吻姑娘，但是没有成功，是因为姑娘被父亲和继母带走，这里可以看作父亲和继母将姑娘劫走，导致白袍青年缺失未婚妻。

交锋：

白袍青年在市集上再次遇见了姑娘，这次出现的对头是姑娘的父亲，他看到自己的女儿和小伙子相拥而立，从容地对唱情歌后上前阻止。"小伙子看出来，心上人的父亲并不那么生硬，就暗自盘算怎么讨他欢心。"② 然后白袍青年向姑娘的父亲提亲，并请客喝酒。切列维克暂时同意了婚事。

失败：

"这时切列维克自己也觉着说过了头，立刻双手抱住脑袋，心想发怒的老婆一定会张开指甲抓他的头发。

"'见他的鬼罢！结什么婚呀！'他一边想着一边逃避妻子的凌厉攻势，'无缘无故地只好拒绝青年人的婚事了'。"③

切列维克将婚事告诉了姑娘的继母，继母不同意，认为白袍青年是个穷光蛋，是坏蛋。出于对老婆的害怕，他最终拒绝了青年的婚事。白袍青年在这次交锋中失败了。

赠予者的第一项功能：

"要是我们能让切列维克把帕拉丝卡嫁给你，你肯不肯以二

---

① 《狄康卡近乡夜话》，白春仁译，第13—14页。

② 同上，第17页。

③ 同上，第20页。

十卢布把牛卖给我?”①

正在白袍青年吉茨柯一筹莫展的时侯，一个新的人物——茨冈人出现了。他盘问白袍青年，并答应帮助他娶到心爱的姑娘。茨冈人提议与白袍青年交换，为吉茨柯获得相助者做铺垫。

主人公的反应：

“用不着二十，给我十五卢布就卖，只要你不是骗人!”②

吉茨柯同意了茨冈人的条件。

宝物的提供、获得：

在接下来的故事中，集市上出了件怪事，处处都在谣传，说在某个地方的货摊里出现了一件红袍。卖面包的老婆子，看到一个猪脸魔鬼在货车上面不停地弯腰走动，像是找什么东西。亲家为切列维克讲述了一个猪脸魔鬼寻找红袍子的故事，把切列维克和希弗娅都吓得魂不附体。正在听这个故事时，猪脸魔鬼突然出现在房间。“窗户轰地一响，玻璃飞了出去，出现一张可怖的猪脸，转动着眼珠像在问：‘善良的人们，你们在做什么?’”③ 切列维克和希弗娅惊恐地向门外跑，在街上疯狂乱撞，昏倒在街道中央。最后在人们的喧哗和哄笑声中醒来。

在故事形态学中，“各色故事人物自己供主人公驱使是一种宝物转交的方式④”。猪脸魔鬼出现的时机是在茨冈人答应帮助吉茨柯之后，出现的地点是在切列维克和继母的房间里，魔鬼的出现间接地帮助了吉茨柯。这些都符合宝物的提供、获得的定义。

交锋：

---

① 《狄康卡近乡夜话》，白春仁译，第 21 页。

② 同上，第 21 页。

③ 同上，第 28 页。

④ 《故事形态学》，贾放译，第 41 页。

第二次交锋发生在次日凌晨的集市，红袍的袖子出现了，切列维克吓得撒腿就跑。这时几个小伙子抓住了他，说他偷马。吉茨柯此时出现在他面前。红袍小鬼专门惩罚背弃诺言的人，切列维克自然地将眼前出现的红袍子和吉茨柯联系起来，认为是自己背信弃义，没有实现婚事的承诺，要受到小鬼的报复，在惊吓中倒戈投靠吉茨柯一方。后者借机提出要求："'我不记仇，索利皮。你要愿意，我马上放了你。'他朝几个青年使个眼色，那正是堵着抓他的人。青年人立刻给他松了绑，'不过你得做点该做的事，马上办婚礼，咱们尽兴一番，让两腿跳得一年抬不起来'。"①

在茨冈人、青年人的帮助下，吉茨柯抓住了切列维克，放他的条件是要马上给吉茨柯与帕拉丝卡办婚礼。

战胜：

"今天就办喜事，来个生米做成熟饭。"②

吉茨柯在交锋中取得胜利，借助茨冈人的帮助成功地使切列维克答应婚事，并决定在继母回来之前把婚事办好。

缺失的消除：

"没等帕拉丝卡跨出屋门，白袍青年就把她抱在怀里。"③

经过两次交锋，吉茨柯终于得到未婚妻，缺失消除了。

举行婚礼：

"'上帝啊，祝福他们吧！'切列维克把他俩的手拉在一起，'让他们白头偕老。'"④

切列维克为我们的新人举行婚礼。

交锋：

---

① 《狄康卡近乡夜话》，白春仁译，第 37 页。

② 同上，第 37 页。

③ 同上，第 40 页。

④ 同上，第 40 页。

“人群里这时传来叫嚷声。

“‘我就是死了也决不答应这件事。’切列维克妻子大嚷大叫。人群却哈哈大笑把她推搡到一边。”①

对头再次出来破坏婚事，引起第三次交锋。

战胜：

“‘别撒疯，别撒疯，老婆子”’切列维克看到两个粗壮的茨冈人抓住了她的双手，就冷冷地说，‘事情办了就办了，我可不愿改主意！’”②

茨冈人抓住继母使她无法阻挠婚事，战胜了对头。

继续举行婚礼：

“过来几对年轻人围住新人，用舞蹈筑起一道不可逾越的人墙。”③ 婚礼继续进行，人们伴随着乐师的音乐跳舞唱歌。故事在婚礼中告终，这对有情人终成眷属。

《索罗庆采集市》的功能项的序列为：初始情境—禁止—破禁—加害—交锋—失败—赠予者的第一项功能—主人公的反应—宝物的提供、获得—交锋—战胜—缺失的消除—举行婚礼—交锋—战胜—举行婚礼。

I6bАБП$_{neg}$ ДГZБПЛС※ БПС※（注：neg——功能项的否定结果）

- **《维》（出自：《米尔戈罗德》）**

《维》最初刊印于1835年问世的小说集《米尔戈罗德》，讲述了哲学生霍马·布鲁特与女妖和魔鬼较量的故事，故事亦幻亦真、魔幻诡异，扣人心弦，引人入胜。《维》是《米尔戈罗德》

---

① 《狄康卡近乡夜话》，白春仁译，第40页。

② 同上，第40页。

③ 同上，第40页。

中与《狄康卡近乡夜话》主题最相似的作品，也是神奇故事叙事结构最为完整的一部。

初始情景：

本故事的开篇描写了基辅神学校的学生生活，以提到名字或介绍其状况的方法引入未来的主人公。“有一次，三个住读生在这样赶路时……这三个学生分别是：神学生哈利亚瓦、哲学生霍马·布鲁特和修辞生季别里·戈罗别茨。”①

禁止：

“‘怎么办？停下来，就在这野地里过夜！’神学生道。”②

神学生以建议的方式向大家下了一道禁令，禁止前行。

破禁：

“但是哲学生不同意这样做。”③

哲学生不同意这个建议意味着打破禁令。

缺失：

“……他说，‘怎么不弄点东西填填肚子，就像狗一样地伸开四肢躺下了呢？我们再往前走几步试试，说不定会遇上一户人家，哪怕能在临睡前弄到杯烧酒喝喝也好呀。’”④

哲学生很饿，但缺少食物，他想去找点东西吃。

出发：

主人公继续赶路，出发寻找失去的东西，弥补缺失。

引路：

“远处传来了狗叫的声音。他们仔细地辨别了一下声音传来的方向，就精神振奋地往那里走去。”……不一会儿他们果然见

---

① 《米尔戈罗德》，陈建华译，第 213 页。

② 同上，第 215 页。

③ 同上，第 215 页。

④ 同上，第 216 页。

到了一个小村子，村子里只有两间同在一个院子里的的农舍。”①

主人公被狗的叫声引领到了目的地。

交锋：

农舍里走出来一个老太婆，安顿好三个学生后来找哲学生，她“走到他眼前，合拢他的手，摁倒他的头，猫一般敏捷地跃上了他的背，再用扫帚往他身上一抽，他就像一匹快马似地驮着她腾空跃起”②。老太婆是一个女妖，霍马念起避邪咒语，“最后，他闪电般迅速地从老太婆的胯下跳了出来，同时反过来跳上了她的脊背”③。他们进行了激烈的交锋。

战胜：

“……他顺手抓住路上的一根劈柴，开始使出全身的劲儿抽打老太婆。……‘哎呦，我再也跑不动了！’她精疲力竭地说道，随即就倒在了地上。”④

哲学生将女妖制伏在地，取得了交锋的胜利。

归来：

“他使出浑身的劲儿，拔腿奔跑起来。……他不想回村子，于是就急匆匆地向基辅赶去。”⑤

哲学生从女妖那里逃离出来，回到基辅。

缺失的消除：

“他吹着口哨，在集市上来回走了三次，……就在这一天，

---

① 《米尔戈罗德》，陈建华译，第216页。
② 同上，第219页。
③ 同上，第220页。
④ 同上，第221页。
⑤ 同上，第221页。

他美美地吃了一顿麦面甜饺和一只母鸡……”①

哲学生终于找到了食物，美餐一顿。

普罗普认为，“从形态学的角度说，任何一个始于加害行为（A）或缺失（a）、经过中间的一些功能项之后终于婚礼（C）或其他作为结局的功能项的过程，都可以称之为神奇故事。结尾的功能项有时是奖赏（Z），获得所寻之物或者是消除灾难（Л）、从追捕中获救（Cп）等。这样的过程我们称为一个回合”②。

哲学生从一开始感觉到饿，中间经历了与女妖的较量，到最后寻找到了食物。根据普罗普的观点，这一个回合结束了。然而故事到这里并没有收场，因为一个故事里可以有几个回合，紧接着另一个回合开始了。

加害：

有个富甲一方的百人长，他的女儿在弥留之际表达了一个心愿，请基辅神学校的学生霍马·布鲁特在她死后三天里为她做安魂祈祷和念祷告，而霍马百般推脱。百人长对他说：“我将不惜用一切手段来完成我女儿的嘱托。如果你从今天起连续三个夜晚好好替她读祈祷文，我到时会奖赏你的；如若不然，就算是魔鬼，我也劝他别惹我生气。”③ 从后文我们得知，百人长的女儿就是第一个回合里霍马打死的女妖。由此可以看出，女妖通过她的父亲在这里胁迫霍马为她做安魂祈祷，而“对头胁迫或诱骗他的受害者”④ 是其中一种加害形式。

出发：

---

① 《米尔戈罗德》，陈建华译，第 222 页。
② 《故事形态学》，贾放译，第 87—88 页。
③ 《米尔戈罗德》，陈建华译，第 234 页。
④ 《故事形态学》，贾放译，第 30 页。

"'喂，霍马先生！现在我们该上死者那里去了。'一个白头发的哥萨克转向哲学生说道。而后，包括斯皮里德和多罗希在内的四个人便一起朝教堂走去。"① 霍马出发，踏上与女巫和魔鬼的较量之路。

第一次交锋：

女妖的棺材放在教堂内，她从棺材里出来想要抓住霍马，但是霍马通过画避邪的圆圈、读祈祷文和念咒语，让女妖无法靠近，"她几乎就站在圆圈边上，但显然无力超越它"②，而且女妖也看不见霍马。

战胜：

"外面传来了公鸡报晓的声音。死尸倒向棺材，棺材盖啪的一声合上了。"③

女妖在天亮之前没有抓到霍马，所以霍马胜利了。

第二次交锋：

在安魂祈祷的第二天，霍马"先在自己身边画了圆圈，念了几句咒语后，开始大声读起祈祷文来"④，女妖看不见他，便开始念咒语，"有数不清的妖怪在外面用力地捣着门，想破门而入。他的心始终剧烈地跳个不停。他眯起眼睛，一个劲地念着咒语和祈祷文"⑤。

战胜：

"最后，远处突然传来一声啼鸣声，那是远方的公鸡在报晓

---

① 《米尔戈罗德》，陈建华译，第 243 页。

② 同上，第 246 页。

③ 同上，第 246 页

④ 同上，第 249 页。

⑤ 同上，第 249 页。

了，筋疲力尽的哲学生停了下来，吐出了一口长气。”①

第二次交锋还是以霍马的胜利结束。

第三次交锋：

在第三天，“他像以前那样在自己周围画了一个圆圈，而后开始念起他能想到的所有咒语来”②。女妖也念起咒语，数不清的魔鬼飞进了上帝的教堂。四处搜寻着哲学生，可是他们无法见到被神秘的圆圈围住的他，最后在大妖怪——维的指引下找到了他，“所有的妖魔鬼怪一下子都朝哲学生扑了过来”③。

失败：

“断了气的哲学生扑通一声倒在地上，这一惊吓立即使他灵魂出了窍。”④

哲学生最终没有逃离女妖的魔掌，被吓死了。在与女妖的较量中以失败告终。

《维》的功能项序列为：

第一回合：初始情境—缺失—出发—引路—交锋—战胜—归来—缺失的消除。

第二回合：加害—出发—交锋—战胜—交锋—战胜—交锋—失败。

第一回合：I6ba ↑ RБП ↓ Л

第二回合：A ↑ БПБПБПneg

按照这一方法，我们对果戈理早期的另外几个短篇进行了故事功能项分析，并得出功能项序列。为避免赘述，省略论证过

① 《米尔戈罗德》，陈建华译，第 250 页。
② 同上，第 259 页。
③ 同上，第 261 页。
④ 同上，第 261 页。

程，这里只列出功能项序列。

《圣约翰节前夜》(《伊万·库巴尔日前夜》）是根据乌克兰民间关于“伊万·库巴尔日”的神话和传说写成的。最初发表于《祖国纪事》1830年2—3月的合刊上。果戈理讲述了这样一个故事：魔鬼利用人们贪图钱财的弱点和缺少钱财的烦恼，引诱彼得去杀死恋人的弟弟。彼得最终得到钱财，和心上人结合，可他却同所有被魔鬼诱惑的人一样，永远丧失了纯洁的感情与真正的幸福。这篇小说的功能项序列为：初始情境—外出—缺失—非分要求—调停和难题—出发—赠予者的第一项功能—主人公的反应—引路—宝物的提供、获得—赠予者的第一项功能—主人公的反应—归来—宝物的提供、获得—缺失的消除—解答—惩罚—举行婚礼。

（IeaФB&З↑ДГZRДГ↓ZЛPHC※）

《五月之夜》写于1829年，是果戈理二十岁时的杰作。纳杰日金对这篇故事有很高的评价：“他出版的这本小书里收录了四篇小俄罗斯民间故事。”“在他的笔下，乌克兰文的民族旋律被译成了俄罗斯曲谱，并不失其独特的神韵。围绕着所表现的场面进行的描写，有时具有紧张的气氛，但这里也总是散发着乌克兰气息。”“让我们从《五月之夜》或《女落水鬼》中引些片段作为例证吧！在艺术性上，我们认为这篇作品显然胜过其他三篇。”①

这篇故事讲述的是在美妙的五月之夜，专横霸道、仗势欺人的村长阻挠儿子列弗柯与美丽的哥萨克姑娘甘娜相爱。列弗柯为含冤的投水女找到了谋害她的妖精，作为报答，投水女用锦囊妙计迫使村长垂首听命，列弗柯和甘娜最终有情人终成眷属。其功

---

① ［俄］纳杰日金：《狄康卡近乡夜话》，《果戈理评论集》，袁晚禾、陈殿兴选编，复旦大学出版社1993年版，第7—8页。

能项序列为：初始情境—禁止—破禁—加害—交锋—失败—交锋—失败—出发—赠予者的第一项功能—主人公的反应—宝物的提供、获得—归来—交锋—战胜—缺失的消除—举行婚礼。

（I6bAБП$_{neg}$БП$_{neg}$↑ДГZ↓БПЛС※）

《不翼而飞的信》这篇故事创作于1829年，完成后置于《狄康卡近乡夜话》第一部卷末。讲述的是人与魔鬼竞赛获胜的魔幻故事。妖魔偷走爷爷的帽子，干扰爷爷传递国书的重大使命，爷爷深入魔窟与妖魔玩牌斗技，战胜了女妖，索回藏着国书的帽子，最终送达国书，完成任务。其功能项序列为：初始情境—禁止—破禁—协同—加害—出发—赠予者的第一项功能—主人公的反应—宝物的提供、获得—引路—交锋—失败—交锋—失败—交锋—战胜—缺失的消除—归来。

（I6bgA↑ДГZRБП$_{neg}$БП$_{neg}$БП$_{neg}$БПЛ↓）

《圣诞节前夜》的初稿完成于1830年，并于1832年发表在《狄康卡近乡夜话》的第二部。它讲述的是铁匠瓦库拉爱上了全村最美的姑娘奥克莎娜。瓦库拉只有拿到皇后穿的鞋，奥克莎娜才答应嫁给他。勇敢的铁匠驯服了陷害他的小鬼，在小鬼的帮助下来到彼得堡，见到女皇，得到女皇的鞋。铁匠最终赢得美人的芳心。这篇故事格调欢快，森科夫斯基认为“故事中最有趣的是《圣诞节前夜》：这个故事很快活、很滑稽，——我们简直无法形容它的特征；这里常常可以看到机智的笔调，总之您读起来会从头至尾感到喜悦和好奇”①。其功能项序列为：初始情境—缺失—调停和难题—出发—赠予者的第一项功能—主人公的反应—宝物的提供、获得—赠予者的第一项功能—主人公的反应—宝物的提

① ［俄］森科夫斯基：《狄康卡近乡夜话》，《果戈理评论集》，袁晓禾、陈殿兴选编，复旦大学出版社1993年版，第33页。

供、获得—引路—缺失的消除—归来—解答—举行婚礼。

（IaB&3↑ДГZДГZRЛ↓PC※）

（二）小说的故事功能项分析

普罗普认为，“功能项的数量十分有限，可以标出的功能项有31个，所引材料的所有故事中的行动一律在这些功能项的范围内展开，形形色色民族极其多样的其他故事中的行动亦然”①。《狄康卡近乡夜话》的故事与《维》中的行动同样在31个功能项的范围内，只是在每个故事中，这些功能项并不一定全部出现，所出现的功能项的种类比较集中，而且其中有部分功能项的重复。

普罗普共总结了31种功能项，《狄康卡近乡夜话》与《维》中共出现了20种，约占功能项总数的65%。在上述六个故事中都出现的功能项有：加害或缺失与缺失的消除。出现5次的有：出发，赠予者的第一项功能，主人公的反应，宝物的提供、获得，归来。出现4次的有：禁止，破禁，引路，交锋，战胜和举行婚礼。只出现过1次的有：外出、协同、非分要求和惩罚。剩下的功能项出现2次。小说中具体功能项种类分布如表一所示：

表一：故事功能项种类分布

	《索罗庆采市集》	《圣约翰节前夜》	《五月之夜》	《不翼而飞的信》	《圣诞节前夜》	《维》	总计
外出 e		√					1
禁止 б	√		√	√		√	4
破禁 b	√		√	√		√	4
刺探 в							
获悉 w							

① 《故事形态学》，贾放译，第58页。

(续表)

	《索罗庆采市集》	《圣约翰节前夜》	《五月之夜》	《不翼而飞的信》	《圣诞节前夜》	《维》	总计
设圈套 r							
协同 g				√			1
加害 A 或缺失 a	√	√	√	√	√	√	6
调停 B		√			√		2
最初的反抗 C							
出发 ↑		√	√	√	√	√	5
赠予者的第一项功能 Д	√	√	√	√	√		5
主人公的反应 Г	√	√	√	√	√		5
宝物的提供、获得 Z	√	√	√	√	√		5
引路 R		√		√	√	√	4
交锋 Б	√		√	√		√	4
打印记 K							
战胜 П	√		√	√		√	4
灾难或缺失的消除 Л	√	√	√	√	√	√	6
归来 ↓		√	√	√	√	√	5
追捕 Пр							
获救 Сп							
不被察觉的抵达 X							
非分要求 Ф		√					1
难题 З		√			√		2
解答 Р		√			√		2

（续表）

	《索罗庆采市集》	《圣约翰节前夜》	《五月之夜》	《不翼而飞的信》	《圣诞节前夜》	《维》	总计
认出 У							
揭露 О							
摇身一变 Т							
惩罚 Н		√					1
举行婚礼 С※	√	√	√		√		4

普罗普并未给出构成一个故事的最少功能数值。在所研究的六个故事中功能项数量最多的是《不翼而飞的信》，共有 19 个。数量最少的是《索罗庆采集市》和《圣诞节前夜》，共有 15 个。《维》只用了 9 种功能项就构成一个完整的故事，而且包含了两个回合。《圣约翰节前夜》中最多用了 15 种功能项。

表二：单个故事功能项总数和种类统计

	《索罗庆采市集》	《圣约翰节前夜》	《五月之夜》	《不翼而飞的信》	《圣诞节前夜》	《维》
功能项总数	15	18	16	19	15	17
功能项种类	10	15	12	13	12	9

"神奇故事就是那种建立在上述各类功能项有序交替之上的叙述，对每个叙述而言会缺失其中几项，也会有其他项的重复。"① 小说中六个故事的功能项序列的结构都比较简单，但是每个序列中的功能项都出现了简单的重复。通过对六个故事的功能项序列的整理和分析会发现：在《索罗庆采集市》、《五月之夜》、《不翼而飞的信》和《维》中交锋和胜利（Б–П）的功能项重复

① 《故事形态学》，贾放译，第 95 页。

出现。在《圣约翰节前夜》和《圣诞节前夜》重复出现的功能项是赠予者的第一项功能—主人公的反应—宝物的提供和获得（ДГZ），各出现了两次。除此之外，还有个别的功能项重复，如《索罗庆采集市》中的举行婚礼（C※）就出现了两次。

故事结构出现功能项的重复是有缘由的。正常的情况是，主人公为了消除自己的缺失与对头进行交锋，然后战胜，缺失消除。但是事情并不会这么顺利，交锋未必一次战胜，主人公需要再次或三次与之交锋。所以交锋—战胜功能项会重复出现。

《索罗庆采集市》中主人公吉茨柯有两个对头：心爱姑娘的父亲切列维克和继母，吉茨柯在市集与切列维克交锋，虽然父亲暂时同意婚事，但是在继母的阻挠下拒绝了吉茨柯，这次交锋失败；之后在茨冈人的帮助下，吉茨柯战胜了切列维克，迫使其同意婚事，同样在茨冈人的帮助下，使继母无法阻止婚礼，因此这个故事中出现了交锋战胜的功能项重复。《索罗庆采集市》中举行婚礼功能项的重复是由于继母的阻挠，第二次举行婚礼其实是第一次婚礼的继续。

《五月之夜》中列弗柯在第一次交锋中发现对头是自己的父亲，行动没有继续下去；第二次用歌声和恶作剧交锋也失败了，第三次在投水女的帮助下终于战胜了父亲。《不翼而飞的信》中女妖提议玩三局抓傻瓜，前两局爷爷都输了，最后一次爷爷赢了。因此在《五月之夜》和《不翼而飞的信》中交锋—战胜（Б–П）功能项重复了三次。

《维》是具有两个回合的故事，第一回合中交锋—战胜只出现一次，在第二回合中交锋—战胜功能项重复了三次，但与《狄康卡近乡夜话》中《五月之夜》和《不翼而飞的信》的重复又有所不同，霍马连续作三天的安魂祈祷，前两次与女妖的交锋都战胜了，在第三次交锋中却失败了。

赠予者的第一项功能—主人公的反应—宝物的提供和获得的重复与交锋—战胜的重复不同，它的重复是递进式的。《索罗庆采集市》、《五月之夜》和《不翼而飞的信》中只有一个赠予者，而《圣约翰节前夜》和《圣诞节前夜》中主人公是根据不同的赠予者做出不同的反应，得到不同的宝物。《圣约翰节前夜》中第一个赠予者是巴沙甫留克，巴沙甫留克指点彼得金子的所在地，第二个赠予者是老妖婆，宝物是金子。《圣诞节前夜》中第一个赠予者是帕秋克，指点瓦库拉小鬼的所在地，第二个赠予者是小鬼，小鬼供瓦库拉驱使。因此，ДГZ 并不是简单的重复，前一个组合是后一个组合的铺垫。

普罗普认为，“功能项的确定应该不依赖于谁来完成它”，“也不依赖于它们用怎样的方法完成”①。而且“实现功能的方法彼此影响，相同的一些形式被用在了不同的功能项上，一种形式转移到了另一个地方，具有了新的意义，或者同时还保留着原有的意义。这些现象都为功能项分析带来了困难”②。

功能项之间有同化的现象。在《圣约翰节前夜》中巴沙甫留克对彼得说：“嘿嘿嘿！你听这声响！只要你给我办件事，我就给你一大堆这玩意儿！”在《圣诞节前夜》中奥克莎娜对瓦库拉说：“如果铁匠瓦库拉把皇后穿的鞋拿来，我保证马上就嫁给他！”巴沙甫留克和奥克莎娜都给主人公下达了任务，他们的行动是相同的。在《五月之夜》中列弗柯在梦里遇到女落水鬼，对他说：“小伙子啊，我求你给我找出继母。她是个可怕的女妖，她使我在世上不得安宁。”列弗柯利用自己的聪明才智认出了继母。然后

---

① 《故事形态学》，贾放译，第 60 页。

② 同上，第 63 页。

得到了一张纸条。在普罗普研究的故事中也有这种类似情形，“伊万跟老妖婆要一匹马。她让他从一群一模一样的马驹子中挑一匹最好的。他挑得很准，然后把马带走了。在另一个故事里，主人公想娶女妖的女儿。女妖要求主人公从 12 个一模一样的姑娘中把自己的未婚妻挑出来”①。女落水鬼和女妖的行动是相同的，他们都是和认出有关的行动。

从上面几个例子可以看出，这里存在着一些形式对另一些形式的影响。普罗普将这一现象称为功能项实现方式的同化。普罗普找到一条在所有情况下都能对成分进行准确划分的标准：“在这些情况下永远可以根据其结果来定义功能项的原则。如果在解答难题之后接踵而来的是获得宝物，那么我们看到的就是赠予者的考验（Д）。如果接下来出现的是得到未婚妻和成婚，我们看到的便是难题（З）”②。

彼得摘到真蕨花后，巴沙甫留克把他带到埋藏金子的地方；列弗柯认出继母后，女妖给了他一张纸条，指点宝物和直接转交都是获得宝物的方式，因此这里的功能项是对赠予者的考验。瓦库拉在得到女皇的鞋子，完成奥克莎娜交代的任务后，瓦库拉得到了未婚妻，在这里便是难题。

用这种方法也可以区别与抱有敌意的赠予者的作战（殴斗）和与对头的交锋。“如果正是由于狭路相逢而使主人公获得了接下来要去寻找的宝物，那么出现在我们面前的就是 Д 项。如果正是由于取胜而使所寻之物落入主人公手中，他是因它而被派遣。那么出现在我们面前的就是 Б 项。”③ 在《不翼而飞的信》中女妖

① 《故事形态学》，贾放译，第 60、61 页。

② 同上，第 61 页。

③ 同上，第 46 页。

对爷爷说:“帽子可以还给你，不过你得先跟我们玩三局抓傻瓜!”爷爷输了前两局后，在第三局终于赢了纸牌;《圣诞节前夜》中小鬼“跳出来一跃骑到铁匠的脖子上”，瓦库拉“把手伸到背后，一下子抓住了小鬼的尾巴”。瓦库拉制伏了小鬼。爷爷和瓦库拉的行动也很类似，他们都与鬼怪进行争斗，而且打败了对手。爷爷赢了女妖后，紧接着就找回了丢失的帽子，一开始的缺失就消除了，因此功能项是交锋。而瓦库拉制伏小鬼后，小鬼驮着瓦库拉飞向彼得堡，瓦库拉享受小鬼的服务是一种获得宝物的方式，所以这个功能项是对赠予者的考验。而在《维》中霍马同样与女妖进行了较量，霍马在第一个回合中战胜女妖后，女妖没有给她食物，但也迫使主人公回到基辅后找到食物，从而缺失消除，因此霍马与女妖的较量也属于交锋这个功能项。

普罗普认为故事中还存在一种与同化相类似的现象，就是一个功能项具有双重形态意义。他在区分调停（B）、赠予者的考验（Д）和难题（З）时曾得出这样一个结论:“所有导致寻找的难题当视为功能项B。所有导致获取宝物的难题当视为功能项Д，其余难题当视为难题（功能项З）。”① 在《圣约翰节前夜》中碧多卡让弟弟告诉彼得，父亲要把自己嫁给波兰人。从这一个行动看，一方面是告诉彼得父亲不会把她嫁给他，而是嫁给波兰人。从故事中可以知道其中的原因是彼得很穷，没有钱，这导致接下来彼得去找金子的过程；因此这个功能项是B。但另一方面碧多卡又告诉彼得她有多么喜欢他，言下之意就是告诉彼得如果你能马上弄到钱，你就可以娶到我。当彼得找到金子后，碧多卡的父亲马上就答应了他们的婚事。根据以结果来定义功能项的原则，未婚妻是以解答难题的方式得到的，因此这个功能项又是З。

---

① 《故事形态学》，贾放译，第61页。

在另一个有关难题的故事《圣诞节前夜》中同样出现了这种情况。奥克莎娜当着他人的面说："如果铁匠瓦库拉把皇后穿的鞋拿来，我保证马上就嫁给他！"奥克莎娜既是派遣瓦库拉去寻找皇后的鞋，又是给瓦库拉出了一个难题。这个难题作为功能项 B 使用，同时也是功能项 3。因为当瓦库拉把女皇的鞋子拿到奥克莎娜面前后，他们就结婚了。

因此在这两个故事中，难题不仅作为功能项 B 使用，而且还是功能项 3。

功能项的顺序受制于功能项之间的逻辑关系，也就是故事中所叙述的事件的逻辑关系。"如果将所有的功能项连起来读下去，我们将会看到，出于逻辑的需要和艺术的需要，一个功能项会引出另一个。"①

普罗普认为在 31 个功能项中"有很大数量的功能项是成对排列的（禁止—破禁、刺探—获悉、交锋—战胜、追捕—获救等）。另有一些功能项是分组排列的，例如：加害，派遣，决定反抗和离家上路（ABC↑）构成了开场。赠予者对主人公的考验，他的反应和对他的奖赏（ДΓZ）同样构成了某个完整的段落"②。上述故事中出现意义相互对应的功能项组合主要有：禁止—破禁，缺失—消除，离家—归来，交锋—胜利，难题—解答。分组出现的功能项组合有赠予者的第一项功能—主人公的反应—宝物的提供和获得。在这些功能项的组合中，每组功能所指的行为可以分出时序的先后。禁止，缺失，离家，交锋和难题在前，破禁，消除，归来，胜利，解答在后。

破禁一定会出现在禁止之后。在《五月之夜》中甘娜对列弗

① 《米尔戈罗德》，陈建华译，第 59 页。

② 同上，第 59 页。

柯说："往后我们不能再时常见面了。"列弗柯在与甘娜告别后又去找她，打破了禁令。而在《不翼而飞的信》中扎波罗什的哥萨克对爷爷说："你们护着点，今夜别睡觉了……"① 紧接着爷爷就睡着了，打破了禁令。《维》中神学生道，"停下来，就在这野地里过夜！"哲学生霍马明确表示不同意，因此打破了禁令。从举例中可以看出，破禁的形式是与禁令的形式对应的，见面与不能见面，睡觉与禁止睡觉，在野地里过夜与不在野地里过夜对应。

六个故事大都是以缺失未婚妻或者某种重要事物而开始。1）父亲和继母把帕拉丝卡带走，使吉茨柯缺失未婚妻；2）彼得缺金子；3）村长阻挠列弗柯和甘娜相爱，使列弗柯缺失未婚妻；4）女妖偷走了爷爷的帽子和公文，使爷爷缺失帽子和公文；5）瓦库拉缺皇后的鞋。6）霍马想弄点东西填填肚子。与之对应的就是故事中 1）吉茨柯一定会娶到帕拉丝卡；2）彼得找到金子；3）列弗柯娶到甘娜；4）爷爷找到帽子和公文；5）瓦库拉找到皇后的鞋；6）霍马找到了食物。

主人公意识到自己的缺失，直接导致其离家外出，之后主人公肯定要归来。《狄康卡近乡夜话》故事中的主人公出发时并没有明确的目的地，彼得得知缺金子后来到酒馆；列弗柯在逃脱村长的抓捕后来到水塘的岸边睡着了，进入了奇妙的梦境；爷爷发现帽子丢失后，来到酒馆找人想办法；瓦库拉接到奥克莎娜的难题后跑过几条街，要去找帕秋克帮忙。主人公的归来也有各自的特点：彼得回到自己的小屋；列弗柯睡醒，从梦境回到现实世界；爷爷骑着马回到自己的家；瓦库拉从彼得堡回到自己的家门口。《维》中出发和归来与《狄康卡近乡夜话》不同。在第一回合中，霍马和他的同学想要寻找吃的，一起向前走，在战胜女妖后回到

① 《狄康卡近乡夜话》，白春仁译，第 107 页。

了基辅。在第二回合中，霍马从基辅神学校离开，但由于最后没有战胜女妖，被吓死了，所有就没有归来这一功能项。

当主人公与对头发生交锋后，肯定会出现结果，要么失败，要么胜利。当有人给主人公提出难题后，主人公也肯定能够克服各种困难将难题解答出来，因此功能项的排列顺序一定是先有交锋，后有失败或胜利，先有难题，后有解答。

赠予者的第一项功能—主人公的反应—宝物的提供和获得（ДГZ）这个组合功能项更能够体现逻辑关系。主人公遇到或找到赠予者，后者在考验了主人公是否反应恰当之后，便赠予能使其顺利渡过难关的某件有魔力的东西：吉茨柯遇到茨冈人，经过交换后，故事中出现的猪脸小鬼间接帮助了他；彼得遇到了巴沙甫留克和老妖婆，经过了考验他们给了他金子；列弗柯遇到了女落水鬼，帮她认出了继母，得到的字条帮助他娶到了甘娜；爷爷找到酒馆老板，在老板的指引下来到所寻之物的所在之地；瓦库拉找到帕秋克，遇到小鬼，在小鬼的帮助下来到皇宫，拿到女皇穿的鞋。

（三）故事的基本结构

巴尔特（R. Barthes）认为，故事中的功能有基本功能和辅助功能之分，并非所有的功能项单位都具有同样的重要性。有些单位是叙事作品情节的真正铰链，这些功能是故事的核心功能。

通过上文的“表一”可以发现，在《狄康卡近乡夜话》五篇故事中都存在的功能项有：加害或缺失，赠予者的第一项功能，主人公的反应，宝物的提供和获得，缺失的消除。除了《索罗庆采集市》，其他四篇都包含离家和归来。《索罗庆采集市》、《五月之夜》和《不翼而飞的信》都包含交锋和战胜，《圣约翰节前夜》和《圣诞节前夜》都有难题和解答。因此，不难发现加害或缺失—缺失消除（А–Л），离家—归来（↑–↓），赠予者的第一项功能—主人公的反应—宝物的提供、获得（ДГZ），交锋—战胜（Б–П）或难题—解答（З–Р），举行婚礼（С※）这些功能项在故事的结构中具有举足轻重的地位，是故事的核心功能项。对比《狄康卡近乡夜话》的五个故事，《维》中也包含了加害或缺失—缺失消除（А–Л），离家—归来（↑–↓）和交锋—战胜（Б–П）这些核心功能项。

普罗普认为加害或缺失这个功能项极为重要，"因为正是它推动故事展开。外出、禁止、破禁都是为这个功能项做铺垫，为它提供或使其简化"①。加害或缺失才真正揭开了故事的序幕。上述六个故事中，加害或缺失的形式是不同的。从功能项序列可以看出，《索罗庆采集市》、《五月之夜》和《不翼而飞的信》中是加害 A，这三个故事中都有对头劫走人或偷走东西的故事情节。父亲和继母把帕拉丝卡带走，《五月之夜》中村长阻挠列弗柯与甘娜相爱，《不翼而飞的信》中妖怪偷走爷爷的帽子，《圣约翰节前夜》、《圣诞节前夜》和《维》都是以缺失开始的，《圣约翰节前夜》中彼得缺失钱，《圣诞节前夜》中瓦库拉缺皇后的鞋，《维》中第一个回合霍马缺食物，第二个回合霍马被胁迫做安魂祈祷。

主人公因遇到加害或感到缺失而离家，离家这个功能项也很重要，因为这个功能项代表着主人公开始自己的寻找或历险，展开一场神奇之旅。而且在离家后会遇到新的人物，就是赠予者：彼得来到酒馆遇到巴沙甫留克；列弗柯进入奇幻的梦境遇到女落水鬼；爷爷在酒馆找到老板；瓦库拉主动去找帕秋克。当主人公缺失消除后就会踏上回归之旅。

赠予者的第一项功能—主人公的反应—宝物的提供、获得

① 《故事形态学》，贾放译，第 28 页。

（ДГZ）这个功能项的组合在每个故事里都存在，这个组合具有“神奇”的魅力。弗雷德里克·詹姆逊曾探讨过普罗普的学说，他认为“施予者是对故事中所描写的变化做出解释的因素，他提供一种足够的非对称力量来使故事讲起来饶有趣味，因此他在使故事首先具有‘故事性’这一点上也起一定的作用。所以，故事给人的满足感与完整感并非来自主人公最终设法救出了公主这一事实，而在于赋予他这么做的手段或魔力”①。

从詹姆逊的观点看，赠予者的第一项功能—主人公的反应—宝物的提供和获得（ДГZ）这一组合功能项是故事能吸引读者的重点。“宝物交到主人公手中时，故事达到了高潮。从此刻起，结局已在预料之中。”② 果戈理充分利用了这个组合的“魔力”，使我们每个故事的主人公都以不同的形式获得宝物或帮助，最后达到自己的目的。故事的曲折离奇在这个组合功能项中尽情展现。

《索罗庆采集市》中茨冈人用买牛来考验主人公，吉茨柯答应卖给他十五卢布。只是宝物的提供和获得这个功能项不明显，因为文中并没有提到是茨冈人将猪脸鬼找出来吓唬切列维克和他老婆。但是猪脸魔鬼恰巧出现在白袍青年接受茨冈人的考验后，同时猪脸魔鬼间接帮助吉茨柯战胜了切列维克，因此我们把猪脸鬼看作茨冈人给吉茨柯的宝物；《五月之夜》中列弗柯获得宝物的过程是非常精彩的。他通过自己细致的观察，认出了邪恶的继母，落水女为了答谢给他一张纸条，正是这张纸条帮助他战胜了村长；《不翼而飞的信》中爷爷在酒馆用五个金币在酒店老板那里获得了前往魔鬼居住地的信息，这个信息帮助他来到寻找对象的

---

① ［美］弗雷德里克·詹姆逊：《语言的牢笼》，钱佼汝译，百花洲文艺出版社 1995 年版，第 56 页。

② ［俄］普罗普：《神奇故事的历史根源》，贾放译，中华书局 2006 年版，第 208 页。

所在地。

相对于前面三个故事，彼得和瓦库拉宝物的获得更是曲折离奇，因为《圣约翰节前夜》和《圣诞节前夜》两个故事对这个功能项组合进行了重复。《圣约翰节前夜》中的彼得答应帮助巴沙甫留克摘真蕨花，他把彼得带到金子埋藏地，经过妖婆的考验彼得才得到金子。《圣约翰节前夜》中的宝物就是金子。而《圣诞节前夜》中瓦库拉去找帕秋克帮忙，他为瓦库拉指点小鬼的位置，瓦库拉战胜小鬼后，小鬼供瓦库拉驱使。《圣诞节前夜》中的宝物是小鬼。《圣约翰节前夜》和《圣诞节前夜》中宝物的作用是不同的，彼得得到宝物后钱的缺失就消除了。宝物的作用是消除缺失，但瓦库拉战胜小鬼后，他的缺失并没有立刻消除，而是进行两国之间的空间移动，宝物的作用是帮助主人公来到寻找对象的所在地。

普罗普研究发现："有两对功能项极少在同一回合中同时出现，甚至少到排斥会被认为是符合规律的，而放在一起是打破规律的。这两对功能项是：与对头—加害者交锋和战胜他（Б–П）以及难题和对它的解答（З–Р）。"① 这一规律在《狄康卡近乡夜话》的故事中有所体现，交锋—战胜的功能项只在《索罗庆采集市》、《五月之夜》和《不翼而飞的信》中出现，而难题—解答只出现在《圣约翰节前夜》和《圣诞节前夜》中。（Б–П）和（З–Р）的出现情形与加害和缺失的情况相同。在前三个故事中加害这个功能项是对头的行动，因此接下来的故事就会出现主人公与对头的交锋，战胜对头后使自己的缺失消除。而剩下两个故事中的缺失都是以难题的形式告知主人公的，因此故事中没有出现对头，也就不会有交锋和战胜（Б–П）的功能项。

---

① 《故事形态学》，贾放译，第 97 页。

最后分析一下故事的收场，其实故事的结局一开始便已经给出了，《索罗庆采集市》和《五月之夜》都是由于继母和村长的阻挠而缺失未婚妻，因此在战胜继母和村长后，自然就会举行婚礼。《不翼而飞的信》中缺失的是帽子和公文，因此《不翼而飞的信》的收场是爷爷在拿到帽子后完成自己的任务。《圣约翰节前夜》和《索罗庆采集市》中给主人公出了难题，因此结局一定会解答难题娶到自己心爱的姑娘。《维》的结局与众不同，主人公的结局很悲惨，这区别于传统童话故事的幸福结局，从这个角度看，在《维》中虽然有民间文学的浪漫主义气息，但已经开始向现实主义转变了。而从其对头的角度来看，他们也没有取得胜利，魔怪们离开的时候，太阳已经升起，他们也和主人公一样结局悲惨。在这六个故事中虽然有四个都是以举行婚礼收场的，但是它们各有特色。

《索罗庆采集市》中吉茨柯在战胜切列维克后与帕拉丝卡举行婚礼时，继母突然出现使婚礼中断，但是茨冈人的帮助使继母无法阻止婚礼，婚礼得以继续进行。而在《五月之夜》的故事中并没有描写举行婚礼，只是说村长答应明天为他们举办婚礼，故事只停留在这天晚上。所以《五月之夜》中的婚礼是未来的婚礼。《圣约翰节前夜》中的彼得受到魔鬼的诱惑，杀害碧多卡的弟弟得到金子，以“不洁的”手段得到的财富犹如幽灵，财迷心窍必有恶报。最后彼得失忆，被魔鬼带走，没有得到纯洁的情感和真正的幸福。而《圣诞节前夜》中的铁匠瓦库拉同样受到了小鬼的诱惑，但瓦库拉正直、勇敢、坚定自己的信仰，不仅制伏了小鬼，而且在小鬼的帮助下得到了真正的幸福。

根据上面对核心功能项的分析，我们可以得出六个故事的基本叙事结构：

加害或缺失—出发—赠予者的第一项功能—主人公的反应—宝物的提供、获得—交锋—战胜（难题—解答）—缺失消除—归来—举行婚礼。

$$\text{A（a）}\uparrow\text{ДГZ}\quad\frac{\text{Ъ—П}}{\text{З—Р}}\quad\text{Л}\downarrow\text{С}^{※}$$

这个结构清晰地显示了主人公的历程。加害或缺失是故事展开的必要条件，它诱使主人公离家。赠予者的组合说明如何得到外界的帮助。交锋战胜是叙事主人公打败对头，使缺失消除的经过。难题解答是主人公举行婚礼前所经受的考验。最后的举行婚礼就是主人公历程的终点。“从形态学的角度说，任何一个始于加害行为或缺失、经过中间的一些功能项之后终于以婚礼或其他作为结局的功能项过程，都可以称为神奇故事。”① 由此可以判断，这六个故事都属于神奇故事。通过普罗普的理论，我们可以了解到，果戈理早期中短篇小说从民间故事当中汲取的不仅有内容，还有叙事模式。

二　《狄康卡近乡夜话》人物角色塑造的神奇故事模式

普罗普关于故事人物的分析，是其故事形态理论中的另一个重要方面，与其功能论紧密相关。普罗普的“人物角色观”强调，“人物意志、意图对于其定义来说不被作为本质性的母题。重要的不是他们想做什么，不是他们身上洋溢的情感，而是从其对主人公以及情节过程的意义角度来评价和界定他们的行为本身”②。换句话说，就是以他的功能来界定。正常的情况是，一个

① 《故事形态学》，贾放译，第 87 页。

② 同上，第 75 页。

人物扮演一种角色，但有时候，一个人物在故事的不同阶段会扮演不同角色，还有一种情况是，几个人物扮演同一种角色。

总的来说，普罗普将具体人物和抽象角色区分出来。故事人物的特性、身份虽然千变万化，但从他们负载的“功能”看，实际上的故事角色只有七种。

1. “对头（加害者）：对头的作用就是打破家庭的安宁，带来某种灾难，造成危害和损失。”①

2. “赠予者（提供者）：更为准确的说法是提供者。通常是在树林里、路上等地方偶然碰到他，主人公从他那里获得某种东西（通常是有魔力的），使他随后能化险为夷。”②

3. 相助者：“神奇的相助者是作为礼物被引入的”③，能够帮助主人公渡过难关。

4. 公主（要找的人）与父王：在民间故事中，要找的人通常是公主，而她又与其父王一起行动，因此公主与其父王无法按照功能精确地划分界线。

5. 派遣者。

6. “主人公：故事通常在初始情境中列举家庭成员，或者干脆就以提到名字或介绍其状况的方法引入未来的主人公（如士兵）”④。神奇故事的主人公——就是这样的人物，他或者在开场时直接受到敌对者行动的折磨（或者感到某种欠缺），或者答应化解另一个人物的灾难或解决缺失。在情节过程中主人公是这样一个角色——他得到宝物（神奇的相助者）并使用它们，或享

---

① 《故事形态学》，贾放译，第 25 页。

② 同上，第 36 页。

③ 同上，第 78 页。

④ 同上，第 24 页。

受它们的服务。①

7. 假冒主人公：经常会模仿主人公。

果戈理的《狄康卡近乡夜话》内容多取材于乌克兰的民间传说，情节充满着戏剧性的特征，扑朔迷离，引人入胜。果戈理对故事人物的塑造更加体现了作者丰富的想象力。在《狄康卡近乡夜话》故事中，林林总总的人物陆续登场，这些人物有着许多方面的差异。固有属性的差异：普通人，妖魔鬼怪等；个人身份的差异：农夫、哥萨克、雇工、村长、铁匠等；除此之外还有年龄性别的差异等。虽然这些人物的身份形象有所不同，但是有些人物却在各自故事情节展开的过程中承担了相同的职能，扮演了同一种角色。而有的形象很相似，却扮演了不同的角色。

（一）小说的人物角色分类

• 主人公

通常在童话故事里都会有一位英俊潇洒的王子，而《狄康卡近乡夜话》中的青年虽多半出身贫寒，但大多仪表出众，能力不凡，在故事里的功能与童话中的王子相似。

《索罗庆采集市》中对吉茨柯有这样的描写：“其中一个穿着比别人讲究些，白色的长袍，列舍季洛夫村出产的灰色羊羔皮帽。他两手叉腰，英武地打量着车上的人。美人不会看不到他那晒黑却俊美的脸膛，他那火热的目光……”“回头一瞧是长了一双明亮眼睛的白袍青年站在面前”②。

《圣约翰节前夜》中的长工野孩子彼得很英俊。“她们说要是给他换件新的上衣，系上红腰带，戴上有华丽蓝尖的黑羊羔皮帽，腰里挎上土耳其战刀，一手拿大衣，一手拿花边烟斗，那他

① 《故事形态学》，贾放译，第 45 页。

② 《狄康卡近乡夜话》，白春仁译，第 13—15 页。

会比所有的年轻人都棒。”碧多卡和弟弟说，“你去找彼得，快跑，告诉他我喜欢他棕色的眼睛，我爱他白嫩的脸庞……”①

《五月之夜》中的主人公是年轻的哥萨克列弗柯，村长的儿子，他也是相貌堂堂。“小伙子雄鹰般的眼睛。”甘娜对列弗柯说，“我爱你，黑眉毛的哥萨克。我爱你有对深棕色的眼睛……我爱你乐呵呵地努动自己的黑胡须……”②

《圣诞节前夜》中的瓦库拉则是“强壮英俊的铁匠”，“再说此刻铁匠穿了扎波罗什人的衣服，虽脸庞较黑，的确可算个美男子呢”。③

一般来说，王子都是故事的主人公。普罗普认为神奇故事的主人公就是这样的人物，他或者在开场时直接受到敌对者行动的折磨（或者感到某种欠缺），或者答应化解另一个人物的灾难或解决缺失。在情节过程中主人公是这样一个角色——他得到宝物（神奇的相助者）并使用它们，或享受它们的服务。换句话说就是得到宝物的那个人就是主人公。在《索罗庆采集市》中吉茨柯由于受到继母的阻挠而缺失未婚妻，接下来他遇到茨冈人，在他的帮助下得到未婚妻；《圣约翰节前夜》中彼得在巴沙甫留克和老妖婆的帮助下找到了金子；《五月之夜》中列弗柯从女妖那里得到一张纸条，并用这张纸条战胜了村长；《圣诞节前夜》中瓦库拉制伏了小鬼，并在他的帮助下来到彼得堡。因此吉茨柯、彼得、列弗柯和瓦库拉分别是故事中的主人公。

• 公主

当故事中出现了王子般的主人公，必定就会有公主。那《狄

---

① 《狄康卡近乡夜话》，白春仁译，第 48—49 页。

② 同上，第 65—66 页。

③ 同上，第 132、174 页。

康卡近乡夜话》中的公主又是谁呢？既然吉茨柯、彼得、列弗柯和瓦库拉是故事中的主人公，那么他们爱慕的故娘自然就是故事中的公主。作为天才的语言大师，果戈理用丰富华丽的辞藻为读者描绘了四位不同的美女。她们分别是：

《索罗庆采集市》中的帕拉丝卡："马车上坐着一位俊俏的姑娘，圆圆的小脸，乌黑的眉毛，微弯的双眉下面，是一对清澈棕色秀目。玫瑰色小嘴天真地微笑着。除了长辫子和一束野花，头上还扎了红蓝彩带，犹如艳丽的光环斜挂在可爱的脸庞上。"①

《圣约翰节前夜》中的碧多卡："这位哥萨克姑娘鲜嫩红润的脸蛋，好比最细嫩的玫瑰色的罂粟花，经朝露一洗，绽开花瓣，在初升的太阳光里显露姣美；她的双眉好似如今姑娘们在俄罗斯人串乡货担子上买的黑色绦带，用来系小十字架和杜卡特金币；眉毛弯弯，像是在凝视着明亮的眸子。她那小嘴儿让年轻人看得不断舔嘴唇，似乎生来就为唱出夜莺般的歌声；头发黑得像乌鸦翅膀，软得像刚长出的嫩麻，一绺绺披到黄线滚边的长衫上。"②

《五月之夜》中的甘娜："暮色里出现了十七岁妙龄的姑娘，她的双眸在半明半暗中仿佛星光般地亲切闪亮。红色珊瑚项链璀璨放光。她脸颊上害羞的红润，也没有逃脱小伙子雄鹰般的眼睛。"③

《圣诞节前夜》中奥克莎娜："奥克莎娜还没满十七岁，可镜中那张生动细嫩的稚气小脸，一对明亮的黑眸，难以形容的勾人神魂的微笑……"④

普罗普将公主定义为要找的人，《索罗庆采集市》和《五月

① 《狄康卡近乡夜话》，白春仁译，第 12 页。

② 同上，第 48 页。

③ 同上，第 65 页。

④ 同上，第 136 页。

之夜》的公主都是受到外界的阻挠而无法与主人公结婚，这两个故事的主人公冲破阻挠得到了自己的公主。《圣约翰节前夜》和《圣诞节前夜》中的公主为主人公出了难题，而出难题正是“公主的另一项功能”①。而且这四个故事的结局都是举行婚礼，因此故事中的美女都是普罗普定义的公主。同时《圣诞节前夜》中难题具有双重意义形态，它同时还是功能项 B，所以奥克莎娜又是派遣者。

• 对头

在这些故事中还出现了众多的父母形象，其中包括主人公的父母和公主的父母。他们经常成为难题的发起者，主人公的对头。

在《索罗庆采集市》中出现的是帕拉丝卡的父亲和继母。她的父亲切列维克“上身是洁净的亚麻布衬衫，下面穿的是弄脏了的亚麻布灯笼裤。他不时举手擦脸，黝黑的脸膛上大汗淋漓，甚至顺着长须往下滴”。继母的形象是“穿件鲜艳的绿毛衣，上面像在银鼠毛皮上缀了许多下摆，却是红颜色的。下身是华贵的格布裙，却花哨得像棋盘。头上印花布的彩色帽……”②

在《圣约翰节前夜》中彼得的父母早就得了鼠疫死去，对碧多卡的父亲的描述只是村里一个哥萨克人，绰号烤饼，没有详细的外貌描写。

在《五月之夜》中只出现了列弗柯的父亲，也就是村长。“村长老沉着脸，样子挺凶，又不爱多说话。”“……捋自己长长的八字胡，瞪起一双鹰眼珠斜看着人。”“……他总穿件家纺黑呢子上衣，腰间系一条彩色的毛织长带。”③

---

① ［俄］普罗普：《神奇故事的历史根源》，贾放译，中华书局 2006 年版，第 398 页。

② 《狄康卡近乡夜话》，白春仁译，第 11—12 页。

③ 同上，第 76—77 页。

在《不翼而飞的信》中没有出现爷爷的父母。在《圣诞节前夜》中提到瓦库拉的母亲是个女妖，“至今还不满四十，长得不美也不丑。这个年纪要很美确也不易。但她能把最老实持重的哥萨克都弄得神魂颠倒”①。奥克莎娜的父亲是哥萨克富人丘布，和铁匠瓦库拉关系不好，经常吵嘴。

在这些父母当中，帕拉丝卡的父亲切列维克和继母，列弗柯的父亲村长是作为主人公的对头出现的。因为《索罗庆采集市》中的父亲和继母把姑娘带离了吉茨柯的视线，使他缺失未婚妻。而《五月之夜》中列弗柯发现自己的父亲阻挠自己的婚事，抢夺他的未婚妻。所以他们在故事中是加害者，也就是主人公的对头。

普罗普认为出难题作为一项由对求婚者的敌对态度引出的行动，最常见的是由父亲执行，父亲经常会惩罚或下令惩罚假冒主人公。《索罗庆采集市》中的父亲上面已证实是主人公的对头，《圣诞节前夜》中出难题的是奥克莎娜，所以她的父亲不属于普罗普父王的角色的定义。但是在《圣约翰节前夜》中难题是由碧多卡的弟弟告诉彼得的，而出难题可以看成烤饼和碧多卡共同的行动。因此烤饼符合父王的角色定义。

• 赠予者和相助者

魔鬼在小说中担任的角色多变，有些是赠予者，有些是相助者。“俄罗斯文学对魔鬼的兴趣呈波浪式发展，具有周期性的特征。到了浪漫主义时代，特别是19世纪20年代至30年代，魔鬼主要为创作幻想的对象，并达到了一个高峰。”②《狄康卡近乡夜

---

① 《狄康卡近乡夜话》，第141页。

② 梁坤：《末世与救赎——20世纪俄罗斯文学主题的宗教文化阐释》，中国人民大学出版社2007年版。

话》就是在这段时间内出版的。“魔鬼学说与浪漫主义具有一种天然联系，而且是不可或缺的组成部分。”随着浪漫主义文学的发展，魔鬼文学在文学中的地位得到强化。“果戈理笔下的魔鬼呈现出乌克兰乡村的民间多神教色彩，散发着浓郁的民族气息。对魔鬼、妖精和巫师的尽情嘲弄和对人民的勇敢、机智和爱国精神的礼赞结合在一起。主人公的英勇与旧时的魔鬼的对立是他的浪漫主义美学的重要特征。”①

《狄康卡近乡夜话》中的故事大都是发生在静谧、神秘的夜晚，而且果戈理深受民间文化的影响，因此在他的小说中出现各种魔鬼的形象就不足为奇了。在这些故事中我们能够找到一些具有魔幻的力量的人物或鬼怪。如《索罗庆采集市》中出现的猪脸小鬼；《圣约翰节前夜》中的巴沙甫留克和老妖婆；《五月之夜》中的女落水鬼；《不翼而飞的信》中的女妖和《圣诞节前夜》中的帕秋克和小鬼。果戈理运用自己的笔墨，塑造了不同的魔鬼形象，每一个形象都给读者留下了深刻的印象。

在《索罗庆采集市》中果戈理不止一次强调魔鬼具有一张猪脸。魔鬼的长相首先出现在市集上有个头上长包的人的口中：“木棚子里常常闹鬼。哪一次赶集也得出点祸事。昨天乡里的司书傍晚由这儿路过，往天窗一看，出来一张猪脸大声哼哼，司书吓得浑身打战。你等着瞧吧，还会出现红衣袍的。”接下来“集市上出现了怪事。处处都在谣传，说某个地方在货堆里出现了一件红袍。一个卖小圆面包的老婆子，看到一个猪脸魔鬼在货车上面不停地弯腰走动，像是找什么东西”。然后切列维克的亲家说起了红袍子的事情，一个欠了酒钱的魔鬼把自己的红袍子押给了一个

① 梁坤：《末世与救赎——20世纪俄罗斯文学主题的宗教文化阐释》，中国人民大学出版社2007年版。

犹太人，告诉他一年后来赎它，犹太人没有遵守诺言，把衣服高价卖了。当魔鬼回来赎衣服的时候犹太人拒不认账。“到了晚上，犹太人锁好自己的房门，把箱子里的钱全数了一遍，盖上被单就开始做犹太人祈祷，忽听有声响，抬头一望，所有窗口都露出了一张张猪脸……”“犹太人吓傻了。那些猪长着高跷一样的长腿……”正在亲家讲这个故事的时候，“窗户轰地一响，玻璃飞了出去，出现一张恐怖的猪脸，转动着眼珠像在问：‘善良的人们，你们在做什么呀？’”① 通过这一系列的描写，读者深刻地记住了这个长着猪脸的小鬼。

在《圣约翰节前夜》中，果戈理是这样形容魔鬼的：“这个村庄时常出现一个人，或者说是扮成人的魔鬼。”“我爷爷的亲婶娘，那时开了一个小酒馆，就在如今的奥波乡大道上。这个大家叫他巴沙甫留克的鬼人，时常来这儿胡闹。”而郁闷的彼得就来到婶娘的酒馆，遇到了巴沙甫留克。“他头顶上响起洪亮的声音。回头一瞧，是巴沙甫留克！天哪，样子真可怕。头发倒竖着像鬃毛，瞪着两只牛眼。”巴沙甫留克将彼得引到一所小房面前。“从里面跑出一只大黑狗，它吠叫着变成了猫，朝他俩的眼睛扑去。再一瞧，不是猫，竟成了一个老太婆，皱巴巴的脸活像烤苹果，腰全弯着。鼻子和下巴，好似夹核桃的钳子。”② 果戈理用生动形象的比喻把这两个魔鬼形象清晰地展现在读者眼前，使读者了解到它们是多么丑陋和可怕。

在《五月之夜》中，果戈理为读者展现了一个与前面完全不同的魔鬼形象。这里魔鬼是投水女。一个百户长的女儿受到继母的迫害，然后投河自尽成了女鬼。列弗柯在梦境中遇到了这个女

---

① 《狄康卡近乡夜话》，白春仁译，第 17、24、27、28 页。

② 同上，第 47、50、54 页。

鬼。“只见窗口伸出一双玉臂，接着探出漂亮的脸蛋，一双明亮的眼睛，深棕色的长发……”“长长的睫毛半盖着秀目。整个人苍白如纸，如月色；但却那么姣美，那么漂亮……”① 这里的形象更像是神话中的仙女，投水女生前善良，自尽后变成鬼，所以她的外貌并不会改变。

《不翼而飞的信》中的爷爷看到“有个灰影子露出两只角来……”就睡着了。他来到魔鬼居住地后，又看到“一片丑脸无法计数，妖魔多得就像圣诞节时降落的大雪，而且个个奇装异服，抹成大花脸，像逛集市的小姐。爷爷已是心惊胆战，但一见鬼怪们全是狗脸、德国腿、摇着尾巴，……这些妖魔一发现爷爷，蜂拥而上；猪嘴、狗嘴、羊嘴、鸨嘴、马嘴拱上来抢着和爷爷亲嘴”②。这些魔鬼的长相非常丑陋，但有一个女妖比别的鬼怪稍许好看一点，爷爷断定出她就是妖精的头头儿。

《圣诞节前夜》中的魔鬼“从前面看完全是个德国佬，一张长脸不停地转动，下巴滚圆好像咱们这里的猪嘴，腿很细，带了一条又细又长的尾巴，瘦脸上留着山羊胡，头顶竖有两只小角”，“小鬼低下自己的狗脸”。③ 通过这几处的描写，读者会在自己脑海里闪现出小鬼的形象。在这篇故事中还出现了一个通灵的人——扎波罗什的大肚皮帕秋克。据说他了解所有的鬼魅。帕秋克虽然个子不高，却十分肥胖。严格意义上来说，帕秋克并不算是魔鬼，但是他具有一定的魔力，他能轻松地治好病人，而且能使甜饺自己飞进嘴里，最重要的是他知道鬼在什么地方。因为他具有这些魔力，所以将他划入魔鬼的行列。当

---

① 《狄康卡近乡夜话》，白春仁译，第 92 页。

② 同上，第 107、113 页。

③ 同上，第 131、158 页。

然在《狄康卡近乡夜话》中还出现了其他的妖精，如投水女的继母是能变成黑猫的女妖，瓦库拉的母亲是收集星星的妖精，等等。

果戈理在作品中对魔鬼进行了细致的描绘。这些魔鬼的形象与人类似，大都长有猪脸、各种动物的嘴以及头上长角等。果戈理作品中体现的魔鬼观与民间魔鬼观是一致的。“民间魔鬼观认为魔鬼外形与人相似，它和人一样可以被捉弄、被击败。”① 果戈理希望人们读了他的作品以后，“对魔鬼纵情嘲笑”②。

虽然在《狄康卡近乡夜话》的每个故事中都出现了魔鬼，但是它们在各自故事中的角色和作用是不同的。果戈理故事中的魔鬼主要扮演了三种角色：对头、赠予者和相助者。

普罗普将“打破家庭的安宁，带来某种灾难，造成危害和损失”③ 的人称为对头。《不翼而飞的信》中的魔鬼偷走了爷爷的帽子，带来了损失，所以这里的魔鬼是主人公的对头。

普罗普认为主人公从赠予者那里“获得某种东西（通常是有魔力的），使他随后能化险为夷”④。换句话是说赠予者就是宝物的提供者。而“神奇的相助者是作为礼物被引入的”⑤。相助者是宝物的一种形式。《索罗庆采集市》中猪脸小鬼正式在故事情节出现是在茨冈人答应帮助吉茨柯后，所以可以把它看成茨冈人送给吉茨柯的礼物，这个礼物间接地帮助了主人公战胜父亲切列维

---

① ［法］罗贝尔·穆尚布莱：《魔鬼的历史》，张庭芳译，广西师范大学出版社 2005 年版，第 8 页。

② ［俄］梅列日科夫斯基：《果戈理的“魔鬼”和〈钦差大臣〉》，《果戈理评论集》，袁晓禾、陈殿兴选编，复旦大学出版社 1993 年版，第 300 页。

③ 同上，第 25 页。

④ 《故事形态学》，贾放译，第 36 页。

⑤ 同上，第 78 页。

克。所以《索罗庆采集市》中的赠予者是茨冈人，而相助者是猪脸小鬼。在《圣约翰节前夜》中巴沙甫留克为彼得提供了埋藏金子的地点，在经过考验后彼得从老妖婆那里得到金子。彼得获得的宝物分别是金子的地点和金子。所以在这个故事里魔鬼不是相助者而是赠予者。在《五月之夜》中列弗柯从投水女那里得到一张纸条，并用这张纸条战胜了村长。所以投水女也是赠予者。《圣诞节前夜》中帕秋克为瓦库拉指点小鬼的所在地，所以帕秋克是赠予者。普罗普认为与敌对方交战是对赠予者的考验。战胜敌手是主人公的反应。供主人公驱使是宝物的转交。所以，瓦库拉与小鬼交战，并制伏它，在这一阶段的小鬼是赠予者。而在小鬼供瓦库拉驱使时，小鬼变成了马，驮着瓦库拉来到彼得堡，在这里小鬼则是相助者。

除了魔鬼外，还有一些人物角色在各自的故事中起到赠予者、相助者的作用。如《索罗庆采集市》中的茨冈人，他在吉茨柯愁眉苦脸的时候及时出现，并提议“要是我们能让切列维克把帕拉丝卡嫁给你，你肯不肯二十卢布把牛卖给我？”“用不着二十，给我十五卢布就卖，只要你不是骗人！”① 两人拍手成交。茨冈人让几个小伙子抓住切列维克，迫使他同意吉茨柯的婚事，后来又让两个粗壮的茨冈人抓住继母的手，使她不能阻止婚礼。吉茨柯在茨冈人的帮助下娶到帕拉丝卡。因此高个儿茨冈人是赠予者，而小伙子和后面的两个粗壮茨冈人是相助者。

• 派遣者和假冒主人公

派遣者不仅要成为派遣主人公出发行动的人物，该行动还必须是功能项调停 B。在《圣约翰节前夜》中碧多卡的弟弟伊瓦斯是派遣者。碧多卡发现情敌出现，自己的婚事受阻，通过弟弟伊

---

① 《狄康卡近乡夜话》，白春仁译，第 21 页。

瓦斯告诉彼得他的缺失，伊瓦斯的行动是功能项调停 B，所以伊瓦斯可以作为派遣彼得出发去寻找金子的派遣者。

在《不翼而飞的信》中除了前面提到妖怪，还有两个重要的人物。哥萨克爷爷和酒馆老板。妖怪偷走爷爷的帽子，给爷爷带来损失，所以《不翼而飞的信》中的主人公是爷爷。而酒馆老板在收到爷爷的五个金币后向爷爷提供魔鬼居住地的信息。因此这个酒馆老板是赠予者。在这个故事开头有一个执政大人让爷爷给女皇送公文，他的行动并不是功能项调停 B，所以执政大人不是普罗普定义的派遣者。

在《圣约翰节前夜》中彼得爱慕碧多卡，打算向恋人的父亲提亲，而波兰人去向碧多卡的父亲烤饼提亲，在此情节中波兰人模仿主人公，提亲是他作为假冒主人公提出的非分要求。

（二）小说的人物角色分布特点与核心模式

“人物的每一个范畴都有其出场的形式，人物进入行动过程的一些特殊方法与每一个范畴相适应。”①

主人公、公主都被纳入到初始情境中。《狄康卡近乡夜话》中的故事都在开头就对主人公和公主进行了介绍。

普罗普认为有一种对头的出场形式是“对头在行动过程中出现了两次。第一次他是突然出现的，从其他地方（飞来、从天而降等），但随后就消失了。第二次他是作为被寻找到的人物进入故事，一般是有人引路”②。《不翼而飞的信》中的对头就完全符合这种形式。妖怪第一次出现是很突然的，偷走了帽子后就消失了。爷爷经过酒馆老板的引路找到了女妖。这种出现的方式符合故事的规范。当然还存在一些违规的时候，《索罗庆采集市》中的

---

① 《故事形态学》，贾放译，第 78 页。

② 同上，第 78 页。

对头在初始情境中就有介绍，一直到吉茨柯破禁后，父亲切列维克和继母才转变为对头。此后吉茨柯主动去找切列维克，将其战胜，而继母则是主动出现来破坏婚礼的。《五月之夜》中的对头虽然在故事前面有所介绍，但是正式进入故事情节却是突然的。"意外的情敌"这个小标题有两层含义：一个是意外出现的情敌；另一种情况，情敌居然是自己的父亲，让人意外。接下来村长是主动找列弗柯出现的，而不是作为被寻找对象出现的。这一点与普罗普总结的形式正好相反。

普罗普认为"赠予者是偶然相遇的，最常见的是在林中，或者在野外、在路上、在街头"①。《狄康卡近乡夜话》中的赠予者基本符合这条规律。例如：吉茨柯在自家车旁遇到茨冈人；彼得在酒馆遇到巴沙甫留克；列弗柯在梦境中遇到投水女；爷爷在酒馆遇到了老板。只有《圣诞节前夜》中的瓦库拉是主动去找帕秋克，但是瓦库拉阴差阳错地背上了小鬼，因此他与小鬼也是一种偶遇。虽然主人公与赠予者都是偶遇的，但是有的赠予者在故事开头就有所介绍。如《圣约翰节前夜》中的巴沙甫留克，《五月之夜》中的投水女和《圣诞节前夜》中的小鬼。那时他们并没有遇到主人公，所以还不是作为赠予者出现。

"神奇的相助者是作为礼物被引入的。"② 他们的出现是与赠予者分不开的。《索罗庆采集市》中没有直接叙述茨冈人将猪脸小鬼转交给吉茨柯，所以猪脸小鬼是突然出现的，并间接地帮助了吉茨柯。而《圣诞节前夜》中瓦库拉制伏了小鬼，小鬼直接由赠予者变成了相助者。

小说中的人物角色分布如表三：

---

① 《故事形态学》，贾放译，第 78 页。

② 同上，第 78 页。

表三：人物角色分布

	《索罗庆采集市》	《圣约翰节前夜》	《五月之夜》	《不翼而飞的信》	《圣诞节前夜》
对头	父亲切列维克和继母		列弗柯的父亲——村长	女妖	
赠予者	高个儿茨冈人	巴沙甫留克，老妖婆	投水女	酒馆老板	帕秋克、小鬼
相助者	猪脸小鬼、小伙子和两个粗壮茨冈人				小鬼
公主与父王	帕拉丝卡	碧多卡、烤饼	甘娜		奥克莎娜
派遣者		伊瓦斯			奥克莎娜
主人公	吉茨柯	彼得	列弗柯	爷爷	瓦库拉
假冒主人公		波兰人			

通过对表三的分析，可以归纳出《狄康卡近乡夜话》中人物角色分布的一些特点：

1. 故事最少有三种角色出现（故事《不翼而飞的信》），最多有五种角色（故事《索罗庆采集市》和故事《圣约翰节前夜》），剩下的两个故事都出现了四种角色。

2. 有多个人物扮演同一角色，如《索罗庆采集市》中猪脸小鬼、小伙子和两个粗壮茨冈人同时作为主人公的相助者；《圣约翰节前夜》中巴沙甫留克和老妖婆共同作为彼得的赠予者；《圣诞节前夜》中帕秋克和小鬼都是瓦库拉的赠予者。

3. 同一个人物可以扮演不同的角色，如《圣诞节前夜》中的小鬼既是赠予者又是相助者。奥克莎娜既是公主又是派遣者。

4. 在《狄康卡近乡夜话》中包含了普罗普归纳的七种角色，

其中出现最少的是派遣者和假冒主人公，只在《圣约翰节前夜》中出现。在每个故事中都有赠予者与主人公，有四个故事有公主，有三个故事有对头。由此可见，主人公、赠予者、公主和对头是《狄康卡近乡夜话》中故事的基本角色。

从表三可以看出，只有在《索罗庆采集市》、《五月之夜》和《不翼而飞的信》中出现了对头这个角色。故事的基本矛盾在于主人公受到对头的迫害，只凭借主人公自己的能力无法战胜对头，这时赠予者及时出现，给主人公送来宝物，帮助主人公战胜对头。《索罗庆采集市》和《五月之夜》的主人公用赠予者的宝物战胜对头，《不翼而飞的信》中主人公用赠予者的信息找到魔鬼居住地。《索罗庆采集市》中出现的相助者只是宝物的一种形式，可以用其他宝物来代替。在《五月之夜》中的宝物就是一张纸条。公主在这类故事中是由于对头加害而使主人公缺失的未婚妻，对头还可以使主人公缺失其他东西，比如《不翼而飞的信》中对头使爷爷缺失帽子和公文。

在这三个故事中，主人公、对头、赠予者这三种角色处于中心位置，构成了整个故事的基本框架，形成一种角色三角形的链条，如图一所示：

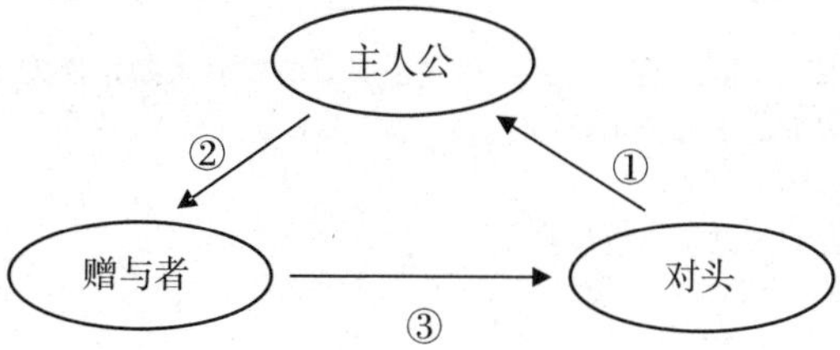

图一：《索罗庆采集市》、《五月之夜》和《不翼而飞的信》的人物角色关系
①对头加害主人公
②主人公遇到赠予者
③主人公在赠予者的帮助下战胜对头

另外两个故事《圣约翰节前夜》和《圣诞节前夜》的基本矛盾在于主人公向公主求婚，公主给主人公出难题，只有解答了难题后才会嫁给主人公。因为是难题，所以只依靠主人公自己的力量无法解决。因此主人公需要赠予者帮忙解答难题。《圣约翰节前夜》和《圣诞节前夜》中，公主出的是寻找类难题。彼得经受住了巴沙甫留克和老妖婆的考验得到了金子。瓦库拉在帕秋克和小鬼的帮助下来到所寻之物的所在之地，成功地解答了难题。这三种角色在故事中起着至关重要的作用。这里的相助者也可以用其他宝物代替，《圣约翰节前夜》中的彼得经过赠予者的考验直接获得的所寻之物。而派遣者和假冒主人公对于这类故事也不是十分重要。派遣者和假冒主人公只是增加故事的趣味性和曲折性而已。

因此在这两个故事中主人公、公主和赠予者是故事的核心角色，这三种角色构成了故事的基本框架，形成了另一种角色的三角形，如下图：

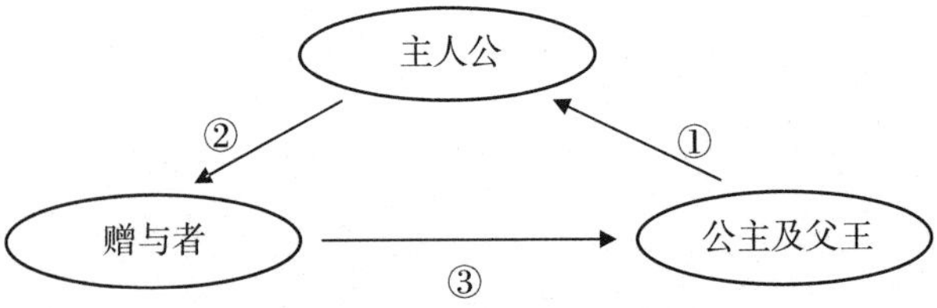

图二：《圣约翰节前夜》和《圣诞节前夜》人物角色关系

①公主及父王给主人公出难题
②主人公遇到赠予者
③在赠予者的帮助下解答出难题

通过上述分析，我们可以得出结论，《狄康卡近乡夜话》中的故事与传统民间故事非常相似。小说中的行动都在普罗普总结的31个功能项的范围内展开，小说人物符合普罗普抽离的七种“角色”。各类人物的角色及其行动圈、出场方式符合神奇故事的固有模式，可见,《狄康卡近乡夜话》在叙事结构、叙事特色上，都与民间文学有着稳定的内在联系。

第三节　民间故事主题、结构对果戈理创作的影响

“是的，我们没有文学！”① 别林斯基在《文学的幻想》中这样说。因为他认为并不能因为有了诸多响亮的名字、华丽的美文，就可以宣称一个民族有了自己的文学。在别林斯基眼中，民族文学必须有淡泊名利，仅仅为艺术而生的作家们,“他们在自己优美的作品中充分地反映和再现着他们生于其中、长于其中的民族精神，他们在这精神中呼吸、生存。必须把这一民族精神刻画得淋漓尽致，直到最深层的律动和脉搏”②。这是别林斯基对文学的幻想，也是对本民族文学的要求。别林斯基反对千篇一律的复制，他认为只有各国人民走着不同的道路，才能实现人类共同的目标，只有各个民族过着不同的生活，才能为人类文明的共同宝库贡献自己的一份特质。至于每个民族的个性表现在哪里，别林斯基认为,“就在于特殊的，只属于本民族的思想方式和世界观，在于民族的宗教、语言，尤其是习俗”③。别林斯基希望俄国民族文学摆脱盲目的作家崇拜，寻求真正的民族精神，这正是他对普希金的推崇之处。在这个唤醒民族认同感的时代，果戈理的《狄康卡近乡夜话》被他称为满足了人们最殷切愿望的作品，其主要

---

① Белинский В. Г. *Полное Собрание Сочинений Том I*, М: академии наук СССР, 1953, с. 22.

② Белинский В. Г. *Полное Собрание Сочинений Том I*, с. 24.

③ Белинский В. Г. *Полное Собрание Сочинений Том I*, с. 35.

原因应该是果戈理小说同样探索民族文化的源头，追求建立真正的、符合别林斯基文学幻想的民族文学。民族性是文学发展的基础，真正具有民族性的文学才能反映国家的社会历史，与祖国休戚与共，共荣共生。

一　果戈理小说的民族性之源

1812 年卫国战争结束之后，俄国人民的民族意识高涨，作家们对民族历史的兴趣急剧增长，这种兴趣也同样蔓延到了民间文学：俄罗斯民族诗歌、谚语、俗语等民间作品开始出版，民间文学开始进入人们的视野中。作家的创作开始广泛使用民族主题、情节、形象和风格。对国家历史和其丰富的文化遗产的兴趣在很大程度上可以解释为民族意识的复兴。

洛特曼（Ю. М. Лотман）认为，在这个时期俄罗斯文学心灵的探索是对个性和民族性的追求。应当指出的是，个性与民族性分离的问题是当时备受关注的问题之一。在艺术作品中两个人类起源矛盾的思想被突出出来：个人意愿和他的自然属性。从这一刻起人完全地与世界对立，而寻找重建心灵和谐的手段则成为文学探索的主要目标。

同时，人们的研究兴趣也渗透到对“小俄罗斯”的研究中。例如，马克西莫维奇（М. А. Максимович）的《“小俄罗斯”诗歌集》（1827）和《乌克兰民族诗歌》（1834）等。对民族文化，特别是对“小俄罗斯”文化的广泛兴趣对果戈理的创作影响颇深。作家本人因为对“民族智慧瑰宝”的热爱，在 19 世纪 30 年代初开始加入普希金文学小组。纳杰日金在评价《狄康卡近乡夜话》时指出：“有谁不知道（至少是听说过）在我们乌克兰的风貌中有无数新奇的、引人入胜的和富有诗意的东西呢？人们好像达成了一种秘密的默契，一致承认她是斯拉夫的阿芙佐尼亚并在她身上预感到可以使灵感获得丰收。”① 纳杰日金所说的阿芙佐尼亚应该是指古希腊爱和美的女神阿芙洛狄忒，可见他对乌克兰的向往。因而，我们可以说正是对“小俄罗斯”的这种热爱和其本身风格的多姿多彩让果戈理这位文学巨匠选取了“小俄罗斯”的民间文学作为自己第一部文集的基本材料。

除此之外，母亲和朋友在果戈理的创作道路上也起到了十分重要的作用。在创作《狄康卡近乡夜话》时，果戈理在写给母亲的信中暗示自己在进行大规模的创作，并在定居彼得堡之后要求亲人“定期向他寄一些关于‘我们小俄罗斯人’风俗习惯的材料、乌克兰民族创作的典范——歌曲、童话，甚至各种各样的古老物件如帽子、裙子和衣服”。“同时也附上几句关于圣诞歌曲、圣约翰节、人鱼公主的只言片语，”他写道，“此外，如果有其他的任何神灵或者家神，那么尽量仔细地描述他们的名称和行为；在普通民众中传播的大量的迷信、传说和趣闻等。所有这些对我来说都弥足珍贵的。”不仅如此，通过对作家信件的研究，学者发现这些资料并不来源于同一个地址，也就是说在作家收集资料和整理阶段，除了母亲还有其他朋友的帮助，而且与朋友们的通信在创作初期对果戈理价值观的形成和确定起到了巨大作用，例如：作家在信中询问了关于“俄罗斯生活种类的信息”。所有这些资料作为独特生活经历的补充被果戈理运用到小说集《狄康卡近乡夜话》中。

众所周知，果戈理是“小俄罗斯”土生土长的居民，因而他在多次游历故乡之时，能够独立地研究乌克兰的风俗习惯。但

---

① 《果戈理评论集》，袁晚禾、陈殿兴选编，第6页。

是，作家的同辈人称，果戈理在游玩时并没有进行民族学的研究；他的兴趣和热情却集中到了“小俄罗斯”的诗歌。作家选择和分析的这些诗歌材料被认为正是民族智慧的重心。

在分析果戈理早期作品中的民间文学素材时，值得注意的是作家从小扎根于“小俄罗斯”日常生活的氛围中，这使他十分热爱自己的祖国和人民，崇敬民族的风俗。材料中，有很多是他从同样对祖国无比虔诚的母亲那里获悉的，这些感情有机地交织在一起，并被作家艺术地解释出来。

当我们分析《狄康卡近乡夜话》和《维》这两部作品时，应该注意到作品艺术世界形成的重要来源之一是作家对儿时听到的童话故事的回忆。例如“恐怖故事”这种体裁，作家在描写神秘事件之前，表现出异常真实的恐惧与战栗。因而，我们猜测，作者孩提时所听到的故事有可能已经异常清晰地反映到了我们将要研究的作品中了，同时反映出的还有作家作为孩童时，对故事真实性的相信，以及由此产生的恐惧感。

“小俄罗斯”民间传说获悉的另一源头可能是果戈理的科学调查。但是在分析当时的信件时我们发现，虽然果戈理不止一次地提及自己对历史和民族学的兴趣，并且在他研究的区域找到了相当丰富的资料，但是并没有精确地说出这些资料的名字。在许多作家研究的作品中关于乌克兰民族历史的资料都很少，在另一些作品中也有很多不准确的主观的评价。在果戈理全集的注释中指出，在创作小说集《米尔戈罗德》时作家运用了波普兰（Г. Л. Боплан）的《乌克兰描述》，格拉皮亚诺克（Г. И. Грабянок）的编年史手稿。在写给斯列兹涅夫斯基的一封书信中，果戈理提到了沙丰斯基（А. Ф. Шафонский）、里戈尔曼（А. И. Ригельман）、巴登什-卡曼斯基（Н. Н. Бантыш-

Каменский）等民俗学家、历史学家的名字。从这里我们可以得出结论：作家对历史和民俗学的研究始于 19 世纪 30 年代，也就正是创作小说集《狄康卡近乡夜话》和《维》的那个时期，果戈理不能确保历史事件的所有细节均真实可靠，这也是本文选取的几部作品如此迷人的原因之一。在那些作家不熟悉的事件中，果戈理融入了自己的想象，大师级的语言功底更让他在自己的作品中创造出了恢宏瑰丽的艺术世界，打动了不同年龄层的读者，触动了所有人内心的那根隐秘的琴弦。也就是说，果戈理利用所有他熟悉的生活和文学材料不仅记录了“民族色彩”，体现了“民族灵魂”，还塑造了民族性。

总的来说，果戈理早期作品的《狄康卡近乡夜话》和《维》中民间文学素材的来源方式异常多样。同时，果戈理利用语言的艺术魅力有机地组合所有的资料，并在此基础上增加了自己的见解、回忆和想象，以求为读者创造一个理想的艺术王国。

民间文学素材是作家作品的重要组成部分。果戈理表现了俄罗斯民族典型的特点，展示了他们心灵的美丽、自然、对自由和简单的无限热爱。在《狄康卡近乡夜话》和《维》主人公的艺术世界中总是围绕着某种神秘的黑暗的力量，这种力量总是试图诱惑人类，检测人类的意志。对民族思维的吸收使果戈理和自己的民族站在一起，最大限度地拉近人和自然的距离。

在掌握了包罗万象的资料之后，果戈理在我们面前描绘出了一幅“小俄罗斯”各个社会阶层人们形形色色的生活方式和习俗的图景。作家让读者们充分体会了民间生活的诗意，感受到了那个时代生活的全貌。

对人们热爱生活及其高尚的道德品格的描写确定了《狄康卡近乡夜话》的总主题，在《维》中象征性地描绘出跨过禁区的人性堕落史，但是对生命无尽的热忱确定了作品的另一主题：尽管霍马·布鲁特被不洁之力所征服，但生活仍然会按照自己的轨迹前进。

作家的注意力集中于农民生活的诗意之处。因此，在《狄康卡近乡夜话》中果戈理对集市、冬季和夏季的节日、游行、乌克兰小伙子们和美丽姑娘的消遣进行了描写。通过这些细致入微的农民日常生活画面，果戈理深刻地刻画出了平民百姓的良好品质：聪明、勤劳、待人真诚、幽默和勇敢。

当描写年轻人时，作家选用了极其欢喜、轻快的基调：例如，在《圣诞节前夜》中铁匠为了奥克莎娜的幸福可以付出一切。当姑娘想要拥有女皇的一双鞋子时，铁匠瓦库拉骑着魔鬼飞到彼得堡，为了自己心爱的人得到鞋子。玩笑般虚构的情节表现了年轻铁匠爱情的力量，他的勇敢和自我牺牲精神。勇敢、美丽在《索罗庆采集市》的吉茨柯、《五月之夜》中的列弗柯和《狄康卡近乡夜话》的其他形象中同样有所体现。哥萨克人的自由精神贯穿整部作品，同时也确定了主人公的立场。渴望独立、超凡脱俗——正是这些让年轻的乌克兰小伙子们如此迷人、有力和生动。在《维》中三个宗教寄宿学校学生：神学生哈利亚瓦、哲学生霍马·布鲁特和修辞生季别里·戈罗别茨三人的生活方式和语言被描写得既痛快又清晰，年轻人生活的顽皮和无忧无虑使读者发笑，同时又使小说的主人公的形象近似于无忧无虑、嗷嗷待哺的孩子。

确定了主人公们爱好自由的性格，作家同时又将他们与毫无生气并且极其丑陋的地主——农村富人代表相比较。值得一提的是，在《狄康卡近乡夜话》中作家将乌克兰形象展现于充满诗意的景色中，展示于民族性格的描绘中，表现在民族精神、民族幽默感、勇气和欢快的传递中。在《狄康卡近乡夜话》中果戈理描绘了勇敢高尚的人们，其中包括铁匠、吉茨柯、列弗柯等。在作品中同样也有美丽的女主人公——奥克莎娜、帕拉斯卡和甘娜，在她们身上果戈理充满诗意地、清晰地刻画出了与抒情的民族歌曲中女性形象相吻合的特点。霍马·布鲁特和美丽的小姐可以归入第二级人物群。在小说《维》中表现了主人公一系列心智不够成熟的性格特征：对祷告的无礼，心不在焉，心灵上和肉体上的懒惰，空洞的好奇心，对超能力的渴望，他们的信仰近乎迷信，还具有淫荡、酗酒、忧郁和绝望等缺陷。

对民族舞蹈的描写在表现民族生活中占有重要的地位。不论是歌曲中还是舞蹈中都有着对这个民族灵魂最真实的写照。因而当主人公欣喜若狂之时，跳起心醉神迷的舞蹈是顺理成章的，他放任自己的身体于自然的本能，例如，《索罗庆采集市》中或《魔地》中的情节。歌舞，确切地说是民族艺术的力量，使所有的主人公超出社会地位或者年龄的控制而臣服。经历了教堂的沉重之夜后，霍马·布鲁特不紧不慢地喝下了差不多半坛子的酒。"醉意朦胧的哲学生突然站起身来，高声喊道：'我要乐师，快去把乐师找来！'没等乐师到来，他便跑到院子中间一块干净的空地上跳起来特罗帕克舞。他一直跳到傍晚时分。与往常遇到这种情景一样，仆人们在他身边围成一圈，最后他们吐一口唾沫，埋怨道：'这个人怎么跳这么久呀！'"① 在主人公失去知觉的这一刻，主人公的身体已经变成了傀儡，某个魔鬼或不洁之力控制着他。在霍马·布鲁特狂乱的舞蹈中还有着某种命中注定的绝望，可能他已经感觉到了自己悲剧的结局，主人公想最后一次体会完全的自由和生活的乐趣。

---

① 《米尔戈罗德》，陈建华译，第 259 页。

为了了解民族生活的完整形象，果戈理把小俄罗斯的生活和首都显贵阶层的形象对比描写。与“小俄罗斯”的自然而然、生机勃勃不同，彼得堡显得暗沉麻木。果戈理在对两个地域的描写里运用了完全不同的态度，语气从对民族精神的热爱骤然转变为对贵族老爷的讽刺。在《圣诞节前夜》中，铁匠瓦库拉走在乡村路上，满怀情感地赞美美丽的景色，但当他到达彼得堡时语气立刻变为嘲讽。在那里瓦库拉迎头碰上极多的“老爷”，一个个穿着呢料挂面的皮袄，他甚至不知道该向谁脱帽致敬。老爷们穿着皮大氅，坐在漂亮的马车上，不管事实上有没有公干，看起来个个都像政府高官要员，派头十足。

果戈理在描写宫廷显贵时同样保留了讽刺的口吻，他让显贵人士的傲慢、胆怯等品质暴露在大庭广众之下。《圣诞节前夜》中塑造的波将金是威严狡猾的大官僚，诡计多端的廷臣。他提早给查波罗什人发布指令，并机警地观察着自己导演的计划的完成。在小说中作家明确指出：查波罗什人来到首都和扎波罗热营地这个哥萨克组织的消失有很大的关系。作者为波将金，甚至女皇叶卡捷琳娜二世塑造的形象显然绝非正面。

当然，民间故事结构也是作家作品民族性的来源。按果戈理的观点，俄国民族文学作品的主人公不一定穿着俄国民族服饰，但一定要按俄国人的方式交谈、思考、行动。同样，俄国民族作家不一定描绘俄国大地上发生的故事，但一定是以俄国人的角度，俄国艺术家的语言和叙事模式来进行描绘。这样，才会让读者翻开书卷就感受到俄国文化的氛围，就知道这是俄国民族文学的杰出作品。

总的来说，果戈理在自己的作品中重塑了民间传说、诗歌的诗意，再现了民俗风貌。果戈理热爱民族文化，尽力地勾画出那条连接个人和民族的线。对民间风俗、民间作品的研究使人们更深地了解自身发展的历程，更好地知晓前人的智慧，从而才能更容易获得其与民族、与自然的和谐关系。正如别林斯基所说："一切这些习俗，被传统巩固着，在时间的流转中变成神圣，从一族传到一族，从一代传到一代，正像后代继承着祖先一样。它们构成着一个民族的面貌，没有了它们，这民族就好比是一个没有脸的人物，一种不可思议、不可实现的幻象。"① 果戈理对民俗文化、民间文学的重视，赋予了他的作品以俄国民族文学的特征，为真正的俄国民族文学繁荣做出了不可磨灭的贡献。

二　民间故事结构对果戈理后期创作的影响

果戈理是俄国现实主义文学的奠基人之一，其创作对俄国19世纪文学的发展起到重要作用。他的创作开创了俄国文学史的另一传统，后继力量强大。萨尔蒂科夫-谢德林、布尔加科夫的创作都与这一传统密切相关。果戈理笔下那个可信而不可能的世界是他创作魅力的重要来源。《彼得堡故事及其他》中描写小官吏之死的《外套》有一个神奇的结局，《鼻子》给人体器官提供了自由行走的空间，《肖像》里魔鬼以各种方式左右艺术家的创作，《狂人日记》更是建立光怪陆离的假想王国。果戈理在高度现实、高度物化的彼得堡中建立了一个个天马行空的想象王国，却并未让读者感觉到突兀和不妥。现实的彼得堡和想象的彼得堡交错出现，却并不因作家叙述的断续而显得支离破碎。它们各自独立，又能无缝衔接。如果说作家以敏锐的社会洞察力观

① Белинский В. Г. *Полное Собрание Сочинений Том I*, М. академии наук СССР, 1953, с. 24.

察彼得堡的社会生活，以建立其现实王国，那么幻想王国的结构完整就要依赖作家在民间文学中汲取的结构稳定性。我们尝试分析《彼得堡故事及其他》中的一部作品，发现其与《狄康卡近乡夜话》尽管在主题上已经相去甚远，但在结构上却有着类似的特征。

《彼得堡故事及其他》这本小说集中的《鼻子》是果戈理最神秘的作品之一，讲述了主人公柯瓦廖夫丢失鼻子、寻找鼻子的故事，亦真亦幻，离奇复杂。鼻子自由出入的神奇世界和真实的彼得堡官场社会现实巧妙地结合在一起，实现了对官本位思想的尖锐讽刺。下面我们尝试对普罗普的故事形态学理论做扩展性应用。古文学传统中将器官认为是人体灵性的一部分，即使离开身体，也是具有灵性的存在，我们暂且将离开身体的鼻子作为灵异的化身，主人公的缺失，将其游走的想象世界当作民间故事发生的灵异领地加以分析，以求对小说中想象世界进行结构上的分析，整理小说的功能项序列。

初始情景：

小说有一个初始情景的设定，理发师伊万·雅科夫列维奇早餐时发现，三明治里夹着一个鲜活的人的鼻子，揭开了小说想象世界的大门。

加害：

“‘你这野兽，是在哪儿切下来的鼻子？’他的老婆气呼呼地喊道，‘骗子！酒鬼！我要亲自向警察局告发你。无法无天的强盗！我已从三个人嘴里听到过，说你刮脸的时候那样揪着人家的鼻子，简直就要把它们揪下来。’

“而伊万·雅科夫列维奇目瞪口呆，如同泥塑木雕一般。他认出来了，这个鼻子不是别的什么人的，恰恰是八等文官柯瓦廖夫的，他每星期三和星期日都要为这一位刮脸。”①

普罗普认为“对头造成肉体伤害”② 是加害行为的一种形式，“有意思的是这些形式也是一种窃取（从形态学的角度看）”③。理发匠伊万·雅科夫列维奇在不知不觉中“窃取”到了柯瓦廖夫的鼻子，导致主人公的损失。

调停：

“使他惊愕不已的是，他看到原先长着鼻子的地方现在完全平平坦坦的！惊慌失措的柯瓦廖夫连忙吩咐人去端水。他用毛巾擦了擦眼睛：没错，鼻子是没有了！”④

柯瓦廖夫通过镜子得知自己鼻子不见了，灾难被告知。

出发：

“他叫人立刻帮他穿戴起来，然后便向警察总监的家飞奔而去。”⑤

柯瓦廖夫发现鼻子没有了之后，立刻离开家，作为一个寻找者出发了。

缺失的消除：

“突然，他在一座房子面前愣住了，在他眼前发生了一个无法解释的现象：一辆四轮轿式马车在大门前停下了，车门打开，一位身穿制服的先生弯着腰跳出来，沿着楼梯向上跑去。当柯瓦廖夫认出那正是他自己的鼻子时，他不禁毛骨悚然，大惊

---

① ［俄］果戈理：《彼得堡故事及其他》，刘开华译，安徽文艺出版社1999年版，第55页。

② 《故事形态学》，贾放译，第29页。

③ 同上，第29页。

④ 《彼得堡故事及其他》，刘开华译，第60页。

⑤ 同上，第60页。

失色。"①

柯瓦廖夫突然在路边发现了穿上五等文官制服的鼻子，并追到喀山大教堂，在教堂内同自己的鼻子展开一番对话，此时，柯瓦廖夫寻找到了自己的鼻子，缺失消除了。到此，第一个回合结束了。

缺失：

"……然而鼻子已经不见了，可能又乘车拜访什么人去了。"②

五等文官鼻子在祈祷完之后又不见了，这再次导致缺失的形成。

出发：

"柯瓦廖夫说，'喂，车夫，直接去警察总监家！'

"柯瓦廖夫坐上轻便马车，一路上不时地冲着车夫喊：'快，要最快的速度！'"③

柯瓦廖夫再次踏上了寻找鼻子之旅，第二个回合开始。

赠予者的第一项功能和主人公的反应（负面的）：

首先，柯瓦廖夫先去找警察总监，由于警察总监不在家，所以没有机会考验到主人公，可以视为主人公未经受住考验。

然后，他决定直接去报馆的广告处，希望能够刊登寻找鼻子的启事，接待处官员的态度是另一重考验。官员做出一个举动，将鼻烟壶递给柯瓦廖夫使用。这触怒了正想方设法寻找鼻子的主人公。在他看来，官员的举动是个挑衅行为。

"'我不明白您怎么还能开玩笑，'他愤怒地说，'难道您没看

① 《彼得堡故事及其他》，刘开华译，第62页。
② 同上，第69页。
③ 同上，第69页。

到我恰恰没有那个用来闻鼻烟的东西吗？让您的鼻烟见鬼去吧！别说您那低劣的桦树烟，就是给我拿来拉丕烟，我现在连看也不会看的。’”①

官员的言辞和举动惹怒了柯瓦廖夫，主人公没有经受住广告处官员的考验。

最后，柯瓦廖夫来到警察分局局长家。

“警察分局局长是所有的艺术品和纺织品的赞赏者，但他最喜欢的还是国家发行的钞票。”“警察分局局长相当冷淡地接待了柯瓦廖夫，并且说午饭后的时间不是用来侦讯的。”②

柯瓦廖夫由于没有给警察分局局长带来他喜欢的东西，所以在警察分局局长这里没有得到任何帮助，他再次没有经受住考验。

“在大多数情况下，反应可能是正面的，也可能是负面的。”③ 柯瓦廖夫在警察总监、报馆广告处官员以及警察分局局长那里都没有经受住考验，所以这三次主人公的反应是负面的。

宝物的提供、获得：

当主人公是负面反应时，出现的只可能是 Z_{neg}④，所以柯瓦廖夫三次都没有奖赏，没有找到鼻子。

赠予者的第一项功能：

在柯瓦廖夫一筹莫展时，赠予者出现了。他是本篇小说开头写到的站在伊萨基耶夫桥上的那位巡长。巡长找回鼻子，并且将鼻子带给柯瓦廖夫。柯瓦廖夫提出要请巡长喝茶表示谢意，但是被拒绝了，赠予者提出自己的要求。

---

① 《彼得堡故事及其他》，刘开华译，第 70—77 页。

② 同上，第 70—78 页。

③ 《故事形态学》，贾放译，第 38 页。

④ 同上，第 41 页。

“我认为这是非常愉快的事情，但我实在抽不出身：我从这儿还得到感化院去一趟……所有食品的价格又涨了许多……我家里有岳母，也就是我妻子的母亲，还有孩子；大儿子特别有出息，十分聪明，可就是没钱去培养他，一点钱也没有……”①

巡长主动出现并找到柯瓦廖夫与之交谈，在拿出鼻子的同时暗示主人公，考验主人公。

主人公的反应：

“柯瓦廖夫猜到了这些话的含义，从桌子上拿起一张红票子，塞到巡长手里。”②

柯瓦廖夫了解到巡长的要求，给了他钞票，经受住了考验。

缺失的消除：

“是它，确实是它！”柯瓦廖夫少校说道，“这不就是昨天突然在左面脸上长出的那个小粉刺嘛！”③

有时获取所寻找的对象是以获得宝物的形式完成的，即它为人所赠，被指点出他的所在之处，被买来，等等。这类情形的代码为：ЛZ^{1}④。由于主人公做出正面的反应，所以从赠予者巡长手中获取了宝物，同时也是柯瓦廖夫缺失之物——鼻子。

《鼻子》的功能项序列为：

第一回合：加害—调停—出发—缺失的消除

第二回合：缺失—出发—赠予者的第一项功能—主人公的反应（负面的）—宝物的提供、获得（未获得）—赠予者的第一项功能—主人公的反应（负面的）—宝物的提供、获得（未获得）—赠予者的第一项功能—主人公的反应（负面的）—宝物的

---

① 《彼得堡故事及其他》，刘开华译，第 80—81 页。

② 同上，第 81—82 页。

③ 同上，第 82 页。

④ 《故事形态学》，贾放译，第 50 页。

提供、获得（未获得）—赠予者的第一项功能—主人公的反应—缺失的消除。

第一回合：IAB↑Л

第二回合：a↑ДГ$_{neg}$Z$_{neg}$ДГ$_{neg}$Z$_{neg}$ДГ$_{neg}$Z$_{neg}$ДГЛZ[1]

与果戈理早期的作品相比较,《鼻子》的叙事结构与《不翼而飞的信》最为接近。《不翼而飞的信》的叙事结构为：初始情境—禁止—破禁—协同—加害—出发—赠予者的第一项功能—主人公的反应—宝物的提供、获得—引路—交锋—失败—交锋—失败—交锋—战胜—缺失的消除—归来。

IбbgA↑ДГZRБП$_{neg}$БП$_{neg}$БП$_{neg}$БПЛ↓

在《鼻子》和《不翼而飞的信》这两个故事中都出现的功能项为：加害（缺失）—出发—赠予者的第一项功能—主人公的反应—宝物的提供、获得—缺失的消除。

《鼻子》中的柯瓦廖夫不见了自己的鼻子,《不翼而飞的信》中的爷爷要寻找丢失的信，两位主人公都是在发现缺失后开始自己的寻找之旅；在这两篇故事中都有赠予者（相助者）的出现，柯瓦廖夫给了巡长一张红票子，拿到了自己的鼻子；而爷爷用五个金币从酒馆老板那里换来了自己想要的信息。两者之间不同的是，柯瓦廖夫是以获得宝物的形式完成缺失的消除的，爷爷获得宝物是寻找的方法，最后战胜女妖才拿回了信。但这少许的不同并不能影响《鼻子》作为神奇故事的存在,《鼻子》在叙事结构上与果戈理早期作品是有着千丝万缕的联系的。

果戈理是现实主义大师，但他的现实主义个性分明。其中充满了光怪陆离的奇幻色彩。如同《鼻子》一样,《彼得堡故事及其他》中几乎每个中篇里面都存在着一个可信而不可能的世界，这部分内容将在第二章第二节作详细论述。果戈理笔下的神奇世界并不是现实世界的组成部分，或者嵌入作品的传奇故事，而是在小说中具有结构的独立性。正是神奇故事叙事模式使得果戈理在后期创作中成功地建立自己结构完整的幻想王国，以实现对俄国社会弊端更犀利的批判。

小　结

提及俄罗斯浪漫主义，最鲜明的印象是以普希金、十二月党人为代表的积极浪漫主义，以茹科夫斯基为代表的消极浪漫主义。浪漫主义在俄语范畴内似乎是直接与诗歌挂钩的。但是，《狄康卡近乡夜话》《米尔戈罗德》的存在告诉我们，散文也能深刻地传达浪漫主义精神。巨大奇妙的魔幻场景和唯美的爱情故事、独特的民间风情和优美的自然风光、富有诗意的语言和令人捧腹的幽默，这些都是读者喜爱《狄康卡近乡夜话》等作品的原因。

"海德堡浪漫派"致力于搜集整理民间故事典籍，弘扬民族文化精神，但是，民间故事单纯的叙述和留存多少带有封存的意味。在弘扬民族精神上，果戈理与其有着精神上的共鸣。但是，果戈理的浪漫主义又有其个人鲜明的特点。果戈理似乎是位天生的现实主义大师，他在搜集民间母题的同时，并没有忽略历史与现实的统一，使古老的民间文学因素散发出强烈的时代感。他一面运用狂欢化手法绘声绘色地展现如梦幻般瑰丽多变的乌克兰风情，一面用稳定的神奇故事结构昭示绵延不绝的乌克兰民族精神。浸透着千百年文化积淀的民间母题在小说中反复重复，给小说带来历史的厚重感、神话母题与现实场景的交融形成历史的延伸感。多层次、多角度的展示让读者不仅会被故事的情节深深吸引，也会被乐观正义、蓬勃发展的民族精神强烈感染。展示民族文化的强大魅力，强调民族发展的生生不息，这应该就是果戈理所说的具有真正的民族性，表现民族精神本身的作品。

为了更深刻地表现民族精神，果戈理对民间文学的应用不仅停留在主题层面，还有结构方面的继承。果戈理曾说过，希望在自己的笔下，主人公的每一句话、每一个动作甚至眼神都能表现出他是一个地道的俄国人，而不是穿着俄国服饰的法国人。作为一个民族作家，在实现这个目标的过程中，内容、结构两个层面缺一不可。如果说果戈理通过民间故事母题、民俗文化讲述俄国人的故事，那么，民间故事结构就是他在以俄国人的方式进行讲述。

第二章

果戈理与现实主义

在俄国文学史中，有许多看似毫无悬念，却饱受诟病的个案。比如，肖洛霍夫是否是《静静的顿河》的真正作者，再如果戈理的现实主义大师身份。果戈理被誉为俄罗斯现实主义的奠基人，但同时围绕他现实主义作家身份的争议却从未平息过。他作品中众多的妖魔形象、独特的艺术结构、乌托邦式的社会理想都是争端的缘由。对果戈理的流派归属之争，就如同对他的国籍之争一样，是很难定论的。2009 年，果戈理诞辰 200 周年之际，乌克兰文艺界高调重申对他的专有权。莫斯科则有许多专家声称，果戈理用俄语写作，用俄语思考，是位伟大的俄国作家，是“百分之一百的俄国人”。与这种针锋相对相比，乌克兰小说家弗拉基米尔·亚沃里夫斯基的主张更具有合理性。他认为，果戈理好比一棵树，树冠在俄国，可根在乌克兰。作家尽管用俄语写作，但是其创作的主题充满了对乌克兰民歌、民间传说的思考。因此，果戈理既是位伟大的俄国作家，也是杰出的乌克兰作家，他就如同空气、时间和天空一样无法分割。

果戈理的创作分期也是一样，浪漫主义、现实主义是他创作的不同阶段。但是，两个阶段之间并非泾渭分明，而是相互交融、互为支撑地构成作家的整体。我们可以根据作家不同时期的主要手法来进行阶段划分，却不能将两者完全割裂开来。在他浪漫主义时期的作品里，我们能感受到作家的现实主义精神，而在他冷静务实的后期小说中，依然充满着浪漫的想象。

作为俄国现实主义文学的奠基人之一，俄国散文之父，果戈理的创作在艺术手法、文体建设方面都为俄国文学的发展做出了巨大贡献。他的小说有客观冷静的细节描写，成为“自然派”反映现实的主要方法；有巨大的社会历史反映功能，折射出 19 世纪俄国社会生活的方方面面；有无数典型环境中的典型性格，极大丰富了现实主义文学人物画廊；有强烈的讽刺和批判力量，引导俄国文学的批判现实主义倾向；有浓重的人道主义色彩，为文学的平民走向开辟道路，丰富了小人物形象系列。同时，他的作品中还具有鲜明的个性特点，让光怪陆离的神奇世界与现实生活并存，实现对现实世界的映衬和讽刺。他的神奇世界借虚幻写真实，借怪诞离奇的情节来品评时政，曲折实现对沙皇专制制度的批判，其变现实为幻想而不失其真实的艺术手法与拉美魔幻现实主义文学有相通之处，是其文学传统的特色所在。果戈理的传统影响深远，19 世纪的萨尔蒂科夫-谢德林、陀思妥耶夫斯基继承了果戈理的传统，20 世纪的布尔加科夫、托尔斯泰雅的作品中都能看到他的影响。当代作家叶莲娜·科利亚金娜也极其重视果戈理的影响，尊称他为“文体之父”。

第一节　果戈理现实主义小说的艺术特色

果戈理在中国的译介首先源自鲁迅先生。1907 年，鲁迅的首篇介绍外国文学的论文《摩罗诗力说》中提到果戈理。1934 年 9 月，鲁迅先生在《译文》创刊号上用“许遐”笔名译介了果戈理的短篇《鼻子》，并在《译者附记》中指出，果戈理“几乎可以说是俄国写实派的开山祖师”，并高度评价了果戈理的《死魂灵》(鲁迅当时将其翻译为《死农奴》)。作为一个伟大的革命民主主义和现实主义作家，鲁迅先生同别林斯基的观点有相当多的相通之处。他将果戈理的作品视为振兴中华的犀利武器，反复强调果戈理创作中的社会批判性。果戈理被译介到中国的时候，正是社会转型时期，其作品巨大的社会讽刺批判力量顺应历史发展的需求，引起读者强大反响。这导致作家的思想倾向被不断论证，艺术手法的译介却略显苍白。果戈理是俄国现实主义文学的奠基人之一，他的艺术手法引领了“自然派”的创作走向，这在别林斯基的文学批评里得到充分肯定。他的创作对俄国批判现实主义的蓬勃发展起到重要作用，这一流派所固有的特点，如真实地再现社会生活、强大的历史认识功能、塑造典型环境中的典型性格、深刻的社会批判性和厚重的人道主义精神底蕴等，都在他的创作中得以鲜明的体现。

一　外倾、写实的细节刻画

现实主义文学是西欧资本主义制度确立和发展时期的产物，自然科学的发展使客观冷静、细致分析的方法蔚然成风，也渗透到文学创作的领域中。追求细节的真实，客观地再现社会现实，是现实主义术语的最根本的意义。恩格斯在阐述自己的现实主义理论时，将细节的真实看作非常重要的基础，认为这是典型性格的塑造和再现社会历史现实的前提条件。达米安·格兰特用“应合”理论来阐释现实主义的客观性，他称应和是文学中的认真心理，它使得文学不仅将想象作为灵感的源泉，更要特别重视外在的社会现实，并且忠于现实。

从艺术手法上看，果戈理堪称天生的现实主义作家。这一点即使是在他早期的浪漫主义作品中也已经有了充分的体现。果戈理早期的小说以民间故事为主要素材，但在素材的采集上，他表现出了惊人的现实主义精神。在果戈理的小说中，几乎所有怪诞都有出处，所有鬼怪、灵异都能在乌克兰民间传说中找到现成的母题。《维》可能是其中的一个例外，人们在果戈理的故事之外并没有找到其出处。但是果戈理不厌其烦地在故事里加了注解，强调这是来自乌克兰民间传说的地鬼形象，而不是出于自己的杜撰。可见，此时细节的真实性已经成为果戈理极为看重的美学原则。

此外，果戈理对小说中人物、情节甚至鬼怪形象的要求都是非常严苛的。他向母亲和妹妹索要乌克兰民间故事时，甚至连衣袖的长短，裙子是否及膝这样的细节都不放过。这让我们联想到很多现实主义代表者在写作之前，都会进行非常细致，并具有科学考据意义的实地考察。而现实主义文学文本的认识价值，史料价值也正来自于此。他描绘的是虚无缥缈的幻境，但依循的是忠于现实，精细入微的原则。果戈理精雕细刻的描绘并没有降低《狄康卡近乡夜话》《米尔戈罗德》中故事的趣味性，反倒使故事平添了几分可信度，同时也增强了小说的魔幻色彩。

别林斯基在《1847 年俄国文学一瞥》中说，“自然派如今已经占据了俄国文学最重要的位置”①。果戈理是俄国“自然派”

① Белинский В. Г. *Полное Собрание Сочинений Том X*, М：академии наук СССР, 1956, с. 287.

（натуральная школа）的精神导师，而“自然派”通常被认为是19世纪30—40年代俄国批判现实主义的代名词。别林斯基将果戈理视为自然派的领袖，他曾说，“果戈理对俄国文学的影响是巨大的，不仅有很多青年才俊走上他指引的道路，也有很多知名作家离开了自己以往的创作道路，选择果戈理的方向”①。果戈理外倾的笔法从自然派的写作风格中可以管中窥豹，略见一斑。自然派于19世纪40年代初在俄罗斯形成，是以别林斯基的美学思想为指导、以果戈理创作为基本方向、以反农奴制为思想基础的批判现实主义文学流派。自然派以《祖国纪事》和《现代人》为文学阵地，团结了包括冈察洛夫、赫尔岑、陀思妥耶夫斯基、涅克拉索夫、屠格涅夫、格里戈罗维奇、索罗古博、帕纳耶夫、萨尔蒂科夫-谢德林在内的一大批作家，代表作品有《彼得堡风貌素描》和《彼得堡文集》等。自然派主张作家应学习果戈理，完全使艺术面向社会现实，着重描写普通人，真实地描写和批判农奴制社会的弊端，以社会底层人物为描写对象，反映人民的疾苦。对社会生活、人物形象进行外倾的、风貌素描似的真实描摹是自然派作家创作的主要特点。

“自然派”的名称最初是反动文人布尔加林对一批师法果戈理的青年作者的贬称，与以左拉为代表的法国自然主义文学密切相关。布尔加林指责该流派的作家描写社会阴暗角落，作品低俗。但是别林斯基说，自然派的“艺术已经超越了理论。旧的传统理论已经失去了所有声望和地位”②。自然派曾出版两本关于彼得堡的代表作品集，以风貌素描作为创作的基本方式。《彼得堡风

① Белинский В. Г. *Полное Собрание Сочинений Том XIII*, М：академии наук СССР, 1955, с. 295.

② Белинский В. Г. *Полное Собрание Сочинений Том X*, М：академии наук СССР, 1956, с. 295.

貌素描》这个名字本身就表明，它要真实地描写首都底层人民的生活。这部文集中的散文作品《彼得堡的角落》清晰地展示了生活在彼得堡阴暗角落里的居民们，以及丑陋的社会现实、严苛的社会制度如何驱逐着这些穷人们走向死亡。这些画面和统治阶级的生活画面形成鲜明的对照，昭示着社会的不公。自然派的这一创作风格与果戈理是分不开的。后期，别林斯基将自然派的主要创作体裁越来越多地和长篇、中篇、短篇小说联系在一起。他认为，相对于中篇和长篇小说来看，风貌素描在自然派作品中并非主流体裁。在自然派作家中，像鲁冈斯基（达里）一样从事素描式创作的作家为数不多。在《1847 年俄国文学一瞥》中，别林斯基提出，长篇小说和中篇小说现在超越其他体裁，占据领先地位。尽管如此，风貌素描的确在某种程度上给新文学指出了方向，也部分地体现了自然派的演变过程。别林斯基在关于自然派的早期争论中，特别地就这一问题的存在权加以论证。可见，外倾性、速写式的手法在自然派的发展历程中有着重要的意义。

作为自然派思想核心的果戈理在创作上也具有该流派作家写作的素描式特征。果戈理的创作不属于单纯风景画式的勾勒，但在作家笔下，与情节交织并行的俄罗斯风貌人情描绘比比皆是。我们在《死魂灵》中，随处可以见到大段外部环境细节，人物形象细节的铺陈。例如，在乞乞科夫初次拜访地主普留希金庄园时，作家对普留希金的客房有一段描绘。“仿佛这幢房子里正在洗刷地板，把全部家具暂时一股脑儿都堆到这儿来了。在一张桌子上甚至搁着一把断了腿的椅子，旁边是一座停摆的钟，钟摆上已经结了蜘蛛网。也就在那儿，靠墙放着一口橱，里面有老式的银器、长颈玻璃酒瓶和中国瓷器。写字台原是镶嵌螺钿的，现在好多处螺钿已经剥落，只剩下几条填过胶的淡黄的槽痕，台上方的东西五花八门：一叠字迹密密的小纸片，上面压着一块有卵形把手的、色已经发绿的大理石镇纸，一本红色书脊皮封面的古旧的书，一只整个儿干瘪得不比榛果大的柠檬，一段圈手椅上的断把手，一杯不知是什么名堂的饮料，里面浮着三只苍蝇，上面盖着一页信，一小段火漆，还有一小片不知打哪儿捡来的破烂布头，两支蘸过墨水的、干得活像害痨病的鹅毛笔，一根完全发了黄的、可能还是法国人入侵莫斯科之前主人剔过牙齿的牙签。”①

这一大段描绘尽管繁复，但并不令人觉得冗长厌倦，因为每个细节的描绘都有它深层的含义，都透露着多重信息。首先，字迹密密的小纸片、已经发绿的大理石镇纸、不知是什么名堂的饮料、不知打哪儿捡来的破烂布头、发黄了的牙签等大量毫无价值的杂物告诉我们主人是贪婪的，贪婪到连这些毫无价值的垃圾也会摆在随时待客的书房里。古老的银器、古旧的书、脱落的螺钿、淡黄的槽痕显示主人这种死气沉沉的生活已经持续了相当长时间。尤其是那停摆的，还结满蜘蛛网的钟告诉读者，普留希金其实已经虽生犹死，是一个毫无生机的死魂灵。房间内几十个细致描绘的物件里，没有任何一个具有真正的价值。这体现着普留希金的贪婪已经成为习惯，没有目的，不求价值，纯粹出于本能的惯性。在作家后面的描绘里，我们看到了惯性的可怕。普留希金家里的米在谷仓里腐烂，他却连发霉的面包也不舍得给农奴吃。棉花在仓库里潮湿发霉，他却不舍得给农奴衣服穿。他家里上千个农奴只有一双靴子，进老爷房间时才可以穿。农奴在冬天的雪地上也是赤脚的。这个敲骨吸髓的老地主节约的所有东西都在静静地和他本人一样发霉变质，同时，农奴大批地饿死、冻

① ［俄］果戈理：《死魂灵》，满涛、许庆道译，人民文学出版社 1983 年版，第 124—125 页。

死。普留希金的书房，他的整个庄园，俄国大地上重复着普留希金式贪婪的地主阶层都同样腐朽、同样罪恶。果戈理没有一字一句地控诉普留希金的贪婪本性，没有让普留希金有任何表述自己贪念的心灵独白，但是作家一笔一画的细节描绘，一桌一椅的细细铺陈，将老地主贪得无厌的本性刻画得淋漓尽致。这种纯外倾式的、真实精确的描绘遍布于作品的字里行间。每个地主的田地、庄园、家居、外貌、举手投足、衣食住行都以这种细细的描绘娓娓地诉说着主人的本性。

果戈理细致描写的不只是有形的东西，无形的声音他也刻画入微。《外套》中，阿卡基到上司家里赴约时，在门口听到"隔壁传出喧哗声和谈话声"。当房门打开，侍仆端着托盘走出来的时候，果戈理提醒我们，"声音忽然变得清楚响亮起来"。当他自己动手把外套挂好，走进屋子后，所有人起身迎接他，让极其不习惯处于众人关注焦点的阿卡基非常局促。"蜡烛、官员、烟斗、牌桌同时出现在他的面前"，和那些蜂拥而至的人与物体带来的视觉压迫一起到来的还有声音，"四方哄然而起的急促的谈话声和移动椅子的声音，震得他的耳朵嗡嗡直响"①。在受到视觉、听觉和自己内心紧张情绪的多重压迫后，阿卡基很不自在地站在屋子中央。声音元素的加入，令读者仿佛在寂静的文本中感触到主人公的局促、敏感、眩晕的感觉。

别林斯基在《1847 年俄国文学一瞥》中高度评价了自然派在细节描写方面的巨大贡献。他提出问题："在这一时期里散文体长篇小说有什么作为呢？"② 别林斯基对此的回答是"散文小说要全

---

① ［俄］果戈理：《果戈理小说选》，满涛译，人民文学出版社 1996 年版，第 430 页。

② Белинский В. Г. *Полное Собрание Сочинений Том X*, M：академии наук СССР, 1956, c. 291.

力以赴地接近现实，接近自然性”①。俄国现实主义文学是多元化的，同为批判现实主义作家，同属自然派阵营，果戈理和陀思妥耶夫斯基关注的具体现象不同。果戈理侧重描写外部世界的真实，陀思妥耶夫斯基则更愿意展现内心世界的细节，他们分别是俄国外倾现实主义和内倾现实主义的两种鲜明代表。陀思妥耶夫斯基尽管早期属于自然派阵营，但他从一开始就显露出重视心理描写的特点。他的成名作《穷人》是书信体，着重抒发主人公内心世界的纯洁与精神生活的破产。他的《同貌人》、《死屋手记》、《地下室手记》都集中笔墨描绘主人公的心理蜕变。他的《罪与罚》一问世就因为结构的安排受到猛烈的抨击，有人指责他只用全书的六分之一的章节展开主要故事情节，余下笔墨全部用来阐释冗长的内心纠结，使得整个作品完全丧失结构的美感。但陀思妥耶夫斯基的本意就是用外部环境的尽量弱化突出人物内心世界的广阔博大，用具体情节的最大限度简化反衬拉斯科尔尼科夫内心情绪变化的纷繁复杂。果戈理则恰恰相反，在他的作品里，我们几乎找不到内心的倾诉，找不到心灵的独白。淡化人物内心世界的演变，不等于放弃人物的深刻性。果戈理对人物内心的塑造是由外及内的，对外部客观环境、人物面貌举止的细节的，多层次的描绘使他的人物清晰、深刻，以至于读者很难混淆人物的本性、猜错他们的想法。怯懦卑微的阿卡基、夸夸其谈的赫列斯塔科夫、贪婪自私的索巴凯维奇，无论是短篇小说、长篇小说还是喜剧中，果戈理的每个形象都鲜活生动，跟着果戈理娓娓地诉说走进小说，读者会感受到强大的感染力，仿佛身临其境，沿着作者的笔端自动走下去。细节的描绘对人物的塑造起到重要作用，

① Белинский В. Г. *Полное Собрание Сочинений Том X*, М：академии наук СССР, 1956, с. 291.

果戈理笔下一个个熟悉的陌生人验证了恩格斯这一观点。

二　多元化的典型性格塑造

现实主义文学主张通过典型的方法，对生活素材加以选择、提炼、概括，从而深刻地揭示其本质特征。可以说，典型化是现实主义理论的核心，是区别于自然主义的标志。现实主义要求作者在如实反映生活的基础上，从丰富多彩的现实生活中选取有意义的人物与事件，经过个性化和概括化的艺术加工，创造出典型的人物和典型的环境。现实主义文学人物塑造的核心即恩格斯所说的真实地再现典型环境中的典型人物。

果戈理笔下的人物具有异常鲜明的典型性特征，他对典型人物的刻画方式既有平面式、静态的雕琢，也有立体式、渐进的打磨。有趣的是，果戈理很少将两种方法用于同一类主人公身上。在《死魂灵》中，果戈理刻画五个地主形象的方式主要是平面式的，而在塑造乞乞科夫形象时，则以立体式的，具有历史性的描写方式为主。细节的描写是典型性格塑造的重要方式，果戈理在小说中无论是描写地主，还是乞乞科夫都用大量细节来铺陈。但是，我们发现，细节来源的不同带来了形象的巨大差异。

五个地主形象生活的典型环境中，所有的细节来自静止的时间点——现在。从他们的领地、庄园、起居场所到衣食住行，果戈理一点点拉近、放大、深化地主们的形象。他们似乎没有过去，也不向往未来，就静态地，如同画像一样，挂在当下的俄国大地上。性格的发展被弱化了，于是形象更加鲜明，只为说明如今的俄国地主是什么样的典型特征。乞乞科夫则完全不同，他的形象平庸，毫无棱角。他的性格百变，无固定情绪线索可以因循。他和玛尼洛夫交谈时，就像另一个玛尼洛夫，他和索巴凯维奇讲价时，我们仿佛看见另一头贪婪的熊。作家介绍他时，细节遵循纵向的时间脉络。儿时父辈的教诲，随着年纪累积的贪婪，一步一步走向如今这个敢于买卖灵魂的冒险家。乞乞科夫的形象不分明，因为他还在发展，作家也不清楚他将定格在哪里。两种不同的形象处理方式带来了鲜明的艺术效果。就像一支箭穿过画布，充满能量的乞乞科夫乘坐四轮马车而来，穿过挂着地主群像的当今俄国大地，再驾着三套车离去。这样的处理方式不仅让人物形象更加鲜明，同时，一方面给作品带来了时代的广度，另一方面也让小说具有了历史的厚重，从而实现了对俄罗斯社会现实多层面、多角度的打磨，完成了作家反映整个俄罗斯的重任。

• 平面式人物——五位地主

果戈理几乎采用完全一致的模式来建立 5 个地主形象。他从离地主家几俄里外的庄园开始进行细节的铺陈，然后走进庄园，对主人的寝室或书房进行贴身近景的描绘，与此同时进行的是对主人公衣着样貌、行为举止的叙述。果戈理会让乞乞科夫在每个地主家用餐，当然，餐厅陈设、用餐程序、菜肴、酒、席间的交谈无不反映主人的性格特征。最关键一环是讨论买卖死农奴的交易，其间每一句话，每一个动作，甚至主人身体倾斜的角度都在向读者交代：这是个什么样的地主？他身上有什么样的劣根性？他对生命的价值是如何认识的？

乞乞科夫对地主的走访开始于玛尼洛夫庄园。从庄园的选址就能看出主人有着不务实的性格，远远地眺望玛尼洛夫庄园，会发现“老爷宅地孤零零地耸立在开阔的空地上，也就是在一处丘岗上。随便刮起什么风，这丘岗都能够刮得着”。庄园显然是经过精心设计，大费周章才建好的。修剪得短短的草坪上，按照英国方式点缀着三两个花坛，栽的是紫丁香和黄色的金合欢。但是主人的细致显然没有贯彻到底，草地上仅仅种着五六棵白杨树，却分散在几处。白杨树并没有硕大浓密的树冠，只是扬着“细小的、稀疏的树梢”①。与主人花园相对应的是农奴的房舍，玛尼洛夫庄园有两百多间下人房，但是“在这两百多个农舍中间没有一株蓬勃生长的树或者一片什么绿荫；到处只看得见一根根圆木罢了”②。显然，这个温情脉脉的绅士对农奴并非十分仁慈。尽管庄园的布置花费不菲，力求带有英国派头，但是那既不晴朗，也不阴暗的淡灰色天气，单调乏味、非青非灰的松树林子，都带有一种半死不活，苟延残喘的衰败气息。

进入庄园，见到的第一个题词是凉亭上刻着的“沉思冥想之神殿”，由此可见，主人有着不务实际，耽于梦幻的性格。接下来，房间内每个细节都不厌其烦地重申主人这一特点。玛尼洛夫是个空洞甜腻的人，他可以为了谁先走进房门一事，与乞乞科夫在房门口谦让好几分钟，却无法真正动用一下自己的头脑。他两年来一直认真地读一本书的第 14 页，从结婚时就打算装修的房间至今仍空着。房间里华丽昂贵的椅子套永远有两件没完工，桌上的两只烛台一只整洁而精美，另一只却邋遢而瘸腿儿。如此开头精彩，结局潦倒的情况比比皆是，更体现在夫妻关系、子女教育上。夫妻两个恩爱的表示就是喂食精美的糖果、出乎意料的礼物、长久地接吻，可家里的具体事情无人过问，导致厨房里做起菜来总是乱七八糟，毫无盘算，储藏室里几乎空无一物，管家婆的手脚老是不干净，仆人们个个邋里邋遢、嗜酒如命。

果戈理描写了乞乞科夫在玛尼洛夫家里用餐的情形，但是却

---

① 《死魂灵》，满涛、许庆道译，第 20 页。

② 同上，第 20 页。

根本没告诉我们午餐吃的是什么。我们只有在作家描写少爷们的只言片语里知道他们吃过面包，喝过汤，啃过羊骨头。玛尼洛夫家的宴会焦点是主人与客人轻声细语地交谈，主人时时殷勤地劝饮，客人礼貌地推辞，少爷们准确地回答父母多年如一日的问题，客人对少爷智慧的赞美。用乞乞科夫的话说，“愉快的谈话胜似一切佳肴美馔”①。作家用忽略菜品的方式来告诉我们，在玛尼洛夫家里，吃饭和其他一切事情一样，永远是形式大于内容。

玛尼洛夫与人交谈时，身子永远向前倾斜，头尽可能地伸向对方。这一方面可以显示出他亲切友好的态度，另一方面可以让他听清对方的话，以便重复。乞乞科夫与玛尼洛夫谈买卖死农奴的交易，问他庄园里有多少农奴死去了，玛尼洛夫马上叫来总管询问。总管说死去很多，于是他转头告诉乞乞科夫“真的，非常多。”乞乞科夫问：“有多少数目呢？”他马上重复：“是呀，有多少数目呢？”② 几次往复之后，总管去统计名单。玛尼洛夫终于提出自己的问题，“您需要这份名单，为的是什么呢？”但是，直到他把所有死农奴送给乞乞科夫，然后热情地送客人离开，他还是没有弄清楚这桩买卖的真正意图。不过这并不妨碍他亲自把精美包装好的合同送到城里，交给乞乞科夫。玛尼洛夫会做的事情只有冥想，却连自己想的是什么也不知道。在他的管理下，庄园自生自灭。这是一个丧失了一切实际生活能力、被惰性和幻想吞噬的活尸形象，他和他的阶层一样，在俄国社会的现今阶段已经属于“多余人”，无可逆转地在华丽的表象下渐渐地走向灭亡。

离开玛尼洛夫家，乞乞科夫的行程暂时失控，他拜访了两位计划外的地主。首先是克罗博契卡的庄园，乞乞科夫因为暴雨，

---

① 《死魂灵》，满涛、许庆道译，第 30 页。
② 同上，第 32 页。

在黑夜中迷路才来到她家里，否则，乞乞科夫是不屑于拜访这类小地主的。女地主克罗博契卡的务实精神与玛尼洛夫形成鲜明的对比。她管理庄园、监督生产，事事亲力亲为。她庄园里养了不少家禽、牲畜，个个膘肥体壮。她的田地井井有条，产出丰富。靠出卖农产品，她日复一日地悄悄地聚敛钱财，田庄虽然表面上并不富足，农奴数量不多，但实际上家底殷实。与玛尼洛夫的糊涂账不同，她不只记得自己庄园里有多少死农奴，他们的姓名、绰号，还知道那个农奴什么时候死的，他们生前擅长什么，而且马上就能凭记忆起草一份名单出来。“克罗博契卡”（коробочка）一词意为小匣子，预示着女地主耳目闭塞、性情迟钝。她善于理财，讲求实利，但是闭塞到了极点，从不关心外界发生的事情。自己村子里所有情况她都了如指掌，邻居家有多少农奴，哪些死去了，哪些活着她都知道得很清楚。但是，村子以外的事情她却一无所知。

女主人安排乞乞科夫吃了一顿殷实的晚餐。与玛尼洛夫家的午餐不一样，作家详细地列举了晚餐的食谱。“小蘑菇，小馅饼，鸡蛋烤面包，土豆烙饼，油炸包，薄饼，上面加了一层佐料的各色馅饼：葱花儿的，罂粟籽的，酿凝乳的，胡瓜鱼的，真是应有尽有。”克罗博契卡准备的每一样东西都非常可口，用料精良，但是我们可以看到，桌上清一色的是主食，而且都是面食。各种各样的饼看似种类丰富，实际上单调无比。这顿殷实又单调的晚饭和主人一样乏味却具有实用性，让客人吃得很饱，却没有回味的余地。女地主的庄园同样殷实却单一守旧，房间里充满了古旧，但是保养得当的家私，每个缝隙都塞满了钱财和物品。乞乞科夫随身带着一个小匣子，果戈理在克罗博契卡的庄园里描述了匣子的详细构造。“匣子的内部结构是这样的：最当中是一只肥皂盒，肥皂盒后面有六七层放剃刀用的狭窄的隔板；然后是两个四方形的格子，一边放一只沙瓶，另外一边放一只墨水壶，在这两个方格子中间挖出一道沟槽，放鹅毛笔、火漆以及一切比较长一些的东西；此外，是各种各样的隔板，有盖的和没有盖的，为的是放比较短一些的东西，里面搁满了拜客名片、讣告、戏票以及其他存放起来留作纪念的东西。整个上层抽屉连同所有的隔板都能抽取出来，下面是一大块空当，放着一叠叠的纸张，另外再有一只藏钱的小小的秘密抽屉，是可以从小匣子的旁边不被人觉察地抽出来的。这只秘密抽屉经常被主人飞快地抽出来，立刻又随手把它推进去，因此，说不准那儿究竟藏有多少钱。”① 果戈理之所以选择克罗博契卡的庄园来陈述小匣子的构造，因为这小匣子本来就是女地主的化身。首先，小匣子和女主人姓的意思相同。作家又不厌其烦地详细介绍了小匣子的内部构造。匣子的第一个特点非常实用，这跟女地主务实的特征非常吻合。小匣子塞得很满，这让我们想起克罗博契卡家里塞得满满的柜子、抽屉，以及同样塞满东西的柜子间的缝隙。小匣子下面那个秘密的抽屉活脱脱就是克罗博契卡的化身。贪婪务实的女地主家里藏了多少钱，相信对除她以外的任何人来说都是秘密。

克罗博契卡愚昧闭塞、务实浅薄的俄国乡村小地主习气使得她丧失了任何接受新事物的能力。她只出售庄园里出产的农产品，以为贸易只有钱货交易一种形式，买空卖空已经出乎她想象的范围，更别说是买卖死农奴的交易。当乞乞科夫提出购买死农奴的时候，她感到毛骨悚然。因为她唯一能够想到卖出死农奴的方法，就是把死人骨头从坟墓里挖出来，卖给乞乞科夫。即使乞乞科夫告诉她，这件事可以让她省去一些税金，并且还有利可图

---

① 《死魂灵》，满涛、许庆道译，第 59 页。

后，她仍怀有疑心，害怕卖价低吃亏，要等新买主比比价钱。最后，乞乞科夫抓住了乡村土地主对公家的敬畏心理，谎称是政府买办，并许诺将会购买她家的农产品，她才出于畏惧与乞乞科夫办理了买卖手续。在这个身处穷乡僻壤的地主身上所表现的愚昧、迟钝的性格反映了农奴制文化的落后与保守，任何社会动荡出现，首先崩溃破产的就是这类食古不化的地主阶层。

诺兹德廖夫是乞乞科夫意外拜访的第二位地主，是一个厚颜无耻的流氓加恶棍式的人物。果戈理选择了一个酒馆儿作为乞乞科夫与他偶遇的场所。酒馆儿是展开情节的好地方，它能让不同性格、不同阶层的主人公在此相聚，产生交集，却绝不显得突兀。酒馆这个地点也正好符合诺兹德廖夫的本性。他喜欢吃喝玩乐，吹牛赌博，酗酒打架。他爱凑热闹，只要哪里有集会、有舞会、有庆典，他准会出现。他是一个狂热的赌徒，在酒馆遇到乞乞科夫时，他正好在赌场上输个精光，还欠了债。他热衷于惹是生非、破坏秩序、散布谣言、拆散家庭、瓦解交易。最后，正是他散布的流言让乞乞科夫的交易失败，落荒而逃。

诺兹德廖夫的庄园同他本人一样不着边际，田地处在低洼的地方，里面布满泥浆，领地范围连主人也说不清楚。他的马厩里只有三匹马，可狗倒有十几条，更不可思议的是里面还养着一只山羊和一只狼崽。诺兹德廖夫的书房墙上挂着刺刀和猎枪，房间里收藏着各式各样的烟斗、匕首、香包，还有一架手摇风琴，但是“在这间书房里，没有发现书房之所以称为书房的任何一点迹象，就是说，没有看到书和纸”①。诺兹德廖夫随意给每个物件编造不平凡的来历，报上惊人的价格，但他编造的谎言永远错漏百出。香包来自美艳绝伦的贵妇人，名字则无从考据。匕首来自著

① 《死魂灵》，满涛、许庆道译，第 80 页。

名的土耳其工匠，却篆刻着俄罗斯工匠的姓名。

诺兹德廖夫家里的餐桌也充分显示出主人的性格，在他的家里，“吃饭不是生活中一件重要的事情；菜肴是好是坏都没有什么了不起：有的烧过了头，有的根本还没有烧熟。显然，厨师多半是凭灵感来做菜的，手边碰巧有什么东西，他就把什么东西搁进去：例如他旁边有一只胡椒瓶，他就把胡椒撒上去，如果有白菜，他就把白菜放进去，再加上许多牛奶、火腿、豌豆，总而言之，拼拼凑凑，拨弄几下，只要热了，好歹总会有股滋味出来的”①。最体现主人性格的是餐桌上的酒，各种各样的酒有着千奇百怪的名字，主人随心所欲地命名。同一瓶酒，每次倒出时的名字却不一样。他的随性使得乞乞科夫不敢贸然饮用主人斟的酒，悄悄地把酒倒掉。

诺兹德廖夫谈生意时同样任意妄为、胡搅蛮缠。谈到死农奴的交易后，他立刻表现出自己窥人隐私的本性，打破砂锅问到底，千方百计要知道乞乞科夫买死农奴的原因。家中凶恶的狗、寒光闪闪的刀枪都衬托出这个地主性格中的野性。正式进入谈判过程后，他时而要将死农奴和他的公马、母马、狗、手摇风琴、折叠马车捆绑销售，时而要求将死农奴作为赌博、打牌、下棋的筹码，恼羞成怒后甚至大打出手。两人的交易如同一场闹剧，最后以诺兹德廖夫被警察带走告终。诺兹德廖夫表面上的豪爽掩盖不了他毫无生活目标、放荡妄为的本性，在这个流氓无赖式的地主身上折射出农奴制文化的野蛮和对人性的摧残。

索巴凯维奇是一个具有资本家特性的地主。诺兹德廖夫认为他是个“活着没味儿”的人，整个庄园也找不到有人能拿出赌本来坐庄。通过诺兹德廖夫的介绍，我们可以想见索巴凯维奇一家

① 《死魂灵》，满涛、许庆道译，第 80—81 页。

与赌绝缘。这其实是19世纪初俄国小说中很多资本家、投机者固有的品性。普希金的《黑桃皇后》里面有位格尔曼，曾在赌场里坐看了几年，因为找不到万无一失的赢钱方法，居然一次注也没下，直到他窃取了自以为稳赢的秘密才出手。同样，乞乞科夫也是个谋求资本积累的新阶层代表，他和诺兹德廖夫谈买卖死农奴的交易时，无论对方如何威逼利诱，也坚决不肯将农奴作为赌注。可以想象得出，稳扎稳打，难以利诱的索巴凯维奇会是个资本家般精于算计的角色。

在通往索巴凯维奇庄园的路上，乞乞科夫遇到一位年轻的金发女郎。萍水相逢的女孩惊人的美艳让乞乞科夫怦然心动，有跟随她改变行程的冲动。但乞乞科夫马上遏制住自己的情感。作家强调，如果是个二十多岁的毛头小伙子，肯定会放下一切追求爱情而去，而“我们的主人公已经是一个中年人啦，磨炼出了一种谨慎而又冷静的性格”①。这次艳遇隐隐暗示着乞乞科夫是个成熟而坚定的生意人，也有助于显示他即将登场的对手，即索巴凯维奇拥有同样难以动摇的本性。

索巴凯维奇的房子首先显示出主人的高度物化。走近索巴凯维奇的庄园，过度稳扎稳打的实用主义气息扑面而来。“粗粗刷过一下的墙壁”，“屯田兵和德国移民”营房风格的建筑样式，墨守成规的设计，主人为求方便、实用，对房子毫无美感的改造，所有一切告诉我们，主导这里的是一个只讲求效果，不需要任何花架子的人。军营的纪律性，德国人的严谨作风被果戈理借来展现索巴凯维奇的固执与刻板。作家的视角从庄园的外围切入，越接近索巴凯维奇，就越能强烈地感受到他带来的压迫感。“院子四周围着坚固的、粗大得出奇的木头栅栏”，“建造马厩、谷仓和厨房

① 《死魂灵》，满涛、许庆道译，第100页。

用的全是些沉甸甸的、粗大的、保用百年不朽的圆木”。地主不仅为自己的住宅的牢固费尽心思，甚至连农奴们住的小木房子也下足了稳妥的工本。尽管“没有黏土墙、雕镂花纹以及别的花样，但一切都做得结结实实、地地道道”。主人心思缜密，无一挂漏，“甚至井栏圈也用上了结实的橡木，那是一般仅仅用来做碾磨或者海船的”①。

索巴凯维奇本人的样貌也是只讲实用，不问美观，他“生着这样一副顶顶结实的、拼凑得极为奇特的长相的脸，”因为“造化在捏造它们的时候，不曾多下工夫推敲琢磨，也不曾动用任何细巧的工具”，“只顾大刀阔斧地砍下去：一斧头就是一个鼻子，再一斧头就是两片嘴唇”，用“大号钻头”凿出一双眼睛，“也不刨刨光洁”就送到世上来，说了声：“活啦！”② 他的脖子很短，总是僵直不转动，喜欢穿棕色的燕尾服，看起来就像一头“中等大小的熊”。他的名字是米哈伊尔，这个俄罗斯名字本身就有熊的意义。他家里“所有一切都是结实的，非常粗笨的，跟屋主人本人有某种奇怪的相似之处”，客厅里摆着的胡桃木写字台看起来也十足就像一头熊，“桌子，团手椅，椅子，都有一股十分笨重和疑虑不安的气质”，总而言之，每一件东西，每一把椅子，都仿佛在说，“我也是个索巴凯维奇！”或者是，“我也挺像索巴凯维奇！”③ 米哈伊尔名字的内涵，与熊相似的外貌，将熊的动物性带入索巴凯维奇形象中，赋予他野蛮、贪婪的性格特征。

索巴凯维奇是个怀疑主义者，对周围的一切都保持高度的戒备。在他推己及人的眼光里，世界上没有一个好人，人人都在算

① 《死魂灵》，满涛、许庆道译，第 102 页。

② 同上，第 102 页。

③ 同上，第 104 页。

计着什么。民政厅长是个共济会员，傻瓜蛋，省长是天字第一号强盗，警察局长是个骗子手，他眼里唯一的正派人是检察长，但也不比一头猪好多少。乞乞科夫企图用城里结识的官员来拉近关系，但他的一切努力毫无收获。

索巴凯维奇是一个野兽一样粗野而又贪婪的地主，他从外到内都充满了动物性。他几乎没有精神需求，有的只是熊一般的巨大食欲，并以此为最高享受。作家介绍索巴凯维奇家里的菜肴时，总是强调用料的殷实，分量的十足。他家里“每一张奶渣饼都比碟子大得多”，鸡蛋、米饭、肝，还有好些叫不出名堂来的东西都一股脑儿塞在“跟小牛一般大的火鸡”里面。[①]“要是吃猪肉”，就把“一只整猪”端到桌上来，“要吃羊肉，就吃整羊，要吃鹅，就吃整鹅!”[②] 这就是索巴凯维奇吃饭的原则。他“情愿只吃两道菜，但是要吃个痛快，心里想吃多少就吃多少”。他喝酒时，一口气就干掉“满满一杯伏特卡酒”。宴席间，他并不热衷于招待客人，径自“从盘子里给自己拨来了一大块肉馅饼”，把“半爿羊胸脯子拨到了自己的盘子里，吃个精光，啃得一干二净，把骨髓都吮吸得一滴不剩”[③]。他家里的餐桌上没有玛尼洛夫家里客气的寒暄，人人几乎都在默不出声地专注于自己的食物。

最能显现索巴凯维奇贪婪、固执本性的还是他与乞乞科夫的谈判。对索巴凯维奇来说，任何买卖都是敛财的机会，所以他漫天要价，每个死农奴索价一百卢布。最终，经过激烈地讨价还价，以两个半卢布成交。高达 40 倍的虚价，可见索巴凯维奇有多么贪婪。但是两人的斤斤计较并没有就此打住，接下来又针对

---

① 《死魂灵》，满涛、许庆道译，第 108 页。

② 同上，第 107 页。

③ 同上，第 107 页。

是否付定金，定金支付多少，先开具收据，还是先支付定金等一系列问题进行争论。最终，索巴凯维奇还是占了便宜，他不仅强迫乞乞科夫付出了收购死农奴以来的最高价格，还偷偷将女农奴的名字加进了名单。

索巴凯维奇不仅有着熊一般笨拙的外形，而且有着熊一样冷酷的动物性。他讨厌一切文明行为，排斥任何新生事物，以怀疑的目光审视着人与人之间的一切关系。他的贪婪与狡猾让工于算计的骗子乞乞科夫也手足无措。他的手段残暴蛮横，惯于强取豪夺，是俄国地主阶级中最顽固、最凶狠的一类，是农奴制赖以生存的中流砥柱。

普留希金是小说中最后出场的地主，也是最非人的一个。作家首先用了颇多笔墨，将他与外界世界隔绝开来，强调他身上人性的泯灭。他是小说中最富有的地主，却过着最贫寒的日子。他拥有巨额的资产，大片的土地和上千个农奴，以富有和悭吝远近驰名。果戈理用了远多于其他几位地主的文字来细细铺陈，讲述乞乞科夫走近普留希金家的见闻。尽管已经是见惯了平庸俗气的俄罗斯乡村，对一切已经无动于衷的熟客，乞乞科夫走向普留希金庄园时，还是感到了些不寻常。“像钢琴的键盘一样，忽而高，忽而低”的道路让他饱受颠簸之苦，险些伤痕累累。可见，普留希金与外界的交往之路已经中断很久了。“农舍上的圆木颜色发黑，旧得不堪；许多屋顶千疮百孔，像筛子一样”，所有木头建筑上都显出了“某种特别陈旧衰朽的迹象”①。农舍尽头，老爷的庄园边上是“大片荒芜的菜园”，“围着低矮的、有的地方已经断折的篱笆”。普留希金那“古怪的城堡很长，长得出奇，看来

① 《死魂灵》，满涛、许庆道译，第121页。

像是一个衰朽不堪的残废人"[1]。两座望楼油漆剥落，摇摇欲坠，墙壁"仿佛龇牙咧嘴似的露出着光秃秃的、抹过泥灰的木架子。"古老的花园里"蔓草丛生，荒凉寂寞"，"被暴风雨和雷电折断了树梢的白桦树"耸立着粗壮的白色树干，顶上"劈断的、翘起一角的斜面"仿佛是"一只黑色的鸟儿蹲在那里"。没有被阳光普照的凹地如同张开着的"黑沉沉的大嘴"，"巨大的鸦窠"，折断的枝条，这片仿佛通往神话中邪恶巫师巢穴的恐怖的荒原，竟然是普留希金家附近最生机勃勃的地方。到了主人庄园旁边，真正的破败显露出来。老爷的邸宅显得更加凄凉，"青苔已经盖满了围墙和大门腐朽的木料"，"一大簇显然日见破败的房屋"，"看不到一点能使画面蓬勃有生气的景象，没有不时打开的门，没有川流不息出出进进的人，没有任何热热闹闹的家务操劳和繁忙！"[2] 普留希金几乎与外界断绝往来，庄园的大门平时是关住的，"一把巨大的锁挂在铁环里面"。只有里边的人出门时才能暂时"活跃一下这块已经死去的地方"[3]。普留希金为自己修建了一栋与世隔绝的巨大坟墓，自己则成了坟墓中苟延残喘的活尸。

走进近乎荒芜的庄园，乞乞科夫终于见到普留希金的真面目。普留希金尖细的声音、飞快的语速、训斥仆人时的神情让乞乞科夫误以为他是个管家婆。性别特征是人的基本特征，作家有意淡化这一点，也是弱化普留希金人性的方法之一。老地主破旧肮脏的睡袍已经黑漆漆的油光锃亮，辨不清原来的材质。下摆碎成四片，不停地掉出里面的棉絮，脖子上挂着像袜子或是吊袜带般的领带。他的面颊如普通老人一样清癯，"下巴颏朝前突出得挺

① 《死魂灵》，满涛、许庆道译，第 122 页。

② 同上，第 123 页。

③ 同上，第 124 页。

厉害”，“一双小眼睛还没有失去光泽，在翘得高高的眉毛底下骨碌碌地转动着”。这双眼睛透露出谨慎、狡黠的神情，“像是两只小老鼠从暗洞里探出它们尖尖的嘴脸，竖起耳朵，掀动着胡子，在察看有没有猫儿或者淘气的孩子守候在什么地方，并且疑虑重重地往空中嗅着鼻子”①。

普留希金的房间显示出他本末倒置的价值观。房间里堆满了各式各样他捡来的东西。可以想见，连穷苦农奴也要丢出家门的垃圾难以有什么价值，甚至也不会有任何实用性。但是普留希金却把他们当珍宝一样珍藏起来，塞满自己的客厅、书房、卧室。铁钉、碎纸片儿、陶瓷碎片儿、断了腿的椅子、停了摆的钟、用过的牙签儿，所有这些细碎肮脏的垃圾上覆盖着灰尘和蜘蛛网，堆满了整个房间。普留希金置身于房间之内，而乞乞科夫居然没有发现身边有个活人。地主看起来像个最贫穷、最肮脏的乞丐，没有丝毫的生命力。普留希金的庄园里处处都是老地主价值观的体现。他对农奴刻薄至极，为了节约少许物资，让庄园里的农奴像苍蝇般地大批死去，与此相对照的是他的库房里堆积如山的粮食、布匹、木器、皮货大批地霉烂变质。他不仅对农奴苛刻，对亲人也是如此，连自己的亲生子女也赶出家门。唯一留在身边的小女儿去世了，孤单多年后，他依然坚定地将儿子拒之门外，诅咒他死去。大女儿带着外孙回家探望，也没能唤起他的慷慨和慈爱。他苛刻所有人并非为了自己享乐，因为他对自己也严苛无比。尽管已经有了索巴凯维奇的介绍，尽管一路上已经看到庄园的破败，但是当乞乞科夫知道面前这个衰老的乞丐竟然是富甲一方的大地主时，他依然无法掩饰发自内心深处的震惊。

普留希金病态的吝啬已经达到极点，他丧失了人应有的正常

---

① 《死魂灵》，满涛、许庆道译，第126页。

思维，根本分不清节约与浪费，不知道聚敛财富的目的。由于对物质财富的无比贪欲，他失掉了对物品价值的起码认识。谈买卖时他也是一样，只看到蝇头小利。乞乞科夫用今后可以不必为死农奴缴税，节省税金来诱惑他，使普留希金感觉占尽便宜，根本无暇深究乞乞科夫到底为什么买卖死农奴，死农奴的价格究竟是多少，就极其便宜地卖出了所有死去的，甚至还有逃跑的农奴。交易的价格只有30戈比，和索巴凯维奇的零头差不多。

普留希金家里的一餐令人印象深刻。没有菜肴，只有酒和面包。酒是他去世多年的妻子在世时酿造的，里面落满了灰尘，钻进了虫子，掏出来后再端上桌。面包是两年前女儿最后一次来探望父亲时带的礼物，已经发了霉，刮下霉屑后拿给客人吃。面对这样的款待，乞乞科夫只有礼貌地拒绝，而普留希金则为省下了东西而庆幸。普留希金的贪婪、吝啬，以及令人难以理解的生活方式归根到底来自农奴制度文化的腐朽，这个极度卑琐贪婪的吝啬鬼正是俄国地主阶级日趋没落的鲜明写照。

作家对每个地主专章描绘，让他们的性格各自独立，但是，他们并不是完全孤立的。果戈理对他们的描绘有很多交集的地方，提示我们，他们代表的是一个整体阶层。比如，作家会细致地描绘每个地主墙上的装饰。玛尼洛夫墙上挂着三幅画，两幅装裱得很漂亮，但是另一幅却还没有配上画框，歪歪扭扭地挂在那里，显示主人务虚的性格。克罗博契卡“房间里糊着古旧的条纹糊墙花纸”，挂着老式“翎毛画”，在画与画之间挂着几块“嵌在深色木框里的老式小镜子”，“镜子后面不是插着一封信，就是插着一副古老的纸牌”。① 每一样东西都跟古老有关，影射着主人数十年如一日，波澜不惊的生活。诺兹德廖夫书房的墙上挂着的是

---

① 《死魂灵》，满涛、许庆道译，第46页。

猎枪和长刀，一方面表现出主人为所欲为的心性，另一方面暗指他的野蛮。索巴凯维奇家里悬挂的都是“希腊统帅的全身版画像”，英雄们“都长着这么粗壮的大腿和闻所未闻的浓密胡子，使人看了简直不寒而栗”。巾帼英雄包贝林娜的“一条腿就比今天充斥于客厅的那些花花公子的整个身躯还要显得粗大些”①。他们全都和主人一样是健康而又结实的人，具有熊一般的粗壮和侵略性。普留希金家的任何细节作家都没有放过。他的墙壁同房间里其他地方一样，密密麻麻，杂乱无章。“墙上胡乱地、挨得紧紧地挂着好几幅画”。画的主题毫无整体性，规模、材质也没有丝毫章法可言。“发了黄的长条版画”紧挨着“发了黑的巨幅油画”。一边是“挺大的战鼓，头戴三角军帽、张口呐喊的士兵和淹进水里的战马”，另一边赫然是“花卉、水果、一个别开的西瓜、一个野猪头和一只倒悬的野鸭”。② 主人将画钉在墙上显然不是为了装饰，而是房间里实在已经堆不下了。

地主们出场的顺序也是精心安排的，在只会夸夸其谈，没有实用精神的玛尼洛夫之后，马上就是浅薄务实，愚昧守旧的克罗博契卡。关在小匣子的女地主什么都害怕，什么都要有条文可依的守旧精神，与她之后出场的，毫无章法、毫无节制的诺兹德廖夫对比鲜明。紧接着是具有另一种严谨特征，万事都求周全，心思缜密，涉及利益时滴水不漏的索巴凯维奇。在最擅长将利益最大化的“棕熊”后面，同样追求利益的吝啬鬼普留希金出场了。对利益共同的追求却带来两极化的效果。整个地主群里面再没有比这个不舍得吃、不舍得穿、悭吝节约的老吝啬鬼更浪费的人了。果戈理排列自己的主人公时，将个性的反差作为排序的最重

① 《死魂灵》，满涛、许庆道译，第 107 页。

② 同上，第 125 页。

要原则，以使人物形象更加鲜明。

作家不仅会关注每个地主的言谈举止，吃穿用度，甚至会刻意强调每个人说话时身体的角度。玛尼洛夫的身体永远向前倾，贴近交谈的对象，以示他的好客、谦卑，也暴露出他思想的匮乏。诺兹德廖夫的身体是向后仰的，一副飞扬跋扈、眼高于天的泼皮姿态。他的身体和他的话语一样，只会和人唱反调。索巴凯维奇的身躯不管坐立，绝不前倾，也不后仰，坚定地立在那里像根柱子。这表示他是个极度自私、立场坚定的人。身躯的直立也昭示他最坚定的立场，那就是所有人都是坏的，所有东西都是他的。肢体语言把他自私自利、贪得无厌的本性彰显得淋漓尽致。

另外，作家还会找一些中立的人物，将地主们放在一起对比品评。比如，在乞乞科夫与诺兹德廖夫相遇的酒馆里，老板娘就是个中立旁观者的形象。老婆子认得索巴凯维奇，也认识玛尼洛夫和在场的诺兹德廖夫。她无意中评价了几个地主的用餐方式。"玛尼洛夫要比索巴凯维奇气派大"，他一来就"要一个煨鸡，要一个煮小牛肉"，"如果有羊肝，那么，他也要羊肝"，而"索巴凯维奇却只点一个菜"。吃饭的时候，玛尼洛夫很浪费，"所有的菜他只尝一尝就算完了"，可是索巴凯维奇却会把自己点的菜"吃个精光"。[①] 精明的老婆子也摸透了诺兹德廖夫的本性，知道他是个不会实打实付钱的客人，所以，向他"要的价钱比伏特卡酒的实在价钱高了三倍"，来保障自己的利益。

《死魂灵》中的五个地主个个形象鲜明，分别代表着地主阶层务虚、愚昧、无赖、贪婪、吝啬的劣根性。作家在塑造人物的时候主要采取了平面雕凿的手法，对地主们生活的整个环境做了细致入微，层层深入的描绘。从他们庄园几俄里起，直到他们的

---

① 《死魂灵》，满涛、许庆道译，第66—67页。

贴身物品无不诉说着主人的个性，一点一点深化着主人的形象。值得注意的是，果戈理在刻画地主们形象时所用的诸多笔墨都集中到当下。我们能看到异常鲜明的地主形象，但却无法回顾他们的过去，作家似乎也不想展望他们的将来。他们就作为一个僵化的存在，展示人的劣根性。但在塑造主人公乞乞科夫时，作家却采用了完全不同的方式。

• 立体式人物——乞乞科夫

乞乞科夫是《死魂灵》中贯穿全书的人物，他属于社会新兴阶层，是个农奴主兼资产阶级商人的典型形象。他是小说中最鲜明、最深刻的人物，对于作品的结构和主题具有重要意义。作家详细描绘了乞乞科夫的出身背景，与性格养成过程形成一个鲜活的、发展的线索。乞乞科夫与经过了几百年的沉淀，已经定格的地主阶层不同，他代表的新兴资产阶级一切都在路上。因此，果戈理主要使用动态的历史发展来描绘这个人物。他通过乞乞科夫的家庭教育、学生生活、为官之道三个阶段介绍了主人公这个典型的冒险家、投机者性格的养成。乞乞科夫在孩提时代，就受到父亲的耳提面命，攒钱是最重要的，交朋友要找有钱人，钱要从别人口袋里花出去，等等。他在学生生活中就创造性地奉行了这些带有资产阶级色彩的家教，在攒钱和拉关系两个方面都获得了成功。上学的时候，他已经有了投机的意识。他抓到一只小老鼠，但并不像普通孩子那样很快弄死它，而是花费心思教它学会站立、敬礼，最后卖个好价钱。他上课前会买些吃的放在口袋里，但并不自己享用，而是等到快下课时，看哪个有钱的孩子最饿，就高价卖给他。他知道不仅金钱是有用的，权力更有价值，所以拼命巴结老师。他在上学途中想办法三次遇到老师，向老师敬礼问好，建立谦恭有礼的印象。下课时，在最后一排的他总要抢在最前面，帮老师拿起近在手边的帽子，递给老师。但是一旦他毕了业，老师马上被他抛诸脑后。他工作时为谋求升职，不惜绞尽脑汁追求上司嫁不出去的丑女儿，但一旦得到升迁，就马上搬离准岳父家，从此像路人一样泛泛地点头致意。所有人在和他打过交道后，都会发觉自己上当了。乞乞科夫凭借钻营向上的本事为自己赚到了稳定的生活和社会地位，他的为官之道就是贪赃枉法、鱼肉人民，后因贪婪过分断送了自己的仕途生涯。他按部就班的资本积累、地位升迁被突如其来的因素打乱了，受贿行为被新任上司拆穿，差点儿进了监狱。由于急于重新巩固自己的社会地位，唯利是图、狡诈无耻的乞乞科夫想到了买卖死农奴的生意。

果戈理塑造他时与其他地主完全不同。乞乞科夫的鲜明并不在于他的与众不同，而恰恰在于他的毫无棱角。

首先，果戈理给了乞乞科夫最平庸的社会地位和同样平庸的外貌。根据他的气派来判断，他或许是退伍的中校、上尉，或许是拥有大约百把个农奴的地主，总而言之，是不惹人注意的中等绅士。他的长相不俊美，但也不难看，身材不太胖，也不太瘦，年龄不能说是年老，不过也不太年轻。他这样平庸的人到哪里也不会引人侧目，因此他的来访没有在城里引起任何骚动。他的性格也如同外貌一样平庸无奇。无论他在和什么样的人打交道，他都不会显得棱角分明，不会与人格格不入。

但是，乞乞科夫的平庸之处就是他最大的特点。他每拜访一位地主，我们就会感觉到一点他的非常之处。拜访玛尼洛夫家时，他同主人客气地彼此恭维，对少爷适度地夸奖。玛尼洛夫非常绅士地适度表达了自己对买卖死农奴一事的疑惑，乞乞科夫就委婉地表示了这件事对于一个体面绅士的难以启齿。最后，玛尼洛夫出于绅士精神，完成了交易，也没好意思问清究竟。当他转而面对和玛尼洛夫一虚一实、性格迥异的克罗博契卡时，我们立刻感到，他是女地主的同类。君子之间含含糊糊的点到即止变成了一斤一两的精准计算，乞乞科夫的踏实、精明、见多识广让女地主甚至坚信眼前是位正牌的政府采买官员，信服地卖出了死农奴。放荡的诺兹德廖夫让我们见识了乞乞科夫坚韧不拔的精神，无论他怎么胡搅蛮缠，威逼利诱，甚至是大打出手，都没有动摇乞乞科夫的立场，那就是无利可图，或者不是十拿九稳的生意坚决不做。此时，乞乞科夫资产阶级的本性开始初露端倪。真正解开乞乞科夫本来面目的是索巴凯维奇。索巴凯维奇的漫天要价让我们见识到乞乞科夫锱铢必较的资本家特征。他善于钻营，不放弃任何契机，谈判时精明机警，再狡猾的对手也无法超越他的底线。他把死农奴的价格一个戈比一个戈比地从一百卢布压低到两个半卢布。与普留希金的交手显示出他的生意人头脑。他略施小计，施以蝇头小利，便骗取了大量价格低廉的死农奴。

乞乞科夫看似平庸的性格里有着最分明的特征，那就是利字当先、圆滑百变。在他与几位地主的交锋中，他擅长审时度势，看透每个地主的弱点，再寻找合理的方法各个击破。他时而是温和的绅士，时而是严谨的政府公务员，时而是心软的大善人。他的态度有时温和婉转，有时坚定不移。

相对于陈旧的地主阶层，乞乞科夫具有自身的优势。他是个具有耐性、自制力以及非同寻常经营本领的人。他精明世故，善于审时度势，捕捉机遇，为满足个人欲望而调动一切潜能，为追求财富和地位，卧薪尝胆，屡败屡战。乞乞科夫在与五位地主的交锋中大获全胜，这中间有智慧的胜利，有性格的胜利，更主要的是阶级斗争的胜利。果戈理真实地表现了新兴资产者乞乞科夫对于封建农奴主的优越性。乞乞科夫用区别对待的方法应对五个性格迥异的农奴主，成为交易中的胜利者。和玛尼洛夫大谈友谊，对克罗博契卡大耍威风，与诺兹德廖夫的流氓行为对抗到底，同索巴凯维奇针锋相对，锱铢必较，对普留希金诱之以小利。他摸透了每个农奴主的性格，显得比所有农奴主都高明。这是历史的真实。作为新兴资产阶级的代表，乞乞科夫身上有腐朽的地主阶层无法比拟的优势。乞乞科夫有着新兴资本家的胆量和想象力，他在作品里做了两件事情：发死人财，骗国家钱。这件事的内涵和外延已经完全出乎地主们的理解力，甚至想象力。他们之间最精明的索巴凯维奇也只能从每个死农奴身上得到两个半卢布的利益，而乞乞科夫的利润高达近百倍，每个农奴可以帮他拿到两百卢布。乞乞科夫的胜利是资产阶级对于地主阶层的完胜。但是，乞乞科夫无疑是个被否定的形象，具有投机者的狡诈以及新兴资产者掠夺的本性，对他的描写显示出，作家一方面认可了追逐财富的新兴资产者的活力和进步意义，另一方面对利字当先导致的道德丧失、物欲横流持批判态度。果戈理并不欣赏这位大胆的冒险家。毕竟，生命是要尊重的，祖国是果戈理挚爱的，乞乞科夫在买卖死人，坑骗国家的过程尽管表现了自己的灵活机智，但他越过了为人起码的道德底线，因此将受到更为苛刻的审判。

果戈理的典型化处理方式让自己笔下的人物形象异常地鲜明，具有代表性。他们的名字甚至已经成为俄语的固有名词，有了自己明白的指称意义，甚至还衍生出同义的形容词、动词、副词等其他词类。比如，《死魂灵》中乞乞科夫和几位地主的名字在俄语词汇中已经具有普通名词的指代功能，不需要遵循人名首字母大写的规范，以普通名词形式进入俄语词典中。比如，玛尼洛夫的名字“Манилов”已经成为名词“манилов”，专门代指矫揉造作、耽于梦想、不切实际的人，还衍生出副词“маниловски”

(玛尼洛夫式地)、“по-маниловски”(以玛尼洛夫方式),形容词“маниловский”(玛尼洛夫的),另外还有新名词“маниловщина”,意思是玛尼洛夫性格。地主诺兹德廖夫的名字“Ноздрёв”成了泼皮无赖的代名词,并形成形容词“ноздрёвский”(诺兹德廖夫的),副词“ноздрёвство”(诺兹德廖夫式地)。普留希金的名字“Плюшкин”是吝啬鬼的代名词,在此基础上形成了形容词“плюшкинский”(普留希金的)、新名词“плюшкинство”(普留希金性格)。主人公乞乞科夫的名字“Чичиков”专指乞乞科夫式的人物,其资本积累、狡诈百变,魔鬼般收买灵魂的内涵无须多言,已经成为词语固有内涵。新名词“чичиковщина”专指乞乞科夫性格。这些词的应用非常普遍,列宁在开会时,看到务虚的政客,最常说的一句话就是,又一个玛尼洛夫来了。

准确地说,乞乞科夫不仅是在做买卖死农奴的交易,他还在和“死魂灵”做交易。感谢果戈理对语言的敏感性,俄语“Душа”这个词有两层含义,一个是“灵魂”,一个是“农奴”。果戈理利用单词意义的层次感反映了作品的灵魂。买卖的货物是死去的人,做交易的一群何尝不是虽生犹死的行尸走肉呢?旧有的阶层已经腐朽不堪,新兴的阶层唯利是图,果戈理在黑暗的年代找不到能带领社会走向光明的力量。作家能做的是尽可能地将这个时代展现在作品里,不管是现实的腐朽,还是未来的迷茫。巨大的社会反映功能也是现实主义文学的美学原则之一。

三　史诗般的社会反映功能

人类的早期文学通常具有强烈的功能性,或与宗教相关,或与历史、法律著作相关。经过漫长的发展，文学才逐渐具有了独立性。而在现实主义阶段，文学开始向历史回归，这主要体现在文学的社会反映功能。现实主义文学强调真实地、广阔地反映现实生活，作家在创作过程中，往往进行如自然科学般严谨的调研，力求忠实地再现时代风貌，这使得其作品具有重要的史料价值。许多现实主义作家都非常重视自己作品的社会认识功能，力图把自己的作品写成时代的札记。其作品的书名、标题、副标题往往具有类似的导向作用。巴尔扎克拟定《人间喜剧》创作计划时，决定写 137 部小说，分为风俗研究、哲理研究、分析研究三大部分，全面反映 19 世纪法国的社会生活，写出一部法国的社会风俗史。他自己则希望能成为法国社会的书记员。狄更斯创作《艰难时世》时，也将反映当时英国社会紧张的劳资关系。现实主义作家的创作原则正如巴尔扎克所说，“我企图写出整个社会的历史”。果戈理也非常重视自己作品对时代的反映能力，希望自己的小说具有史诗般的历史概括作用，这也带来了围绕他的小说《死魂灵》的体裁之争。

越读果戈理，就越多体会他的复杂。果戈理留给我们的待解之谜不仅有他的宗教观、世界观，还包括他作品的体裁。果戈理曾称《死魂灵》为史诗，但他并未对此概念进行解码。于是，读者和研究者从作品问世伊始，便一直在探求其体裁的本质特征。

对这一问题的争论历经百多年不休，可以说是众说纷纭。别林斯基认为《死魂灵》是一首长诗；《文学百科词典》说它是“散文体史诗”；《苏联百科词典》和《简明文学百科》称其为“史诗——长篇小说”；《俄罗斯生活百科》把它称作“史诗”；阿·斯米尔诺夫曾经在《俄罗斯文学参考资料》中提出过问题。对《死魂灵》体裁独特性的讨论至今仍很激烈，它究竟是史诗，长篇小说，还是风俗小说？

《死魂灵》是一部处于转型时期的大型散文作品。果戈理在作品中，似乎在有意淡化这部作品的小说特征，而将史诗的特性以多元化方式注入。史诗般大气磅礴的描绘图景、深刻的民族精神显现、叙事与抒情结合的叙史模式、外松内紧的情节张弛让《死魂灵》成了一部别有韵味的散文作品。果戈理将卡拉姆金的儿女私情转化成更大图景上的阶级情感，将普希金简朴明晰的风格发展得繁复而鲜明，将莱蒙托夫的愤世嫉俗拓展成强大的民族激情。正因为果戈理的独树一帜，俄国散文具有了史诗般辽阔的气魄，才有了后来屠格涅夫的与时俱进，托尔斯泰的鸿篇巨制。从这个意义上来说，果戈理尽管不是俄国散文创作的第一人，但他是当之无愧的“俄国散文之父”。

所谓小说是一种借助于艺术虚构，以散文体的形式表现叙事性内容，通过一定的故事情节对人物的关系、命运、性格、行为、思想、感情、心理状态、活动环境进行描写的文学体裁。人物是小说的核心，环境是人物活动的场所和性格赖以形成的重要因素。情节是人物性格的历史，是塑造人物形象的重要手段。

《死魂灵》集中描写的似乎并不是主人公乞乞科夫的命运以及他性格和自我意识的形成、发展。如果果戈理在作品的开端就向我们介绍乞乞科夫的经历以及他受过的教育，所有的故事就都围绕主人公展开，都与他的命运紧密相连。那么,《死魂灵》就更像是一部描写骗子的长篇小说。但是，果戈理把乞乞科夫的生平描写放在第 11 章，此时，该发生的事情都已经发生，该出场的人物都已经充分展现了自我。一个简单的错位将乞乞科夫从描写的焦点变成了一条普通的线索。这种安排并非偶然，作家清楚地告诉我们，乞乞科夫是作品的主人公，但不是作品反映内容的核心，他的行程是探索另一个问题的工具。这个问题就是尽量展示俄国社会生活的全貌，哪怕是仅仅从一个侧面。从这个意义上来讲，俄国才是作品真正的主人公。

把《死魂灵》看成一部史诗的观点主要立足之处就是作品强大的社会反映功能。所谓史诗就是某些能反映一个历史时期社会全貌和人民群众多方面生活的长篇叙事作品。它的内容“应该包括全民族见识的整体”①。它所反映的问题应该与民族的命运密切联系，休戚相关。《死魂灵》正是一部以反映整个俄罗斯为基点，以剖析俄罗斯社会堕落原因，寻找民族复兴之路为己任的伟大史诗。作品不仅描写了城市生活，还将范围扩展到乡村。所交代的人物既有地主、官员、投机商，又有农奴和囚徒，可谓无所不包，无所不容，使一幅俄国 19 世纪上半期广阔的社会生活图景跃然纸上。

史诗的艺术空间由现实世界和理想世界两大部分构成。现实世界是作家对俄罗斯生活实情的描摹。这里居住着普留希金、诺兹德廖夫、玛尼洛夫、索巴凯维奇、检察长、警察局长以及其他一些人物。他们是果戈理给同时代人描绘的讽刺肖像，是 19 世纪上半期俄罗斯社会各阶层的代表。果戈理笔下的现实世界丑陋而可怕。在这个世界中黑白颠倒，精神迷茫，价值观念扭曲。但那些生于其中，长于其中，习惯了荒唐社会法则的人们却看不到它的可笑，意识不到它的堕落，更无法找出社会道德沦丧的原因。整部史诗的主旋律就是要揭示这个原因。在第一卷的最后一章中，果戈理提出了一个发人深省的问题：如果孩子们从父辈那里得到的唯一教训就是积攒每一个戈比，那么，他们怎么可能会

① ［德］黑格尔：《美学》（第三卷下册），朱光潜译，商务印书馆 1995 年版，第 121 页。

具有审视生活的想法和理解这一原因的能力？

果戈理认为，现实世界中充斥着荒唐可笑的事情，人们却视而不见。但如果作家能把它艺术地再现在作品中，那么人们一定会笑得满地打滚。在创作《死魂灵》时，他遵循了这一原则。普留希金、玛尼洛夫等人都是果戈理精心制作的面具，他们代表着那个时代所固有的弱点和恶习。果戈理运用客观的叙史手法，就是想让读者们在没有作家指引的情况下，自己审视他们周围生活的现状，而要展示整个俄罗斯这一庞大的立意也决定了果戈理对史诗体裁的倾斜。

作家之所以能如此清晰地看到现实世界可笑的一面，是因为他处在理想世界的体系中，遵循更高层的法则。理想世界与人灵魂的最高追求相一致，它同现实世界相互排斥，相互斗争。两者最根本的区别是对“灵魂”的不同解释。在理想世界中，死魂灵的说法极其荒谬，是矛盾的组合。灵魂不灭，它是神性在人身上的体现。而在现实世界中，死魂灵则能够存在，因为此处的灵魂只是区别生者与死者的标志。

作品的最基本冲突是“死的灵魂”与“活的灵魂”的冲突，其实也就是现实世界与理想世界的冲突。果戈理将作品命名为“死魂灵”并不仅仅是因为它以乞乞科夫收购死农奴为主线。“死魂灵”的深层含义是主人公精神的死亡，是永恒的人类灵魂的消逝。死的灵魂是地主、是官吏、是乞乞科夫本人。他们虽生犹死，但果戈理并未失去使他们“复活”的期望。按作家的构思，在第二卷和第三卷中，“复活”的将不仅仅有乞乞科夫，还有普留希金。

作品中也存在着活的灵魂形象。他们首先表现为作者形象。他热爱祖国，明白自己肩负着改善民族品格、揭露社会弊端的任务。其次表现为具有“活的因素”的人民形象。在第 7 章中，一系列活生生的、勤劳朴实的劳动人民形象展现在我们眼前。这些性格迥异的人物实际上是乞乞科夫收购的死农奴。他们虽已死去，但他们所具备的纯朴美好的人民精神却永远不会泯灭。

《死魂灵》中并没有描写“死的与活的灵魂”如何冲突，但实际上冲突已经存在，已经有了艺术表现。果戈理在自己怪诞的艺术世界里展示了这种独特的冲突：那些活着的人精神上已经死亡；相反，在乞乞科夫所买的死农奴身上却闪耀着活的民族精神。作家在描写检察长的命运时也采用了荒诞手法：只有在他死后才显示出他有灵魂。

现实世界是可怕的，因为它遗失了自己的灵魂。这是社会道德沦丧的真正的，也是唯一的原因。只有在找到这个根源后，俄罗斯才可能复兴，失落的理想、精神和真正的灵魂才能重回。我们还记得，作品是以两个乡下人空泛的谈话开始的。他们怀疑四轮马车能否跑到莫斯科。继而作者对阴暗、乏味又无休无止的省城街道以及人们各种愚蠢的表现进行了描写。而在第一卷的最后一段抒情插叙中，乞乞科夫的四轮马车却变成了俄罗斯人民永生灵魂的象征——三套马车。正是对永生灵魂的信念使作者坚信上帝之城必将降临俄罗斯，他的主人公，整个生活乃至整个俄罗斯都会复兴。

史诗常采用抒情和叙事相结合的写作形式。《死魂灵》的写作手法也是如此。作品中的理想世界是纯精神的世界，是人的灵魂世界。普留希金、索巴凯维奇、诺兹德廖夫、克罗博契卡之类的人物不可能出现在这个世界里，能存活于其中的只是永生的人类灵魂。单纯的叙事手法无法尽善尽美地完成对这个世界的刻画，作家又采用了抒情的手法。这种抒情叙事的形式主要是借助作者形象的塑造来实现的。

这部作品中的作者形象独特而丰满。他和乞乞科夫一样是贯穿全书的主要人物。他几乎出现在作品的每一章节，品评每一幕交易。他紧随乞乞科夫的行程游历于省城与庄园之间，向读者描述乞乞科夫来不及交代的人物，展示乞乞科夫看不到的角落。第二章中，彼得卢什卡的形象就是通过作者之口描绘的。在乞乞科夫来到玛尼洛夫的庄园后，趁宾主携手向客厅走去之机，作者及时向读者介绍了玛尼洛夫的性格、生活习惯、处世原则以及他和太太之间那种虚伪的恩爱关系。由于作者游离于小说描写的社会生活之外，他的评价就带有了客观真理的色彩。但是，另一方面，作品中所有的事件又都是透过作者的眼睛描写的，仿佛是作者自身经历的折射。尽管他有着超然的立场，但作为一个个体，作者的言辞必然带有强烈的主观评价色彩。因此，作品中就似乎并存着两种描写对象：为叙事诗所特有的客观事实和为抒情诗所特有的内心世界。它们使作品中的作者形象显得极其重要。

小说中不时地浮现出作者的“身影”，他不失时机地发表着个人见解，评论着主人公的思想和行为。这对作者形象的塑造起到很大作用。在第七章的开始部分，果戈理用了大量笔墨来描写两类作家的区别。他蔑视那些只会歌颂美好事物，奉承上流社会的作家，尽管他们为世人称赞，凌驾于众人之上。反之，那些为读者唾骂的作家却赢得了作者的尊敬。因为他们无视读者的冷落、评论家的残酷，敢于真实地再现生活的弊端。作者自己无疑也是这类作家之一。尽管前景阴暗，生活凄苦、孤独，但是，他还是要和他古怪的主人公们长期携手合作，“去纵览包罗万象的广阔人生，去透视世人所熟悉的笑和世人看不到的、莫名其妙的泪！”①

---

① ［俄］果戈理：《死魂灵》，郑海凌译，浙江文艺出版社 1996 年版，第 150 页。

这段远离中心情节的抒情插叙，告诉我们作者是一个不屈不挠的人。在第六章的开始部分，作者将自己孩童时代对世界，对生活的敏感同成年后对一切的冷漠麻木做了对比。这使我们感到作者是饱经沧桑的。他对诺兹德廖夫和玛尼洛夫的评价说明了他的正直无私。他对爱国主义者的分析表现了他对俄罗斯的挚爱。尽管果戈理对作者形象的描写零散而含蓄，但作者形象却完整而鲜明。果戈理创造了多元化的艺术世界，作者的声音贯穿其中。这有利于表达作家对主人公的态度，展现作家非凡的批判才华。

由于作品中引入了作者的形象，果戈理得以轻松地解决了几个艺术问题：首先，他可以无限地引入描写对象，把能够涉及的所有问题都展现在读者面前，供他们评判。这些问题涉及人生哲学、人的灵魂丧失、真假爱国主义和俄罗斯的形象等。其次，借助远离中心情节的抒情插叙，果戈理还解决了一系列文学问题。在探讨作家可以选择的两条创作道路时，他提出了后来为现实主义文学所发扬的新的道德系统——爱与恨；对社会光明面、对活的灵魂的爱；对生活阴暗面、对死的灵魂的恨。这个道德系统坚定了果戈理以文学为工具清除人性中卑劣因素的决心。

史诗的结构形式一般都是松散的，这是由史诗的进展方式决定的。由于史诗要从尽可能大的广度描写整个社会，它就比其他种类的文学形式都更有节外生枝的权力，甚至可以使每一枝节都显得是自由独立的。这种能引入大量不同层面和事件的史诗性写作手法为果戈理构建丰富的人物性格画廊提供了便利条件，从《死魂灵》的结构方面来看，“画廊”中的每一个片断，每一个章节的主题都是独立的，都有自己的任务和对象。例如：作品第一部的第二章就是一个独立的故事。故事从乞乞科夫决定出城拜访玛尼洛夫开始，到访问结束，玛尼洛夫送客人离家为止。作者通过一系列夸张的细节描写，将一个矫揉造作到极点的地主形象刻画得淋漓尽致。玛尼洛夫的脸上永远是一副甜得发腻的表情。为了让客人在进客厅门时走在前面，他可以站在门口谦让几分钟。为了表示他和妻子的恩爱，他总为妻子献上夸张到虚伪程度的长吻，并为她准备一些意外却毫无意义的礼物。果戈理夸张的讽刺如此形象生动，以至于“玛尼洛夫性格”几乎成了矫揉造作的代名词。这一章节情节完整，主题明确，首尾呼应，完全可以独立成篇。小说的其他章节也都是如此。整部作品由一个个完整的故事组成，它们之间既有联系，又相对独立。

事实上，果戈理似乎并未强迫自己或者读者为《死魂灵》的体裁做是非分明的定论，尽管作家在作品封面上加上史诗的限定，但是，他也曾多次把长篇小说的称谓用在《死魂灵》上。果戈理加上史诗一词，更主要的目的是提醒读者作品具有强大的历史概括功能、社会反映功能。它包容了整个 19 世纪上半期俄国社会生活的各个层面，视野广阔；它探讨了如何引导全民族由堕落走向复兴的哲学问题，意义深远。《死魂灵》富于教诲意义，它语言的凝练，形式的独特，表现形式和手法的夸张性，展示俄罗斯社会生活的全面和探讨俄罗斯命运问题的深刻都使它当之无愧地被称为一部反映了整个俄国时代风貌的伟大史诗性作品。《死魂灵》堪称俄国散文发展历程中的里程碑，它将史诗强大的民族意识和历史功能注入散文作品中，形成了具有俄罗斯民族性格的壮阔体裁。它为俄国散文创作打开了广阔的天地，为 19 世纪下半期俄国现实主义文学迅速发展，并成为欧洲现实主义文学的中心做出了不可磨灭的贡献。

四　强烈的讽刺与批判倾向

如果说果戈理史诗般的作品拓展了俄国现实主义文学反映时代问题的广度，那么其作品中的强烈讽刺与批评倾向则增加了俄国现实主义文学剖析社会问题的深度。自然派的出现大大加快了俄国批判现实主义文学发展的进程。它具有强烈的批判性，关注底层“小人物”，从不同侧面敏锐地反映着重大的时代问题。它题材的广泛、揭露的深度和批判的强度对整个19世纪俄国，乃至全欧现实主义文学的发展产生了重大的影响。可以说，果戈理创立的自然派以高度忠于生活的精神，震撼人心的典型形象鞭挞了沙皇专制农奴制的丑恶与黑暗，为19世纪的俄国文学确立了讽刺批判的倾向，高高举起了俄国批判现实主义文学的大旗。作为自然派的精神核心，果戈理的创作中体现了俄国批判现实主义的主要特征。

19世纪批判现实主义突出的一个特点是非常广阔和真实地展示了社会生活的各个方面，对现实矛盾的揭示与批判具有相当的深度。马克思、恩格斯曾赞扬杰出的批判现实主义作家们对现实关系的深刻理解，以及他们反映社会生活的丰富性和深刻性，认为巴尔扎克、狄更斯这样的作家在作品中提供的历史材料甚至比历史学家、经济学家、统计学家提供的总和更为丰富。列宁称托尔斯泰的作品为俄国革命的镜子。革命导师的这些论述，十分精辟地指明了批判现实主义文学的积极意义和历史价值。

果戈理时期，俄国的社会制度与其他欧洲国家相比更为落后。当欧洲国家完成工业化大革命，迈进资本主义社会时，俄国仍然是个落后保守的封建农奴制国家。19世纪，俄国罗曼诺夫王朝的统治者致力于与欧洲各国封建势力共同扑灭革命之火，维护封建制度。但当时在俄国境内尚未完成生产的工业化转变，生产力极度落后，庞大的军事经费完全来自对底层农奴的盘剥。在这种高压统治下，农民起义此起彼伏。直到20世纪初，俄国才完成了政体的变革。尖锐的社会矛盾，专制的统治使得俄国批判现实主义文学异常发达，文学几乎是唯一可以抒发反抗意志的阵地。在作家们的笔下，我们可以看到封建社会的濒临崩溃，资本主义的逐步兴起，也可以看到农奴制的暴虐，资本发展的残酷，人们精神世界的物化。俄国现实主义文学的社会批判广泛地涉及各个领域，尖锐地提出了许多时代的重大问题，勾勒出一幅幅触目惊心的悲惨图画，引起人们对现存秩序的深刻怀疑和不满，因而具有巨大的社会认识与社会批判意义。19世纪下半叶，俄国成为批判现实主义文学的中心之一，这与它批判的广度、深度是分不开的。

果戈理的作品着力于暴露社会的阴暗面，批判现实的罪恶。他来自社会底层，从事过小公务员的工作，对社会不公有着切身的体验。俄国社会的严峻现实，使他感到窒息和愤懑，因而他能对腐败的制度和利己主义泛滥的社会风尚进行无情的暴露。果戈理不仅敢于正视社会现实，而且勇于探索罪恶的根由，揭露丑恶社会现象的深层本质。他在质问“谁之罪”的时候，大胆地将问责的目标直接指向沙皇本人。在不同体裁的作品里，果戈理采取了不同的批判方式。在短篇小说中，他将火力集中对准帝都彼得堡。在大型作品《钦差大臣》、《死魂灵》中，他隐去故事发生的具体地点，针对全俄普遍存在的阶级问题展开泛化的批判。在他的哲理性论著《与友人书简选》里，他以形而上的方式思索普遍的人性问题和宗教救赎之路。

果戈理的批判与他的讽刺艺术不可分割。巴赫金在《讽刺》

中将果戈理的讽刺称为“植根于本民族民间笑文化的真正博大的俄罗斯讽刺”①。他认为果戈理的讽刺作品来源于民间笑文化，在《狄康卡近乡夜话》和《米尔戈罗德》中的讽刺主要来源于民间节庆的笑文化，而在《鼻子》、《死魂灵》中则体现了民间讽刺喜剧的形式。同时，果戈理作品中的讽刺又与欧洲讽刺传统中的拉伯雷讽刺一脉相承。他认为，“在果戈理的作品中，我们能够找到怪诞的讽刺（夸张的肯定和否定）、傻子和骗子、贪食、幽默的交谈等讽刺因素”②。最后，巴赫金肯定了果戈理起源于乌克兰传统文化的讽刺在对 19 世纪俄国社会现实的批判中的巨大作用。“最终，他对当地现实的形象性否定非常深刻有力。这种否定不仅指向封建农奴制度，还针对新兴资本主义。”③

- **形而下的社会批判**

1835 年，果戈理完成了个人第三部短篇小说集《小品集》，从此，他远离了乌克兰的主题，聚焦彼得堡。《小品集》里面包括一系列以彼得堡为题材的小说，如《涅瓦大街》、《狂人日记》、《肖像》等。另外还收录了 13 篇文章，分别论述作者对于历史、地理、绘画、雕塑、音乐、建筑以及民间谣曲等方面的见解。在《小品集》之后，果戈理的短篇小说创作一直没有离开彼得堡这个主题。1836 年的《鼻子》，1842 年的《外套》都是彼得堡题材的作品。1842 年，果戈理索性将自己在 1835 至 1842 年之间写作的短篇小说结集出版，题目就叫《彼得堡故事及其他》。上文提及的几部小说发生地均在彼得堡，而且具有彼此呼应的主题和相似的艺术手法，因而被人们视为一个整体。

---

① Бахтин М. М. *Собрание Сочинений Т.* 4（1）, М：Языки славянских культур，2008，с. 37.

② Бахтин М. М. *Собрание Сочинений Т.* 4（1），*с.* 37.

③ Бахтин М. М. *Собрание Сочинений Т.* 4（1），*с.* 37.

果戈理并不是第一个以彼得堡为创作主题的现实主义作家。在他之前，普希金也很看重彼得堡题材。普希金将彼得堡分成两个部分，华丽的城和贫瘠的城，已经就社会发展两极分化、底层人民生活困苦的主题进行了挖掘。但普希金毕竟是个大贵族，他看到社会的不公，却并没亲身体验贫穷。果戈理则是经历了贫瘠的生活，饱受众人的白眼，怀着感同身受的情感对彼得堡进行控诉的。在他的作品里，两个彼得堡的划分依然存在，但是其中的矛盾显得更加尖锐化，具体化。在华丽的彼得堡无情碾压下，贫瘠的彼得堡不仅丧失了生存的物质基础，精神空间也损失殆尽，从而出现了灵魂的畸变。果戈理记载的彼得堡故事中有悲哀的，也有荒诞的。他们触及了彼得堡社会的各个阶层，其中有可悲的“小人物”巴施马奇金，有盲目追求官阶而丧失理智的七品文官柯瓦廖夫，有被金钱和荣耀引诱的画家恰尔特科夫，有癫狂的波普里希钦，还有执着地追求美与爱，却遭到灭顶之灾的画家皮兹卡廖夫。

首先，作家着力给读者交替地展现彼得堡的华贵与贫瘠。尽管富人和穷人居住在不同的区域，各自有不同的生活场景，社交范畴，果戈理却巧妙地将它们穿插起来，形成鲜明的对比。比如，在《涅瓦大街》里，果戈理用了固定的场景——涅瓦大街，辅以流动的因素——时间。涅瓦大街不同的时段属于不同的阶层。于是，我们看到，清晨，涅瓦大街非常寒碜，“穿着破烂衣衫和旧斗篷的老婆婆们奔向教堂”准备乞讨，“乞丐们聚集在点心店门口”，等着“睡眼惺忪的学徒”“踱出来布施给他们发硬的糕饼和剩肴残饭”。“有时走过一些干活儿去的俄罗斯庄稼汉，穿着沾满石灰的长筒靴，即使以清洁驰名的叶卡捷琳娜运河也没法把他们洗干净。”中午时分，涅瓦大街高雅起来，家庭教师们带着少爷、小姐在大街上散步。涅瓦大街一改清晨的寒酸，立刻充满了教育气息。到下午两点，涅瓦大街变得高雅奢华彬彬有礼。“绅士们穿着长长的大礼服，双手插在口袋里；淑女们穿着粉红色的、白色的和浅蓝色的长裾缎外衣，戴着小巧玲珑的帽子。”衣冠楚楚的达官贵人和高雅的女伴展示着他们“洒满令人销魂荡魄的香水和香料、涂抹各式各样最名贵最稀有的香油的短髭”，“在整整两天内爱不忍释的千百种绚烂轻飘的帽子、衣裳、头巾”，“有上等海獭皮领子的、风度翩翩的大礼服”，“嵌有压邪符咒的宝石戒指”。整条涅瓦大街上漂浮着奢华糜烂的气息。一到三点，涅瓦大街立刻又充满了衙门味道。“整条街上挤满了穿绿制服的官员们。饥饿的九品文官、七品文官和其他的文官们尽量地加快脚步往前赶路。年轻的十四品文官、十二品文官和十品文官还想抓紧时间多在涅瓦大街上溜达一下，装出一副神气，好像他们压根儿没有在衙门里坐过六个钟头似的。”四点之后，仿佛是回到了清晨，街上只能见到送衣服的女裁缝、孤独的弃妇、外乡来的怪人、矮小的手艺匠，还有俄国工人，“穿着短得盖不住腰眼的老棉袄，有一缕疏朗的胡子，一生没有过过一天好日子，当他悄悄地在人行道上走过的时候，背脊呀，手呀，脚呀，头呀，各部分都会哆嗦起来”①。涅瓦大街仿佛是一个庞大的舞台，华丽的彼得堡和贫瘠的彼得堡交错登台，演绎着各自的富足和困顿，强烈的对比更加凸显出两个彼得堡的差异。

《外套》则采用了另一种方式展示两个彼得堡的主题。主人公阿卡基·阿卡基耶维奇生平第一次受邀参加晚会，需要从自己居住的穷人区走到住在豪华地段的上司家里。于是我们跟随阿卡基的脚步，流动地穿行在彼得堡街道，感受两极化的生活。阿卡

① 《果戈理小说选》，满涛译，第 296—298 页。

基从空旷无人、灯光昏暗的街道走向人流稠密、灯光明亮的大街，不断遇到“华丽的淑女和身披海狸皮领子的男子”。“赶着装有木栅栏和钉着镀金铜钉的雪橇的载货马车夫”越来越少，变成“头戴深红色的天鹅绒帽子、驾着上了漆的铺着熊皮褥子的雪橇的神气的车夫”。当阿卡基来到上司家里，他那件猫皮领子外套与上司们“镶有海狸皮领子或者天鹅绒翻领的”外套摆在一起，显得更加寒酸。而这件外套是他付出了毕生的积蓄，加上半年的忍饥挨饿才得到的。为了买外套，阿卡基放弃了衣食住行的最基本需求。作家告诉我们：“为了买外套，阿卡基·阿卡基耶维奇想了又想，于是决定至少在今后一年当中，必须缩减平时的费用：取消晚间的一顿茶，晚上不点蜡烛，如果要赶点什么公事，就到房东太太的屋里去，借她的灯亮；走在街上，要尽可能在石板和扁石子上举步轻些，小心些，光让脚尖着地，这样鞋底就不至于坏得太快。”① 当饿着肚子的阿卡基坐在上司的餐桌旁，面对着晚宴上丰盛的“凉拌菜、冷盘小牛肉、肉馅饼、甜点心和香槟酒”时，想必心酸的感觉应该在读者心里油然而生吧。

《外套》的故事来自果戈理听到的一件逸闻：一个很穷的小公务员非常喜欢打鸟，但是他没有猎枪。为了能够买一支猎枪，他拼命工作、节衣缩食，终于攒够钱，买了一支很好的猎枪。可是他第一次坐着小船出去打猎时，猎枪就被茂密的芦苇带到水里去了。小公务员一病不起，差点丢了性命。后来，他的朋友们知道了，大家就凑钱又给他买了一支猎枪，他这才病体痊愈。猎枪的故事在人群中掀起哄堂大笑，果戈理却在故事中感觉到深切的悲哀，后来以此为主题创作了《外套》。小说的主人公看起来滑稽可笑，但却蕴含着对当时的俄国社会的讽刺。果戈理的笑意味

---

① 《果戈理小说选》，满涛译，第 425 页。

深长。巴赫金在《果戈理之笑的历史传统和民间渊源问题》中专门探讨过作家笑的复杂性。他认为，别林斯基和六十年代的名家们想把果戈理看成一个纯粹狭隘的讽刺家，但果戈理笑的意义显然不止于此。它来源于民间文化，有多重表现体系，以对世界及躯体的怪诞的阐释为基础。他在《拉伯雷与果戈理——论语言艺术与民间的笑文化》中继续阐释这一论点，认为由于“民间文化使狂欢化了的集体形象获得了内在的联系，例如涅瓦大街、官吏、办公室、厅里（《外套》的篇首有骂语——‘卑鄙扯淡厅’）”①。果戈理借助狂欢化手法，使民间笑文化与彼得堡的办公室文化产生交集，让厅里的嬉笑怒骂带有民间笑文化的讽刺意味，实现对现实生活并不尖锐，但却深刻的讽刺。

同是小人物，但阿卡基无疑比普希金笔下的萨姆松·维林能唤起更深刻的同情。比起贵族普希金对小人物自上而下的同情，身处贫困阶层的果戈理则更能体味小人物生活中的辛酸苦痛，更细微地展示小人物精神灭亡的进程。同样，他对同一个首都里的两个彼得堡持有更多的不满，更深刻的批判。果戈理的批判不只集中在帝都彼得堡，随着他创作事业的广阔，更延伸到整个俄罗斯。

果戈理的戏剧作品《钦差大臣》被称为迄今为止最完备的俄国官吏病理解剖学教程。这部作品与《彼得堡故事及其他》不同，并非针对某个地域的批判，而是针对当时俄国社会的官僚阶层。在戏剧的开头，果戈理用著名的俄罗斯谚语“脸歪莫怪镜子”作为题词，其中“镜子”一词不禁让我们想到莎士比亚所说的“举起镜子照自然”。现实主义创作手法自亚里士多德在《诗

---

① Бахтин М. М. *Собрание Сочинений Т.* 4（2），М：Языки славянских культур，2008，с. 520.

学》中提出“摹仿说”之后，一直以真实地反映客观世界为己任。镜像是对现实主义文学作品真实性的最高赞誉。他说明尽管作家不愿言明故事发生的地点，但这部喜剧的故事并不是随意杜撰出来的，而是在忠于现实生活的基础上，紧紧抓住人物的心理和19世纪30年代俄国官场的荒唐本质来描写的。整个剧本像是一面镜子，映照出俄国封建农奴制制度和国家体制的全貌。剧中每个官员都代表着国家机构的一个方面，所有人物组合成一个官僚强盗集团，形成一幅沙俄官场百丑图。

首先，市长安东·安东诺维奇是个贪官污吏的典范。他纵横官场三十年，老谋深算。在远离京城的小城里，他瞒上欺下，对上成功地骗过三任省长，对下称王称霸，好事不干，坏事做绝，把整座城市弄得糟糕透顶。他老奸巨猾，连最狡猾的骗子也都被他骗过。生活得奢华富足是他为官的目的，为此就必须贪污受贿、盗窃公产、敲诈百姓。他有一套是非颠倒、毫无廉耻的行为标准，认为勒索人民是官员的“职责”，贪污受贿是官员的“本分”。对于受贿行为，他有严格的要求，那就是按官职的大小拿钱，除此没有任何限制。一个只需要一百卢布的工程，在他的呈文中却变成了两万。他的可笑之处在于他聪明一世，却糊涂一时。他在内心里崇拜和敬畏比自己官衔高的人。钦差大臣到来的消息使他非常恐惧，他对应付自己的直属上司有着丰富的经验，但他的种种恶行从来没有面临过这么高层官员的考验。一方面，他急于掩盖罪行；另一方面，他暗自希望这是一个巴结权威、平步青云的好机会。正是这种害怕惩罚的恐惧加上对高官盲目崇拜的心理，使他丧失了理智，丧失了辨别事物真假的能力，一时失察。再加上看到赫列斯塔科夫的言谈举止确有彼得堡官场气派，于是就产生了误会，稀里糊涂地把落魄的浪子当成了微服私访的钦差大臣。市长像变色龙一样，一直谨慎地审时度势，见风使舵。钦差大臣来了，市长立刻整顿市容，规范下属，提醒他们把鹅赶出法庭，将马鞭拿走。但是，他马上又告诉法官，只要钦差大臣一走，马鞭还可以挂回原处。阳奉阴违的个性跃然纸上。他在“大人”面前唯唯诺诺，但一旦巴结上了“大人物”，他立刻就又恢复了本来面目，耀武扬威。他还想入非非，梦想借助裙带关系当上将军，飞黄腾达。

市长的下属也都是市长的同类。他手下的慈善医院院长、督学、法官、警察局长、邮政局长等官员都贪赃枉法、渎职受贿、昏庸无能。在他们的统治下，全市的各个层面极度混乱。慈善医院院长认为自生自灭是最好的治疗方法，因此医院里肮脏不堪，病人缺医少药；学校的老师不传授任何知识，因为他们自己什么也不懂，虚有其表；法庭秩序混乱，陪审官终日酒气熏天，醉眼蒙眬，候审厅里养鹅，法庭文件柜挂着法官打猎用的鞭子；警察最拿手的是顺手牵羊，敲诈商人；邮政局擅长私拆邮件，偷看信件，是城里的新闻发布员。官员们听说钦差大臣要来私行暗访，人人自危。市长惧怕市民中会有人递上状子控告他的恶行，于是将邮政局长叫来，让他为了大家共同的利益把每一封经过邮政局的来往信件拆开查看。他们一向唯市长马首是瞻，当市长误会赫列斯塔科夫是钦差大臣时，他们一拥而上，争相围绕着一个穷途末路的十二品文官低三下四，摇尾乞怜。就是这样一群无耻之徒把持着俄国的官场，维护着贵族地主阶级的经济利益和政治统治。作家在他们身上集中了沙俄官吏的恶德败行，深刻地揭露和辛辣地讽刺了沙俄专制制度和官僚阶层的腐朽性和反动本质。

《钦差大臣》中所嘲笑的不仅仅是俄国一个外省小城的官僚

阶层，沙皇看过这出剧以后所说的：我们都被嘲笑了。果戈理通过剧中人大声喊出自己的心声："你们笑什么？笑你们自己！"这一声棒喝消解了艺术与生活的界限，令观众席上的人们发现，《钦差大臣》其实是一面镜子，映射出了作品真正的主角们——我们所有人。在戏剧的尾声，赫里斯塔科夫溜之大吉之后，一封被邮政局长私拆的信件，暴露了他假钦差大臣的面目。以市长为首的一群官员都相互埋怨、挖苦、嘲笑。此时，一个宪兵上台向他们宣布：奉圣旨从彼得堡到来的长官要你们立刻去参见。这句话震动了所有的人，整个人群呈现出各种万分惊讶的丑态，呆若木鸡地站在台上。果戈理在舞台指示详细地安排了每个角色站的位置，或弯腰，或俯身的动作，惊异、恐惧的表情，并要求哑场持续一分半钟。舞台上定格的一分半钟既是让舞台上的官僚们丑态百出地遭受批判的时间，也是让观众们面对台上定格的镜像反思自己，对照自己，剖析自己的时间。整个钦差大臣的情节发生在外省偏僻的小城，但却映射整个俄罗斯的官僚阶层，批判沙皇为首的整个官场。巴赫金认为果戈理作品中体现了"荒诞的躯体观"①，这来自民间笑谑文化的荒诞形象，在后期作品中反映为对怪异面孔、器官、姿态的描写。民间文化的笑谑讽刺力量以传统力量的形式在此加入了对俄国官场的讽刺和批判。

• 形而上的理念批判

《钦差大臣》的结尾，主人公们定格在舞台中央，受到观众的指责和批判。但唯有一个特例，就是伪钦差大臣赫列斯塔科夫。当市长和一众官员被唾骂时，他已经远离了舞台，远离了荒唐的闹剧，坐在舒服的马车里，踩着市长家最柔软的地毯，拿着

---

① Бахтин М. М. *Собрание Сочинений Т.* 4（2），М：Языки славянских культур，2008，с. 515.

从大小官员、普通商户那里攫取的钱财欣然踏上回乡之路。除此以外，在剧中一直以钦差大臣身份享受所有官员尊重的他又多了一重身份——审判官。市长“蠢得像一匹灰色的阉马”，“邮政局长长得跟部里看门的米赫耶夫一模一样，大概也是个坏蛋，好酒贪杯的酒鬼”，“慈善医院院长十足像个戴便帽的猪。督学满身是葱臭”。[①] 赫列斯塔科夫轻易逃避了对自己的惩罚，堂而皇之地对其他人物进行判决。果戈理曾说，他决定在《钦差大臣》中，将他所知道的俄罗斯全部的丑恶集成一堆，来同时嘲笑这一切。剧中每个主人公都是嘲笑和指责的对象，何以唯独掀起了轩然大波的赫列斯塔科夫幸免于难呢？

纵观整个作品，在《钦差大臣》里，果戈理对赫列斯塔科夫的塑造似乎与众不同。赫列斯塔科夫与市长等官僚阶层的见风使舵、老谋深算相比，作家似乎让这个夸夸其谈的公子哥儿带有更多的单纯与真诚。首先，他来到小城，受困于小城，直至阴差阳错被误认为钦差大臣，捞到意外之财，最后离开小城的一系列行为中，我们看不到他的阴谋算计，蓄意安排。果戈理在人物与服装里对他有过一番介绍。“赫列斯塔科夫——二十三岁左右的年轻人，细细的，瘦瘦的；有点傻，所谓是没有头脑的。他是衙门里被称作顶顶空虚浅薄的一类人里的一个。说话和行动丝毫不加思虑。他不能连续不断地集中注意在某个念头上。他的话是不连贯的，脱口而出，完全出人意外。扮演这个角色的人越是显示出坦率和单纯，就越能演得好。衣着时髦。”[②] 从人物介绍来看，果戈理并未对赫列斯塔科夫有特殊的偏爱。他就是个典型的绣花枕

① ［俄］果戈理：《果戈理选集》（第二卷），满涛译，人民文学出版社1984年版，第346—348页。

② 同上，第243—244页。

头，没头脑的草包。但为什么他可以躲在马车里继续享乐，逃避批判呢？固然，情节的展开需要假钦差离场，但更重要的是果戈理要展示的并不是赫列斯塔科夫的夸夸其谈的个性，金玉其外、败絮其中的表面特征，而是深入骨髓的庸俗本质。赫列斯塔科夫的卑劣并不像市长那样体现在一言一行中，而是渗透到他的人格深处。

无论是市长，还是他手下的大小官员，每个人做事都出于一定的动机。市长的欺上瞒下无非是为了升官发财，他所有的行为都指向这一个目的。但是赫列斯塔科夫不同，他的胡乱吹嘘、求婚示爱都是出于自己轻率的本性。他到了市长家，见到打扮得花枝招展的市长太太安娜和女儿玛丽亚，立刻向她俩频送秋波，惹得母女俩神魂颠倒，都认为赫列斯塔科夫爱上了自己。但是，一离开她们，他就忘了那两位迷人的女性，沉迷在聚敛赌资的乐趣中。他轻率地在一次下跪中向母女俩求婚。首先是女儿，他真诚地拥抱她，并且为自己的举动跪下道歉，宣称“出于爱情。我是真正出于爱情”① 母亲出现后，玛丽亚羞愧地逃开了。赫列斯塔科夫还没有来得及站起来就看到安娜，觉得这个半老徐娘倒也有点味道，长得也还不坏，转而向母亲求爱。“不，我是爱上您了。我的生命系于一发。您要是不成全我的永恒的爱情，我就再也没有必要活在这世上。我怀着满腔的烈火向您求婚。”② 母亲还没弄清赫列斯塔科夫的真正意思，女儿再度出现了，于是，他求婚的对象瞬间又变成女儿安娜。一次下跪，同时进行三次求婚，对象分别是母女二人，赫列斯塔科夫的爱情比风向变得还快。更关键的是，每一次求婚都没有预先设计，都是出自主人公对爱情“真诚”的向往。

---

① 《果戈理选集》(第二卷)，满涛译，第 326 页。

② 同上，第 327 页。

赫列斯塔科夫是个从醉生梦死的生活中孵化出来的一个十足的废物，是个毫无价值的人，无聊的人口中最无聊的家伙。别林斯基将他的生活归结为一种充满浅薄情欲和浅薄利己主义的活动的空虚。这个空虚浅薄到极点的人没有丝毫判断力、是非观，一味地随心所欲。他头脑空洞，灵魂猥琐，全部人生意义和生活情趣就是寻欢作乐。他不过是个十二等文官，却见识过彼得堡官场中达官贵人的妄自尊大的气派和颐指气使的作风。从彼得堡回家的途中，他进了赌博场中，就将自己当成豪爽的赌徒，于是孤注一掷，把盘缠输得精光。在酒店里，他债台高筑，仍将自己当成为所欲为的少爷，颐指气使。正因为他对自己的能力毫无辨识力，同时毫无自制力，所以当他被误认为钦差大臣后，他就真的将自己当成了钦差大臣。他像个轻率的孩子一样，忘记自己真实的身份，居然住进市长家里。他的弥天大谎、无边无际的吹嘘让官员们肃然起敬。于是他便飘飘然起来，自己俨然就是一位钦差大臣，煞有介事地履行职务，视察百态，听取民政。论机智圆滑、阅历丰富，他远远不及市长安东。他在市长面前其实根本没有算计、表演的余地，但是，他胜在真诚。他天真地相信自己钦差大臣的身份，正如一位入戏很深的演员，首先欺骗了自己，旁观的安东自然无从分辨真伪。

市长、官员们的形象批判的是具体的人，他们借助自己的社会身份，谋求个人利益，罪大恶极。而对赫列斯塔科夫来说，他的浅薄、他的庸俗已经深入骨髓，他就是那无法弃绝的人类庸俗主义的化身。他的一举一动完全不带有表演、谋求的成分，而是庸俗自身最直接的表现。这个人物失去了具体的批评指向，带有一种普遍的人性批判的方向。审判官应该高于被审判者，而赫列斯塔科夫的庸俗为大众所普遍具有，包括看台下面的观众。因此，他们无权对主人公进行批判。对赫列斯塔科夫的普遍人性批判是果戈理晚期作品人物批判的一个发展倾向。在这个层面上，作家放弃了审判官和被审判者的区别，人人都要涤清灵魂上的污点，获得精神的复活。

《死魂灵》中的五个地主与其说是五个恶人的形象，还不如说是五种人性罪孽的象征。玛尼洛夫的浮夸、克罗博契卡的愚昧、诺兹德廖夫的无赖、索巴凯维奇的自私、普留希金的吝啬都具有普遍人性的指代意义。通过赫列斯塔科夫、《死魂灵》里的一系列地主形象，果戈理将一众丑陋的人物抽象成为卑劣人性的代名词，来批判在俄国这个罪恶的农奴制国家里生成的种种恶灵形象。此外，在《与友人书简选》中，作家更是从形而上的角度审视了人性中恶的本质，意图实现灵魂的净化和重生。从果戈理晚期的作品来看，果戈理希望俄罗斯走上宗教救赎的道路，人性的纯净、社会归属的宗教化是作家解决社会问题的最高指导原则。因此，在果戈理的社会批判里，往往具有抽象的意味。人物不仅作为一个群体的代表成为批判的目标，更是作为人性的某一缺陷被批判。而人世之路，就是净化灵魂，涤除心灵中的罪恶，走向上帝的过程。《死魂灵》里的诸多形象在这方面表现得更为清晰。

果戈理的作品对 19 世纪俄国文学的发展影响巨大，这种影响主要来自他对社会强有力的批判和讽刺。巴赫金认为，“19 世纪讽刺的历史几乎与小说的历史，尤其是批判现实主义小说完全融合”。“在俄国小说中，所有批判现实主义作家的创作都具有讽刺的因素，例如屠格涅夫（《烟》和《处女地》）、冈察洛夫、格里戈洛维奇、皮谢姆斯基、托尔斯泰（《复活》）”。① 按照巴赫金的理论，真正根植于俄国民间笑文化的俄罗斯民族讽刺是到了

① Бахтин М. М. *Собрание Сочинений Т.* 4（1）, с. 37–38.

果戈理的创作中才出现，作家开创的这一传统不仅影响到19世纪俄国批判现实主义文学，也影响到20世纪的苏联时期的讽刺作品。

五　平民走向的人道主义精神

人道主义精神是现实主义文学不可分割的伴生物。19世纪的批判现实主义文学的思想武器就是以人性论为基础的人道主义。果戈理作品中的人道主义精神最鲜明地体现在他引导了俄国文学创作的平民化方向，丰富了“小人物”形象系列，抒发了小人物反抗强权的精神需求。

首先，通过自然派的影响，果戈理在19世纪俄国文学的平民化走向上起到了巨大的推动作用。新生代文学流派之所以能够存在，能够引起极大的关注，必然有一些使它区别于以前文学流派的特征。自然派区别于其他文学流派的本质特征就是始终坚持的平民化方向，这一方向鲜明地体现在其文学形式、体裁样式、主题人物等各个方面。

别林斯基在《1845年的俄国文学》一文中写道：“如果有人问我们，新的文学流派的主要功绩在什么地方，我们就会回答道：在于短视的庸才和嫉妒的人对所攻击的地方，就在于这一流派从人类天性和生活的崇高理想转向了所谓‘群众’，选取他们做主人公，仔细地研究他们，并且使他们来熟悉它。这意味着，最终实现了我国文学想成为真正民族性的、俄国的、独具一格的文学的追求；这是意味着使文学成为俄国社会的表现和写照，用活生生的民族利益把它鼓舞起来唤醒它。扑灭一切虚伪的、说谎的、不自然的东西应该是我们文学新方向的必然的结果，这新方向，从1836年起，当公众读了《米尔戈罗德》和《钦差大臣》的时候，就完全显露出来了。从那时候起，整个我们文学的进程、整个它的发展本质、整个它的历史的利益，就都包含在这新文学流派的成功里面。"①

别林斯基的这段话准确地概括了自然派的创作倾向，即面向"群众"。群众这个如今带有民主意义的词语，对19世纪的俄国社会来说，是与精英相对的凡人，与贵族相对的平民，更是与高雅艺术相对的庸俗大众。随着民主范围的不断扩大，文学指向的对象也不断扩大化。它经历了从教会到贵族的扩大，又逐步从贵族走向平民。走向普通民众，并以他们为描写对象，这是诗学平民化的重要标志。虽然俄国文学平民化的萌芽早就存在，但是直到19世纪40年代俄国文学在平民化方向上才有了实质性的突破，才逐渐成为创作的主流。这一质的变化与自然派的大力倡导和努力实践是紧密联系在一起的。自然派与俄国文学平民化有着不可分割的关系，在俄国诗学平民化进程中起到了巨大作用。这一平民化趋势与果戈理的创作方针有着密不可分的关系。从创作伊始的浪漫主义阶段，果戈理的作品就以民间文学、民间文化为基本方向。他的《狄康卡近乡夜话》《米尔戈罗德》都取自民间创作题材。他的《彼得堡故事及其他》塑造了一系列或可悲或可憎的小人物形象，极大地丰富了俄国文学史上的小人物群像。

《彼得堡故事及其他》与自然派的代表作《彼得堡风貌素描》和《彼得堡文集》一样，都以彼得堡为题材，致力于描写社会的阴暗面和底层生活。但是两者还是有很大区别的，果戈理并没有将笔墨过多地用于素描式的描写，而是集中在描绘小人物与命运

---

① Белинский В. Г. *Полное Собрание Сочинений Том IX*，М：академии наук СССР，1955，с. 388.

抗争时遭遇到的毁灭性打击。面对普通民众，果戈理没有居高临下的高姿态，没有悲天悯人的慈悲心，有的是设身处地的体验，感同身受的理解。在离开乌克兰之后，他经历的就是真真切切的小人物的人生。1828 年，来自外省的中学毕业生果戈理来到繁华的彼得堡，体验着梦想与现实的巨大差距。他是为拯救俄罗斯而来，却连份像样的差事也找不到，靠母亲的接济生活。终于，他得以成为公职人员，但那只是卑微的抄写员职务。这份工作，被他称作“愚蠢的、无意义的、猥琐的”差事。可以想见，一个从儿时开始就受父亲影响，爱好戏剧创作的作家，却做着最机械化，最抹杀创造力的抄写工作，这对果戈理是多么大的折磨。这段生活刺激了他的思想，使他痛恨这种官僚制度统治下的小人物卑微猥琐的生活。值得庆幸的是，生活体验使他熟悉了俄国的官僚机构，亲身体验了小公务员可怜又可悲的生活，使得作家能将他们刻画得淋漓尽致、入骨三分。

《外套》主人公阿卡基的名字巴什马奇金（Башмачкин）出自俄语单词“Башмак”，它的意思是“靴子”，更准确地说，是来自靴子一词指小形式——“小鞋儿”（башмачок），这个姓本身就判定主人公是一个弱势的人，一个微不足道的人，一个生活在底层、任人欺凌和践踏的“小人物”。被踩在脚下靴子预示着主人公受尽欺凌与践踏的一生。现实主义作家为了追求作品的真实感，尽可能地采取客观的第三人称叙事模式。摒弃全知全能的讲述方式，拉大同被讲述者的距离，让作家形象淡出故事之外。《外套》中，果戈理冷峻的叙事风格让他同自己的主人公产生了相当大的距离感。但是距离带来的并不是冷漠。阿卡基是个勤奋的官员，连上司都承认，如果按勤奋程度来确定官职，他怎么也能当上五品文官。但他有个致命的弱点，就是他的懦弱。上司把公文直接捅到他鼻子底下，连请抄写一下都懒得说一句。年轻的官员们尽情地嘲笑和打趣他，把纸片撒在他的头上，阿卡基都毫无声息地忍耐下了。只有当碰到了他的胳膊，妨碍抄写的时候，他才嘟囔一句："让我安静一下吧，你们干吗欺负我？"他的声音里透出一种莫名的无奈，包含着一种惹人怜悯的怨艾，那就是"我是你的兄弟"①。"兄弟"是一种人间的亲情，更是来自上帝的、远胜于人世间血缘关系的亲密感情。东正教徒相信，所有人都是来自圣父的兄弟。能听出他无奈的人心会有被刺痛的感觉，会感到不寒而栗，会为自己和那些绅士们在文质彬彬、富有教养的外表下掩藏的残暴和粗野感到愧疚。

接下来，果戈理用一种幽默而略带夸张的笔法，刻画了九品文官阿卡基·阿卡基耶维奇·巴什马奇金生活中一件"伟大的创举"，做一件新外套。在他充满灰色、阴暗的生活中，新外套就是一抹亮彩。他不断地从这一"伟大的创举"中感受到生活充实，汲取精神营养，仿佛获得了新生。"从此以后，连他的存在都仿佛变得充实起来，仿佛他结了婚，仿佛另外一个人跟他住在一起，仿佛他已经不是一个人，另外一个可爱的终身女伴愿意同他过上一辈子，——这女伴不是别人，正是那件填满厚棉花、衬着穿不破的结实的里子的外套。"由于出现了新的人生目标，阿卡基的性格也发生了变化。他变得活泼了，坚强了，好像变成了一个拿定了主意、设定了人生目标的人一样。"怀疑，犹豫，总之，一切动摇而含糊的特征自然而然都从他的险上和行动上消失了。"② 有时他的眼睛冒出火光，脑子里甚至闪过最果敢而大胆的思想：要不要真的在领子上加条貂皮？"在这段文字里，果戈理

---

① 《果戈理小说选》，满涛译，第 415 页。

② 同上，第 425—426 页。

用了很多矛盾的修饰来抒发自己略带自嘲精神的同情。

“外套”一个普通的名词，指称生活中最常见的生活必需品，但在这里，却被赋予了过于高尚、过于神圣的意义。生活的目标、人生的伴侣、灵魂的复苏，所有压根与外套扯不上关系的神圣、伟大、庄严瞬间凝结到这件卑微的物质身上，产生了巨大的讽刺意义。一方面，19 世纪俄国的资产阶级逐渐崛起，尽管这一阶层在俄国从未壮大到可以领导社会变革的强大程度，但是它毕竟对社会造成巨大的冲击。以往，社会统治中贵族坚不可摧的地位被动摇了，资本成了决定社会地位的重要因素之一。“精神性”的人走向“物质化”，人的物化是现实主义作家深深忧虑的社会现实。果戈理用外套的凡俗与一系列崇高进行鲜明的对比，其间体现了现实主义大师对人走向物化的担忧与抗拒。19 世纪，是资本主义在俄国迅速发展时期。在新的历史条件下，阶级关系的变化赋予了人道主义新的特点。“自由、平等、博爱”的口号，其锋芒所向已经不仅仅局限于封建贵族，而且还指向与贵族勾结的大资产阶级。封建关系中门第的高低，固然束缚着底层小人物个性的解放，同样，资本主义社会里贫富的悬殊，也妨碍着他们抱负的充分施展。不仅如此，资本成了衡量一切的准则，这直接导致了人的精神痼疾，导致人的物化。这样，批判现实主义作家们就在猛烈抨击封建等级观念的同时，以更为集中的火力对准了资本主义制度下人与人之间唯利是图的交易关系。在他们看来，由金钱关系所造成的种种悲剧、丑剧，是违背“人道”精神的。由于金钱的支配造成灵魂的畸形，以及道德的沦丧，风气的败坏，都是不符合“人性”的自然发展的。博爱思想，是这时期人道主义的突出特征。因此，弱肉强食、尔虞我诈、唯利是图等败德行为，都受到了他们的批判；遭迫害、受欺凌的小人物，得到了他们的同情。以果戈理为代表的这些作家与底层群众同样被排斥在政权之外，又眼见社会道德的堕落，所以他们能看到人民的痛苦，看到底层人民的某些优秀品质，进而表现出对劳动群众疾苦的同情和改变群众贫困境遇的善良愿望，并在一定程度上反映出劳动人民的愤懑不平和反抗斗争。他们对小人物的同情表现在不同层面上，物质生活的艰难很重要，精神生活的扭曲更为重要。

《外套》里，最引人心酸的并不是贫与富的悬殊，物质生活的极度匮乏。大人物对小人物精神上的挤压和摧残才是作家要控诉的实质。当阿卡基为了买外套节衣缩食，省吃俭用时，作家一直在用客观冷静的口吻诉说阿卡基节衣缩食的艰难过程，但是作家突然语气一转，叙事变得积极起来。作家语气的转变给读者带来一丝光明，我们感到，仿佛阿卡基生活中的转机出现了，他不必再受穷困的煎熬了。但是，作家接下来的叙述却恰恰相反。并不是生活饶恕了阿卡基，而是他进一步向生活屈服了。“说句实话，这样节衣缩食，他起初也觉得挺难熬的，不过，后来也就习惯成自然了；他甚至习惯了每天晚上饿着肚子。”吃饭，是一个人生存的起码条件，阿卡基不仅放弃了，而且还习惯了。这不能不让人联想到阿卡基一切不合常理的行为，令他的一切可笑瞬间化成可悲。阿卡基“不能算是一个十分引人注目的人物，矮矮的身材，有几颗麻子，头发有点发红，甚至眼睛也有点迷糊，脑门上秃了一小块，两边腮帮子上满是皱纹，脸色使人疑心他患痔疮……”，是一个“不会咬人的人”，注定要做“一辈子的九品文官”。他没有朋友，没有社交，唯一能做的事情就是抄写，唯一的娱乐也是抄写。人们已经接受了他现在的样子和习惯，认为一切怪异的举止都是与生俱来的。“后来大家都相信，他准是穿了制服、秃了头顶、原封原样生到世上来的。”① 但是通过阿卡基逐步适应不吃晚饭，踮着脚尖走路，不点灯的过程，作家告诉我们，阿卡基可能也曾经是天真的孩童、热情的少年、满怀憧憬的青年。但是，为了适应自己卑微的身份，为了适应大人物的要求，不断地放弃自己的权利，放弃自己起码的需求。就是在这种适应生活的不断放弃中，他失去了自己的热情、社交圈子、兴趣爱好，成了一个卑微如苍蝇的小人物。

作家在文中有两次将阿卡基与苍蝇做比较。一次是在小说的开头。“部里的人对他一点也不表示敬意。当他走过的时候，看门人不但不站起来，甚至也不对他望一眼，就当是一只普通的苍蝇飞过接待室一样。” 另一次是在小说的结尾，阿卡基·阿卡基耶维奇死去后被拉了出去，埋葬了。彼得堡少了一个阿卡基一切如故，“一个谁都不保护、谁都不珍爱、谁都不感兴趣的，甚至连不放过苍蝇、把普通的苍蝇用钉子穿起来放在显微镜下面仔细察看的自然观察家都不屑一顾的生物，消失了，隐没了”②。在阶级压迫下，一生规规矩矩、循规蹈矩的阿卡基不仅失去了做人的权利，甚至失去了做死人的权利，被贬低成一只普通、渺小、令人视而不见的苍蝇。事实上，阿卡基正如苍蝇那样低能、渺小、机械化地生存着。处于人们视线之外时，被完全遗忘，落入人们视线之内时，令人不禁生厌。不合理的社会关系、等级制度压抑和扭曲了人的优良品质和人的抱负。虚伪、欺诈、弱肉强食、官本位、金钱至上的彼得堡上层社会造成了他扭曲的性格和变态的心理。他的心灵是麻木的，对人生既无追求，也无抱怨，一味地安于现状，逆来顺受。种种原因的合力一步一步推他走向死亡，首

---

① 《果戈理小说选》，满涛译，第 415 页。

② 同上，第 438 页。

先是精神的死亡，然后是肉体的死亡。

这种扭曲的性格的成因中有贫困，有个性的懦弱，但最根源的原因是彼得堡社会中已经形成了行为的惯势。大人物和小人物不仅有不同的社会地位，还有固定的行为模式。小人物有小人物的心灵畸变，大人物也有难以适应的行为模式。《外套》里直接导致阿卡基死亡的大人物在与他同级别的人相处时，是个正常的，甚至带有些许人格魅力的人。可是，一旦当他面对小人物时，他所有的行为都会失常。这个大人物新官上任，刻意地强调自己的重要性。正因为他的地位其实说不上很重要，所以他竭力用许多别的方法来加强自己的重要性。“当他来办公的时候，规定下级官员得站在楼梯口上迎接他；不准任何人直接见他，一切都得经过极严格的手续：十四品文官报告十二品文官，十二品文官报告九品文官，逐级报告上去，必须这样，事情才能报到他面前。”僵化的模式让他本人倍感不适。他在地位低于自己的人面前不是不愿讲话，不是不愿打开话题，而是一种担忧制止了他，就是有失身份。于是，这个健谈的好心人在下级面前只敢“偶尔只发出几个单音节的字，永远保持着始终不变的沉默”，给自己赢得了“最枯燥的人”的外号。阿卡基不是唯一精神畸形的小人物，大人物的病态也不是个案。“在神圣的俄罗斯，一切都传染上了模仿的习惯，每个人都喜欢装模作样，扮作上司的样子。”“外套”给巴什马奇金带来的精神变化是巨大的，失去“外套”给他带来的打击则是致命的。新外套上身的第一天，就在赴宴回家的途中被强盗夺走。巴什马奇金像丢了猎枪的小公务员一样又急又恼，求助于“大人物”。“大人物”的耀武扬威、颐使气指，最终使一生胆小的巴什马奇金雪上加霜，抑郁而死。

同许多19世纪的俄国作家一样，果戈理背负着沉重的使命，他不满现状，却更反对流血牺牲的革命，这造成了果戈理与别林斯基的分歧。19 世纪，俄国作家的人道主义是悲情的，他们不可能在黑暗的现实中找到光明的出路。他们为人们提供了一系列否定的印象，但难以找到肯定的答案。苦于没有结论的探索，许多批判现实主义作家的作品不同程度地夹杂有宿命论和悲观主义的色彩。越到后期，这种悲观主义就越明显，越深沉。在沉重的寻求中，果戈理选择了宗教。这是果戈理的信仰，也是个人力量在庞大的国家机器前无奈的选择。这一点在《外套》的结尾有所体现。

阿卡基这个小人物身上其实有很多果戈理自传性的特征。当朋友在讲小公务员丢猎枪的趣闻时，讲述者和听讲的人都把这件事当成了笑话，可是果戈理却沉默地若有所思，并且下定决心，要把这个故事写下来。果戈理强烈的反应固然来自他现实主义作家的敏感，更是因为他对小人物的生活有切身感受。首先，《外套》里有作家生活的影子。果戈理也曾经在彼得堡做过抄写员，将自己的工作给了阿卡基，其实也是在控诉那份不断重复，扼杀创造力的差事对自己灵魂的折磨。其次，果戈理和阿卡基一样终身未婚。他曾与维尔耶戈尔斯基伯爵家的小姐安娜有过一段恋情。他的求婚遭到安娜的拒绝，作家的身份弥补不了他社会地位的低下和乌克兰人的身份。当时乌克兰人受到歧视，被称作霍霍尔。最后，果戈理和阿卡基一样一生都处于穷困之中。他至死没有自己的房子。为了生活和写作，他不得不寄人篱下，甚至还要请求沙皇的施舍，几次出国都靠举债。阿卡基死后，他的房间和遗物都没有封存起来，因为那遗产实在太少了。只有“一支鹅毛笔，一帖公家的白纸，三双袜子，两三颗裤子上脱落下来的纽扣和那件读者已经熟知的长衫”①。而果戈理死后的遗产其实也非常

① 《果戈理小说选》，满涛译，第 438 页。

寒酸，包括几件旧外套，大量手稿，现金只有区区四十卢布八十戈比。

“外套”的表层描述是阿卡基的苦难，但深层展现却是果戈理的精神悲剧。联系果戈理的生平，熟悉这部作品的自传性，我们能感觉到果戈理人生深切的无奈。物质与精神的冲突是伴随果戈理人生始终的大悲剧。果戈理也曾从十二品文官挣扎到八品文官，体会到小人物的艰辛。作家放弃仕途的努力，专门从事写作，可一生都没有摆脱物质的困境。但是，果戈理的精神并没有被物质束缚住，他也不忍心同命运的小人物阿卡基就此被外套左右一生。果戈理并没有让小说就此结束，他让阿卡基变成“幽灵”在夜间出没。“幽灵”有着阿卡基没有的东西，比如高大的身躯，强大的力量，但是，他们也有共同点，就是对外套的兴趣。阿卡基为外套丢了性命，“幽灵”到处剥人外套。一天深夜“耀武扬威的大人物”终于被“幽灵”抓到了，剥下他的外套，“幽灵”消失了。这一结果明显地告诉我们，作家写的是一个小公务员阿卡基，但抒发的是对整个小人物阶层深刻的同情。如果“幽灵”仅仅是阿卡基的变体，仅仅抒发他一个人抑郁的情怀，他报复的对象不应该是大人物，而应该是抢走阿卡基外套的几个强盗，他应该在寻回阿卡基自己的外套后心满意足地消失。但是，作家的目的显然不在于此。阿卡基的死亡原因并不是一件外套的得失，外套是精神的象征，而死亡则是精神彻底绝望的必然结果。让阿卡基死去的是劫匪和伤寒，让整个小人物阶层绝望的是大人物在精神上和物质上的双重压迫。阿卡基的愤怒没有具体的指向，但是“幽灵”代表的小人物群体的反抗精神却有着明确的指向。同情不能解决实质性的问题，给小人物想象的空间、反抗的意识才是果戈理更深层面上的人道主义精神。果戈理笔下那个可信而不可能的魔幻世界也可以理解成他对自己局促人生的精神反抗。

第二节 果戈理现实主义小说的个性化特征

巴赫金认为，在果戈理的艺术世界中存在着两个世界，它们相互冲突、相互作用。“一个世界是相当合法的，官方的，按照官衔、制服组织起来的，表现为对都市生活的热爱。另一个世界里一切都荒唐可笑，极端不严肃，笑是这里唯一严肃的东西。”① 果戈理作品中的非现实主义因素与魔幻现实主义有相通之处。魔幻现实主义是20世纪30—50年代在拉丁美洲形成和发展起来的一种文学创作方法。在当时文学界的一般观念里，魔幻现实主义就相当于“文学爆炸”，冲击力非常巨大，从思想内容到艺术特色，全面地对各国文学实施巨大而持久的影响。这个流派的作家以写小说见长。他们取材于现实生活，暴露社会的黑暗，反映人民的疾苦。其特点是给现实披上一层光怪陆离的魔幻外衣，却又始终不损害现实的本质。它在创作方法上则超越了传统现实主义，但却与其有着精神上的“暗合”。这种超越和暗合恰恰极度贴近果戈理的创作特征。魔幻现实主义的代表作家加西亚·马尔克斯摘取了1982年诺贝尔文学奖桂冠，他获奖是因为“在小说中能够运用丰富的想象能力，把现实和幻想融为一体，勾画出一个丰富多彩的想象中的世界，反映拉丁美洲大陆的生活和斗争”。如果忽略地域的限制，这句授奖词简直就是为果戈理量身定做的创作总结。魔幻现实主义的出现似乎为认识果戈理笔下那个可信而不

---

① Бахтин М. М. *Собрание Сочинений Т.* 4（2）, с. 519–520.

可能的世界提供了适当的认识方法。果戈理在描绘现实生活时显然克制着自己的想象力，他一笔一画工整地描摹现实，但是一旦透过现实之窗，进入魔幻的世界，他的文字立刻变得天马行空，无拘无束。

俄罗斯境内的魔幻现实文学研究始于苏联解体前后的“回归文学”大潮。被尘封多年的《大师与玛格丽特》一出版就引起轰动，作者布尔加科夫也被誉为是与加西亚·马尔克斯平分秋色的魔幻现实主义大师。事实上，布尔加科夫的写作手法深深植根于俄国古典文学中，它的源头可以追溯到果戈理。果戈理擅长融合民间神话传说、宗教故事，描写“神奇的现实”；打破真实与虚拟的界限，营造怪诞的效果；运用梦幻、时序颠倒等多元化的艺术手法来制造怪异的气氛。他的《鼻子》将虚幻与真实的世界捏合得天衣无缝，《可怕的复仇》让古代骑士穿越时空和巫师竞技，《外套》安排死人和活人扭打成一团。他并不是为哗众取宠而营造魔幻的气氛，而是借虚幻写真实，借怪诞离奇的情节来品评时政，在森严的书刊审查制度下曲折地道出自己对沙皇专制制度的批判。别林斯基对于果戈理作品中的想象世界也推崇备至，他在评论《涅瓦大街》《狂人日记》时曾经赞扬说，“果戈理这些充满讽刺精神和独特幻想的新作，是我们文学中最不同寻常的现象，对狂热的读者们的赞誉当之无愧”①。从他的“外套”中走出了一大批优秀作家。萨尔蒂科夫-谢德林在《一个城市的历史》中描写了俄国政府派到“愚人城”的历任市长，这些人的头脑有的装满肉馅，有的是不会思考的八音琴。他以怪诞和夸张的手法将沙皇官吏的暴虐与昏聩嘲讽到极致。布尔加科夫除了将两千年前

① Белинский В. Г. *Полное Собрание Сочинений Том I*, М：академии наук СССР, 1953, с. 174.

的耶路撒冷与现代莫斯科连成一体，让魔王降临人间的《大师与玛格丽特》外，还写出了《狗心》和《不祥的鸡蛋》。前者用移植人体器官而化身成人的狗讽刺流氓无产者，后者用孵出怪兽的“神奇的红光”批判苏联政府的盲目和专制。由于政局变动的历史原因，果戈理栽种的这枝文学奇葩一直绵延不绝，佳作频传。谈俄罗斯魔幻现实主义文学而不论及果戈理，总是言犹未尽。

一 突破现实与幻想的界限

神话与童话的概念有差异，童话的名称意味着讲述者本人已经不相信故事的真实性，只是把它当作童言，而神话则意味着讲述者本人相信故事里的情节都是事实，对故事情境的再现有着坚定的信心和强烈的祈盼。在这一点上，果戈理与魔幻现实主义作家是相同的，他们期待神话中那个无忧无虑的真诚世界在人间再现，因此他们用多种手段营造现代神话，构建“神奇的现实”。魔幻现实主义受到欧洲超现实主义的启发而发轫，其先驱安赫尔·阿斯图里亚斯和阿莱霍·卡彭铁尔都不同程度接受了超现实主义追求“神奇”的美学原则。但他们对“神奇”的追求，绝不是“超现实”的，而是从拉丁美洲的现实环境和日常生活中寻找真实的“神奇”。果戈理同样利用故乡的神话传说针砭时政，品评人性。他出生在神秘氛围极为浓郁的乌克兰。东正教的信仰、多神教的残余、茨冈人的魔法、民间世代相传的神话故事给这片纯朴的乡村笼罩上了一层迷离瑰玮的色彩。作家早期创作的《狄康卡近乡夜话》和《米尔戈罗德》都是以富有传奇色彩的乌克兰为背景，题材大多取自乌克兰民间世代相传的神话传说、鬼怪故事和英雄颂歌。《索罗庆采集市》利用乌克兰民间文学中关于从地狱中被逐出的鬼的传说和关于鬼寻找自己财宝的童话，讲述了一个被放逐的小鬼搜寻自己红袍的亦真亦幻的故事。《五月之夜》将妖精、投水女和美人鱼的传说融合起来。《伊万·库巴尔日的前夕》的情节基础是乌克兰民间关于“蕨”的神话。果戈理让这些民间传说和鬼怪故事在现实生活中继续延展，有的讥讽家长专制，有的歌颂青春与爱，有的批判贪财好色的人性。

关于果戈理早期故事中的民间故事母题来源，在第一章第一节中已有论述，在这里就不赘述了。但是，我们必须注意到，果戈理在处理自己笔下神怪世界的时候，采用了非同寻常的方法，即突破真实与魔幻的界限，营造完整的，广为神灵、人类、妖魔所接受的“神奇的现实”世界。

在中国的传统观念中，神界、人界、魔界是相对独立、相互抗衡的。神界又称天界，是神仙和圣人所在的天堂或天庭，是人所无法高攀的神圣世界，是人向往的地方。人界也称人间、阳间，是指现实的宇宙，多指地球，绝大多数人类的居所。魔界又称地界或鬼界、阴间，意味着充满恐惧的阴曹地府般的世界，令人生畏的地方。尽管三界众生可以经六道轮回而生生不息，但是从现世来看，三界还是壁垒分明的。我们在神话故事中经常能够听到这样的情节，人要到达神界向神祈求，必须经过特定的入口，严苛的考验才有可能。而魔界的出入口通常由法力高强的人把守，由强大的封印镇压，以保证妖魔不能到人间作祟。在欧洲文化中，虽有希腊、罗马神话中打破人神壁垒，神居于人间的传统，但那神也要堂而皇之地昭示要成为这一部族的守护者，在部族中享有崇高超然的地位，有时也并不留在部落人群之间。可见，神与人之间的壁垒还是存在的。基督教强调天堂、炼狱、地狱之分，其实和我们的神、人、魔三界之说有相通的地方。果戈理同时期的俄国文学作品中也能感受到不同世界之间的壁垒。莱蒙托夫的作品《恶魔》中，那永无休止游荡在天地之间的恶魔形象，即使终日穿梭在人间，还是一个孤独的灵性存在，无法融入真正的人间生活，他寻求融合的一吻无奈地害死了自己心爱的女孩，留给自己永远的孤单。

这种隔膜在果戈理的作品中消失无踪，神、人、魔的壁垒似乎完全被打破了。他们在作家创造的“神奇的现实”中比邻而居，毫无界限。无论神魔都摒弃了腾云驾雾、倏忽来去的出场，他们就安静地坐在小酒馆里，平常地逛着市场，不经意地和主人公们偶遇，聊天。《索罗庆采集市》里面，因恋人父亲悔婚发愁的吉茨柯遇到了有魔法的茨冈人。茨冈人平平淡淡地出现在他身后，拍拍他的肩，像谈一桩普通生意一样，提出只要牛能够以20卢布的价格卖给自己，就担保吉茨柯娶到心上人。而吉茨柯见到茨冈人“深凹在鼻梁和尖下颌之间永远嘲笑的小嘴巴、小而有神如火星般的眼睛、闪烁着种种阴谋诡计的变幻莫测的表情”，以及他“深褐色的衣袍”，一团团披散在肩上的“黑色长发”①，其实已经感到他的非同寻常。他马上答应了茨冈人的要求，而对方也如约显现了自己的魔力，利用穿红袍子的小鬼，让吉茨柯娶到心上人。吉茨柯与茨冈人的交易涉及婚姻大事，需要鬼怪协助，显然，茨冈人并非常人。但是两人的交易过程偏偏如此寻常，仿佛是普通的集市买卖。在《伊万·库巴尔日的前夕》里，彼得因为没钱被烤饼嫌弃，在酒馆中遇到魔鬼巴沙甫留克。他并没有落荒而逃，甚至没有惊恐失色，而是坦然接受了魔鬼的金币，要替魔鬼做工。为此，他帮助巴沙甫留克采到神奇的“蕨”，杀死小

① 《狄康卡近乡夜话》，白春仁译，第21页。

伊瓦斯，最后还送了命。可这个带来耸人听闻结局的交易让果戈理写得仿佛是在酒馆里买了瓶酒那样自然而然地完成了。同样，《五月之夜》里，哥萨克列弗柯遇到“落水女”，并帮助她找到害死自己的妖精。交易的过程也很平淡，落水女提出要求，哥萨克发现妖精，女孩表达谢意。于是，哥萨克的爱情得到了完美的结局。落水女帮助列弗柯的方法也平淡无奇，那只是一张以警长口吻写的字条，让列弗柯的父亲不得已地遵命。

在果戈理的小说中，魔怪的神奇特征被蓄意地抽离。平淡描述的不只是人魔交往的情节，甚至魔鬼本身也被现实化。魔鬼和妖精并不是虚无缥缈的幻象，作家对他们做了细致的现实主义描绘。《索罗庆采集市》里的小鬼“穿着红袍”长着“一张可怖的猪脸”，还“转动着眼珠”；《伊万·库巴尔日的前夕》里的巴沙甫留克头发像鬃毛，眼睛像牛眼”；《五月之夜》中落水鬼有“一双玉臂”，“长长的睫毛半盖着秀目”；《维》里的鬼怪看起来像个“矮小壮实、走路笨拙的人”。如此细致写实的刻画使人感到，果戈理并未将自己笔下的妖魔鬼怪看成某种超自然的诡异力量，而是把他们当作普通的主人公。魔鬼的相貌与心灵相通。小鬼的好奇，巴甫沙留克的残暴，巫师的邪恶，维的权威和落水鬼的纯洁无辜都通过对他们外貌的描写而跃然纸上。果戈理让神话世界与现实世界奇妙交融，亦真亦假地娓娓道来，将我们带进了一个具有浓郁生活情趣和乡土芬芳的魔幻世界中。这正符合魔幻现实主义以神奇的色彩为表象，反映现实生活的特质。

此外，果戈理还运用怪诞的写作手法，突破真实与虚拟的界限，营造怪诞的现实，使现实世界带有神奇性。怪诞既是一种对事物的观念，同时又是一种表现手法。魔幻现实主义作家常常广泛地运用这种手法，在其作品中构思了许多怪诞离奇的情节和难以置信的事件。如阿斯图里亚斯的《玉米人》中，神出来主持正义，惩罚恶人；加西亚·马尔克斯的《百年孤独》中人长出了一个猪尾巴。在果戈理笔下，怪事也层出不穷。在《可怕的复仇》里，达尼洛曾亲眼看到巫师施法拘人魂魄。巫师的鼻子变长，搭到嘴唇上，嘴咧开到耳根。屋中央升起的浮云竟是他的女儿卡捷琳娜。她摆动透明的脑袋，淡蓝的双眼放出光芒。同样诡秘的情节在彼得采摘“蕨”花时也出现过。彼得看见“有个小花蕾渐渐变红，竟蠕动起来”。《肖像》中高利贷者的画像长着活人的眼睛。《中了邪的地方》里，树墩子大声喘气，还露出一双耳朵。

果戈理还在自己的作品中让活人、死人、神灵、妖魔、动物一起活动、交谈，完全打破了其间的界限，这也使他的作品更加怪诞。他在《外套》里使死人再现，让阿卡基·阿卡基耶维奇的鬼魂寻找仇人，甚至与警察厮打在一起。《死魂灵》中那些被迫害致死的农奴不断出现在乞乞科夫眼前，展现自己纯洁善良的灵魂。在神奇的《五月之夜》中，勇敢善良的哥萨克列弗柯为冤死姑娘的鬼魂找到了谋害她的妖精，而已是鬼魂的投水女则帮助列弗柯战胜了村长，娶到了心爱的姑娘。《伊万·库巴尔日的前夕》中的魔鬼巴甫沙留克逼迫姑娘们接受他的礼物。《失落的国书》描绘了老爷爷跋山涉水披荆斩棘直入地狱向妖魔索回帽子的情节，还让他同女妖玩牌斗计。《圣诞节前夜》中偷摘月亮的小鬼带着铁匠瓦库拉做奇妙的空中飞行。《狂人日记》的主人公不仅和狗交谈，还窃取它们的信件，来窥视狗对人间的看法。在《维》里，果戈理甚至还让上帝和魔鬼住进了同一间教堂。属于不同空间的人物、事物频繁越界，使读者产生一种怪诞的感觉，让刻板、合理的现实仿佛经过哈哈镜的折射，产生了崭新的艺术效果。

多元化的艺术手法也是果戈理铸造“神奇的现实”的主要手

法。魔幻现实主义作家们常常运用寓意、梦幻、时序颠倒等多种现代主义的艺术手法，追求所谓“神奇”的艺术效果。这些手法在果戈理那多元的艺术世界里也存在着。

寓意指的是魔幻现实主义作家在反映现实生活、吐露心声时往往运用曲折的笔法，在充满奇特怪异的形象和情节中寄寓着深刻的现实意义。马尔克斯的短篇小说《巨翅老人》用一个“生着一对巨大翅膀的老人”践踏民居反映哥伦比亚独立前后本国压迫者和外国殖民者给人民带来的灾难。墨西哥作家阿雷奥拉在《换妻》中用镀金的金发女郎影射殖民主义者鼓吹的所谓“民主”与“文明”金玉其外，败絮其中。果戈理的《鼻子》里，八等文官柯瓦廖夫的鼻子不翼而飞，竟摇身变作五品文官在社交界大出风头，还跟主人侃侃而谈，摆出上级的架子。作家讽刺的是沙皇统治下的封建等级制度。上流社会只认官阶不认人，没有脑子，只有鼻涕的鼻子竟然将整个彼得堡玩弄于股掌之上。

反传统，打破传统小说中时空顺序的限制，也是魔幻现实主义作家所竭力追求的表现手法之一。因此，他们安排结构、叙述故事时往往是将过去、现在、将来随意颠倒，可以并行，可以交错，也可以跳跃。《鼻子》里并存着两个空间，柯瓦廖夫在真实世界里五官俱全地设计娶妻生子的平淡生活，在虚幻的空间里追着自己的鼻子跑遍彼得堡。两个空间捏合得天衣无缝。《可怕的复仇》里，谢德米格拉德公爵年间的骑士伊万不断从喀尔巴阡山脉下奔出，将仇人彼得的每一代后人捉来折磨。《狂人日记》里的狂人住在彼得堡，瞬间又来到西班牙，还摇身一变成了国王。

果戈理对梦幻的描写在当时的俄国绝无仅有。《可怕的复仇》里巫师施法的过程时而是达尼洛的眼见之实，时而是卡捷琳娜的南柯一梦。《涅瓦大街》里皮斯卡廖夫不断靠药物进入迷狂的状态与自己幻想中的意中人相聚，最后难以忍受真实与梦境的强烈反差而死去。《肖像》中有一段关于梦的描写是果戈理将梦幻与现实融合的完美典范。从恰尔特科夫在梦中看到高利贷者在数金币，到他被来收房租的房东和巡长惊醒，作家总共描写了六个一环套一环的梦境。每一个梦都是如此清晰，恰尔特科夫甚至看到“老头儿走进画框里，那宽松的衣服下摆甚至晃动了一下”，“真切地感觉到自己的手在一分钟前握过什么重物”。在他终于离开重重梦境回到现实后，却又在肖像的木框里发现了梦中所见的一袋金币。虚幻与真实的界限完全消失。主人公在幻境中体验了真实，又迷失在另一个梦幻中。六个梦无限反复，让读者在现实与梦境中穿梭，走进一个颠倒的世界。

果戈理完全不顾传统的时间、空间观念，不顾生和死，现实和梦幻，人物实际的行动界限，把不同时间、空间里发生的事件，甚至活人与鬼魂都集中到同一幅画面上。这种对传统的叙事手法的颠覆在今天看来仍具有时代性，在19世纪的俄国必然更令人百思不得其解。这也许就是他不断成为争论焦点的原因，就是他经久不衰的魅力所在。

略去神、人、魔之间的界限，果戈理把魔幻的情节和人物放到现实的环境和气氛中客观地、详细地加以描写，构建出“神奇的现实”。魔幻与想象并未因此失去魅力，反而因作家笔触的真实与平淡激起更大的想象空间。在果戈理的现实中，什么都有可能发生。你的隔壁住着的就是魔鬼，或是神灵。这种神鬼过界的写作手法不仅出现于他早期的浪漫主义小说中，也出现在他写实的作品里。如果说果戈理早期的小说受到浪漫主义大潮的影响，而追求对民间文学的发掘，在艺术上与魔幻现实主义产生了偶合，那么，他在《彼得堡故事及其他》中营造的“神奇的现实”，和那神奇之后的“真实”就确实与魔幻现实主义难分轩轾了。

二　变现实为幻想而不失其真实

两个彼得堡是19世纪俄国文学描写的重要主题之一，在果戈理的小说里也有所体现。果戈理对彼得堡中的贫富差距，阶级矛盾有过深刻地揭露和批判，这是他现实主义文学批判的重要主题之一。但在作家的彼得堡里不仅有贫穷的城、华丽的城，还存在着真实的彼得堡和虚拟的彼得堡。真实的彼得堡是天才的地狱，庸人的天堂，下文中我们称其为“庸俗的真实”。虚拟的彼得堡是作家对彼得堡某一特性的抽象，并依据该特质建成一座作家想象中的城。它或者是彼得堡的荒诞不经，被剥离出来赤裸裸地批判，或者是正义的法庭，在此惩恶扬善。它并不是作为一个想象而苍白、教条地存在，而是保留着彼得堡的地貌特征、社会形态，却被赋予了不同的精神实质。它仿佛是一个异度空间，随时和真实的彼得堡交替出现。这个虚拟的彼得堡是作家由真实的城异化而来，具有神奇、幻想的特质，但反映的主题扎根于俄国社会现实问题，因此我们称其为“神奇的现实”。它的主题突出，结构完整，与真实世界对照映衬，如同一面照妖镜，让彼得堡，乃至19世纪俄国社会现实的种种弊端无处遁形。它的结构完整性得益于果戈理早期小说创作中形成的神奇故事结构，该问题在第一章第三节中有所论述。在《彼得堡故事及其他》中，两个世界以多种方式结合，千变万化却不离针砭时事的初衷，这种变现实为幻想却不失其真实的写作手法是果戈理与魔幻现实主义作家的相通之处，是他现实主义文学个性的源泉。

• 《鼻子》——“神奇的现实”与“庸俗的真实”无缝接合

《鼻子》堪称果戈理神奇现实的巅峰之作，作品一开始就把读者带进臆想的神奇世界中去。住在升天大街的理发师伊凡·雅柯夫列维奇吃早餐的时候赫然发现自己的面包中夹着一个鲜活的鼻子。诡异的并不是事件本身，也不是理发师的惊诧，他妻子普拉斯柯维雅·奥西波芙娜的愤怒，而是夫妻对这诡异事件的漠视。他们关注的焦点不是本应长在人脸上的鼻子居然出现在早餐里这件怪事，而是它如何出现在这里，仿佛面包里，或者是牛奶里出现一只活生生的鼻子是很正常的事情，相比之下，他们更担心鼻子主人的报复和警察的调查。夫妻俩像对待普通的赃物一样对待这个突如其来的鼻子，想方设法销赃。这感觉仿佛观音菩萨降世，世人围住菩萨，不顶礼膜拜，不感激涕零，反而问菩萨，座下莲花栩栩如生，匠人在哪里。果戈理的欲语还休让读者急切地寻找答案，鼻子究竟来自哪里。第二章一开端，果戈理就昭示众人，鼻子来自八等文官柯瓦廖夫。谜底并未解开谜团，反而让事情更加扑朔迷离。柯瓦廖夫的鼻子消失了，在原本长着鼻子的地方留下了光滑的皮肤，而不是血淋淋的伤口。一重疑惑尚未解开，新的谜团旋即出现，一重重的迷雾笼罩着作品，令人疑惑这是个虚拟的世界。此时，作家转而介绍柯瓦廖夫的生平，有出身，有成长历程，有仕途发展，有社交经历，一桩桩、一件件，完全是典型的、真实的小文官生平，小官员习气，小市民思想。果戈理充分发挥了现实主义大师塑造典型环境中典型性格的能力，让柯瓦廖夫如此真实可信，仿佛近在身边，触手可及。人物的真切平实与事件的诡异莫测形成了鲜明的对比。最重要的是，平常的小人物柯瓦廖夫此时最关心的并非鼻子为什么会凭空消失，而是如何寻找失物。仿佛丢失的是钱包、证件之类，只是因为其独一无二、无可替代而显得更重要些的物件而已。通过柯瓦廖夫少校寻找鼻子的历程，果戈理把这种惊人的熟视无睹蔓延到全城。柯瓦廖夫到警察局报失，去报馆登寻物启事。那些和柯瓦廖夫、理发师伊凡一样典型的小人物平淡地对待这次事件，礼貌地表示同情，认同失物的重要性，积极推荐寻找途径，细心地计算为此要花费的金钱。没有一个人表示诧异，没有人否定荒诞的事件，仿佛鼻子不是生长着的器官，而是一个随时可以离开，可以丢失的配件。

当读者的好奇心已经累积到临界点，果戈理让更不可思议的事件发生了。柯瓦廖夫在路上偶遇了自己的鼻子，但后者已经俨然是五品大员。① “他穿着绣金的高领制服，熟羊皮的裤子，腰间挂一口剑。”堂而皇之地走在大街上，到教堂祈祷。主人见到自己的鼻子，既没有表现出主人的气势，也没有显示出寻回鼻子的焦急，遏制住他的是另一种情绪，那就是八品文官对五品文官的敬畏。“怎么去接近他呢，”鼻子的主人在焦灼，“从一切迹象，从制服，从帽子上部可以看出，他是一位五等文官。鬼知道我该怎么办！”②

到这里，鼻子的真正含义已经呼之欲出了。其实，作家在之前已经有过铺垫。柯瓦廖夫失去鼻子后，心情很焦灼，他曾经说：“我要是没有了手，或者没有了脚，还好些；就是没有了耳朵，难看是难看些，勉强倒还可以对付；可是，一个人没有了鼻子，鬼知道他像个什么东西：鸟不像鸟，人不像人！”③ 这段话显然影射鼻子的真正含义。人体的各个器官因其实用功能显得重要无比，缺一不可。但鼻子却似乎有着比实用功能更重要的价值。缺少其他器官，虽有残疾，但还是人。缺少耳朵，虽然丑陋，但

---

① 《果戈理小说选》，满涛译，第 337 页。

② 同上，第 337 页。

③ 同上，第 346 页。

还能见人。唯独鼻子似乎有着更重要的意义。五品大员的出现告诉了我们鼻子的真正含义，鼻子就是主人的官职，是主人在这个世间安身立命的根本。主人只是八品小官，而鼻子则是五品的高官。因为官职、地位本来就大于一切，甚至大于人的本身。没有了官衔，人就变得不像人，不配称之为人了。

“官本位”，这是很多作家批判过的现象。普希金在驿站长里就曾感叹，如果取消等级制度，连上菜这点小事也会乱作一团。可见，官本位是俄国社会根深蒂固的现象。果戈理用他构建的神奇的现实，给官本位现象树立了荒诞的形象。小说中的虚拟世界是失衡的，一切既有的认识观念被打乱。鼻子居然随意离开主人的身体，穿上官服，开始社交，还能将身份低于自己的主人任意耍弄。但是在虚拟世界中有一个与现实世界相通的永恒真理，官职的高低决定一切。鼻子离开的荒诞直接等价于官本位的荒唐离奇。如果你不相信鼻子会离开脸出走，那么你也必然无法接受同样离奇的现象，就是一个人的社会地位居然大于人本身的价值。如果人所取得的虚衔居然能本末倒置地超越人本身的价值，鼻子离开脸有什么奇怪的呢？果戈理设计了一个合乎逻辑的充要条件，告诉我们俄国官场的荒诞不经。所有人都淡然接受了鼻子离开的事实，因为他们生活在本末倒置的荒诞国家，见惯不怪了。

《鼻子》的成功是小说结构的成功，是果戈理那“神鬼过界”的写作方式的成功。小说的最后，鼻子悄无声息地回到脸上，仿佛从来没有离开过。一切又回复到平静的现实。柯瓦廖夫们继续做着升官发财的美梦，伊凡们继续冷静面对俄国的一切荒诞不经。可柯瓦廖夫少校们在失去和复得之间表现的小人嘴脸却让人极度不齿，失去鼻子，准确地说，扒下官服他就人不像人、鬼不像鬼、一文不值。他们把自己之所以为人的精神、本性都托付给了那一纸空虚的公职，丧失了被称为人的一切。柯瓦廖夫不禁令人想起契诃夫笔下的切尔维亚科夫，《一个小官吏之死》的主人公，这个丧失人格自取其辱的小官员被大人训斥一顿就吓死了，他死的时候肚子里有根东西断了。人最重要的器官在胸膛，那是人的心脏所在。蚂蚁之类的昆虫重要器官才长在腹部，肚子里的咔吧一响告诉我们，丧失尊严的小官吏们已经不配称之为人，在官位倾轧中他们完全丧失了自我，成了卑微的爬虫。俄罗斯人有为名著主人公立碑纪念的传统，其中，鼻子的一个塑像雕塑的是人的各种器官，有手、脚、腿、耳朵等被混乱地拧成一个麻花球，而球的前面，赫然是戴着礼帽，坚挺的鼻子。这就是果戈理那“神奇的现实”的魅力，他让两个世界无缝接合，让荒诞的社会关系具体化，自己现形到众人面前。整个作品没有一句批判指责，却让官本位的俄国社会机制无处遁形，至今接受国人的唾骂、时代的挞伐。

- **《外套》——“神奇的现实”深化“庸俗的真实”**

如果没有那光怪陆离的结局，《外套》就是一部标准的批判现实主义小说，阿卡基就是一个标准的小人物，作家的现实主义大师身份就会少很多争议，但是，外套也就失去了神奇的魔力。如上文所述，《外套》讲述了可怜的小公务员阿卡基之死。可是，小说的结尾，却给了阿卡基另一种生命，给主人公默默无闻、谨小慎微的一生加上了轰轰烈烈的结局。阿卡基之死是小人物的结局，是现实世界的尾声，幽灵的出现既是主人公另一种形式的再生，也标志着神奇世界的开端。在这部作品中，果戈理没有让真正的现实与“神奇的现实”同时出现，而是让他们泾渭分明，首尾相承。

如果小说以阿卡基之死结束，那就是一部完整的、封闭的小人物血泪史。但是果戈理并没有让小说就此结束，却继续写了一个“幽灵”在夜间出没，到处抢夺外套的故事。作者为什么要在这里用如此荒诞的手法刻画一个复仇的“幽灵”呢？作品结尾部分的“神奇的现实”再度出现具有什么样的作用呢？

首先，“神奇的现实”给小说添加了开放性的结尾。在小说的主体部分，忠于职守的小职员阿卡基勤恳工作，却只挣得了两袖清风，一身毛病。他的懦弱带给自己的不是同情，而是周围同僚们的嘲笑和欺凌。最后，他倾其所有购置的新外套成了他走向死亡的起因，而直接促成他死亡的则是那位“大人物”。“大人物”的耀武扬威、颐指气使导致了岌岌可危的阿卡基的死亡。在“神奇的现实”中，一切都与真实世界恰恰相反。这里没人敢嘲笑、指责阿卡基。阿卡基在真实世界里连一件猫皮外套都保不住，外套是他毕生可望不可即的奢侈品。可是如今，只要他一声令下，所有人乖乖奉上各种海狸皮、貂皮、天鹅绒领子的豪华外套。没有人敢招惹力大无穷，具有超自然能力的“幽灵”。但是，无数奢侈的外套并不能满足“幽灵”的要求，只有大人物的外套才实现了他的愿望，让他从此消失。结尾部分使小说不再局限于刻画一个懦弱、可怜的小人物形象，而带有了一种因果报应和神秘力量的色彩。两个世界情况的逆转，阿卡基对大人物的报复形成了一种因果关系，使作品进入了因果往复、生生不息的循环。阿卡基与将军的循环是无数小人物和大人物循环的开始，社会阶层之间的因果报应、循环更替似乎已拉开帷幕。

其次，这个令人始料不及的结局昭示了色厉内荏的统治阶层出人意料的脆弱。在小说正文部分，大人物有个规定，任何人想见他都得经过极严格的手续，十四品文官报告十二品文官，十二品文官报告九品文官，逐级报告上去，必须这样，事情才能报到他面前。整个社会中弥漫着森严的等级压迫，任何人不敢越雷池一步。这不禁让人联想到刚刚过去的古典主义思潮，在这个连文学体裁、遣词造句都要分三六九等的社会里，何来反抗精神呢？但是，那个庄严肃穆的政权，铁桶般的等级制度真的如此牢不可破吗？无端斥责小人物后，大人物的恐惧首先暴露了他的心虚。自此，“受不住上司斥责的、脸色苍白的阿卡基·阿卡基耶维奇就差不多每天都浮现在他的眼前”。一想到阿卡基，“他就陷于极度的不安”。过了一星期，他甚至忍受不住，决定派一个官员去探听阿卡基的情况，试图缓解自己的情绪。得知阿卡基暴死之后，他“吃了一惊”，“整天心绪不宁”。在故事的结局，面对阿卡基死后幻化的“幽灵”，大人物完全丧失了抵抗的勇气，平常耀武扬威的他在这时候吓得差点发病。他没等阿卡基自己动手，就赶快自己从肩上把外套脱下来，递给生前备受他欺凌的小人物。这样的刻画进一步揭示了大人物的丑陋嘴脸，使人们更加清晰地看到了这个色厉内荏的家伙的真实面目。

最后，“神奇的现实”改变了小说的叙述文体。结局的出现在单纯的现实主义小说之后添加了一篇具有丰富潜内涵的魔幻小说。文体之间巨大的差异与内容上的严重失衡相呼应，形成了作品主题与结构之间微妙的平衡关系。阿卡基因外套而死，“幽灵”因追回外套而生，于是，小说中所描述的“外套”具有了非同寻常的象征意义。事实上，作家在现实主义叙事部分已经尽力凸显“外套”的地位。为此，作家建立了极为不等的对应关系。“外套”不仅仅是御寒裹体的衣物，而且是人的身份、地位、面子的象征，它直接等价于终身伴侣、人生目标，能带来个性的完善。这种种神圣的含义被赋予一件普通的，甚至是略显寒酸的外套，使小说的入口带给读者一种严重失衡的感觉。“外套”这个极为普通的物质被赋予了如此丰富的精神内涵，显示了果戈理作为现实主义艺术大师，对这个时代人类精神的飞速物化表现出来的担忧。而“幽灵”是物质生命覆灭之后精神世界的存留，具有纯精神性存在的内涵。在“神奇的现实”里“幽灵”剥下了无数件外套，但并没有实际使用哪一件，他攫取外套似乎不是为了获得，而是覆灭，从而展现出精神大于物质的意义。在这里，外套的种种神圣含义不断被剥夺，恢复成为一件仅有保暖功能的实用物品。人之所以为人，是在于他精神性的存在，金钱、物质不应该具有左右他的权力。阿卡基因外套而死，其中有他小人物在艰难时世里谋生的悲哀，也有全人类在资本浪潮冲击下丧失精神独立性的悲哀。“幽灵”对于外套的攫取和弃置，其间有小人物对于自身悲凉处境的反抗，也有不灭的人类精神对于物化大潮的反抗与蔑视。从这个意义上来看，结局的出现不仅带来小人物反抗精神的进一步深化，还使作品具有了深深思索时代问题，抉择人类精神走向的深刻寓意。

• 《肖像》——“神奇的现实”中神魔之战昭示艺术观

“对于人来说，神圣的天上乐园的暗示是在艺术里面，所以，光说这一点，艺术就比其他一切东西更为崇高。”① 对于果戈理来说，艺术是崇高的，它来自圣父的指引。为此，他在《彼得堡故事及其他》中，利用“神奇的现实”将艺术与信仰紧密联系起来，塑造艺术的神圣形象，强调艺术家的崇高使命。《彼得堡故事及其他》中，以画家为主人公的作品有两篇，《肖像》和《涅瓦大街》。《肖像》中贯穿着“善与恶”“神与魔”斗争的永恒宗教主题，笼罩着神秘的气息。但在那扑朔迷离的“神奇的现实”之后，隐藏着作家真实的艺术观。艺术家需要坚持，摒弃名利的诱

① 《果戈理小说选》，满涛译，第 411 页。

惑，执着地追求完美，才能创造出非凡的作品。艺术与利益之间的取舍是每位艺术家心中的纠结与挣扎，是一个永远具有时效性的主题，果戈理将之与宗教的永恒主题相关联，抒发了自己的艺术观：对艺术的追求应该同信仰一样坚定。而在《涅瓦大街》中，在被妖魔化的彼得堡，年轻画家皮兹卡廖夫为追求善与美而走向毁灭，同样显示了作家坚定的牺牲精神和悲愤的呼告：将这个世界最美丽的事物——善与美的统一还给世界。

《肖像》是果戈理中短篇小说中唯一一篇采取两段式结构的，作家把小说分成了两部分，似乎是有意地将“神奇”与“现实”做了切分。第一部分的故事发生在现实的彼得堡，第二部分发生在小城科洛姆纳。尽管有着不同的地点、不同的人物，但是作家给了两个主人公共同的身份——画家。另外，“神奇”与“现实”微妙的内在关联也是维系小说整体性的关键因素。小说的两个部分呈倒叙式排列。第一部是“现实”部分，情节围绕画家恰尔特科夫的灭亡之路展开。第二部是“神奇”部分，作家介绍了毁灭恰尔特科夫的肖像的来历，展现恶魔画像手绘者的精神复苏之路。作家两段式的结构安排无论在主题上还是结构上，都有利于构建“神奇的现实”与精神的复活之间的关系。

小说的第一部发生在彼得堡，讲述的是一个小画家恰尔特科夫追名逐利，变成著名画家，最后发现自己在追求名利途中舍弃了真正追求的目标，人生幻灭，疯狂而死的故事。故事的主题是作家教导年轻艺术家们，要坚守艺术目标，不要为浮华左右。果戈理将宗教的主题，将恶魔用不洁的财富诱惑信徒叛教的民间故事母题融入进来，使得彼得堡乏味的现实变得扑朔迷离，也使得艺术家的使命与信仰并立，获得永恒的意义。

处于人类文明早期的原始人认为，身体的各个器官与生命密不可分，即使某个部分与身体脱离，其功能不仅不会消失，而且与人的关系也不会中断。毛发、指甲，甚至是名字等都具有某种神性，是不可侵犯，不能亵渎的。希腊神话中的很多神都是因为拥有异于常人的身体器官而具有特殊的本领。从这里我们可以看到原始人以局部代替整体思维的特点。果戈理就是基于这样的神话思维，塑造了《肖像》中神秘的“眼睛”。眼睛是最重要的感觉器官，所以在很多传说中，眼睛却具有特别的象征意义。在神话中，神或者神话式的人物的超常能力往往表现为具有普通人所没有的视物特点或视物能力。中国彝族神话中有一目神，希腊神话中有独眼巨人、百眼巨人等。除了正面的象征意义以外，眼睛还会和巫术的力量联系起来。比如巫术世界中的摄魂常常通过目光的交流来进行，面对巫师，躲避迫害的途径往往是避免正视他们的眼睛，那眼睛比人面龙身的烛阴还要厉害。魔鬼亦然，谁要是和它的目光相对，就会受到伤害。斯拉夫民间信仰认为，眼睛能够影响人和他周围的世界。小说中，肖像上老高利贷者的“眼睛”是神奇世界嵌入到现实中的接入口，和小说中那层层叠叠的梦境一起昭示着现实世界的神奇。“眼睛”属于魔鬼，尽管它与主人分离了，但仍保持着密切的联系，使魔鬼的魔力在人间得以延伸。

肖像出现时，作品中的时间恰恰是黄昏时分，“半边天上还染着晚霞的红光，朝西的房屋还被温暖的光照亮着，可是同时，寒冷的青白色的月光渐渐地强烈起来”①。神魔交替的气氛出现在彼得堡。接下来的彼得堡被妖魔化了，“房屋和行人的腿投射出半透明的淡淡的影子，在地上拖曳着尾巴”。尾巴是妖魔化的象征，是魔性、兽性的显现。中国传说中的精怪法力再高强、道行再高

① 《果戈理小说选》，满涛译，第 362 页。

深，唯有那条尾巴是去不掉的。20 世纪俄罗斯女作家托尔斯泰雅也是属于果戈理风格的作家，其名作《野猫精》的主人公本尼迪克就暗藏着一条代表他兽性的小尾巴。白日退去，暗夜诞生，天空“被透明的、微妙的、朦胧的光掩映着”。受到魔鬼感召的恰尔特科夫情绪上发生了明显的分裂。“‘多么柔和的色调！’‘真倒霉，见他妈的鬼！’这两句话几乎同时脱口而出。”① 面对同一片天空，画家却生出两种截然对立的情感，预示着他心中善与恶的交锋，神与魔的大战已经拉开帷幕。

肖像的眼睛显然“不是自然的复制品”，里面流露出“一种能使坟墓里爬出来的死人脸上发出光彩的奇妙生动的表情”，肖像摆在屋子里后，带来了一种神奇的月光，它“把梦幻一块儿带来”，“使一切物象变得完全跟白天不同”。② 于是，主人公在肖像“眼睛”的注视下进入梦乡，进入梦幻世界。盗窃、赌博、赠予，在现实环境中恰尔特科夫有无数种可能获得意外之财，经历品格的考验，但果戈理舍易求难，安排了魔鬼的魅惑。显然，作家之意绝不仅仅在于探讨艺术家的品格，而是要将恰尔特科夫的毁灭与背弃信仰相联系。辗转反复的五层梦境是果戈理弥合到现实生活中的神奇世界，代表恰尔特科夫潜意识中的善恶之战。通过这扇窗，魔鬼把金币交给恰尔特科夫，开始灵魂的考验。上帝与魔鬼之间存在永恒的斗争，人的心灵是斗争的场所。心灵中善与恶的交锋是宗教的永恒主题。恰尔特科夫内心一直渴望拥有金钱和名誉，所以才容易受到魔鬼的诱惑。当他在梦境中把滚落到自己床底下的一袋金币紧紧抓在手里的时候，意味着他已经甘愿受魔鬼的诱惑而堕落。梦境中的情景最终成为现实，当警察发现肖像

---

① 《果戈理小说选》，满涛译，第 362 页。

② 同上，第 362 页。

后的金币后，他立即据为己有。恰尔特科夫在信念与利益之间选择了后者，最后堕落成一个庸俗的画匠，走向灭亡。

画家恰尔特科夫堕落的终点也许只会是一个庸俗的画匠，这并不足以平复果戈理对于艺术庸俗化的愤怒。因此，作为神魔斗争展示的恰尔特科夫必然走向疯狂和覆灭，他显示了作家为艺术而生、为艺术而死的坚定信念，使艺术生命与肉体生命合二为一。恰尔特科夫人生中的第一个大的转折是肖像带来的，那是魔鬼的诱惑，而第二个转折则来自神的指引。恰尔特科夫因为看到一幅画像而意识到自己的庸俗和堕落。作家没有具体描述画像的内容，而是赋予了画像圣洁的形象。震撼了恰尔特科夫的画像从艺术上来讲“像处女般纯净、完美、秀丽”，从精神上来讲“像神灵一样，质朴、神圣、贞洁、单纯地高耸于一切之上”。① 在画像的完美、圣洁感召下，围观画像的人不禁自发地维护着画像旁“简直是无法描摹的”，“非凡的静寂”，周围“没有一点声息，没有一点响动”。教堂般庄严、肃穆、神圣、静谧的气氛笼罩在画像周围。接下来，作家将画像塑造成高大、超然的神性存在。在人们的赞叹中流露出的敬意，甚至崇拜，使画像“一分钟一分钟地显得高大起来，越来越比其他一切东西辉煌、奇妙，最后，整个儿化为思想从天外飞到画家心里结成花果的微妙的一瞬，对于这一瞬来说，人类的全部生活只是一个起点”②。“天外飞来”的思想告诉我们，画的灵感来自上天的感召，人类全部生活的起点带有创世的意味。画像的创造者来自“奇妙的罗马”，一个和基督教密切相关的圣地，俄罗斯就骄傲地号称“第三罗马”，画师如修士般在罗马苦修，所有这一切给画像增添了圣教的因素。神

---

① 《果戈理小说选》，满涛译，第 389 页。

② 同上，第 390 页。

的启示并没有使恰尔特科夫摆脱恶魔的束缚，反而使他越陷越深，日渐疯狂。懊悔化作嫉妒，羡慕演变为恼恨，恰尔特科夫的出现仿佛是“愤怒的老天爷故意招一场可怕的灾难降到世上来”，让他专门“要破坏这世界的和谐似的”。他看起来像是普希金笔下的那个“可怕的恶魔”。恶魔给恰尔特科夫染上一种可怕的色调，他的脸上“永远笼罩着杀气”，“表现着愤世嫉俗和全盘的否定”，“除了恶毒的言辞和永久的诅咒之外，他的嘴里从来没有吐过一句话”。他本人最后几乎成了一个人见人怕的魔鬼，“三分像人七分像鬼”的怪物。① 恰尔特科夫陷入了极度的精神错乱中，此时，在作品中消失已久的肖像又回到读者眼前。画家首先不停地梦见那幅不平凡的肖像上一双早已忘怀的活人眼睛，这眼睛使他更加疯狂。继而，“所有围在他病榻周围的人，在他看来，都成了可怕的肖像”。魔鬼的力量在恰尔特科夫眼里不断扩大，数量不断增加，“从他的眼睛里看出来，肖像二倍、四倍地增多了，仿佛所有的墙上都挂着肖像，一双双不动的活人的眼睛盯住他”。肖像占据了恰尔特科夫的整个世界，从四面八方袭来，形成可怕的压迫感。“可怕的肖像从天花板上、地板上对他凝望着。”同时，空间似乎也发生了变化，“房间扩大了，无穷无尽，可以容纳下更多的不动的眼睛”。② 恰尔特科夫的病房被魔鬼的影像完全占据，使得他无从逃避，最后他也像所有曾经拥有这幅画的人一样遭到厄运。

被神圣化的画像给恰尔特科夫带来的不仅是上帝对于被妖魔化的子民的感召，果戈理用大量的篇幅告诉读者，这还是一个天才的唯美艺术品对丧失了艺术灵感的庸俗艺术家的震撼。除了宗

---

① 《果戈理小说选》，满涛译，第 393 页。

② 同上，第 393 页。

教元素，画像还是伟大艺术家们的精神传递，“拉斐尔的艺术反映在高雅的构图里，柯勒乔的艺术表现在精练的笔法里”①。真正的艺术是创造，而恰尔特科夫之流只能拙劣地模仿。一贯口若悬河的恰尔特科夫失语了，涌出的只有眼泪。艺术的感召仿佛让他的“整个机体，整个生命，在一瞬间觉醒了过来”，他希望能回复青春，重新燃起自己天才的火花。但是，“他的画笔和想象已经被定型束缚得太久，徒然无力地挣扎着想越过他自己所设定的界限和桎梏，结果也只能陷于荒谬和错误”②。长期的养尊处优使得恰尔特科夫失去了历经磨难的勇气、循序渐进的毅力，他的堕落、反思和最终的无可救药充分说明了作家的艺术观：唯美艺术家的养成必须遵循艰难的、漫长的、由浅而深的学问阶梯和未来的伟大成就的基本法则。

小说的第二部，科洛姆纳城的故事在灰色的基调上拉开帷幕。黑白是最鲜明的颜色，灰色则具有一种模糊的意义。如果说白色昭示善良，黑色暗含邪恶，那灰色则代表着亦正亦邪的两可之间，所谓一念成佛或者一念成魔就是这个道理。灰色地带的说法已经深入人心，宗教也有灰市的说法，是指红市（合法宗教）与黑市（非法宗教）之间的，合法性处于模棱两可状态的宗教。科洛姆纳城“在不见阳光也不刮风的日子里，一眼望出去灰蒙蒙的，一切东西都消失了鲜明的轮廓”。轮廓模糊的不只是城市、街道，还包括城里的人。“人的衣服、脸、头发、眼睛，都有一种阴暗的、灰色的外观。”在这个神魔混杂的地带里，肖像中的恶魔在这里毫无隐晦地直接登场，利用放高利贷发放金钱，收买人的灵魂。第二部中善恶争斗的战场从人的心灵转到现实世界。凡

① 《果戈理小说选》，满涛译，第389—390页。

② 同上，第390页。

是被高利贷者收买的人都会得到金钱，实现愿望，但最后注定结局凄惨。魔鬼在人间的躯壳——高利贷者的生命走到尽头，他向画师求援。而画师被绘制魔鬼的奢望左右，成了魔鬼的帮凶。当魔鬼出现时，黑暗也降临了，“窗户好像故意用东西挡住，堵塞住了，只让上端漏进一点光线”①。画师最终悬崖勒马，没有完成画像，但是部分魔鬼的灵魂已经被转注到画像上，他带给画师持久的痛苦。被魔鬼控制的画师再画所有人物时，都会加上魔鬼的眼睛，他开始像恰尔特科夫一样暴躁、妒恨、濒临疯狂。但是，他最终战胜了魔鬼的诱惑，摆脱了魔鬼的控制。为了涤除自己的罪恶，他选择了隐修的方式，他以圣徒般的毅力，战胜苦修生活中的巨大磨难，终于得到重拾画笔的机会，完成耶稣降生的画像。画像上有圣母脸上的谦卑和慈爱，圣子眼中的深湛的智慧，三贤人的庄严的沉默，整个画像上笼罩着不可名状的静寂，显示出和谐的力量和强大的美。画师的牺牲精神和虔诚祈祷让他终于再度感受到上帝的启示。“一个人仅仅凭靠人的技巧是画不出这样的画的：神圣的崇高的力量引导着你的画笔，上帝的祝福伴随着你的工作。”② 住持的话告诉画师，上帝一直与他同在，即使在他沦为魔鬼的工具时，神也从未抛弃他远去。只要他心存光明，虔敬祈祷，神永远与他同在。

新生的艺术家留下的不仅是光明和宁静的画像，还有对儿子、对所有艺术家的谆谆教导。“为艺术牺牲一切，用全部的激情去爱它——不是混糅着世俗欲念的激情，而是宁静的高尚的激情；没有这种激情，人就不能超然尘世，发出奇妙的抚慰的声音。因为崇高的艺术创作正是为了抚慰所有的人并使之和解而降

---

① 《果戈理小说选》，满涛译，第405页。

② 《彼得堡故事及其他》，刘开华译，第166页。

临到世间来的。它不可能在人的心里煽起仇恨，却永远像响亮的祷告似的奔向上帝。”善与恶、神与魔的斗争还在持续着。与其说它不知在何处发生，不如说它无处不在。作家采取倒叙方式安排小说两章的结构，不仅使情节铺陈上产生悬念，更重要的是为了主题上的安排。第一部分，恰尔特科夫的故事印证了魔鬼的胜利，是魔鬼利用金钱的力量，对人的诱惑和毁灭；而第二部分是人的精神对魔鬼的克制，最终人战胜恶魔的诱惑，走向上帝的怀抱。而按照果戈理的观念，圣徒的怀抱就是艺术、艺术家的归属，是艺术家以艺术引导俗众的归属。小说的结尾呈开放式，“肖像”在毁灭的边缘不翼而飞。毁灭—重生是一个往复，它或许会因“肖像”的再度失踪而循环往复下去。让这个循环以重生，而不是幻灭作为终点，体现了作家对上帝、光明，对至真、至纯，和对以上帝为最高引导的艺术的祈盼。

- **《涅瓦大街》——“神奇的现实”与“庸俗的真实”交替对比**

《涅瓦大街》是《彼得堡故事及其他》的开篇，这条大街是彼得堡的象征。本文在果戈理与现实主义一章已经论述过该中篇中两个彼得堡的主题。两个彼得堡的主题也是多元化的，它可以分成华丽的彼得堡和贫穷的彼得堡，也可以分成现实的彼得堡和神奇的彼得堡。进入《涅瓦大街》，能体会到空间的和时间的流动性。空间的流动由远到近，由整体到局部，聚焦到两个主人公身上。时间的流动展示涅瓦大街从早到晚各个时段不同的状态，并迅速地将读者由白天带领到黑夜。神秘的黑夜与离奇的梦幻将读者带到果戈理“神奇的现实”。在《涅瓦大街》中，艺术家的使命感在光明的梦幻世界得以体现，善与美的统一在梦境中得到实现，而在善与美分离的庸俗的世界中，艺术家被扼杀。

《涅瓦大街》中的皮兹卡廖夫是位才华横溢的画家，他一眼就在涅瓦大街上那些绚烂轻飘的帽子、衣裳和如蝴蝶翻飞的头巾之间找到了唯美的象征，一个刚刚堕入火坑不久的妓女，她脸上还泛着少女般鲜嫩的粉红，举止还保持着处子般的高贵与纯真，于是他尾随自己心中的美神，坚信她是善与美的代表。“可是，这一切不是在做梦吗？”① 皮兹卡廖夫自己也认为美神在彼得堡大街上出现是件不可信的事情。他“纯正而贞洁，像缅怀着朦胧的精神爱的童贞男子一样”跟随着梦想中的“仙女”前往“圣地”。但是，事实上，他却走进了魔窟。在这个魔窟里，“人亵渎地践踏并嘲笑一切点缀生活的纯洁神圣的东西，女人，世界之花”，一切善和美是分离的，美丽的少女有颗堕落的灵魂。当皮兹卡廖夫得知女孩的身份后，他的梦想破灭了。

在浮华教养和首都人口过剩所产生的悲惨淫乱盘踞着的、令人憎厌的魔窟里，一切都是颠倒矛盾的。美少女脸上挂着廉价的微笑，“贪污的人表示虔诚”，“诗人拿着账本”②，如同房间里的混乱不堪一样，人物的表情扭曲、畸形，十七岁的女孩纯洁的外表和粗俗的语言形成鲜明的、讽刺性的对比。在皮兹卡廖夫眼中，她的“姿容秀丽”，“雍容华贵”，是“无价的珍宝”，是“整个世界，整个天堂，全部财富”。她“可能是一颗美丽而安静的明星”，还“可能是一尊女神”，但是“渴望破坏和谐生活的可怕的地狱精灵狞笑着，把她投入了深渊”。③

小说中现实的彼得堡和梦幻的彼得堡各个方面都相互对照，梦境穿插在现实中，神奇点缀在庸俗里。只有在梦中皮兹卡廖夫

---

① 《果戈理小说选》，满涛译，第 304 页。
② 同上，第 306 页。
③ 同上，第 307 页。

才能找到善与美的统一，于是他尽可能地让自己沉迷在梦幻世界。弗洛伊德认为：“梦，它不是空穴来风，不是毫无意义的，不是荒谬的，也不是一部分意识昏睡，而只有少部分乍睡还醒的产物。它完全是有意义的精神现象。实际上，是一种愿望的达成”。[①] 皮兹卡廖夫在希望在梦境中寻找女孩堕落的原因，实现对她的拯救，也是对善与美的拯救。

梦境与现实的对照首先表现在时间上。皮兹卡廖夫追随少女回家时，已经入夜了。当他在家里，对着烛火，苦思少女堕落的原因时，时钟敲过午夜十二点半。午夜，在多种文化传说中都呈现神魔交界的内涵，也是梦想和现实的交界。在午夜的梦中，皮兹卡廖夫来到女孩的身边。现实世界是黑暗的，但是梦想世界一片光明。事实上，果戈理在描写彼得堡的白天时，也总是采用黑暗的色调。“黑色”“苍白”“灰色”是作品的主色调，“单调”“雾气沉沉的”“恶劣”“冰冷”“麻木”构成作品的主旋律。但是，皮兹卡廖夫的梦里，“灯火通明”，“照耀如白昼”，“金色的制服”和“发亮的栏杆”“耀眼欲炫”。[②] 少女的美丽与她高贵的气质、纯洁的微笑配合得浑然一体，令画家瞬间仿佛“登上了七重天！登上了天堂！”正当他要与“女皇”般的少女交谈时，梦醒了，光彩消失了。瞬间，我们回到了灰蒙蒙的彼得堡。为了追寻梦幻世界，皮兹卡廖夫终日耽于梦幻，甚至求助于鸦片，只为了追寻少女那淡雅的风姿。他甚至在梦里见到少女成了他的妻子，眼里闪动着幸福的光芒，整个房间笼罩着天堂的气氛，极其光亮，极其整洁。

---

① ［奥］弗洛伊德：《梦的解析》，赖其万、符传孝译，作家出版社 1986 年版，第 37 页。

② 《果戈理小说选》，满涛译，第 309 页。

果戈理建立的神奇世界如此美妙，令人都不想清醒。但是，梦终究有终结的时候。皮兹卡廖夫的身体和精神都已经经受不住梦境与现实之间的大起大落。于是，他又鼓起勇气，来到“魔窟”，他的来到，是想以全部的热忱和宝贵的生命拯救女孩，让她回归本性的纯洁。他战栗地站在女孩面前，忧伤地看着“苍白袭上她那已经不十分鲜嫩的脸蛋”。他的求婚换来的是嘲弄。女孩毁灭了他全部的信心、希望。绝望的皮兹卡廖夫疯狂地自杀了。皮兹卡廖夫是个安静的、胆怯的、谦恭的、孩子般天真的人，他有才华，也许有一天会成就不菲，但是，这个集纯真个性与艺术天赋于一身的皮兹卡廖夫就这样毁灭了。没有人悼念他，没有宗教仪式，他的价值从始至终没有被庸俗的彼得堡所认识。

在现实的彼得堡，皮兹卡廖夫的同伴皮罗果夫正在追寻另一位可人儿。两个朋友同时选中了各自的目标。艺术家皮兹卡廖夫一心一意要寻找心目中的美神，而皮罗果夫只想找乐子。艺术家没有美梦成真，可庸人却称心如意地调戏有夫之妇，将愚蠢的丈夫玩弄于股掌之上。当皮罗果夫费尽心机，终于安排了和金发女郎单独相处的机会时，丈夫出现了。挨了揍的军官难以忍气吞声，走上复仇之路。可是他吃了点东西，看了会儿杂志，就把金发女郎和她丈夫全抛在脑后，全心全意参加新的聚会，等待新的艳遇去了。

皮兹卡廖夫有着敏锐的艺术触感和对美的执着追求，却被自己的热情毁灭了。他本来可以轻易拥有心目中的女神，却因自己执着追求真正的爱情而不得善终。皮罗果夫庸俗迟钝，没有品位，却在彼得堡的社交场上风花雪月，如鱼得水。由此，现实主义大师果戈理得出结论，彼得堡是“天才的地狱，庸人的天堂”。尽管这个观点准确、犀利、富有批判性，但是，魔幻大师果戈理的要求绝不止如此。接下来，“命运”这个人物登场了。谁也不知道命运是什么，但是，它却开着每个人的玩笑。人们真心希望拥有的东西往往难以得到，仿佛近在咫尺的目标实际上是精神上永远的乌托邦。最难得到的总是最好的，这是人类的普遍心理。“命运多么奇怪地耍弄着我们啊！”① 果戈理巧妙地利用这一心理取得读者的共鸣，然后马上让主人公“涅瓦大街”粉墨登场。奇怪的命运将怪异的感觉传导给下一位主人公，“最奇怪的是涅瓦大街上发生的事情”。千万不要相信命运，也“千万不要相信这条涅瓦大街”。在这里，“一切都是欺骗，一切都是幻影，一切都和表面看到的样子不同。”“灯油”“灯火”“夜色”，作家用一系列描绘告诉我们黑夜降临涅瓦大街了。浓重的夜色中，“轰响”“闪光”“马车”“骑手”接踵而至，“跃动的马”带来奔腾呼啸的气势，群魔开道，恶魔亲自点灯，“使一切东西显出不真实的面貌来”②。至此，小说戛然而止，谜底浮出水面，善与美的分离，天才的毁灭，庸人的当道，原来都是恶魔操控，整条涅瓦大街，整个彼得堡，就是恶魔的巢穴。刹那间，“神奇的现实”走出皮兹卡廖夫的梦境，降临帝都彼得堡。

•《狂人日记》——马孔多般的神奇王国

在中国语境下提到《狂人日记》，不能不提及鲁迅先生。鲁迅先生非常偏爱果戈理的《彼得堡故事及其他》，他亲笔将《鼻子》译成中文，而对《狂人日记》，他采取了另一种方式介绍，创造了同名小说。鲁迅在写作《狂人日记》的前一年，已经发表过论文《摩罗诗力说》，显然，他是受果戈理的影响写下这部作品的。他对作品名字的翻译意义深远。“狂人”，从汉语语义方面

---

① 《果戈理小说选》，满涛译，第 328 页。

② 同上，第 330 页。

看，有两种解释。一是指精神病患者，也就是犯狂易病的人。《汉书》颜师古注说，“狂易者，狂而变易常性也”。狂人的另一层含义是肆意直言、狂放不羁的人。诗仙李白有诗，“我本楚狂人，风歌笑孔丘”。古人口中狂生、狂士、狂客、狂简等称谓指的都是志向高大、不拘小节、狂放豪迈的人。从现代心理学的研究成果看，狂人也有两种解释。变态心理学研究中，把人分为三类，一类是正常人。非正常人分为两类：一类是不能适应生活的失常人士；另一类是不愿意与生活同流合污的超常人士。弗洛伊德也将患有歇斯底里的人分成两类：地地道道的疯狂病人；表面疯狂中隐藏着的最聪明、意志最坚强、性格伟大、判断力最强的人。可见，狂人是含有双重极度矛盾含义的，要么是彻底的疯狂，要么是最透彻的睿智。鲁迅取的无疑是第二种含义。孔子说，“不得中行而与之，必也狂狷乎，狂者进取，狷者有所不为也”。奉行中庸之道的孔子也能接受与狂狷为伍，可见，这个称谓是褒大于贬的。

果戈理的《狂人日记》以沉重的笔触、日记体的形式讲述了狂人波普里希钦的故事。波普里希钦居住在彼得堡，是一个官职低微、收入菲薄的九品文官。他 42 岁，单恋着司长的女儿莎菲，整日做着被美人青睐，名利双收的美梦，可在现实生活中，不仅小姐蔑视他，甚至她养的狗也瞧不起波普里希钦。顶头上司时常训斥他，同僚们漠视他的存在，就连门房见了他也不起身，这些都让他感到屈辱和难以忍受。他认为自己是个官员，出身名门，不应受到这样的屈辱，于是他在想象的世界里完成自己的梦想。在梦幻世界，他当上将军，得到心爱的莎菲，最后他甚至把自己幻想成西班牙国王，看着以前欺压自己的人摇尾乞怜。

在《狂人日记》里，“神奇的现实”占据了绝对的主导，作家的现实世界只能由读者意会。小说开始的日期：波普里希钦的第一篇日记写于“十月三日”，接下来是“十月四日”，时间虽然有连续性，但作家并没有告诉我们日记的年份，这就产生了不确定因素。十月的日记只有两篇，接下来跳到“十一月六日”，11月的一共6篇，分别是“六日”“八日”“九日”“十一日”“十二日”“十三日”。接下来，进入12月的日记，12月共有3篇，分别是“三日”“五日”“八日”。再往后，日记的时间就脱离了常规的纪年，时间跳跃到公元2000年，后面日记的日期是“两千年四月三十四日”“三十月八十六日”“一日”“马德里，月二日三十”“二十五日 ”。

值得关注的是现实世界的时间截止于“十二月八日”，这是一个在宗教世界中值得纪念的节日——“圣母无染原罪瞻礼”，这个节日还被称为“圣母无原罪始胎节”“圣母无原罪日”“圣母始胎无染原罪日”，日期是每年的12月8日，是为了庆祝圣母玛利亚获得无原罪的恩赐的一个瞻礼。在奥地利、哥斯达黎加、智利、西班牙、意大利、爱尔兰、马耳他和澳门等地，此节日都被定为假日。节日的重点是圣母玛利亚，强调利丽亚从孕育生命开始，已经不受原罪玷染。圣母玛利亚是否玷染原罪，《圣经》上没有直接的、明确的论述，因此这个节日在12世纪时曾受到一些神学家的反对，到13世纪时，圣母始胎无原罪的神学思想逐渐被接受。在1477年，教宗西斯笃四世批准此节日在罗马教区庆祝。到1708年，教皇克莱孟十一世把节日定为整个教会应举行的庆节。1841年4月，香港监牧区成立。同年6月，主教座堂奠基，定名为圣母无原罪主教座堂。当时，“圣母无染原罪”仍未成为正式的教义。最后，教皇良十三世提升此节日为第一等节日，有8日庆期。“圣母无染原罪瞻礼”往往是赦免罪恶、获得重生的日子。2005 年，教皇本笃十六世为纪念第二次梵蒂冈大公会议闭幕四十周年，于 12 月 8 日圣母无原罪瞻礼颁布全大赦，免除罪过应受的全部惩罚。果戈理将这一天设定为主人公尘世生活的最后一天，很明显是借这个特殊的日子表明波普里希钦无罪，他一切的不当、一切的狂想事出有因，他的任何行为都应该被赦免。

日记的第一篇“十月三日”仿佛将我们带到了《百年孤独》中的马孔多。小公务员波普里希钦如常地工作，如常地被忽视，但是，莎菲小姐的狗居然和他聊天，带他走入另一片神奇的真实。和《百年孤独》一样，故事就这样在波普里希钦的神话世界中展开。果戈理并没有把波普里希钦的世界当作童言趣语，用来哄孩子的工具，也没有把它当成疯言疯语，而是尽量引导读者相信故事情节的真实，相信真的有神秘的力量左右主人公的人生，并相信奇迹必定来临。小说里，波普里希钦置身于自己创造的神话中，对将军和西班牙国王的身份深信不疑。

“两千年四月三十四日”这个日期进一步敲定了现实的“神奇”，在波普里希钦成为西班牙国王后，全新的纪元开始了。“两千年”在基督教来说是个神圣的日子。耶稣被处死后，第三天将会复活，因此有了复活节。基督教还有一个独特的时间观念。主说：“千年如一日，一日如千年。”按照这种说法，人类纪元的 2000 年，就是主后的两天，而主后第三天，就是耶稣复活的日子。随之而来的是上帝降临人间，进行末日审判。新天新地即将来临，善良者进入天堂得永生，享永福，罪恶者堕入地狱受永刑。这个题目让末日审判到来，波普里希钦等无辜之人摆脱压迫，享受新生的日子到来了，也就是罪恶的当世即将结束。

“马德里，月二日三十”是小说中唯一一个带有地点的题目，由此可见这个地点的重要性。从城市名称的来源来看，人们现在普遍相信这座城市今名的起源是来自公元前2世纪罗马帝国建立在马萨纳雷斯河岸上的新拓居地。这里第一个村落因为流过该村落的河流的名字得名“马翠斯”（Matlice）。5世纪，日耳曼人入侵，罗马帝国完全无力保卫其位于伊比利半岛上的领土，而也因此造成了西哥德人的大量入侵。“蛮族”后来控制了马翠斯。在7世纪时，穆斯林征服了伊比利半岛，将这座城市更名为“梅里特”（Maylit）。城市的起源与罗马帝国相关，这使得马德里带有浓重的宗教气氛，是著名的宗教旅游圣地，如今，圣伊西德罗教堂等著名大教堂仍坐落于市区。

新的公元纪念、宗教节日、宗教圣地，所有神奇的元素融合起来，铸造了神奇的现实世界，让人不禁相信，拯救真的来临了，波普里希钦仿佛真的成了新时代的主人。尽管这只是主人公一个人的新纪元，不像《百年孤独》里布恩迪亚家族七代人充满神秘色彩的坎坷经历那么富有传奇色彩和延续性，但是波普里希钦的孤独感要远远超过布恩迪亚家族的任何一个人。《百年孤独》中浸透着深切的孤独感，其主要内涵是对整个苦难的拉丁美洲被排斥在现代文明世界的进程之外的愤怒和抗议，是作家在对拉丁美洲近百年的历史，以及拉美人民独特的生命力、生存状态、想象力进行研究之后形成的倔强的自信。同样，由于对自己的生存状态、社会地位的抗拒，对自己被排除在爱慕的对象、顶头上司、门房小卒等各类人物的视野之外不满，被彻头彻尾忽视的波普里希钦决定为自己建立起一个独立的精神王国、想象的空间。这个王国自始至终是他一个人的王国，从一条狗到整个西班牙帝国，波普里希钦固执地坚守着自己的精神领地，宁可忍受着绝对的孤独，也不愿回到现实生活中去。中国古代的人因为苛政猛于虎，逃亡深山老林。而波普里希钦在现实世界已经完全失去了容身之处，想象与现实的差距让他无从承受，选择永远的逃离。

但是，庸俗的现实对于“神奇的现实”的倾轧并没有因波普里希钦的逃离而终止。波普里希钦建立起的神话王国并不能成为他的世外桃源。从国王受到的严苛对待，应该可以想见现实中的主人公因为自己的“疯言疯语”被关进了精神病院。西班牙王国的神话面临被拆穿的危机，波普里希钦仍坚定地用风俗习惯来解释一切。小说的结尾，主人公发出求救的呼声，“不，我再也没有力量忍受下去了”，“救救我吧！把我带走，给我一辆快得像旋风一样的雪橇。开车呀，我的驭者，响起来呀，我的铃铛，飞奔呀，马，带我离开这世界！再远些，再远些，我什么都不要看见”。① 波普里希钦并不是为了生命而求救的，他最不想看见的就是他生活的世界。他是为自己岌岌可危的精神王国而求救的。他害怕回到真实的世界中去，那里对他人格的践踏远远比死亡更可怕。他像一个孩子，天真地相信西班牙王国的神话，他也像一个无助的孩子，对母亲发出呼告，妈呀，救救你可怜的孩子吧！孩子是人类生命的延续，人类的未来与希望。孩子的病是对整个社会病态发展的一种隐喻。

鲁迅在《狂人日记》里也用同样的呼声询问，是不是还有没有吃过人的孩子，并发出救救孩子的请求。作为新文化运动的导师，他在旧体制、旧思想的荒漠中呼唤民族意识的觉醒。果戈理的小人物也发出救救孩子的呐喊，那是被完全漠视的小人物波普里希钦发出的羸弱呼声，没有人附和，没有人响应，带有更多绝望的色彩。果戈理给了这个小人物任意驰骋的梦想空间，告诉我们渺小如刀笔吏也有自己的希望王国，再用希望王国的幻灭唤起读者的同情，唤起他们对吃人王国的怨怼，也唤起他们隐没已久

---

① 《果戈理小说选》，满涛译，第478页。

的梦想空间。痴人说梦，但是梦幻中未必没有真理存在，庄生晓梦迷蝴蝶，悟成了哲学大道。“狂”是波普里希钦对世俗的漠视和鄙弃状态，是他对外在世界的压迫所表现出的休眠状态，是对压抑人的俄国社会洞悉后的不屑与回避，是其对自身命运、理想的曲线展示。“多余人”在发起之初被认为是正义的、进步的力量，因为他们认识到社会的弊端，不屑与庸人为伍，才成了多余出来的一批。从这一点上来讲，波普里希钦也是有进步意义的角色，认识社会的不公，在想象空间里反抗，在那个众多庸庸碌碌的小人物只惦记如何讨好大人物的社会里，也堪称是觉醒的前兆。波普里希钦的狂中没有楚狂的纵横捭阖，没有魏晋名士的放达之风，没有李白诗篇的才华横溢，他的狂就是一个庸人的无力反抗，弱者的垂死挣扎，但是不管他如何卑微平庸，狂人波普里希钦的言语思维多少带有一些屈原大夫“举世皆浊我独清，众人皆醉我独醒”的风骨。

小　结

作为“自然派”的奠基人，果戈理对俄国现实主义文学发展做出的贡献毋庸置疑。这一流派主导了19世纪俄国文学的走向。它形成了冷静、细致、客观反映社会生活全貌的风气，将文学描写的范围扩大到底层民众，引导了俄国文学平民化的走向。这一流派的很多作家坚持自己的创作原则，成为19世纪下半期俄国现实主义文学的中流砥柱。

果戈理被誉为“俄国散文之父”。从文体发展上来看，在启蒙时代，散文摆脱了低级文体的标签，开始获得与诗歌平分秋色的地位。散文取代诗歌，占据主导文体地位，顺应了现实主义文学真实地再现客观世界的需求。通过果戈理的创作，俄国散文得以蓬勃发展，并在 19 世纪后期形成了屠格涅夫、陀思妥耶夫斯基、托尔斯泰三足鼎立的盛世，俄国成为现实主义文学的中心，托尔斯泰的创作也被与巴尔扎克并称为两大现实主义高峰。

果戈理本人的作品冷静客观地反映了 19 世纪上半期的社会风貌，树立了一系列经久不衰的典型人物，对沙俄帝国的阴暗面展开了入木三分的批判，将底层小人物的艰苦生活昭然于世。从各个角度、各个层面来看，果戈理都是俄国现实主义最杰出的代表者。

如同所有伟大的天才一样，果戈理的风格不是单一现实主义窠臼可以限制住的。现实世界难以抒怀，作家用强大的想象力创造出“神奇的现实”，以梦想中的和谐有序反衬真实世界的颠倒错乱，以思想领域的善和美批判现实生活的恶与丑。果戈理“变现实为幻想而不失其真实”的艺术手法与 20 世纪拉美魔幻现实主义异曲同工，我们无法以此抹杀果戈理的现实主义风格，将他定位为魔幻现实主义作家。但是，我们必须承认，这一风格赋予了果戈理的现实主义以鲜明的个性特征，也是俄国文学中的果戈理传统绵延不绝的重要原因之一。

果戈理的争议在于他复杂多变的艺术手法，复杂源自博大。天空是博大的，不管日升日落，群星璀璨，天空依然是天空。大海是博大的，百川归海，但海纳百川之后依然是大海。果戈理的现实主义也是博大的，即使其中有魔幻式的情境、超自然的人物、独树一帜的手法，但并不影响其创作立足于俄国社会现实的本质。

第三章

果戈理与宗教神秘主义

神秘主义一词的英文 mysticism、法文 mysticisme、德文 mystizismus，都源自拉丁文 mysterium 一词。这个拉丁词的含义有：秘密祭神礼、奥迹、奥义、神秘等。这个拉丁语词源于希腊文 mysterion，词根 muein，意思有引导、介绍入会、秘密的东西、放弃肉体感觉、代之以超验的启示等。在神秘主义作为一种普遍的人文现象备受关注的今天，为其下定义者不乏其人，但他们对神秘主义的概念却看法各异、定义纷呈。有些定义注重神秘主义者认识世界的方式，有些注重这一理论的来源，有些注重神秘主义在不同学科内的表现，但人与神之间的精神交往，隐蔽的向内寻求是所有概念的核心。《辞海》将神秘主义解释为宗教唯心主义世界观的一种，主张人和神或自然界之间的直接交往，并能从交往关系中领悟到宇宙的秘密。《简明社会科学词典》认为神秘主义泛指不从科学考察和逻辑推理，而是从不可言传的隐秘途径得出结论的信仰或者学说。《简明哲学百科词典》除了解释神秘主义是宗教唯心主义的世界观，核心理念是认为人同神或超自然力之间能够进行直接的精神交往，并且借助这种交往领悟世界的秘密以外，还对神秘主义者对科学的认识加以分析，强调在现代西方神秘主义的视野内，认为科学只能认识事物的表面，通过心灵直接进入到事物的核心里去才能了解其本质。《简明不列颠百科全书》将神秘主义视为融修行术与秘传知识为一体的一门学科，是上升到最高水平的个人宗教。《牛津基督教会词典》把神秘主义解释为通过个人的宗教体验，在现世生活中获得的一种关于上帝的直接认识。神秘主义主要是一种祈祷状态，分成各种不同的程度，既有短暂而罕见的对神的“触摸”，也有在深层“神秘主义婚姻”中实现与上帝永久的结合。《牛津英语词典》将神秘主义解释为相信通过虔敬的沉思而施行与神性结合的可能性，并且将神秘主义者解释为基督徒或非基督徒的某个人，通过冥想放弃自我以求达到与神结合或消融在神当中。《苏联百科词典》从神学和哲学两个方面论述了这一概念。从神学上来讲，神秘主义是指宣称在人体内和宇宙中存在着只有经过专门的精神训练的超能力者才能理解的各种有关神秘力量学说的总称。从哲学上来讲，它最接近物化论和泛神论，认为真正的实在是理性所不能认识的，只有通过神秘的直觉才能被认识，是直觉主义和非理性主义的一种。

许多中外著名的神秘主义研究者都曾在自己的专著中力图全面阐释这一概念。宗教学家安德希尔在《实践的神秘主义》一书中指出，神秘主义是一种科学意识的最高形式。南怀瑾在《道家·密宗与东方神秘学》中把神秘学的性质阐述得极为明确。他认为“积累古今中外几千年的文化，由宗教到哲学，由哲学到科学的今天，人类知识的范畴，可以远上太空，细入无间，仍然还不能明白切身生命的奥秘，并未寻求到宇宙生命奥秘的结论”。而“神秘学所讲究的，虽然还没有离开人体和自然物理的关系，但是它是讲究精神生命的学问，它在追求精神生命和宇宙生命综合的究竟”①。

从上述各种观点来看，我们可以得出一个结论：神秘主义的概念有广义和狭义之分。从广义上来看，神秘主义就是宗教。因为，不管从哪种学说、哪种角度来给神秘主义下定义，大多与宗教信仰密切相关。从狭义上来讲，神秘主义指的是宗教信仰者的宗教情感或宗教经验。由于个人经验的千差万别，它必然带有神秘性。神秘主义是一种研究隐秘生活的学说，研究精神生命和宇宙生命的综合学问。它强调直觉，是一种真实的和自我的生命体验。它的目标是人与最高的实在或神的直接交流，最终融为一体。

神秘主义对文学研究有着重要的意义。它萌生于古代，并未因时间的推移而显得陈旧，反而渐渐渗透进更多的领域，从而引起了各学科专家的认真思索和积极研究。作为人类有史以来共同的精神现象，神秘主义存在于宗教、哲学和文学之中。在文学发展的过程中，其主题和题材或隐或显地受到宗教和神话的影响。甚至可以说，宗教和神话是文学的母体。宗教和神话虽然同是原始思维的产物，但前者更贴近人类社会生活，生命力远远大于后者，原因就在于其内部包含了具有丰富的社会和思想内涵的神秘主义。

文学是人学，是人类的心灵史、精神史。研究俄罗斯绝不能脱离背景文化而泛泛空谈。背景不仅包括重大的政治、经济、历史事件，还要包括民族的内在精神。谈俄罗斯文学就离不开宗教对文学和作家的影响。离开了渗透到俄罗斯人血液中的宗教信仰，就无法讨论俄罗斯古代多神教和东正教文化在现当代的传

---

① 南怀瑾：《道家·密宗与东方神秘学》，北京燕山出版社 1992 年版，第 3 页。

承。传承的不仅仅是艺术形式或手法，更重要的是熔铸其中的人文精神，它才是文学的本质和灵魂。每个民族的人文精神在文字中的独特表现，都体现出那个民族文学的个性。

俄罗斯人被认为是最具宗教品格的民族之一，他们的生活离不开信仰，习惯于相信“神秘主义的事实”。被俄罗斯宗教哲学家概括成体系的神秘主义并未局限在信徒范围内，还扩展到世俗生活中。东正教的神秘主义思想已经深深根植于俄罗斯人的生活与思维，成为传统思想的重要组成部分并反映在俄罗斯文学作品中。俄罗斯文学的宗教色彩浓厚，俄罗斯作家则具有强烈的使命感。他们在作品中积极地探索当今尘世的历史使命，人的精神存在，民族的精神出路等问题。他们常常把对人类精神困境的观察与东正教的神秘主义结合起来讨论。许多俄罗斯作家的创作思维都或隐或显地受到神秘主义认识论的影响。果戈理、陀思妥耶夫斯基、托尔斯泰、梅烈日科夫斯基、布尔加科夫等众多作家的作品都具有明显的神秘主义特征。在研究这些作家时，我们可以凭借他们思想中的神秘主义来发现隐藏在作品里面的思想，追踪他们在创作过程中的思想和描述的各种尝试及立场，同他们一起完成构思，一同直接体验种种事件。

第一节　果戈理思想中的神秘主义倾向

俄国宗教哲学的先驱者斯拉夫派哲学家提出了“完整的理性”和“集体宗教理性”的理论。这一理论认为：物质世界是上帝创造的，人不能借助于理性，只能依靠信仰来认识现实。俄国第一位世俗神学家霍米亚科夫是斯拉夫主义学说的创始人之一。

他的《论旧与新》一文被看作斯拉夫主义的开端。霍米亚科夫认为，保持俄国生命力的主要条件是东正教。他以新的方式，从哲学角度对东正教信仰做出解释。“聚议性”概念是霍米亚科夫宗教哲学学说的基础性概念。它的含义是指人们之间建立在基督之爱基础上的自由联合，其目的在于寻找共同的、集体得救的道路，即与正统教会严格的等级制度截然相反的“无形的教会集体主义”。霍米亚科夫认为，人的完整理性包括意志、悟性和信仰。作为人理性功能之一的意志是上帝意志的一个组成部分。作为个体，人总是有局限性的，其行为必须服从上帝的意志。人用悟性来加工被认识材料，意志把认识引向真理。哲学的主要任务就是把理性提高到信仰的水平，个人的理性即使得到了信仰与直觉的补充，也不能理解作为世界本质的上帝，因而需要一种集体的宗教的“整体理性”。果戈理虽然不是斯拉夫派，但是他的朋友大多来自这个圈子，他在思想上也表现出明显的亲斯拉夫派特征。果戈理一生的宗教实践正是在贯彻霍米亚科夫的宗教理念，通过个人的静默沉思达到与上帝的交流，带领全民体验上帝的神力，实现整体理性，以使上帝之城降临人间。果戈理的宗教实践是个循序渐进的过程，在不同时期，其神秘主义也有不同的表现。

一　多神教与东正教夹杂的宗教神秘主义世界观

果戈理是一个充满矛盾的人物，他本人也曾意识到这一点，因而自称为“狂妄的自负同最谦卑的恭顺的可怕混合物”。普希金说他是个“快活的忧郁者”，别林斯基认为他的作品中充满了“含泪的笑”。他是一个性格严肃、思想认真的人，却能逗得全俄国开怀大笑；他是个品性温和、忍辱负重的人，却能毫不留情地惩罚人类灵魂中的罪恶；他积极地面对俄国的社会现实，却又是一个向内求索的神秘主义者。果戈理的一切都在矛盾的两极之间不停变换，唯一贯穿他整个生命的就是他强烈的宗教信仰。“从小就在果戈理心灵中燃烧的宗教狂热之火在他的晚年燃炽成了致命的烈焰”，“将他燃成了灰烬”。① 信仰上帝启示的神秘主义是果戈理宗教观念的核心。他将自己所有的成就都归结为神的启示，并希望借此完成带领俄国走向复生的伟大功勋。

教条地来看，果戈理并不是信仰非常纯粹的东正教徒。俄罗斯集体受洗入教的方式决定了其信仰具有多神教的实质。“西方神秘主义开始于希腊的秘教，在柏拉图的哲学中达到高峰，在新柏拉图主义和诺斯替教中获得进一步发展和传播，并与犹太教结合，形成基督教神秘主义传统，这一传统产生了极广泛的世界影响。”② 基督教诞生在一个神秘主义盛行的文化环境之中。就其初始阶段来说，基督教是充满神秘主义成分的古代地中海世界文化冲突和融合的产物。在其出现的早期阶段，基督教是同时期诸多神秘教之一，具有当时神秘教的一些共性。然而和其他宗教相比，基督教却又是理性色彩最浓的宗教。其教义最为系统，神学最为哲学化，修道生活最为精神化，发展与哲学的关系最为密切。基督教的传入在欧洲文化史上起到对古希腊、罗马文化后期过于扩大化的人本精神的约束，其重理性、重来世主义的特点也非常充分地体现在东正教之中。

早期东正教与千年拜占庭帝国的命运息息相关。东正教神学在拜占庭时代有过自己的辉煌，曾与天主教神分庭抗礼，为基督

---

① ［俄］布留索夫：《燃成灰的人》，《果戈理评论集》，袁晚禾、陈殿兴选编，复旦大学出版社 1993 年版，第 277 页。

② 毛峰：《神秘主义诗学》，生活 · 读书 · 新知三联书店 1998 年版，第 12 页。

教神学的发展做出了重要的贡献。拜占庭的独特神学传统的真正根源是伪狄奥尼修斯的作品，正是这些作品决定了拜占庭神学传统的基本主题和特征。伪狄奥尼修斯是个新柏拉图主义者，同时也是个神秘主义者。他认为，通过肯定的方式无法认识上帝，只有通过否定的方式才能认识他。人们所知道的一切根本无法描述上帝，必须把这些知识全盘否定后，才能接近上帝，否则只能离上帝越来越远。上帝的本质对人而言是最大的秘密，是不可能用思维和语言认识的，只能通过神秘的方法接近它。正因如此，神学只能是神秘的。伪狄奥尼修斯的神学包括两个方面：否定神学和神秘神学，这是东正教神学传统的两个最主要的特征。

1453 年，土耳其人攻占了君士坦丁堡后，东正教的命运被改变了，东正教的中心转移到了曾经集体受洗的俄罗斯帝国，莫斯科成了继罗马、拜占庭之后的“第三罗马”。俄罗斯的东正教接棒拜占庭，但并非拜占庭东正教的简单延续。10 世纪前，罗斯人信奉多神教，相信万物有灵。这表现为罗斯人的自然崇拜，种种自然现象都被奉为神明，受到顶礼膜拜。罗斯人也有类似中国的祖先崇拜，并相信灵魂的存在。罗斯人还崇拜一些动物，这是原始图腾崇拜的残留。为了统一全民的思想，树立基辅在全罗斯绝对统治的地位，基辅大公弗拉基米尔尝试改革多神教，然而宗教改革并没能带来他希望的效果。最终，弗拉基米尔放弃了多神教，选择一元论的东正教作为国教，以巩固公国的统治。罗斯受洗并不意味着东正教立即取代了多神教，多神教的观念在罗斯根深蒂固。罗斯集体受洗，缺乏宗教教育，其基督化经历了数百年的漫长过程。在偏远地区和下层人民中间，多神教得以长期残留。随着时间的推移，新旧两种宗教互相渗透，逐渐融合。上帝和诸圣徒们取代了多神教诸神的职能。例如：上帝取代了太阳神的职能，圣徒伊利亚取代了雷神彼伦，圣徒弗拉西取代了畜神维列斯。俄罗斯终于成为一个东正教国家。但俄罗斯的东正教是融合了多神教特点的东正教。“俄罗斯接受了洗礼，但未受到宗教教育。”① 这种独特的宗教环境决定了俄罗斯东正教神学的鲜明个性，也决定了它对作为宗教核心内容的神秘主义的独特阐释。因此，在果戈理的信仰深处、作品形象中，都有多神教的因素存在，这就不难解释为什么果戈理的作品中会体现出强烈的巫术神秘主义倾向和魔法感。

另一方面，果戈理是乌克兰人，在那里度过自己的童年、少年时代，也就是他的世界观形成时期。俄罗斯民族形成过程中有着外族统治的因素，自然对宗教信仰也产生了影响。14 世纪，蒙古对罗斯的影响日渐衰微，立陶宛和波兰加入瓜分俄国大地的队伍中。原俄罗斯土地被分成三大部分，金帐汗国统治东北罗斯，在这一领地形成了后来的俄罗斯族。立陶宛占领西南罗斯，后来形成白俄罗斯族。波兰统治的地区是原西南部的加里奇公国，后来形成了小俄罗斯，即乌克兰。乌克兰在历史上曾经被波兰占领，教会受到波兰天主教影响很大。尽管果戈理一直捍卫东正教的纯净，以天主教为异端邪说，但是，在他临终前不久，有人指出他珍藏的圣像里的人物居然穿着天主教法衣，这曾让他备受打击。他在自己的中篇小说《狂人日记》中，将 12 月 8 日定为一个关键的日期，章节的标题。12 月 8 日是“圣母无染原罪瞻礼”，认可这个节日，意味着承认圣母玛利亚获得了无原罪的恩赐。果戈理在作品里用这个日子暗示主人公波普里希钦所有的罪被赦免，获得新生。但是，这个节日是天主教节日，东正教和几乎所

---

① 张百春:《当代东正教神学思想》，上海三联书店 2000 年版，第 1、2 页。

有的新教教派，都不接受这个教义。不仅如此，主人公最后在自己的幻想中成了西班牙国王，西班牙是天主教国家。他的地狱天堂说里有炼狱一层存在，而炼狱只有在天主教那里得到教义上的认可。由此可见，果戈理的信仰中，天主教的影响不可小觑。

果戈理的宗教神秘主义从童年开始就不断沉积、发展，最终在他哲学思想的《与友人书简选》中形成体系，走向成熟。果戈理的出生地，他的家庭氛围注定了宗教在他的成长过程中占有重要地位。他的祖父是位乡村神父，祖母和父母亲也都是虔诚的教徒。他的第一个老师来自神学校，除了识字、算术，神学也是他教给果戈理的重要知识。在果戈理就读的涅仁高级技术中学，神学依然是主要课程之一。这种生活、学习经历让果戈理从小就深信基督教的教义，尤其是相信天堂、地狱、罪孽惩罚等说法，并对死亡有深深的恐惧。

果戈理的宗教信仰极为狂热，属于越信仰就越觉得自己的信仰不够虔诚的那一类信徒。这是一种多疑的、焦虑的宗教情绪，其最显著特点是渴望出现预兆和神启，追求与上帝的直接交往，不断从谦恭和自卑转变为自豪和得意。他强烈地相信上帝已出现在面前，怜悯他，并神秘地将他引向某个地方。为了考验他，上帝将赐给他疾病和各种启示，而他要做的只是聚精会神、不要错失上帝的启示，并且解释这些启示的含义。因此，每当果戈理遇到灾难、挫败、病痛时，他就沉思冥想，绞尽脑汁，力求弄懂上帝通过此事想告诉他的意思。为了思索启示的含义，他静默沉思，斋戒沐浴，朝圣，用种种极端的手段追求与上帝的相遇。他认为生活中的一切都充满了神秘的象征，并千方百计对这些象征进行解释。“在这种有时自鸣得意而总是给人宽慰的信仰（即相信上帝直接干预个人生活）之外，再加上另一种贬低人、吓唬人的信仰（即害怕暗中窥伺人并想方设法控制人的灵魂的‘妖魔鬼怪’），那么，我们便可获得一幅果戈理的极端迷信的神秘主义的悲惨图画。”①

果戈理的神秘主义使他坚信，他可以充当上帝启示的解释者和上帝意志的代言人，可以建立足以流芳百世的伟大功勋。因此，他的作品中始终蕴含着一个思想，那就是为俄罗斯服务。他的言论往往带有宗教神秘主义色彩，他在很多地方都谈到俄罗斯的奥秘，即有关俄罗斯负有特殊使命——宗教救世使命的一些模糊但却极为强烈而又持续不断的预感。这种神圣的使命感促使他在极度的困境中仍然试图完成《死魂灵》第二部，从而指引俄罗斯走向复兴，并进而拯救全世界。果戈理神秘主义哲学观点的集大成者——《与友人书简选》是作家为这一使命所作的理论准备。作品中贯穿着一个思想，即必须深入研究俄罗斯和改造俄罗斯，为俄罗斯服务的思想在该书中得到自己合乎逻辑的圆满结局。这一思想的最高体现是确信基督复活的时刻即将到来，它将实现所有人的互助友爱的理想，带来充满爱与幸福的永恒国度。至此，果戈理虽未完成他用神秘主义赋予自己的伟大功勋，未能完成指引人类找寻上帝之城的伟大史诗——《死魂灵》，但他的宗教神秘主义却已表现得淋漓尽致了。

二　神秘主义对果戈理创作心理的影响

我们在研究创作主体时，除了要重视社会历史学角度外，还

① ［俄］奥夫夏尼科-库利科夫斯基:《“心灵的事业”——果戈理——道德家和神秘主义者》,《果戈理评论集》，袁晚禾、陈殿兴选编，复旦大学出版社 1993 年版，第 296 页。

应该注重作家的创作心理，即注意作家的感觉、思维、气质、身心状态、情感形态等对创作的影响。作家的气质对作品题材、人物和风格有着突出的影响，而作家的生命力，他的身心健康状态则往往决定作品创作的命运。作家气质等问题虽然不是文艺学研究的重点领域，但也曾经被不少理论家所关注。亚里士多德在《诗学》中就曾谈到人的气质同诗歌体裁的关系。他认为："由于诗人个性特点的不同，诗歌分成两类。比较严肃的人摹仿高尚的行动，他们最初写的是颂神诗和赞美诗；比较轻浮的人则摹仿下劣的人的行动，他们最初写的是讽刺诗。"① 法捷耶夫也曾指出，"作家的才力、修养、智力发展的趋向、气质、意志以及其他的个人特征在选择材料的时候起着重大的作用"②。

作品是作家心血的凝聚，生命的流溢。除了创作心理外，作家的生命力，作家的身心健康状态对创作也有很大影响。在果戈理身上，这种影响极为显著。人的生命力包括身体的力量和精神的力量，前者是人生命的基础，后者是人生命的主宰。身体的疾病必然会对精神产生影响，然而精神反过来也能影响人的身体。在果戈理的创作生涯中，我们常常可以看到疾病和精神两者之间反反复复的斗争，而他的作品正是这种斗争的产物。果戈理自小体弱多病，心灵饱经忧患。他的一生疾病不断，而且不断产生精神危机，他身心健康的变化导致其创作的涨落起伏。果戈理的"病"固然包括生理上的疾病，但更主要的还是心理上的。作家的一生都笼罩在对"死的恐惧"的阴影之下。这种恐惧源自他的父亲。果戈理的父亲异常多疑，经常陷入忧郁状态，45 岁就早逝

① ［古希腊］亚里士多德：《诗学》，人民文学出版社 1962 年版，第 12 页。

② ［苏］法捷耶夫 A. A. ：《我的创作经验》，《苏联作家谈创作经验》，中国青年版社 1959 年版，第 48 页。

了。据果戈理说，他父亲的死不是由于某种明确的疾病，而是由于对“死的恐惧”。父亲的这份遗产完全由果戈理继承了，并随着他神秘主义的发展不断放大。1818 年，他和弟弟进入波尔塔瓦县立小学，次年，弟弟病死，让果戈理受到很大打击。果戈理的神秘主义是入世的神秘主义，他并非对外界漠不关心，而是要建立改造世界的丰功伟业。因此，他异常担心自己的伟大功勋被死亡打断。俄国医生巴热诺夫在《果戈理的病与死》一文中把果戈理所患的病称为“抑郁性神经病”。果戈理毕生都在用创作来寻找战胜身心疾病的出路。柯罗连科说过：“果戈理的每一部作品，不但是艺术珍品，而且是从致命的疾病手中夺得的胜利，是人的精神对命定的疾病的胜利。”果戈理的一生“是天才同致命的疾病的真正的决斗，在这决斗中，天才的每一次奏捷都标志着俄罗斯文学的新的胜利”①。

“我精神里的一切会愈来愈变得坚强，那么我的肌体也会坚实的”，“在几周之内就会完成我花费了 5 年写过的东西”。② 果戈理在 1846 年的一封信中做的这个保证说明了他的创作对精神力量的依赖。果戈理的精神力量来自神秘的宗教信仰，来自他对神启坚定不移的信心。他认为通过狂热的祈祷可以获得与上帝合一的机会。作家写作的对象，它的意义、力量、深刻的内在含义都由上帝赐予，他要做的只是伸手拿起笔来去写。上帝既然把多半部分的作品在他的头脑里编了出来，就一定会给他完成余下部分的力量。这种信念不仅支持他在《钦差大臣》公演后身心交瘁的状况下完成了《死魂灵》的第一部，还促使他不停地焚毁，重写

---

① ［俄］柯罗连科：《文学回忆录》，人民文学出版社 1985 年版，第 202 页。

② 《与友人书简选》，任光宣译，第 120 页。

小说的第二部，以便把上帝的旨意昭然于世。纵观果戈理的创作历程，对神启的期待、对使命的坚持是他灵感与动力之源。

俄罗斯文学是沉重的，这是因为俄罗斯作家具有强烈的使命感。俄罗斯作家未使自己的创作活动停留于文学领域，他们还进行着改革社会生活的探索。其中果戈理、屠格涅夫、托尔斯泰、陀思妥耶夫斯基等作家作品里都深刻体现着这一特点。作家们希望成为生活的导师，致力于生活的改善。别林斯基在《一八四七年的俄国文学一瞥》中说，“在这个时代，文学和艺术比以往的任何时代都更热衷于对社会问题的讨论，因为这些问题如今变得更普遍、更触手可及、更清晰、更能迅速引起人们的兴趣，成为一切问题之首”①。作为一个狂热的神秘主义者，果戈理的使命感异常强烈，而且十分独特。基督教神秘主义的最高目标就是实现与上帝的合一。单单凭借人自身的努力不足以完成追求合一的任务，要等待上帝的恩赐和召唤。果戈理对神启的追求异常执着，他的一生都是在期望与等待神启中度过的。这是他生活的目的，创作的动力，灵感的源泉，也是他最大的悲剧之所在。果戈理将自己人生的际遇与上帝的旨意紧密联系起来，他坚信自己可以充当上帝旨意的解释者和上帝意志的代言人，上帝将通过神秘的启示引导他完成拯救俄罗斯的旷世奇勋。这就决定了他不会只超然物外地追求在心灵中达到自己与上帝的融合，还要将上帝的指引宣诸世间，带领俄国寻找上帝之城。他把救世或者说是把大地变成天堂作为自己义不容辞的责任，因此，他摈弃了神秘主义的遁世，而主张积极的入世和救世。

“噢！我不知道怎样称呼你，我的保佑神！还在摇篮时代起，

① Белинский В. Г. *Полное Собрание Сочинений Том XIII*，М：академии наук СССР，1959，с. 306.

你就以你那和谐的歌曲响彻在我耳边，迄今仍在我身上引发如此神奇、不可思议的沉思，爱抚我那无边无际，令人沉醉的幻想……请用你那纯洁的，上天的双眼注视我。……不要同我分手！作为我美好的兄弟同我生活在大地上吧，哪怕每天只有两小时。我将完成……我将完成！生命在我身上沸腾。我的劳作将充满灵感！人间不可企及的神明将飘扬在它们上面！我将完成……”①

从果戈理在 1834 年写的这段话中，我们得知，果戈理从少年时代起，就以超乎普罗大众想象的热情坚信，上帝会真正参与和引导他的生活。在这一时期他和朋友的通信中不止一次地反复强调，上帝对他特别庇佑。后来，果戈理曾多次在信件中写道，上帝不仅指导着他的写作，而且为他生活中的每一步指明方向，甚至包括帮他选择住处的生活琐事。这种对自己处在上帝的特别庇佑之下的信心只有在执着的神秘主义者身上才能找到，它使得果戈理一直深信自己将在神的指引下以某种事业流芳百世。俄国人认为自己是被上帝选中的民族，必将先迎来与上帝的相遇，并引导人类走向新天新地。这种弥赛亚意识使他们具有沉重的使命感。因此，我们见到俄罗斯文学的厚重，因为作家总是在思索民族复兴的问题。果戈理思想中根深蒂固的使命感让他的神秘主义突破了心灵的界限，使得作家坚持不懈地探索俄罗斯的未来之路。

对俄罗斯未来的探索是很多作家、哲学家毕生的追求。索洛维约夫是 19 世纪俄国宗教哲学的集大成者，同时也是俄罗斯未来哲学和神学的开创者。他继承并发展了斯拉夫派的学说，对俄

---

① ［俄］果戈理：《果戈理文论集》，彭克巽译，安徽文艺出版社 1999 年版，第 20 页。

罗斯的神秘主义认识论做了比较系统的论述，在他著名的“完整知识”哲学体系中，神秘主义处在最高的层次上。索洛维约夫的完整知识是以神学为目的，以科学和哲学为基础的“新宗教意识体系”。他认为，经验主义在实证科学领域，唯心主义在抽象哲学领域，神秘主义在神学领域都取得了肯定的成就，但又都是片面的。把三者有机地综合起来，就是完整知识，即自由的神智学。只有完整知识才能达到完整的真理，即益、真、美的统一。如何达到三者统一，也是果戈理在创作中试图解决的问题。

索洛维约夫认为，感知与概念中的认识并不能真正理解实际存在，认识物的存在还要依靠知识的另一个源泉——直感。认识的本质在于神秘主义的事实。索洛维约夫赋予了神秘主义一种特定的含义：“神秘主义哲学的对象不是我们感觉到的现象世界，也不是我们思想的观念世界，而是物的内在生命和活生生的现实。这种哲学研究的不是现象的外在性质，而是物及生命的性质。这种性质取决于物与其初始原型间的关系。”① 在此基础上，索洛维约夫把神秘主义认识论概括为信仰、客体的概念和人精神的创造活动三个层次。

对果戈理来说，直感是创作最可靠的来源，最接近上帝的真理，客体的描摹和精神的创造要以此为基础。果戈理认为，只有上帝的启示才能使单调乏味的语言变得充实有力，才能真正对物及生命的本质进行正确的描述。他将自己的作品，创作的顺逆与神启紧密关联起来。从他的书信中，我们可以看到作家对神启愈演愈烈的追求。果戈理的书信是其文学遗产中的一个极为丰厚与相当重要的组成部分，流传下来的达 1350 封左右。这些书信记

① 金亚娜:《俄国文化研究论集》，黑龙江教育出版社 1994 年版，第 43 页。

录了果戈理一生中复杂而曲折的精神探索与思想衍化的轨迹，反映着作家思想发展和心灵嬗变的基本历程。在阅读这些书信时，我们面对的不单单是一个活生生的具有复杂甚至奇诡心态的文人，还是一个执着地追求上天启示因而也不乏困惑、也遭遇危机的神秘主义者。

“在这一年半的时间里我从那里得到许多，丰富了精神宝库。现在激动我的已经不再是幼稚的想法，不是我过去有限范围的资料，而是崇高的、充满真理、令人震惊的宏大思想……在我临近阁楼的狭窄的住宅里，我的上天来客却给我带来神妙时光！”①

这是在 1835 年 12 月 6 日写给波戈津信中的一段话。显然，果戈理将同年 12 月 4 日刚刚完成的《钦差大臣》完全看成上帝启示的结果，把以笑涤除人间的恶看成神赋予自己的神圣使命。《钦差大臣》的公演引来两极分化的评论，一部分受众和批评家说它取得了巨大的成功，上流社会和果戈理的斯拉夫派伙伴则主要对作者持批判态度。演出后，果戈理受到指责的影响情绪变得极其低落，如逃亡般地匆忙出国。他把出国看作上帝的指示，是养精蓄锐、等待完成下一个神启的需要。

“我去散散心，排遣一下烦恼，好好考虑考虑作者的职责，未来的创作，回到你身边的时候，大概身体会得到恢复，精神焕然一新了。无论对我怎么样，所有的一切对我都是一种解救。所有的屈辱，所有的不快，都是最高的天意赐予我的，是对我的教训。所以现在我感到，我的行程不是人世的意志所指引的。”②

果戈理内心的这一信念使他积聚了新的力量。他出国以后，

---

① ［俄］果戈理：《果戈理书信集》，李毓榛译，安徽文艺出版社 1999 年版，第 137 页。

② 同上，第 154 页。

写给朋友们的信中显示，他的心中又开始充满了前所未有的对自我力量的无限信赖。他认为，既然上帝赋予了苍白的语言以力量，作家就应该在作品中传达上帝的旨意。他坚信，告别过去之后，他已经高于过去，进入更高更新的境界。1836 年 6 月 28 日，他给茹科夫斯基写了一封信，对误解他的上流社会进行了反驳。

“我的生命洋溢着多么崇高，多么庄严的感觉！那是上流社会看不到也察觉不到的呀！我发誓，我一定要做出平常人不去做的事来。我感到我心里有一股狮子般的力量，并且明显地感到我正在从上中学的童年时代过渡到青春的年华……啊，我的生命的种种机遇和境况具有多么不可理解的令人惊奇的含义啊！我觉得，所有这些不快和伤心都是多么富有解救的含义呀……我现在离开祖国，那是上天的赐予，是为培养我而赐予一切的伟大天意的赐予。这是伟大生命的伟大转折，伟大时代。”①

建功立业的渴望点燃了作家如火的创作激情，强烈的使命感促使果戈理在精神与肉体的健康都陷于低谷时，在陌生的异国他乡坚持创作并完成了《死魂灵》的第一部。这是一部伟大的作品，是作家创作的高峰。果戈理从小就追求的东西终于在虔诚的祷告中获得，果戈理将这部作品作为上天的恩赐，攀登到创作顶峰的作家心中对上帝充满了感恩之情，同时，他开始等待上帝为他带来新的灵感和激情。

“上帝是极其仁慈而又伟大的：我身体很好，甚至感到朝气蓬勃。我正在修改、校正，乃至继续写作《死魂灵》，我看，文章是越来越深入了。如果让我起死回生的上帝那神奇力量可以做到的话，我甚至打算来年刊印第一部。”②

---

① 《果戈理书信集》，李毓榛译，第 156—157 页。

② 同上，第 223 页。

“是的，我的朋友！我很幸福。尽管我多病的身体现在更为不佳，但是我能够听见、能够知道那美妙的时刻。我的心里正在进行着、完成着奇妙的创作，那感激的泪水现在常常充满我的双眼。在这里我鲜明地看到上帝那神圣的意志：这样的授意是不会从人那里得到的，人永远也想不出这样的情节！”①

别尔嘉耶夫认为，斯拉夫人和俄罗斯人神秘心理的全部特点就在于寻找上帝之城，亦即未来之城，在于等待天国的耶路撒冷降临人世，在于得到普遍拯救和普遍幸福。这一源于《启示录》的渴望与以下情感是矛盾的：俄罗斯人已经有了自己的圣城，这个圣城就是“神圣罗斯”。在俄罗斯的精神生活中存在着维持现状的神父们的宗教，还有探索未来的神启宗教，两者显然是矛盾的。俄罗斯的神秘主义、救世学说与后者是联系在一起的。果戈理将《死魂灵》看作上帝赐给他的比一切幸福更高贵的灵感的结晶。他把这件珍宝小心翼翼地捧回俄罗斯。几经波折后，《死魂灵》终于得以出版，使作家的声誉如日中天。然而，对果戈理来说，他神圣的使命并未完成，这部作品只是“给一座规模宏伟的宫殿仓促造上的门廓”，他急于要建成这座上帝之城的其余部分。于是果戈理更自信、更坚定、更谨慎地开始写《死魂灵》的第二部，他预计自己会在两年内完成，但他的写作却陷入困境。果戈理更加积极地求助于神秘主义的直感，因为“有些东西是无法解释明白的。有一种能左右我们的声音，我们可怜的理智在它面前是微不足道的，有许多东西是只能靠心灵的深处来感觉的，而且是在流泪和祈祷的时刻，而不是在生活算计的时刻”②。但是，果戈理并没有得到他所期待的灵感，《死魂灵》的第二部也没能达到

---

① 《果戈理书信集》，李毓榛译，第 226 页。

② 同上，第 274 页。

他的预期，因此，果戈理毅然烧毁了手稿。他之所以有勇气将多年心血付之一炬，是因为他相信《新约》中说的“若不死就不能生”。果戈理声称，是上帝给了他力量完成焚稿的行为，并声称，“当火舌刚刚吞噬了我的书的最后几页，它的内容一下子以净化而明亮的神态复活了，宛如从火堆中飞出来的一只凤凰”①。接下来，他一面虔诚祷告，一面积极地要求所有人为他做祈祷。在此期间，他完成了《与友人书简选》这部作品。果戈理对这本书寄予了厚望，他希望人们能读懂并接受其中阐释的救国思想，坚信这是一本真正为俄国所需要的书。对作者来说，无疑也是出自上帝崇高而伟大的恩赐。

“从这本书里你可以看到，我的生命即使在我生病的状况下也是精力充沛的，尽管是在另一个领域，不过也是我合法的领域，所以上帝那崇高的恩赐是伟大的。……这是我的第一本有实际意义的书，我们这里许多人都需要它。如果上帝大发慈悲，大概它会给他们带来实际好处：发自心灵中的东西，不可能不给心灵带来好处。”②

《与友人书简选》的问世掀起了轩然大波，受到了大量批判和谴责。这部作品被认为是作家拥护农奴制、歌颂专制制度和教会的行为，是与旧体制的背叛性和解。说教和自我忏悔的方式未能为人们所接受，果戈理便寄希望于用文学形象阐述基督教教义的方法。然而，朝圣和斋戒并未给他带来预期的神启，反而使他日渐衰弱直至死亡。

果戈理的一生是悲剧的一生，临终焚稿无疑是这部悲剧最凄惨的一幕。被炉火化为灰烬的不只是他九年的心血，还有寄托了

---

① 《与友人书简选》，任光宣译，第 118 页。

② 《果戈理书信集》，李毓榛译，第 346 页。

他生命全部意义的神圣使命。崇高而沉重的使命感是果戈理灵感的源泉，也是他苦难的根源。作家把用来执行神圣天职的写作当作自己生存的唯一目的。正像他在《作者自白》中写的那样：我的人生大概在我的写作能力被夺去时“顿时失掉全部的价值，并且停止写作对于我就完全等于停止生命”①。当烈火中涅槃重生的凤凰振翅飞去时，果戈理的生命也就随之走到了尽头。

如果说《死魂灵》的第一部是果戈理精神力量和创作激情战胜身体疾病的心血结晶，是天才与疾病斗争的伟大胜利，那么，在另一场斗争中，在继续这部史诗时，果戈理却遭到了惨败。从完成作品的第一部起，果戈理就在等待上帝另一次恩赐的来临。然而，这一神启却迟迟不肯到来。1845 年夏天，果戈理将自己呕心沥血创作的第二部手稿付之一炬，因为这部手稿“未能了如指掌地为任何人指出通往崇高和美的途径”。1847 年出版的《与友人书简选》是果戈理为重新创作《死魂灵》第二部所作的准备工作，是他为自己笔下俄罗斯的“天堂”构思的蓝图，也是他神秘主义哲学观点的集中体现。在这部作品中，作家首次清晰地表述了自己建立在“爱”基础上的神秘主义，并提出了以“爱一切人”为主旨，以宗法制社会为蓝本，以人的道德完善为途径的宗教救国方案。果戈理心目中的理想国是以君主制为政权形式，遵循古老的宗法制传统的国度。俄罗斯人民将在教会启迪下，实现道德的完善，彼此像弟兄一样相亲相爱，并在这种爱中获得上帝之爱。“天堂”将首先降临俄罗斯，并进而降临全世界。但果戈理对自己后期精神活动的这份总结却遭到了误解和批评，无奈的作家只能把一切希望寄托在迅速完成“天堂”的构建上，此时，他更焦虑地期待上天的启示。为了迅速得到神启，果戈理按照他当

① 《与友人书简选》，任光宣译，第 323 页。

时的理解去最大限度地执行基督的圣训，力求使自己的恭顺、自己的忏悔、自己在斋戒和祈祷时的虔诚都达到最大限度，过度的斋戒使他的体力迅速地、无可挽救地下降，然而，死亡和他人的忠告都没有改变他的决心。果戈理不善于，也不可能听从他人的忠告。作为一个神秘主义者，他习惯于听从自己心灵和思想的支配，最终沿着自己选择的道路走到生命终结。

研究神秘主义对探讨果戈理的创作心理是必不可少的。作家自己曾反复强调，他是先走上神秘主义道路，然后才进行文学创作的。文学是果戈理选择的用以转达他在神秘直感中所见所闻的工具，在成为作家之前，他也曾想通过公职达到这一目的。可见，对他来讲，关键的并不是进行文学创作还是充当公职人员，而是实现自己的神秘主义理想。俄国文学的发展曾依宗教，然后走上独立的道路。在俄国文学的发展过程中，宗教作为被描写的对象逐渐边缘化，但却从未离开作家的创作思维。作为一个教徒，果戈理把神秘主义与文学创作共同融进了自己的血肉，他的作品是二者的结晶，只有在同时兼顾二者时，我们才能感受到作品中生气的灌注，感受到作家生命汩汩的流动。

第二节　果戈理创作中的神秘主义体现

俄国文学是道德的文学，人道的文学，也是宗教的文学。俄国文字来源于宗教，早期文学与宗教是一体的，即便是文学走向世俗化，宗教色彩也从未淡出。果戈理、陀思妥耶夫斯基、托尔斯泰等俄国文学名家尽管风格各异，但是最终都寄希望于用道德的完善、精神的复活来解决社会问题。果戈理与别林斯基在对俄国现状的不满和批判上志同道合，但当问题从批判现实到改造现实阶段，矛盾便自然激化。果戈理的传统以神秘的氛围、阴暗的色彩、荒诞的情节、梦幻的主人公为特征，浓郁的宗教意识使他在文学创作中再现出完整的宗教道德世界观体系，从而把俄国文学由普希金的道路引向陀思妥耶夫斯基的道路。果戈理不同于果敢的现实主义者普希金，也不同于忧郁的神秘主义者茹科夫斯基。作为俄国现实主义文学的奠基人，果戈理与普希金一样面对俄国现实，观察这一现实，并回答这一现实的各种问题，但他们所走的道路是不同的。普希金继承了18世纪宗教自由思想和反教权思想传统，并在自己的艺术创作里进一步深化，使俄国文学走上无神论的美学之路。果戈理则从宗教意识出发去观察俄国的现实，用神秘主义思维去回答俄国现实的种种问题，引导俄国文学踏上神秘的宗教救世之路。作为一个神秘主义者，果戈理又有别于茹科夫斯基。茹科夫斯基沉浸在虚幻的想象中，以宗教浪漫主义去描述这个世界。他的大部分诗作情节来自宗教神话，作品描写可怕的梦、幻觉、神秘主义的想象。他把东正教教义诗意化，让人们产生虚无缥缈的想法，去相信彼世的存在和灵魂的永生。而果戈理的创作虽然也表现出了强烈的神秘主义色彩，却始终没有离开俄国的现实。他面对俄国现实，研究俄国现实。他信奉基督却不逃避现实世界，他通过对现实的认识、分析去寻找探索通往基督之路，以期达到个人的救赎和灵魂的永生。果戈理曾经指出，诗是通向基督教的一个肉眼看不到的梯子。他一生辛勤耕耘，在这个梯子上奋力上行，以求达到自己的神秘主义理想。直到生命的最后一刻，他依然念念不忘地吩咐，快把梯子准备好。可以说，果戈理的一生是致力于将文学与宗教相融合的一生，他的创作是他为得到神启而做的独特的祈祷，他的作品是他对自己神秘主义直感的诠释。果戈理对基督的追求与他对艺术的追求水乳交融，浑然一体，只有两者兼顾，我们才能领会到作家遗产的真正价值。

一 果戈理作品中的神秘主义宗教道德观

果戈理作品中有基于作家神秘主义的宗教道德观体系，是其作品里最基本的价值观，作家对所有人物、事件的评判都以这一价值观为基本标准。果戈理的宗教道德观的基础是“爱”。“爱”这个词词义众多，对神秘主义者来说，其核心意义便是迎接神圣相异者，并且与他融为一体。这个核心意义又有两方面意思：一方面，它表达着尊崇、赞颂、敬拜和事奉上帝的意愿，并且出于对上帝的爱而愿意为他人服务；另一方面，它又表现为极度希望、渴求与上帝融为一体的感受。“爱”是基督教信仰的核心。福音书的本质便是上帝是慈爱的，他将自己的儿子遣至人间即表明了这一点。圣子通过耶稣的形象实现了道成肉身。福音书的总体意思可以用圣约翰的一句话来概括，“上帝即是爱”。“爱便是一切”，13 世纪女性神秘主义者哈德薇希的这句名言点明了爱在基督教神秘主义者心中的地位。

上帝以两种方式向世人显示他的爱：一是创造，二是救赎。根据基督教世界观，上帝对人类的救赎不能听任人的自由发展，否则人类就不能实现其在至福中与上帝融为一体的终极目标。因为人无力弥合自己与上帝之间的鸿沟，上帝就通过耶稣基督以其言行及生活道路揭示了上帝是爱每一个人的上帝，他的爱遍及众生，无一挂漏，而他尤爱被弃者：穷人和罪人。人类生活的意义便在于以爱去回应上帝之爱。于是，上帝与人便开始相遇。比利时神秘主义者吕斯布鲁克说过：“我们所有的福佑皆来自这种相遇，所有美德也始于此，终于此；如无此相遇，也就没有什么美德。”① 每一个基督徒的生活都始于一个转折点，在这个点上，他远离自身而朝向上帝的赐福。作为一个神秘主义者，果戈理所体验到的并在作品里加以转达的正是关于这样一种相遇之爱的故事。

“爱”在果戈理的神秘主义中也有着同样重要的地位。果戈理以为，爱是万能的力量，也是通向善的唯一道路。果戈理所说的爱也是基督式的博爱。在果戈理看来，上帝对人的爱是无边无涯的，是渺无止境的，是永恒的。果戈理希望以上帝赐给他的具有伟大力量的爱去拯救所有的人。他在撰写《死魂灵》第二部时的笔记中有这样一段话：“主啊，让我去爱更多的人吧！让我在自己的记忆里收集他们身上一切最美好的东西，更好地回想起所有的亲人，受到爱心力量鼓舞之后，才能有能力去描绘他们。”② 很明显，果戈理的爱不是抽象的，它显现为对人类、对亲人的具体的爱。这种爱来自上帝，上帝之爱在他身上折射成具体的仁爱。这种爱能让人弃恶从善，能激发人身上美好的东西。这种神秘的爱是果戈理宗教道德观的核心。他的善恶观、末世论、地狱天堂说都建立在这种爱的基础之上。

善恶观是果戈理宗教道德观的重要内容。果戈理的善恶观与基督教的善恶观有联系，但他对善恶又有自己独特的认识。果戈理同意基督教的原罪说，但他认为人的罪孽不是来自始祖的“遗传”，而是来自人本性里的恶。每个人身上都有恶的因素，纯洁

---

① ［荷兰］吕斯布鲁克：《灵性婚礼》，《基督教文化学刊》，1999 年第 2 辑，第 337 页。

② 任光宣：《俄国文学与宗教》，世界图书出版公司 1995 年版，第 163 页。

无恶的灵魂是不存在的。果戈理笔下的一系列文学形象展示出作家对人们本性中恶的判断。《伊万·库巴尔日的前夕》中的彼得和《肖像》中的恰尔特科夫看来都是受魔鬼残害的牺牲品，但他们禁不起诱惑也是因为他们身上存在恶的因素。彼得一心想弄到钱，娶地主的女儿为妻。恰尔特科夫虽然忘我地投身于艺术中，但他的画中却表现出急功近利的东西。他“缺乏耐心”，“作品中的色调已经开始变得太鲜艳夺目”。生活中，他也不安于为艺术而苦修，有时系“一条考究的围巾”，戴“派头十足的帽子”，“想大吃大喝一通，好好打扮打扮”，“到什么地方显示一下自己的青春年少”。① 《钦差大臣》的主人公赫列斯达科夫及外省小城的众官员们从不同方面表现出人性本恶的特征。赫列斯达科夫庸俗透顶、浅薄无聊，市长喜欢阿谀奉承、自欺欺人，医院院长玩忽职守，法院院长昏庸无能，邮政局长更是只知窥人隐私、散布流言。《死魂灵》也是从展示俄国生活的邪恶和弊端及揭示人身上的恶写起的，主人公乞乞科夫和形形色色的地主官僚形象集人类本性中的恶于一身。乞乞科夫是个奸诈狡猾的人物，他“精明强干”，善于投机钻营，竟打起了用死人骗钱的主意。玛尼洛夫则是个彻头彻尾的寄生虫，他矫揉造作，耽于幻想，精神空虚；女地主克罗博契卡孤陋寡闻，愚昧无知，像一个钱柜那样积攒钱财；诺兹德廖夫厚颜无耻，挥金如土；索巴凯维奇贪得无厌，目空一切；普留希金是一个与世隔绝的守财奴，吝啬鬼。所有这些形象，与其说是反面人物，不如说是罪恶因素的扩大和折射。

恶是人本性的一面，善是人本性的另一面。因此，果戈理在指出人们本性中的恶时，还坚信人无论多么丑恶卑鄙，本性中还是有善的一面。果戈理认为，一部真正伟大的作品除了要批判的

① 《彼得堡故事及其他》，刘开华译，第 107—108 页。

人的恶和恶行，还要去挖掘人的灵魂里善的复苏。于是，《死魂灵》第二部里出现了柯斯坦若格洛和穆拉佐夫等一系列正面人物形象。果戈理相信，恶人也是人，也有人性的善，应当让他们从“地狱”走出来，经过“炼狱”升入“天堂”，呈现出他们完整的人性。果戈理是一位对恶与丑有着高度敏感的作家，他挖掘生活中的丑恶，以此来寻求、彰显善与美。善和美是复杂的，果戈理试图弥合美学原则与道德原则之间的严重分歧。这个主题在《涅瓦大街》中得到了深刻的反映，在这里，美与崇高的道德是完全分离的。令皮斯卡廖夫着迷的黄发陌生女郎有着“仙女一般的花容玉貌”，“洁白如玉，十分迷人的前额”，“玛瑙般又黑又亮的秀发”，“柔和的嘴唇”①，但她却有着一颗堕落的灵魂。为了使善与美重新结合起来，果戈理求助于宗教。他认为，善与美分离的真正原因在于它们都缺乏信仰的支撑，爱的纽带。信仰能改变美学原则现状，导人向善，实现善与美的统一。

在果戈理的善恶观中，人身上的善与恶处在不断的斗争中，善恶之争需要一个竞技场，心灵就是善恶斗争的场所。爱能使善战胜恶，使人的心灵呈现出更多的美好。《肖像》中，那幅注入了魔鬼灵魂的画像和那幅倾注了画家无数心血的耶稣诞生像分别是恶与善的代表，他们在画家的心灵中进行斗争。画家用笔将魔鬼的形象精确地勾勒在肖像上，他充当了魔鬼的工具，心灵为恶所占据。因此，他此后的画像中“人物没有圣洁的表情，甚至相反，在眼睛里有一种恶魔的东西，就好像一种邪恶的感情支配了画家的手”②。为了除去心灵中的恶，画家做了修道士，以巨大的牺牲和艰苦的劳动来洗刷自己的灵魂。最后，他选择了耶稣诞生

① 《彼得堡故事及其他》，刘开华译，第 12 页。

② 同上，第 162 页。

作为自己绘画的题材。耶稣降世是上帝对人类爱的象征，这神圣的上天之爱涤除了画师心中的恶，使整幅画像“体现出一种和谐的力和雄壮的美”①。宗教使人的道德完善，使善在人的心灵之战中获胜，至此，善与美在宗教的基础上，在神秘主义的爱这一基础上又完美和谐地统一起来。

地狱天堂说是基督教的基本教义之一。基督教文化不同于佛教，强调永恒，而不是轮回。地狱是永刑的场所，受惩罚的灵魂应该是无法超脱。天堂是永生的乐土，一旦进入就永远不会失去幸福和宁静。果戈理的地狱天堂说里却具有轮回的倾向。这清楚地表现在《死魂灵》的构思框架上。《死魂灵》本应有三部。第一部是“地狱”，第二部是“炼狱”，第三部是“天堂”。这部作品的字里行间渗透着人在上帝的帮助和启示下进行道德完善的精神。俄国的芸芸众生从“地狱”进入“天堂”，就是从恶走向善，从黑暗走向光明的道德完善过程。《死魂灵》的第一部“展现出了黑暗、腐朽、愚昧、落后的俄罗斯现实，这是一座人间地狱。在这个地狱里，众多人物充分地显示出了人性中恶的一面，主人公乞乞科夫是一个撒旦式的人物。他做着买卖死魂灵的勾当，这让人不禁联想到魔王撒旦收买人灵魂的行径。乞乞科夫本人的行为、动作也带有魔鬼的痕迹。在省长府中的舞会上，乞乞科夫似乎鬼魂附体，他用脚画出各种人物，尤其是在他停住舞步时“用小腿作了一个急速的动作，那小腿突然显出尾巴的形状……”②这不禁让人想道：他的脚是不是魔鬼的脚，他究竟是人还是撒旦？果戈理用乞乞科夫、玛尼洛夫、普留希金、索巴凯维奇等恶

---

① 《彼得堡故事及其他》，刘开华译，第 166 页。

② ［俄］叶夫多基莫夫：《俄罗斯思想中的基督》，杨德友译，学林出版社 1999 年版，第 66 页。

的化身组成了“人的灰堆”，并对他们加以嘲弄。但同时，他又相信，这些人身上有善的因素，并坚信他们终会恢复自己泯灭殆尽的良知。因为，上帝是博爱的，耶稣爱世人，尤其爱被抛弃的罪人与穷人。这种爱能让人弃恶从善，激发出人心灵中一切美好的东西。爱罪人，并不是说要爱恶的本身，而是用爱帮助这些人摆脱心灵的黑暗，抛弃人性中的恶，变成道德完善的人。要达到这一目的，只有求助于上帝。上帝是仁慈的，他必然会给人以爱，让罪人走向光明，爬出“人的灰堆”，达到光明的复活。

《死魂灵》的第二部的构思就是建立在复活的信念之上。在这里，我们看到俄国芸芸众生怎样经过“净界”以期步入天堂。主人公乞乞科夫灵魂中善的一面开始复苏，他意识到自己过去走错了路，陷在恶中无法自拔，缺乏善良的爱。入狱后，他发出了“救救我吧”的呼声，他意识到，“是我自己害了自己”。在听过穆拉索夫的劝导后，他感到“仿佛他心中有某种东西渐渐苏醒过来”，“这是一种从未有过的感情，是一种连他自己也说不清楚的陌生的东西”。在他心中，又萌生了对劳动的热爱和为周围世界造福的愿望，这是善的显露。当他出狱时，在他看来“生活的意义又显得非同寻常了”，他已感到“该改邪归正了”。[①] 甚至当他同一向被他呼来呵去的仆人说话时，语气中也充满了怜爱。于是爱战胜了恶，恶棍乞乞科夫经过道德上的完善和复活走向新生。第三部本应是“天堂”，但由于作家的早逝，这只能是一个构想。幸运的是，从作家留下的另一部著作《与友人书简选》中，我们可以部分地推测出“天堂”的面貌。在这部著作中，果戈理系统阐述了他的宗教道德救世方案，其核心是“爱一切人”。他主张富人要爱穷人，清白人要爱罪人。人们要按基督吩咐的那样，“到

---

① 《死魂灵》，郑海凌译，第 407—421。

大众中间去并首先获得对弟兄们的爱”，然后就会“在对弟兄们的友爱里获得对上帝的爱”。① 按照这个方案的设计，君主制是未来理想国的政权形式，而这个政权的最高主宰就是上帝。君主同所有平民一样只是执行天意的工具，他的“最高使命在于成为大地上爱的典范”。在这个政权中供职的各级官吏，应该像基督吩咐的那样去处理自己同政权和周围人的关系，秉公执法，恪尽职守。果戈理深信，基督的博爱精神是斯拉夫的本性中所固有的成分，只要让这种精神充分发挥，通往善的大门就会敞开，“在俄国比在任何其他国家都首先庆祝基督的光明的复活”②。

罪孽惩罚，末日审判是基督教的“末世论”。从童年起，末世论观点就在果戈理的头脑中根深蒂固。《圣经》的末日审判，因果报应的故事震撼了他的心灵，让他终日不安。人人都逃不脱末日审判、都躲不开因果报应的想法使果戈理的宗教观带有宿命论色彩。审判来临时，所有的世人都将接受上帝的最后裁决，行善者升入天堂获永生，作恶者下入地狱受永刑。而爱是通向善的道路，也就是通向天堂的道路。果戈理的许多主人公和人物时时刻刻感到自己的罪孽，他们受了惩罚和审判。这些惩罚和审判未必来自上帝，却带有宿命的意味。《塔拉斯·布利巴》中的安德烈是个极端的唯美主义者，这是他与自己父兄的根本差异之一。为了异族美女，安德烈背叛了祖国和弟兄。他的心中也有爱，但这只是对波兰美女的狭义的情爱，而不是基督徒式的仁爱。“如果不热爱俄罗斯，您就不会热爱自己的弟兄们，如果不热爱自己的弟兄们，您就不可能炽热地产生对上帝的爱，而如果不炽热地热爱上

---

① 《与友人书简选》，任光宣译，第 121 页。

② 同上，第 276 页。

帝，您就不会拯救自己。”① 果戈理的爱首先是对圣父的爱，对祖国的爱，对兄弟的爱。安德烈的背叛决定了他无法得到救赎。他的审判来自父亲，从某种意义上来说，也是来自创造人类的圣父。《外套》中的将军也受到了惩罚，因为他不仅没有帮助阿卡基·阿卡基耶维奇，反而间接造成了他的死亡。我们记得，当阿卡基·阿卡基耶维奇受同事捉弄时，他曾说过：“让我安静一会儿吧，你们干吗欺负我呢？”在这两句刺人心脾的话中还能听出一句潜台词：“我可是你的兄弟。”② 对基督徒来说，世上的人都是来自上帝的，是弟兄。连接在人与人之间的是比尘世血缘关系更为密切的上天之爱。将军这个大人物违背了爱弟兄的原则，自然无法得到宽恕。他受到幽灵的惩罚，幽灵是地狱的象征，因此，可以把这一惩戒看成来自地狱的苦刑。

在果戈理的作品中对罪恶的惩罚不一定来自地狱，也不拘泥于形式。死亡是惩罚的最高形式，人生的幻灭和事业的失败也是惩罚的一种形式。果戈理作品中那种从不间断的“笑”也是一种惩罚。果戈理的笑脱胎于民间节庆之笑。巴赫金认为“果戈理之笑的民间基础尽管在后期发生了重大变化，但一直保持到最后”③。“笑”是作家同恶做斗争的武器，我们还记得《可怕的复仇》中代表恶的巫师丧命的情景。骑士“看到巫师向他驶去，不禁开颜大笑。笑声如雷鸣传遍山谷，也贯进巫师心中，震了个魂飞魄散。仿佛有个大力士钻到心里横冲直撞，举起大锤敲打他的心、他的筋脉……一笑的威力，在他身上竟至于此！”④ 这笑声是

① 《与友人书简选》，任光宣译，第 123 页。

② 《死魂灵》，郑海凌译，第 178 页。

③ Бахтин М. М. *Собрание Сочинений Т.* 4（2），М：Языки славянских культур，2008，с. 512.

④ 《狄康卡近乡夜话》，白春仁译，第 224 页。

末日审判的号令，它将恶魔推下深渊。喀尔巴阡山的深渊就是地狱的象征，巫师被打入地狱后，永远啃噬自己的骨头，受着可怕的苦刑。“笑”贯穿了果戈理的整个创作，在早年的作品中，他欢乐的笑抵住了魔法的力量，在《钦差大臣》和《死魂灵》中，他含泪的笑如利剑般刺入邪恶的灵魂，在《与友人书简选》里，他仁爱的笑绽放着圣洁的光辉。

俄罗斯哲学复兴的中心人物别尔嘉耶夫融合了陀思妥耶夫斯基对时间、历史的末世论的思考，索洛维约夫的神学内容和主题以及 17 世纪德国神秘主义哲学家伯麦的思想，更加鲜明、更加具体地阐述了神秘主义与宗教的关系。他将人分为内在的人和外在的人，内在的人是精神的，外在的人是心灵的。神秘主义的因素是精神的，它比心灵的因素更深切，更原初。内在的人的世界比外在的人的世界更为广阔，因为其中包含着与上帝和世界的神秘联系。心理学中所说的人是外在的人，心灵的因素并不是神秘主义的。从严格意义上来讲，神秘主义只属于精神层面，只是宗教的。神秘主义是一切宗教的生机与活力之源，是一切宗教意识存在的基础，是宗教生活的神秘起源。宗教将神秘主义中通过直感获取的认识转达到日常生活中来，这正是教会的全部威严所在。如果神秘主义的源泉枯竭了，教义就会失去生命力，变得僵死、空洞，只能退化直至消亡。基督教的最深层是神秘主义的，真正的圣徒只能是神秘主义者，福音书和启示录也都是神秘主义著作。① 上帝基于爱而创造世界，创造人类，基督教的核心思想就是爱，神秘主义的基础也是爱。对果戈理来说，将上帝的爱在人间传递就是最高使命。教徒们希望上帝的旨意行在地上，如同

---

① Бердяев Н. А. *Философия творчества, культуры и искусства*, М.: изд. «Искусства», 1994, с. 277.

行在天上一样。上帝的旨意就是爱的旨意，是神秘主义者内心最深切的祈盼。

“爱是最高形式的正义”，“是一种包含着生与死的清醒”，“是发自灵魂深处的一串笑声，一种神圣的奥秘，所有秘密中的秘密”。① 这是神秘主义者心中的基督之爱的真谛。果戈理一生都在追随爱的指引，他所崇拜和宣扬的爱是那种超越的爱，是神秘主义所追求的探究自身神秘的爱。这种爱是永恒的，是渺无止境的，是具有无限力量的。心灵借助它的引导从黑暗走向光明，从恶走向善。基督教神秘主义者信仰的核心是上帝，而上帝就是爱。与爱融为一体是果戈理一生的最高目标。这一神秘的爱对作家来说如空气，如阳光一般重要，是他全部灵感与信念的源泉，是他为之倾注了毕生心血的宗教道德救世方法的基石。

二　果戈理的三段式救国论

从 1836 年《钦差大臣》上演之后，到 1852 年果戈理去世，在这 17 年间，果戈理一直在进行《死魂灵》和《与友人书简选》的写作。1842 年，《死魂灵》第一部出版，之后作家一直倾力于第二部的写作，并两次焚毁第二部手稿。期间在 1847 年出版了《与友人书简选》。1852 年，果戈理第二次焚毁《死魂灵》第二部书稿后在极度的失望悲伤中与世长辞，导致作品只有部分章节留存下来。作为一位天才的艺术语言大师，果戈理不仅给俄罗斯文学，同时也为世界文学留下了宝贵的财富。《死魂灵》这部长篇巨著在果戈理的整个创作生涯中，占据着极其重要的地位，代表

---

① 李琛：《阿拉伯现代文学与神秘主义》，社会科学文献出版社 2000 年版，第 64 页。

了果戈理艺术创作的最高成就。果戈理原计划把《死魂灵》写成三部曲，第一部是地狱篇，第二部是炼狱篇，第三部是天堂篇。作家模仿《神曲》的结构设置，旨在描绘俄国摆脱黑暗的社会现实，走向民族伟大复兴的三个步骤。由于创作受阻，作家以《与友人书简选》来解释说明自己的创作宗旨和遵循的原则。《死魂灵》第一部、第二部残稿、《与友人书简选》三部作品的写作时间互有交集，目的明确，将三部作品整合来看，我们可以理清作家拯救俄国的方案。

巴赫金认为，“《死魂灵》的世界是狂欢化的地狱世界”，作品所依赖的基础是“狂欢地游历地狱，漫游死亡国度的形式”，小说的“构思本身以及题名中都含有阴间成分”。① 他将《死魂灵》中乞乞科夫的旅程与拉伯雷小说中庞大固埃的旅行相比较，认为两者有相同的因素。《死魂灵》第一部（“地狱篇”）以五品文官乞乞科夫收购死农奴的旅程为线索，刻画了一系列深入人心的典型形象，展现了19世纪俄国的黑暗现实，并对其进行深刻的揭露和批判。该部分内容在成果第二章第一节有详细论述，这里就不多加赘述了。但是，作家除了对俄国地狱般的现状加以抨击外，还在宗教哲学层面上思考这些形象的本质。乞乞科夫和地主们的身上除了典型的资本家、贵族奴隶主特征，还具有抽象人性的特点。果戈理将他们妖魔化，作为地狱的成员加以展示，与被买卖的死魂灵进行对比，实现在宗教神秘主义层面上对俄国社会的批判。

《死魂灵》第二部（“炼狱篇”）残篇里的人物设置以主人公历经磨难，自新向上为线索，这里可以看到乞乞科夫弃恶向善

---

① Бахтин М. М. *Собрание Сочинений* Т. 4（2），М：Языки славянских культур，2008，с. 514.

的倾向，也能看到具有复活希望的地主形象和地主们在炼狱里接受考验，走上复活之路的轨迹。作家着力塑造了一些理想中的人物，例如诚实勤劳、聪明能干的地主——康斯坦丁·菲约陀罗维奇·柯斯坦若格洛，新人——穆拉佐夫等。在柯斯坦若格洛经营和管理的田庄里，五谷丰登，六畜兴旺，一派欣欣向荣的景象。正是由于主人公对劳动的热爱，所以他在诚实的劳动中实现了人生的价值、思想的升华，获得了无穷的乐趣。同时，果戈理在第二部中也表现出了对堕落者乞乞科夫和其他贪婪腐败地主的一种博爱思想。他充满着对乞乞科夫的同情和哀伤，指出了他堕落的原因，揭示了他的心灵在受到穆拉佐夫给予的无私的爱之后所受到的震动，重新走上洗心革面、悔过自新之路的艰难历程。果戈理对《死魂灵》第二部中塑造的理想人物非常不满意，当他塑造有严重缺陷、极度反面的人物时，却取得了鲜明生动的效果，因为这些人物来源于生活，有鲜活的创作原型。可是当时黑暗的俄国社会还没有真正进入社会变革进程，也鲜有处于精神转型期的人物原型，果戈理只能想象主人公的精神复活之路，而导致人物形象苍白无力。这是果戈理无法接受的，为此，他先后两次焚稿，一度陷入精神危机。《死魂灵》第三部（“天堂篇”）还未来得及创作，他便带着遗恨离开了人世。

1847 年初，果戈理出版了自己最后一本书——《与友人书简选》，这是作家留给世人的精神遗嘱，是一部内容抽象、遭遇坎坷的书，是作家在其生命历程中最后十年发表于世的唯一一部著作。包括前言在内，《与友人书简选》共由三十三个篇章组成。现在我们普遍认为《与友人书简选》的素材来源有三个：一是作家自己保留下来的致友人书信的抄件，二是果戈理从友人处索要回来的自己书信的原件，三是果戈理特别为此书撰写的一些新的篇章。该作品是作家在文学创作历程中对宗教道德的精神探索从自发走向自觉的动态发展的展示，是作家一生精神探索的总结，也是俄罗斯文学史上的一部对后世有着深远影响的重要之作。在《与友人书简选》中，宗教道德思想贯穿始终，它反映的是果戈理从宗教道德的角度看到和理解的生活。在《与友人书简选》里果戈理不仅无情地进行自我剖析和忏悔，而且以一个导师的口吻对俄国大众进行教诲和训诫。这部作品重在精神探索和总结，没有人物形象塑造、故事情节架构，却提供了作家的创作纲要。里面有对《死魂灵》第一部展示的人间地狱的理性批判，有对第二部里寻找光明的众生做出的指引，还有作家对天堂的抽象概括。我们无法看到《死魂灵》第三部，书中丰盈的理想人物，其实他们在作家心目中也可能只是一些概念性的人性理念。但我们可以将前两部作品中的人物的本性抽象出来，与第三部中作家对理想人物的设置对比，从而得到整个人物性格发展线索，这也是展示作家思想全貌的一种方法。从本质恶的人幻化的魔鬼，变成向往光明、向往精神复活的自新灵魂，最后获得新天新地里的精神永生。抽象人物展示了充满罪恶的灵魂以上帝之爱作为指引，以道德的自我完善为基本手段，实现精神复活道路的历程，这一过程正是果戈理心目中的宗教神秘主义救国之路。

（一）地狱篇

地狱在各国宗教里都有表现，基督教认为地狱是永远痛苦的所在，是天主弃绝的人永远被禁锢，遭受惩罚的地方。果戈理的地狱似乎带有一些轮回的特点，他三部曲的设置告诉人们，地狱里受永刑的灵魂也有获得拯救的可能。《死魂灵》中五个地主的邪恶本质也和佛教的五毒心有相通之处。这样看来，作家毕生致力于拯救社会，怀着的也是如同地藏王“地狱不空，誓不成佛”的决心。果戈理认为，社会弊病的最深刻根源不在于社会本身，而在于人。因此，果戈理救国方案的第一步就是改造人，让人的道德完善。果戈理在写作中给自己明确提出这项任务的第一部作品是《钦差大臣》。他在《作者自白》中说："在《钦差大臣》里，我决心把我当时知道的俄国的一切丑恶，把在最需要人有正义感的地方和场合里所干出的一切不义收拢到一起，对这一切统统予以嘲笑。"① 这部作品的主人公都是魔鬼的化身，贯穿始终的笑是唯一正义的人物。果戈理的笑实际上是人同魔鬼的斗争。

梅烈日科夫斯基认为，果戈理笔下的魔鬼共有三种：第一种是像《狄康卡近乡夜话》中描写的那种民间传说中的妖魔；第二种是邪恶品质的化身，比如《死魂灵》中的索巴凯维奇和诺兹德廖夫等；第三种就是无法弃绝的人类庸俗。《钦差大臣》中的赫列斯塔科夫和《死魂灵》中的乞乞科夫都是这种魔鬼的形象。这种貌似永恒与高深的庸俗是果戈理心目中最可怕的永恒邪恶。

赫列斯塔科夫和乞乞科夫都是庸俗的化身，是果戈理笔下特有的"非驴非马"的人物。这类人总是不太胖也不太瘦，不太老也不太年轻，官职不高也不低。总之，他们的一切都是中庸的，因为魔鬼否定作为万物始终的上帝，注定了他代表中庸的存在。他们总是有着时髦的衣着、言语、思想、感情和大众化的身材与脸孔。他们的本质就在于不确定性、不彻底性。赫列斯塔科夫并不是太聪明和太有美德，但也绝不是太傻、太恶。他只有最普通的头脑和最普通的"良心"，像所有上流社会的寄生虫一样整天游手好闲，靠厚颜无耻的吹嘘来打发时间。他的头脑、心灵、语言，都像所有的人。在他身上任何东西都表现得不显眼、不极

① 《与友人书简选》，任光宣译，第302页。

端。他整个人就是一个失去了自己全部始和终的魔鬼的化身，是极度庸俗的代表。这种绝对的庸俗是果戈理眼中最邪恶的东西。他用自己极富穿透力的笑去涤除这种恶。果戈理创作的主要思想就是将这样的魔鬼展现为傻瓜，让人们对他纵情嘲笑，这是他为纯净和拯救俄罗斯所走的第一步。

• 撒旦的化身——《死魂灵》第一部中的乞乞科夫

我们的世界由很多对立的概念组成，比如高与低、光与影、善与恶、冷与热、上帝与魔鬼。宗教的发展经历善灵与恶灵对抗的多神教时期后，逐渐向一神论发展，基督教正是这个时期的产物，但同时生成的还有一魔崇拜，一神一魔形成了一元论宗教时期的二元对抗，是比较容易被俗世接受的观念。于是，就形成了上帝与魔鬼的对抗。

上帝是宇宙的秩序，魔鬼作为其对立面，就是秩序的破坏者。在这一层面上，魔鬼经常是叛逆精神的代表，具有一定的正面特征。“人们将它描绘为改革和发展的主导者”，“它对仁慈的上帝进行批判，它代表对现存状况的不满。它激起人类对财富、权力和知识的欲望。他渴求变革政治、社会和社会事物，甘做变革者的代言人”。① 乞乞科夫所处的时代恰巧处于社会变革的酝酿时期，从社会阶层来看，他是新兴资产阶级的代表。尽管果戈理对他的态度是贬大于褒的否定，但无法否认，与五个地主和一众官员代表的封建阶层相比，他是具有进步意义的。果戈理尽管否认资产阶级资本积累的正义性，但是，作为一位现实主义大师，他在作品中还是如实体现了阶级更替的规律。在与五个地主的交锋中，乞乞科夫无疑是大获全胜，表现出了新阶层的活力。

---

① ［美］保罗·卡鲁斯:《魔鬼史》，王月瑞译，文汇出版社 2006 年版，第 226 页。

"魔鬼在流行文学中总是扮演十分重要的角色。它总是被视作所有物质性罪恶和道德罪恶的化身，但它的主要职责已经成为宇宙中普遍的祸害制造者。没有它就没有阴谋，世界上的故事就会因之失色。"① 作为《死魂灵》的主人公，乞乞科夫不仅是作家批判当时沙皇俄国黑暗现实的媒介，更是作家集中笔墨批判的焦点。乞乞科夫购买"死魂灵"，既是小说情节的核心，同时也贯穿着作家创作的基本主题思想。小说的情节完全围绕他展开，开端是他来到NN城，结局是他的离去，情节线索是他在俄罗斯大地上的游历。乞乞科夫不仅处于核心地位，同时也是一切罪恶的始作俑者。

乞乞科夫不仅是魔鬼，还带有魔王撒旦（Satan）的本性。撒旦在《圣经》中也称"魔鬼"，希伯来文原意为"抵挡"，称谓专门抵挡上帝而与上帝为敌者。魔鬼对上帝的抵制出于破坏，而不是建立，因此他的本性是邪恶的。

基督教概括了撒旦显明的人格属性，《圣经》提到他有三方面主要的人格属性。一是智慧。撒旦是具有智慧的，他有计划，他的作为充满诡诈。撒旦欺诈的行为证明他有思想，能够制订一连串的计划，可以欺骗人。乞乞科夫也是具有智慧的，他的智慧从孩提时代就已经充分显示出来。不管是谋求升迁，还是贪污受贿，所有的一切都计划周详。在沙皇俄国时代，政府每隔十年左右进行一次人口调查，地主要根据农奴户籍名册上的农奴人数向政府缴纳人头税。由于两次人口普查之间通常间隔多年，而农奴的生活困苦，中间有大批农奴死去。这就导致在当时的俄国有大批已经死去，但是在户籍册上还活着的农奴。登记在册的农奴死亡后，地主仍需按照活农奴继续向政府纳税，直至下次人口登记

---

① 《魔鬼史》，王月瑞译，第226页。

时重新清点，注销户口为止。政府的政策并不隐晦，人口普查更是全民行动，但没有人想到以此牟利，唯独乞乞科夫具有这一“智慧”。他在一次帮人办理典押农奴的手续时得到启发，想出钻法律空子的妙计。乞乞科夫拟定了一个周密的计划，周游俄国大地，从地主手里收购死农奴，然后当成活农奴典押给救济委员会获取暴利。撒旦“熟悉圣经，更显明他的智慧”的格性投射在乞乞科夫身上表现为他熟悉人间的法律，知道人口普查的频率，了解农奴生活现状，判断出有着大批已经死去，但法律上仍是活人的农奴，深谙地主们贪婪的本性，不愿为名义上的活人纳税，因此能够制订收买死农奴，再利用法律合理地向政府贷款，牟利的计划。

《彼得前书》五章八节清楚地描述了撒旦决定打败基督徒而制定的计谋。撒旦被描绘成一头狮子，遍地游行，寻找可吞吃的人。他不停控告基督徒。他设下计谋，要信徒跌倒。撒旦遍地游行与乞乞科夫在俄罗斯大地上的走访非常相似。撒旦吞吃人，而乞乞科夫采集人的灵魂，是同质的行为。世界各国神话中的妖魔鬼怪大多会采集人的灵魂，或者称作元神、精元、阳气等。尽管表述不同，但利用人的灵性增强自身的力量几乎是一切妖魔鬼怪的共性。在这个基础上，乞乞科夫不仅是撒旦，还带有妖魔的普遍性质。

撒旦的第二人格属性是感情，这主要体现在他有欲望。他试图提高自己的地位，凌驾于神的统治之上。撒旦的欲望在言语中突出表现为“我要”。从乞乞科夫出场到他离开，“我要”一直是他的目的，体现在他的言行。攫取灵魂、聚集财富的欲望充斥着他的内心。由于魔鬼具有打破窠臼的精神，反对安于现状，总是要通过打破现有格局来达到自己的目的，因此，“各种各样的新事物、对进步的渴求、推翻法律和秩序的渴望，往往都归咎于他”①。乞乞科夫出身于破败的贵族家庭中，从小没有受到过良好的教育，但他并没有安于现状。从求学时代开始的每一步，他都在积极谋求个人的进取。他所采用的各种手段，或者打破传统道德规范，或者冲破法律底线。为了进取，无所不用其极，挑战一切常规是他的特点。乞乞科夫练就了一身阿谀奉承、见风使舵的本领。他从中学时代起就专心钻研骗术，并立志向上爬，一心要成为富裕的地主，追求升官发财、功成名就。在学生时代，他要成为一名“品学兼优”的学生，因此用巧计欺骗老师。走上社会以后，他要升迁，于是利用自己的感情蒙蔽精明能干的上司，达成目的。此后又通过各种手段混入建设委员会，成为一名有头有脸的人物，便大肆贪污，为自己营造了豪华的公馆，购置了漂亮的马车。但好景不长，贪污案暴露，乞乞科夫成为了阶下囚。这些并没有打垮他，他并没有灰心丧气，决心再次往上爬，又四处钻空子，不久就钻进了他梦寐以求的海关，当上一名海关官员，并晋升为六品官。这时他伪装成一个铁面无私的缉私专家，骗取了上司的信任，便与走私集团勾结，大发横财。可是厄运又一次降临到乞乞科夫头上，因同伙内讧，他再次落入法网。但是这次失败也没能够打垮乞乞科夫的意志，他又从头开始做起，勤俭节约，清心寡欲，再次钻空往上爬。终于想到了买卖死农奴牟取暴利的办法。地位上的起落也带有魔鬼的特质，撒旦就曾多次陷入低谷，最后凭借“我要”的鼓舞，策反众多天使，成为魔王。

撒旦代表了放达，而不是节制。乞乞科夫也带有这种特征，在他升官发财之后，贪污受贿的行为也是没有节制的。正是他的

---

① 《魔鬼史》，王月瑞译，第226页。

急功近利，才导致他成了新上司首要查办的对象，导致功亏一篑，险些入狱。以乞乞科夫心思缜密的特点来看，他不应如此放任，他的张狂放达应该是魔鬼的本性使然。“在乞乞科夫身上，就有一种欲望处处牵制着他。而他却控制不住这种欲望。也许，他那种冷酷无情的生活最终使他走向毁灭，使他屈服于上帝的智慧……”①

撒旦的第三人格属性是有意志。撒旦说话，试探基督，企图引诱基督犯罪，制订诡计，控告信徒都是因为有强大的意志力作为支撑。乞乞科夫身上也表现出同样的意志。乞乞科夫有着令人惊诧的坚韧不拔的性格。正如果戈理在《死魂灵》第一部所描绘的，乞乞科夫性格的突出特点是他的坚强，他身上仿佛有种不屈不挠的力量。作家认为，普通的地主经历过像他那么多人生的挫折，即使不被摧垮，也会冷静下来，安分守己地生活，可是乞乞科夫身上那令人不可思议的热情却没有熄灭。乞乞科夫很痛苦，他怨恨全世界，谴责命运对他的不公，咒骂人心的险恶，但是，他并没有放弃，随时准备进行新的尝试。他身上总是表现出非同寻常的耐性。作为新生阶级的代表，乞乞科夫身上有很多极不安分的东西，需要有高度的理性和坚强的意志，才能够约束自己。他对生活的反思中显然含有一些合理的成分：“为什么要惩罚我？为什么灾难偏偏落在我头上？现在有职有权的人，谁愿意错过良机呢？所有的人都在捞好处嘛。我没有坑害过任何人，没有抢劫过寡妇，没有让谁沦为乞丐。我不过是捞了点油水，处在我的位置，人人都会捞好处的。即便是我不捞，那么别人也会去捞的。为什么别人都平安无事，安享清福，为什么我偏偏落到这个下场呢？我现在算什么呢？我还有什么用？我还有什么脸面去面对那

① 《死魂灵》，郑海凌译，第271页。

些可敬的一家之主呢？明知自己是白活在这世上，我怎能不受良心责备？以后我的子女会怎样看我呢？他们会说，‘瞧我们的父亲，真无能，没有给我们留下一点家产！’”① 对父辈的不满，对陈规的蔑视，永不言败的精神，似乎与莱蒙托夫笔下那个追求真理，永不妥协的“恶魔”不谋而合。

城里的地主、官员们被乞乞科夫卷入买卖灵魂的交易。尽管他们本身并非善类，但是，兜售灵魂还是在他们意念之外的。他们本是等待上帝审判的子民，只要信仰上帝，诚心悔过，应该可以受到救赎。但是，一旦加入到买卖死魂灵的交易中，他们就带有了魔鬼的品性，而魔鬼是无法得到赦免的。

撒旦代表务实而不虚幻的心思，而对乞乞科夫性格的形成，人生道路的发展起重要作用的当属父亲儿时对他务实的教导。在人际关系上，父亲告诫他，“最要紧的是让老师们和上司们对你满意。只要你能博得上司的赏识，即便你在学问上差一些，即便你完全是个庸才，你照样会受到重用，会超过所有的人。不要在同学中间交朋友，他们不会教你好学的。如果你非要跟同学交往，那么你就去结交那些富家子弟。将来一旦发生什么事情，他们会对你有用的”②。同时，乞乞科夫从小受到的耳提面命里，钱是最重要的。“最要紧的是珍惜每一个戈比，把钱攒起来，因为在这个世界上，钱这东西是最靠得住的。……可是钱却不会出卖你，不管你遇到什么样的灾难。只要有了钱，世界上没有你办不成的事，没有你攻不克的难关。”③ 父亲的教诲在乞乞科夫的心里留下了深刻的印象，成为他行为的准则。在乞乞科夫过往的几次沉浮

---

① 《死魂灵》，郑海凌译，第 266、267 页。

② 同上，第 253 页。

③ 同上，第 253 页。

中，都经历着类似的重复过程：追名逐利时毫不犹豫彷徨，即使在最痛苦难熬的时候，也表现出极大的忍耐力，而一经得手，就利用职权大肆地做违法勾当，一旦事情败露，便转移阵地，以图东山再起，直至被革职查办。

在哲学本体论上，魔鬼是中庸的存在，绝对庸俗的代名词。对于乞乞科夫来说，乞乞科夫这一生都在为如何谋取钱财，如何飞黄腾达而奋斗。儿时父亲的训诫，家庭的影响也在乞乞科夫成长的道路上起着至关重要的作用，帮助他练就了精明、圆滑、世故和善于投机取巧的本领，养成了锋芒内敛的性格。乞乞科夫非常清楚，要办成一件大事，过于锋芒毕露是不行的，一切都要追求“中庸之道”。他到达省城后的第一要事就是对省城里所有显要人物，都一一拜访，上自省长、检察长、民政厅长、警察局长、包税人，下至卫生监督、建筑师等。在拜访途中，乞乞科夫表现出了非凡的交际能力和热情，无论同谁交谈，都极为巧妙地采用恭维的口气，对自己，则表现出一种“惊人的谦虚”。这种八面玲珑、投人所好的外交手段，使得乞乞科夫在很短的时间内就博得了省城几乎所有官员的好感。可以说，唯利是图是乞乞科夫的本质。而那些圆滑世故、投机取巧、八面玲珑只不过是他捞金钱、谋利益必备的手段和工具。这样一个满脑子充满了金钱欲和占有欲的人，最后想到靠买卖死魂灵来发财致富的路子，也是不难理解的。在沙皇俄国当时人情淡薄、物欲横流的社会，在那个几乎人人都想发财、无孔不入、见缝就钻的拜金主义时代，乞乞科夫是一个应运而生的极具代表性的形象。

乞乞科夫的中庸还表现为淡化一切、漫不经心的态度。一切看来都是漫不经心、顺理成章的。他不经意地打听显要人物的言谈举止，询问附近知名的有势力的大地主家的财产情况和生活习惯，了解当地卫生防疫情况。殊不知，在这“漫不经心”的背后，乞乞科夫早已有了自己的深谋远虑：他遍访名流、结交权贵、出入各式舞会宴会，是为了便于他今后可以肆无忌惮地收购地主的“死魂灵”。乞乞科夫从不做无用功，从不对没有任何好处可捞的事情感兴趣。他做任何事情，哪怕是一件鸡毛蒜皮的小事，也一定有他自己的理由，一定与他自身的某项利益息息相关。

撒旦是百变的，他无处不在，以各种有诱惑力的形象出现在人面前，引诱人背叛上帝，与其签订契约。在买卖死魂灵的交易中，乞乞科夫充分表现出了他随机应变、见风使舵的本领。在空虚懒散、喜欢空想的地主玛尼洛夫面前，乞乞科夫与主人长时间拥抱，谦让着进门，用甜言蜜语讨人欢心。他看清了玛尼洛夫好高骛远的性格，哭诉购买死魂灵是为了维护真理，为了自己的良心，深深打动了对手，不费吹灰之力得到自己想要的死农奴。在故步自封、生性多疑的女地主克罗博契卡面前，乞乞科夫连哄带骗，针对女地主害怕在价格上吃亏的心理，软硬兼施，终于如愿以偿，买到了价格便宜的死农奴。当乞乞科夫面对无赖鲁莽的地主诺兹德廖夫时，就像精明的骗子遇上无耻的痞子，只好夹着尾巴，落荒而逃。但他依然能做到毫无损失，强横无礼如诺兹德廖夫，也没能撼动乞乞科夫的利益。在与贪婪冷酷、精明狡诈的地主索巴凯维奇谈判时，双方展开了长时间的讨价还价，寸步不让，索巴凯维奇尽管得到了地主中的最高利益，但这与乞乞科夫的好处相比根本不值一提。等他站到被无限的贪婪和吝啬吞噬了所有感情和人性的普留希金面前时，乞乞科夫随即换上了另一副面孔，表现出极其诚恳和同情的姿态，以至于在他买到了大批死魂灵之后，竟还获得了守财奴的不胜感激之情。除此之外，乞乞科夫还有一个不可忽略的性格特征，那就是他的那种不甘失败、不屈不挠的顽强精神。一个人屡屡遭挫，依然能够意志坚定，这不能不让我们对他刮目相看，应该说，如果没有这一条，乞乞科夫也就不能称得上名副其实的乞乞科夫了。在撒旦的精神世界里，这一坚定的意志表现为与上帝永恒的对抗。

从泰勒对宗教信仰起始状态的论述，我们得到一个印象：人类首先崇拜的是魔鬼，其次才是仁慈的上帝。宗教崇拜的第一诱因是恐惧，之后才是因为恐惧寻求庇佑。因此，人的信仰经历了由低级到高级，由魔鬼到神灵的崇拜过程。正因如此，远古时代的多数信仰中，扮演最重要角色的总是魔鬼或是强大的恶灵。面对各色各样的对手，乞乞科夫表现得游刃有余，让人对他的理论有难以名状的恐惧。宗教演变史上的第一阶段是鬼魔崇拜，因为我们所畏惧的是邪恶，不是善良。小说的最后，乞乞科夫的三套车离开时，大地下沉，群山让路，马车腾空远去。这不正是无数神话故事中魔王离去的情形吗？《死魂灵》第一部展示的是人间地狱，乞乞科夫就是魔鬼的首领魔王撒旦，他无论从性格、经历、社会阶层，还是精神世界都具有撒旦的位格，他领衔一众地主、官员形象，将黑暗俄罗斯变成群魔起舞的人间地狱。

• 贪嗔痴慢疑——《死魂灵》乱舞的群魔

果戈理除了塑造出乞乞科夫这一令人印象深刻的人物形象外，在《死魂灵》这部伟大的巨著中，还塑造出了各式各样特别引人注目的地主形象。他们的生活方式、思维方式、性格特征等方方面面共同为读者展现出了一幅沙俄农奴制社会最本质的画面。正如俄罗斯伟大的诗人普希金赞叹道：“还从来没有一位作家有过这样的才华，善于把生活中的庸俗那样鲜明地描绘出来，把凡夫俗子的庸俗那么有力地勾勒出来，使得所有容易被滑过的琐事，一览无余地呈现在大家眼前。”果戈理在塑造地主形象时，着重强调的是他的某一个卑劣品性，而不是整个人物塑造。每个地主只有一种性格，更像是抽象人格的外化，而不是真正的人物。果戈理舍弃了现实主义对人物立体、丰满的塑造，抽象出类似古典主义的单一人物，意在类型化地抨击贵族阶层的邪恶本质。在果戈理这种夸张得近乎畸形的塑造方式主导下，五个地主人的本质弱化了，变成了邪恶的行为模式的代名词。邪恶是魔鬼的本质，五个邪恶的地主在魔王引导下参与到买卖灵魂的交易里，于是具有了魔鬼的本质。地主们并不止代表他们自己加入到魔鬼的行列中去，他们的五种品质是地主贵族阶层普遍具有的，只要某个地主，或是官员具有该种品质，他就加入到五类人的队伍中，走上成魔之路。这样，19 世纪的俄罗斯真的成了群魔聚集的地狱。

人的本性是相通的，以指导人弃恶向善为宗旨的宗教在某种意义上来说也是相通的。果戈理对五种人类恶劣品质的选择与佛教五毒不谋而合。佛教中有“五毒心”，分指“贪、嗔、痴、慢、疑”。五毒心会使人造作恶业，如同毒药一样妨碍人的修行，因此称为五毒。修行的人要先清除五毒心，佛家讲，“不除五毒心而修禅定，终究是邪定，修大神通、玄妙的法，则会变成魔通或各种恶法，因此，修佛道首要是要清除五毒”①。

贪——索巴凯维奇

佛法中说，“锐贪是于三有及资具（顺境）中的惑业，人因为贪不能跳出三界，即欲界、色界、无色界”。贪有很多种，人有财、色、名、食、睡五欲之贪。“贪着五欲，所以心甘情愿被它

---

① 广超法师：《大乘百法明门论讲记》，复旦大学出版社 2009 年版，第 88 页。

束缚，成为它的奴隶。修行过程中执着、沉迷于某一状态或境界也为贪。经过欲界、色界，进入无色界，贪恋内心的松弛而参不透生死，仍然脱不出三有之界。”① 人从早到晚的奔波，忙工作，忙赚钱、忙享受，追求功利、地位，还有些人为此不择手段，不讲道德，所以脱不了三界六道的轮回。贪就好似烟瘾，具有惯性，即使眼前看不到，心里也会惦念。索巴凯维奇是一个奸诈狡猾、精明务实、同时也很精于骗术又不被人骗的一个地主。他从外形上来看像一只中等个儿的狗熊。他的灵魂深处也具有动物性，和熊一样贪婪。

因贪失度，索巴凯维奇贪婪的失度首先表现为贪吃。索巴凯维奇是以人的“生理需求”为人生第一要事的一个人，吃是满足这一需求的第一要事。索巴凯维奇的吃不以品尝或是吃饱为目的，唯一能停止的方法即是吃完。吃完肉之后，还要敲骨吸髓。只要涉及吃东西，索巴凯维奇对自己就失去了任何自制力，不顾场合，不顾他人，一味屈从于自己的贪欲。他的失度还表现在家中的一些细节上，用足以支撑大礼堂的梁柱制作自家的门廊，用造桅杆的橡木修篱笆都是过度追究坚固耐用的表现。与乞乞科夫谈买卖的过程，他的失度表现为贪财。他要价时不以交易对象的实际价格，而以自己想要多少为准，表现出了贪得无厌的本性。因为贪婪，索巴凯维奇视所有人为竞争的对手，都是骗子、恶棍、强盗。他从不赞扬别人，对他人极端仇视，甚至恨之入骨。

贪念让索巴凯维奇以价格作为评判一切的标准，这造成了他的高度物化。他只关心物质的东西，否定一切精神需求，对社会中所有具有文化、文明色彩的因素都带有敌意。他与任何人类的文明与进步为敌，过着行尸走肉的生活。一个贪婪到到几乎丧失

---

① 《大乘百法明门论讲记》，第 80 页。

人性和灵魂的俗物，竟然一本正经地做着魂灵的买卖，这多么可笑，又是多么可悲！我们不禁要问，到底谁才是真正的死魂灵？

嗔——诺兹德廖夫

“佛教有言，嗔恨可烧毁一切功德。嗔，就是生气的意思，不如我意，就恨、就怒。生气有很多种类，比如因受到辱骂而不能忍受，起嗔心，继而将矛盾升级。虽然有时表面上不声张，内心不舒服也是一种嗔。”① 嗔与贪刚好相反，贪是遇到顺境，因拼命追求和贪恋不得超脱，嗔是遇到逆境，弃之不能，所以嗔。在《死魂灵》中看起来豪放、热情的地主诺兹德廖夫是嗔的代表者。

“嗔心是一种不仁慈的意识心，它包括好胜、好斗等成分在内。人在被伤害、被羞辱时，会产生想要报复、伤害对方的心，类似这样的心就是嗔心。嗔心暗存会形成嗔的业障，放出来则可能造杀业、口业等而形成其他业障，会伤害他人及自己，造成种种痛苦，甚至还会造成因果影响来生。”② 诺兹德廖夫以放荡、鲁莽著称，易嗔易怒，可以称得上是一个无耻、无赖、满嘴谎言的暴戾之徒。“任何一次聚会，只要他一到场，要平安无事就不可能了。总得闹出点什么事来：他不是被宪兵扭住胳膊赶出大厅，就是被自己的朋友撵出门外。”③ 诺兹德廖夫做事毫无目的、随心所欲，想说什么就胡言乱语一通，想做什么就恣意妄为一翻，他暴躁易怒、翻脸无情，但事实上连自己都不知道自己想做什么，嗔心浸入他的本性，牵制着他的一举一动。

乞乞科夫被这位声称爱他爱得要死的人硬拉到家中做客，而且也满心欢喜地以为能从他这捞到一笔，可是这次他却决策失

---

① 《大乘百法明门论讲记》，第 82 页。

② 同上，第 82—83 页。

③ 《死魂灵》，郑海凌译，第 77 页。

误。诺兹德廖夫在人际关系上毫无道德准则可言，而且还具有一种怪癖："谁要是同他越亲近，他就越要暗中给谁使坏，比如散布荒诞无稽的谣言，扰乱人家的婚礼，破坏人家的生意，并且根本不认为自己是与人为敌，伤天害理；相反地，如果他有机会再见到你，便又对你亲热起来，甚至会说，你这个没良心的家伙，怎么从来不上我家来啊。从多方面来说，诺兹德廖夫的确是一个全面发展的人，也就是说，是个多面手。"① 在与乞乞科夫买卖死魂灵的交易中，他表现出了十足的无赖的作风。他总是强迫乞乞科夫买一些不需要的东西，一旦被拒绝，就恼羞成怒，甚至还扬言要"吊死你"。他不正面讨价还价，坚持要以赌论输赢。乞乞科夫拒绝和他赌博，他就大打出手，活脱脱一个暴躁易怒的形象跃然纸上。精明的骗子在遇上无耻之徒时也只能仓皇而逃。

我们从诺兹德廖夫身上可以看出，当时沙皇统治下俄国社会地主的野蛮以及对人性的摧残。诺兹德廖夫这种人在任何时代都会有，只不过是以另一种形式表现出来罢了。正如果戈理在小说中的一段精辟的论述："这就是诺兹德廖夫其人！也许人们会把他称作过时的典型，也许有人会说，像诺兹德廖夫这样的人现在已经不存在了。不！谁要是这么说，那他肯定是不公正的。在这个世界上，像诺兹德廖夫这种人在短时期内是不会灭绝的。这种人无处不在，我们中间就有，也许只是穿着不同的外衣而已；然而人们往往肤浅轻率，缺少应有的洞察力，在他们看来，一个人穿上另外一件衣服就成了另外一个人了。"② 事实上，不止在当时的俄国会有诺兹德廖夫，无贪、无嗔、无痴三善根佛家倡导了三千多年，但是真正顿悟的又有几人呢？

---

① 《死魂灵》，郑海凌译，第 78 页。

② 同上，第 105—106 页。

痴——克罗博契卡

“痴也称之为愚痴。不明事理，是非不分，称为痴。自以为是，过于执迷于自我的一切都为痴。”①

愚痴不明是克罗博契卡的特点，对某种人或物的过于执着、痴爱就是一种痴心。克罗博契卡执着的是旧传统。她是个十品文官的遗孀，固守着丈夫还在世时的习惯。她是一个精于算计的人，极端苛刻，少空想，多实践，把一切思想和精力都集中在经营庄园上。她的人就跟自己的名字一样，像一个粗糙的盒子，把自己一点一点积攒起来的钱连同自己的灵魂一起收到这个“盒子”里。她孤陋寡闻、故步自封、思想呆板、行为鄙俗的这些特点结合在一起注定了她最终的灵魂堕落。在这个女地主身上所表现出来的愚昧、陈旧、无知的性格正反映了在沙皇俄国农奴制社会下人们的落后与保守。这是一个没有头脑，没有思想到骨子里的人，怎么能称之为人？她也只是一个没有灵魂的死魂灵。

痴业使人“只会看事情表面而不能知真相，对别人的言论断章取义，只吸收认同的部分”，因为“痴心在本质上是不能控制的心动”②，这种源于“第七识”的心动使人只能感知其关心的事，其他的事都被其“忽略”而不知。克罗博契卡痴迷于庄园的管理，一点一点真实可见的聚敛眼皮底下的小钱儿。在她管理下，庄园五谷丰登，六畜兴旺，到处是一派欣欣向荣的景象。在她的农庄里，火鸡、母鸡、公鸡、母猪、小猪等不计其数，菜园子里白菜、大葱、土豆、甜菜、苹果树等应有尽有。女主人还费尽心思地在园子里扎了几个稻草人来吓唬麻雀。即便如此，她还老是抱怨年景不好，庄稼歉收。农奴里一个铁匠被火烧死了，她

① 《大乘百法明门论讲记》，第84页。

② 同上，第84页。

也无丝毫怜悯之心，只是自私地想着以后出门坐车不方便了，没有人会给她钉马掌了。勤俭持家的思想和意识已经占据了她的整个头脑，除此之外的任何事情她都不屑一顾，任何人类正常的感情在她身上已经荡然无存。

当乞乞科夫向她买死农奴时，她显露出自己的痴。甚至乞乞科夫都在心里骂她："哎，这个老村妇，真是个死心眼儿!"，"哎呀，这老东西真是不识抬举!"① 而当听到乞乞科夫说可以替她缴纳人头税，并且还能得到一些补偿的钱之后，她才开始有点动摇。但是还是怀着些许的疑惑："这件事似乎的确是有利可图，只是有些稀奇古怪，过去从未听说过。想到这里，她更加害怕起来，担心这位买主不是好人，说不定是编了圈套让她跳呢。天晓得他是从哪儿来的，况且是一个深夜来客。"② 对于半夜三更里来的不速之客找她买卖死魂灵这件事情，她唯一担心的事情也只是到底能不能卖到好价钱，总是怕被坑蒙拐骗。愚蠢的固执和患得患失让乞乞科夫真是大费周章。在乞乞科夫一番劝导并承诺要买她家农副产品之后，她才半信半疑地办理了买卖农奴的相关手续。在卖完之后，她又担心害怕起来，总是怕自己的死农奴被低价收购了，在经历了三天三夜苦思冥想之后，她还是患得患失，终于决定离开庄园，去城里打听一下时下死魂灵的价格。

克罗博契卡的痴心会使她对很多周边的事不觉知，而显得呆笨。她专注自己庄园的管理，可是对周围村庄的很多事忽略而不知，以至于连隔壁村显赫的大地主她也从没听说过。人之所以会对某些事情心动，不能自制，陷入痴业，主要原因是不明白这些现象如幻不实，即是无明。痴业是轮回到畜生道的根本业障。畜

---

① 《死魂灵》，郑海凌译，第 54 页。

② 同上，第 55 页。

生道属于下三道。“诸有情因造作种种愚痴业，或因身语意各种恶行，堕于畜生道中。畜生道的众生都有一种极为顽强的痴业存在，例如猪是好吃成痴，蛇类是嗔恨成痴，而鸳鸯类则是两性相爱成痴。”① 克罗博契卡的痴让她的人性渐弱，兽性增强，从而使人物被妖魔化。

慢——玛尼洛夫

“慢，就是贡高我慢，恃己凌人的心理。就是仗着自己的权威、势力、富贵、聪明、漂亮、富贵、家族等优势鄙视他人的心理。……慢又分七级：‘慢、过慢、慢过慢、卑慢、我慢、增上慢、邪慢，……七慢按照自我与他人能力的对比渐进，在‘慢’中是我强人弱，就是我比他人德行高远，因此对他人产生蔑视心理，而到了第七‘邪慢’，则到了‘于己全无胜德计己有胜德’的地步，也就是自己本来是没有道德，没有德行的人，却表现出自己是世间最了不起的大好人。”② 从表面上看来，恃强凌弱的心理似乎与谦卑温顺的玛尼洛夫无关，但是这个典型的空虚懒散、虚伪做作、喜好空想却从不付诸行动的地主却认为自己是德行高尚、谦卑有礼的绅士，拿捏出虚怀若谷的派头。果戈理在小说中把玛尼洛夫归于这一类人一样，“他们毫无特别之处，算不上很好，也不算很坏，……大概玛尼洛夫就应该归于这一类人。外表看来，他是个很出色的人，他的脸庞也不失为令人愉快，但在这令人愉快里面，似乎过多地加进了一些甜味儿；他的举止风度与待人接物都带有一种阿谀奉承的神气，竭力博得对方好感以便与之结交”③。当他看见乞乞科夫从马车上下来，就热烈地接吻，笑

① 《大乘百法明门论讲记》，第 84 页。

② 同上，第 85 页。

③ 《死魂灵》，郑海凌译，第 22 页。

盈盈地像迎接老朋友似的迎接乞乞科夫，并高声地叫起来：“巴维尔·伊凡诺维奇！您到底还是没有忘记我们！”① 同他初一见面，你会觉得“这人真是太令人愉快啦，太善良啦！一分钟过后，你就无话可说了，再过一分钟，你就会说：‘鬼才晓得他是怎么回事！’说罢你会躲他远远的，即便是不躲开，你也会感到无聊得要命。从他那里，你永远甭想听到一句生动的话，哪怕是一句大话也听不到”②。

玛尼洛夫终日只沉溺于思考，习惯于清谈和梦想，想着他的那些宏伟蓝图，想着“要是能从这房子下面修一条地下通道，或者在池塘上架一座石桥那该多好啊，在桥两边可以开设店铺，让商人们坐在店铺里，卖农民们所需要的日用杂货”③。他只要一憧憬美好的未来，就愈发聚精会神，愈加散发着得意洋洋的神气。但是这些伟大的设想终究也只不过是空话而已，空想终归还是空想，他从不付诸实践，想想也就罢了。寄生懒散的生活使玛尼洛夫早已失去了行动的本能，剩下的只有终日不切实际的幻想。对于玛尼洛夫来说，梦想就是他的整个生活，至于这些梦想能否实现，怎样去实现，他是压根儿不会去考虑的。“平时在家里他很少说话，大部分时间是在沉思默想中度过的，但是他到底想些什么，恐怕也只有上帝才知道。”④ 他总是莫名其妙地陷入沉思当中，他以此为满足，以此为高雅，他总是自认为自己的现实生活，精神追求充实丰富。

这就是沉思的玛尼洛夫，空想的玛尼洛夫，他没有活的思想，没有活的生活，没有活的性格，更没有活的热情，几乎找不

① 《死魂灵》，郑海凌译，第 22 页。
② 同上，第 22—23 页。
③ 同上，第 24 页。
④ 同上，第 23 页。

到任何活的气息，活的语言证明他是个活生生的人，有的只是终日死气沉沉，毫无生趣可言。而这些也就造就了他毫无判断是非曲直的能力，所以当乞乞科夫哭诉着，他购买死魂灵是为了忠于真理，为了对得起自己的良心的时候，他被深深地感动，于是毫不犹豫彷徨，马上亲自写了一份死农奴的名单，亲自递到乞乞科夫的手里，甚至在乞乞科夫就要离开的时候，他还依依不舍地目送这位客人离开。玛尼洛夫的业障是典型的邪慢，他代表着最卑微无能，却毫无自知之明的一群人。他自以为门第高贵，品行高尚，处处讲究绅士风度，追求虚名排场，却不明就里。他瞧不起穷苦人，认为农奴卑微无知，但实际上，庄园的所有事物已经被农奴们控制，他毫无还手之力。以玛尼洛夫为代表的地主丧失了行动力，交出了控制权，生命力消亡殆尽仍不自知，覆灭之期可见不远。

疑——普留希金

普留希金是乞乞科夫拜访的最后一位地主，也是最特殊的一位。他是这五个地主当中最富有也是最吝啬的，任何一个贬义的词都不足以形容他的贪婪吝啬，贪似乎是他的业障，但实际上，他的贪与索巴凯维奇不同。索巴凯维奇的贪是为了自己享乐，其间有对物质的追求。但是普留希金的贪里没有任何享乐的成分。他已经足够富有，可以满足自己的任何奢望，但他却放着家财万贯，上千农奴不享受生活，不贪吃、不贪睡，心甘情愿地过着穷苦寒酸的生活。追根究底，是因为他的疑。

“疑就是踌躇，怀疑的心理。毫无道理和根据就怀疑、否定一切，自以为是、想当然地下结论，痴迷自己的一切都为疑。”①普留希金变得人不像人，鬼不像鬼，起步都是因为一个疑业。他

① 《大乘百法明门论讲记》，第 85 页。

并不是生来就是一个吝啬鬼，他的灵魂的毁灭也经历了一个过程。他曾经也有过幸福的家庭，是一个勤俭持家的主人，但是，妻子不幸早逝，他开始感觉孤单，没有可以依靠的人。于是疑业乘虚而入，使他对周围一切生了疑心。子女承欢膝下，他认为孩子们是在算计他的金钱，因此他把孩子们一个个赶出家门。大女儿忍受不了父亲，跟一个军官私奔，儿子参军入伍，唯一陪伴他的小女儿生病死掉了。接二连三的家庭不幸，最终摧垮了他的意志，消磨了他的人性。“人类的情感，在他身上原本就不深厚，现在迅速地变得浅薄起来，于是人性一天天地从这个老朽的废物身上消失着。”① 他的庄园那么大，各种器具那么多，但他总觉得少，疑心东西不够用，因此他把全部精力都放在收集物品、捡破烂上面，失去了对物品价值的判断，无论是重要的还是零碎的，是有用的还是没用的，他统统都收起来，放到他的破烂堆里。他拒绝一切社交活动，他愈来愈固执，斤斤计较，寸步不让，更有甚者，他六亲不认，扼杀了一切亲情，抛弃天伦之乐，整天过着他自以为很满足的“积攒”生活。他孤单，但是他却拒绝向他求助的儿子，诅咒他快点死去。他疑心带着外孙回来的大女儿是来骗钱的，使得她再度离开。弃绝亲情、友情的普留希金对生活、对未来毫无信心，充满疑虑，金钱是他唯一可以切切实实握在手里的东西，是唯一可以信赖的物质，因此他每花出一毫一厘都心痛不已，最终变成了一个不通人性的吝啬鬼。

疑心是各种业障之首，是最深的烦恼，它令人即使听到真谛也难以接受，是最有摧毁性的力量。普留希金在五个地主中，也是最非人类魔的一个。

果戈理没有皈依佛教，甚至未必对佛学有所了解，但他一直

① 《死魂灵》，郑海凌译，第134页。

致力于人的道德纯洁，又将去除灵魂中的恶作为道德纯洁的第一步。他是个教徒，当他寻求人灵魂的罪恶因素时，其实做的是与佛门同样的事业，因此也有相同的地方。五种罪孽，幻化成五种魔障，通过五个地主分别表现出来。果戈理的人间地狱需要魔鬼的形象来警示世人，乞乞科夫和地主们代表的撒旦与群魔将人性弱点具体化，收购死农奴的行为让魔鬼的本性表面化，于是，群魔乱舞的人间地狱在《死魂灵》第一部中生动、形象地现身了。

● 被俘的幽灵——《死魂灵》第一部中的灵魂形象

在《死魂灵》这部小说中，主人公乞乞科夫，各式各样的地主总是读者们关注的焦点，除了这些性格各异的人物形象外，果戈理还巧妙地塑造了一些“死魂灵”形象。在这部描写人间地狱的小说中，我们也可以看到一些活灵活现、栩栩如生的人物形象，通过对这些灵魂的描写，我们能够知道人性还没有彻底泯灭，在黑暗的俄国社会中还是有一些闪光点的。

在乞乞科夫和索巴凯维奇讨价还价的过程中，果戈理借索巴凯维奇之口刻画出了一个个活生生的农奴形象，精挑细选的工匠、身强力壮的庄稼汉，他们各有所长。马车匠米海耶夫做活特别仔细，做的马车非常结实，“可不像莫斯科人做的那种马车，用一个小时就坏了”。他和颐指气使的老爷们不同，事事亲力亲为。“钉子是他亲手钉的，油漆也是他亲自上的！”木匠普罗博卡·斯捷潘是个大力士，不像老爷们手无缚鸡之力。米卢什金是个顶好的瓦匠，不管盖什么样的房子，“他都能给你砌一座漂亮的壁炉”。马克西姆·杰利亚特尼科夫是个手巧的鞋匠，“他动一动锥子，一双靴子就做好了，而且靴子做得保你满意”。叶列梅·索罗柯普廖欣是个全能的庄稼汉，勤奋耐劳，“他一个人能顶所有的人干活”①。每一个农奴，每一个“灵魂”都被赋予了活生生的外貌、行为、性格等，跟那些活着的不论是地主官僚，还是活农奴比起来，都显得特别栩栩如生，活灵活现，虽死犹生。他们身体力行地创造价值，每个人都给生活带来美好的改变。名单里，“这些详细的注释给人以特殊的新鲜感，仿佛列入名单里的农奴昨天还活着似的”②。的确，在这一群俗物当中，这些特别的注释，特别的人就像一汪死水里激起的一朵涟漪一样，读来让人感觉清风拂面，清新畅快。

农奴们肉体覆灭了，但灵魂却依然鲜活，跟那些躯壳还行走在俄国大地上，但是灵魂却已经彻底泯灭了的一个比一个庸俗的地主，形成了鲜明的对照。可是，地主却漠视这些人优秀的品格，抹杀他们的才华。索巴凯维奇说：“那些活着的农奴又有什么用呢？不过是充数而已，他们都是些什么样的人呢？他们是苍蝇，而不是人。”③ 通过索巴凯维奇的注释、乞乞科夫的遐想沉思，在我们眼前呈现了一幅描绘劳动人民繁重的劳动、坚强的毅力、勇敢的精神的画卷，他们象征着新生后的真正俄国公民。在被奴役、被剥削的劳动人民心目中有着对自由、对美好生活的无限向往。生活每况愈下，农民们越来越无法忍受被压迫的悲惨处境，他们选择逃离地主庄园。尽管逃离未必能带来真正的自由，但总好过被奴役的处境。普留希金的农奴波波夫从老爷的庄园里逃出来，可是终因没有身份证，而被警察抓住送进监狱里。但在他心目中，就算进了监狱，也比在庄园里受普留希金的奴役来得好。正如波波夫打量着新的住所说：“嘿，还是维谢冈斯克的牢房

① 《死魂灵》，郑海凌译，第 115 页。
② 同上，第 152 页。
③ 同上，第 116 页。

干净，房子宽敞，哪怕是羊拐儿游戏都行，伙伴也多些。"① 阿巴库姆·费罗夫则逃到了伏尔加河上当了码头纤夫，过上了一心向往的自由自在生活。果戈理不赞成革命，希望维持老爷和农奴的所属关系，各自安守自己的本分，来实现社会的稳定。但是，显然在官逼民反的俄国，反抗的奴隶是作家心目中正义的化身。

果戈理在小说中不仅描写了俄国农奴制社会的黑暗腐败，同时也描绘了劳动人民的勤劳勇敢，为争取自由不屈不挠的奋斗。这不仅是地主官僚阶级眼中的俄罗斯，还是热爱自由、力量强大的劳动人民的俄罗斯。虽然在当时农奴制社会，广大最底层的人民遭到压迫奴役，过着非人的生活，但是社会并没有扼杀俄罗斯人民对劳动的热爱，没有扼杀他们从不悲伤绝望的毅力和向往自由生活的坚持。果戈理通过乞乞科夫之口表达出了俄罗斯人民朝气蓬勃、永不退缩的信念。果戈理在看到俄国农奴制社会黑暗腐败的同时，并没有失去对俄罗斯未来的希望和信心。最后，果戈理通过飞奔的"三套车"的比喻体现出俄罗斯人民民族的高贵品质。三套车象征着俄罗斯的勃勃生机和光明的发展前景，表达出了果戈理心目中强烈的民族自豪感和自信心，反映了作者对俄罗斯的爱，对俄国未来社会发展的深切关怀，而就在三套车不停飞奔的前面，我们依稀可以看到一个洋溢着美好，充满着上天之爱的快乐的俄罗斯。

（二）炼狱篇

炼狱（purgatory）是精炼的场所，在这里将人身上的罪恶加以净化，使人经过磨砺而到达天堂。基督教文化之外也有表达炼狱之说的思想，如轮回或灵魂在阴府中的情况等。但丁《神曲》

① 《死魂灵》，郑海凌译，第 155 页。

中对炼狱有过描绘，生前犯有罪过的灵魂，按人类的七大罪过，分别在那里忏悔悔过。果戈理在《死魂灵》的第一部塑造了群魔的形象，他们身上具有种种应该被否定的恶，同时也具有令人惧怕的能量。在小说结尾，作家将俄罗斯比作三套马车，预言俄罗斯一定会像三套马车一样风驰电掣，永不停歇地向前飞奔。但是，她究竟要飞向哪里，她的出路在何处，果戈理并没有给出答案。驾车而去的是带有魔王色彩的乞乞科夫，充满邪恶和力量的新兴阶层。第二部里，作家尝试指明三套车的走向。小说第二部中人物设置方面延续了第一部的传统，以乞乞科夫和一众地主为主要描写对象。乞乞科夫依然带有魔鬼色彩，干着买卖灵魂的勾当。但他似乎已经厌倦漂泊，渴望安定。他经历了许多困境，终于在监牢里自省。第二部中出现了新型地主形象——柯斯坦若格洛和新人形象——穆拉佐夫等正面人物。果戈理通过对这一系列新人新形象的分析来阐释他对俄国未来美好生活的憧憬。

• 忏悔的恶魔——《死魂灵》第二部中的乞乞科夫

乞乞科夫是贯穿第一部、第二部的核心人物。这一人物我们已经再熟悉不过了，这个“骗子”形象，他的性格特征在第二部的残稿中将如何发展，怎样发展，是否有所变化是研究探索第二部的关键所在。

第二部的乞乞科夫还是继续收购死魂灵，历经一次劫难之后，崛起的撒旦更加无懈可击。和第一部相比，他的手段更加纯熟，经验更加丰富，更加稳健圆滑。“他的举止言谈显得更加令人愉快了。他说话的语气比过去更加温和，措辞更加谨慎适度，态度也仿佛更加节制、稳重，在各方面都更讲究分寸了。”① 他的计划越发缜密，一改往日来去匆匆，直奔收购死魂灵主题的迫切，

---

① 《死魂灵》，郑海凌译，第 305 页。

变成了一个处处为别人着想的热心人。第一部中总有些意外发生，诸如突如其来的暴风雨，酒馆儿偶遇诺兹德廖夫等。第二部里，乞乞科夫不仅事先编好了各种理由来应付不同的人，更是表现出了他日渐成熟、登峰造极的本领。

他来到田杰特尼科夫的庄园上，一住就是好几天，耐心地学习主人经营田庄的经验，只字不提购买死农奴的事情。在这个问题上，他比以前表现得更为谨慎冷静。得知庄园主人的难言之隐后，他还主动请缨去帮助他分忧。到了贝特里谢夫将军家里，更加阿谀奉承，竭力讨好将军和他的女儿，在确认自己已经取得了将军的好感和信任以后，才适时地向将军提出收购死农奴。这一次，他编了个冠冕堂皇的理由。手段上更加曲折，他声称并非自己要买，而是为伯父代劳。将军在他的连哄带骗下，将农奴带墓地一同卖给了乞乞科夫。乞乞科夫每到一处，总多了一番与庄园主人的亲切寒暄，在地主别杜赫的家里，他邂逅了前来拜访的普拉东诺夫。他知道普拉东诺夫郁闷成疾，便邀请他与自己结伴旅行，来治疗忧郁症。乞乞科夫调动一切可能的力量，诸如言辞、肢体动作，照顾极小的细节来取悦他的目标。在地主列尼津庄园里，乞乞科夫以退为进，既然编好的说辞不能说服列尼津，就绝不步步紧逼，而是“稍微侧着脸令人愉快地鞠一躬”①，博得了庄园女主人的不少好感。接下来，他又因善待弄脏他燕尾服的小孩一事而让列尼津大为感动，最终如愿以偿，成功地买到死农奴。

小说第二部中，乞乞科夫性格的变化是作家描写的重点所在。主人公的心里似乎萌生了渴望安定的家园意识。生身的土地就是身躯的一部分，血脉相通，被夺去了家园的人无论走到哪

---

① 《死魂灵》，郑海凌译，第385页。

里，过什么样的生活，感到的都是痛苦。在地主柯斯坦若格洛的庄园里，乞乞科夫在听到主人讲怎样热爱劳动，热爱自己的庄园，热爱经营自己亲手创造的事业时，“心里好惬意，他好久没有过如此舒适的感觉了。仿佛在长久的漂泊之后他终于回到了故土，并且在萍踪浪游之后夙愿得偿，获得了自己所孜孜以求的一切。现在扔掉了他四处流浪时所用的手杖，终于心满意足了。是主人那番充满着智慧的谈话使他大为感动，产生了如此愉快的感觉”①。以至于乞乞科夫晚上激动得难以入睡，一心想着如何扎扎实实地经营庄园，筹划真正靠实业致富的宏伟事业蓝图。

在残稿的最后一章里，乞乞科夫终因收购死魂灵，参与诈骗他人巨额财产，罪行暴露而再次锒铛入狱。在狱中，他受到穆拉佐夫的教诲，要常常行善，“经常上教堂，多接触那些善良的普通人，忘掉这让人烦恼的上流社会吧，忘掉这里的种种诱惑……”②，抛弃过往的繁华，彻底忘掉过去，努力进入一种新生活。这教导里有新生的呼唤，受教的乞乞科夫幡然悔悟，决定弃恶从善，洗心革面，彻底摆脱城市的喧嚣，靠自己的双手过新生活。灵魂在经过他的自救之后得到了自新。“他已不是过去的乞乞科夫了。”③ 更重要的是，在乞乞科夫自省的过程中，他并没有怨天尤人，而是忏悔自己的罪过。这符合但丁在《神曲》中对炼狱中灵魂的指引，上帝给了人自由的意志，人应当从自身寻找问题，改进自己的不足之处，而不是将错误归咎于天与地。

• 自新的灵魂——《死魂灵》第二部中的新型地主及新人形象

果戈理在《死魂灵》第二部中体现出了他的救国理念，他坚

---

① 《死魂灵》，郑海凌译，第 361 页。

② 同上，第 411 页。

③ 同上，第 422 页。

信通过振兴农奴制，通过宗教信仰便可以拯救俄罗斯，拯救整个民族。在此基础上，果戈理塑造出了一系列正面人物，这些思想体现在他塑造的新人物形象身上。他塑造了新型地主柯斯坦若格洛，他热爱劳动，以劳动为乐；新人穆拉佐夫心地善良，笃信宗教，并时时处处劝导人们信仰宗教，拯救灵魂；乌琳卡嫉恶如仇，乐于助人，慷慨解囊，是作家心目中理想的女性形象；公爵到最后振臂疾呼，呼吁所有官僚恪尽职守，勇敢地负担起振兴国家的重任，是作家心目中理想的官吏形象。而其中，最具代表性、最能体现果戈理救国思想的当属柯斯坦若格洛和穆拉佐夫。

柯斯坦若格洛是果戈理着重塑造的一个理想的地主形象。他是一个模范地主：无所不知、勤劳勇敢、务实能干、热爱劳动，有着旺盛的精力和卓越的管理才能。"他不但知道什么土壤该种什么东西，而且知道什么作物应该与什么作物为邻，什么树林旁边该种什么庄稼。我们所有人家的地都干旱缺雨，土地干裂了，可他家的地却不旱。他懂得，需要多少水分就种多少树。他做什么事都极精明，往往是一举三得：他种植树林子，可以培植木材，树叶可以做肥料，树荫可以遮阳光。他做什么事都是这样的。"①从这就可以看出主人不凡的管理能力。柯斯坦若格洛并不贪图安逸，当乞乞科夫走进主人的书房时，发现房间的陈设很简陋，没有舒适的躺椅，没有温暖的壁炉，没有高级的书桌，可见，"他的生活不是坐在温暖的壁炉前想入非非，而是脚踏实地的行动。他的思想产生于具体的情势之中。遇到某种情况时，他立刻产生某种想法，并且立刻把它付诸实施，根本用不着将它写下来"②。柯斯坦若格洛是一个脚踏实地、扎扎实实干工作的地主，只要想到

① 《死魂灵》，郑海凌译，第 343 页。

② 同上，第 345 页。

的就马上付诸实践，可见他有较高的效率和时效性。这是一个与众不同的地主，他跟第一部中耽于空想的玛尼洛夫形成鲜明对照。柯斯坦若格洛的言行一致、身体力行带有早期“新人”形象的特征，他纠正了“多余人”似的地主玛尼洛夫言行脱节的弊端，代表地主阶层自新后的新形象。

在柯斯坦若格洛的庄园里，任何东西都能够派上用场，任何废物都能物尽所用。他的庄园具有向心力，整村的农奴们都恳求其收留他们，希望能在田庄里干活，以便能学到各种各样的本领。他务实，但并不像克罗博契卡那样闭塞固执，偏执于一隅。他不仅仅种田，同时还开办工厂，把每样东西都变废为宝，一年进款达二十几万卢布。在他的手里，哪怕是一件细小的东西都能重新再利用来创造价值。柯斯坦若格洛热爱劳动，对劳动充满着永不消退的热情，他认为“种田人的心灵更纯洁”①，“要热爱劳动，离开这一条，你就一事无成。还要热爱你的庄园，真的！你要坚信，管理你的庄园，这绝不是枯燥无味的事。…… 地主的生活永远是充实的，他们不会感到空虚。你要仔细观察一下，这一年四季之中有多少各种各样的农活儿啊！这些农活儿都是可以陶冶情操的，可以让人的心灵变得更加美好。更不要说这些农活儿如何丰富多彩了”②。在柯斯坦若格洛的心里，庄稼人这一职业是最崇高的，他总是希望所有人都变成庄稼人。他不只关心自己庄园的经营，同时也关心田庄里的农民们，兴办实业救活了很多快要饿死的人，是周围所有的农民们崇拜的对象。他庄园里的农奴没有逃跑的念头，还不停地有农奴希望在他的庇佑下生活。他的出现仿佛在证实，地主和农奴之间并没有不可调和的矛盾，只要

① 《死魂灵》，郑海凌译，第 356 页。

② 同上，第 359 页。

老爷们真正为自己的农奴带来福音，宗法制的和乐情景一定能再现在俄国大地上。这一点，作家后来在《与友人书简选》中“俄国地主”一章里做了更详尽的阐述。

果戈理借乞乞科夫之口赞叹道，走遍了整个俄罗斯都找不到能与柯斯坦若格洛匹敌的人，简直是拿破仑再世，通过这些称赞果戈理表达了他对理想中的这一模范地主的欣赏之情。他的人格魅力不仅吸引农奴，连靠行骗过活的乞乞科夫也受他的感染，想要买下一片庄园，靠真正劳动堂堂正正发财致富，做一个受人尊敬爱戴的地主。果戈理通过塑造柯斯坦若格洛这一地主形象，来表现出他理想中的地主应该达到的标准：热爱劳动，管理有方，关心农奴。从柯斯坦若格洛身上，我们可以看出果戈理主张振兴农奴制，热爱祖国，忠于沙皇，拥护宗法制社会模式的思想主张。

果戈理笔下的另一个理想人物是穆拉佐夫。他是一个千万富翁，笃信宗教，心地纯良，带有普度众生的救世主色彩。他的才华不仅能够管理一个庄园，甚至可以治理一个国家。他还经常去教堂祈祷，不仅自己忠于上帝，还时时处处劝导别人信仰上帝，实现灵魂的救赎。他坚信，“这样做多少能赎免自己荒唐生活的罪过。在上帝那里，祈祷还是有一定意义的。毕竟感觉到有一个主宰，所有的人都有求于他。就像马和耕地的牛一样，能感觉到有人在驱使他”①。他就像一个慈祥的老人一样，面对赫洛布耶夫这样灵魂堕落的地主，面对乞乞科夫这样的骗子，他也耐心地劝导他们弃恶从善，敬重上帝，最终能够救赎自己的灵魂，升入天堂。

果戈理一生笃信宗教，敬仰上帝，穆拉佐夫可以说是作家理

---

① 《死魂灵》，郑海凌译，第398页。

想的化身。果戈理通过穆拉佐夫之口，表达出了他希望通过人人信仰宗教，拯救自己的灵魂从而拯救整个俄罗斯的救国思想。他坚信，东正教是俄罗斯民族的灵魂，是俄罗斯人民的精神支柱和力量源泉，只有信仰坚定，在教会的引领下，在宗教思想的感召下，每个人才能洗净自己的灵魂，俄罗斯才能从“地狱”经过“炼狱”走向“天堂”。在第二部残稿的最后，穆拉佐夫劝导乞乞科夫说：“您还是多想想自己的活的灵魂吧，而不要老想着那些死魂灵了。求上帝保佑您，改邪归正吧！”① 可以说，这是果戈理的点睛之笔。

第二部篇尾，乞乞科夫的罪行受到审判时出现的公爵是果戈理所设想的理想中的官僚形象。公爵在审判乞乞科夫的过程中，对这一系列贪赃枉法、卑鄙无耻的案件深感痛心和焦虑。虚伪欺骗、索贿受贿在当时的俄国官场已经根深蒂固，甚至那些天生正直的人也难免近墨者黑，但是，果戈理认为处于炼狱中的俄国还是可以救赎的。公爵到最后振臂疾呼，“就像在拯救祖国的神圣时刻，每个公民都应该挺身而出并牺牲自己的一切那样，我要向那些还有俄罗斯人的良心，或多或少能够理解‘高尚’这一字眼的人，发出呼吁”②。果戈理认为俄国社会的黑暗并不在于社会制度本身，而在于社会中的每一个个体。所以，他认为“关键在于我们自己，我们每个人都应感觉到自己的责任，就像祖国面临外敌入侵时人民奋起抗敌那样，自觉地起来反对舞弊行为，否则，一切都将是徒劳的。作为一个俄罗斯人，我对你们中间那些还多少有些良知的人提出请求。我请你们回想一下一个人所面临的责

① 《死魂灵》，郑海凌译，第 421 页。
② 同上，第 424 页。

任，不论他处在什么位置。我请你们认真思考一下自己的义务和职责……。”① 果戈理相信人性是善良的，对人类的美好未来充满坚定的信念，他认为每一个人只要消除了灵魂中的罪恶与污浊，摆脱身上的恶习，就能恢复纯洁善良的本性，走向光明与至善。在人人心灵复活，精神重获新生的同时，整个俄国社会才会走向光明，才会人间有爱，天下归心。果戈理通过塑造公爵这一形象表达了他对俄国合格官员的设想憧憬。公爵是政客们的楷模。他强调公爵只是执行了自己的职责，就带来审判的公正。如果官员们都各尽其责，社会制度自然会得到改善。这一思想，作家在《与友人书简选》中“致身居要职者”等章节中重点阐释，以说明自己的政治主张。

在果戈理所描绘的地主和农奴、君主与臣民共同富裕、互敬互爱的美妙的图景当中，除了作者理想中的地主、新人、官僚等这些男性形象外，当然也不乏新型的女性形象，这就是出现在《死魂灵》第二部残篇中的贝特里谢夫将军的女儿乌琳卡。

乌琳卡的出现先声夺人，让乞乞科夫耳目一新。她姗姗来迟，带着圣洁的光辉出现在众人面前。我们先来看作家对乌琳卡首次登台亮相的描写，“这女子的突然出现，一下子照亮了整个房间，仿佛阳光伴随着她飞进来，忽然照亮了天花板、窗帘架和各个昏暗的角落。她似乎周身闪耀着奇异的光彩”②。就在我们正遐想着这是怎样一个人时，作者忽然笔锋一转，道出“这只是一种美妙的幻觉”③。于是读者便会带着好奇的想法继续读下去。“她的身材特别匀称，身体各部分，从头到脚的比例极为和谐，一件

① 《死魂灵》，郑海凌译，第 425 页。

② 同上，第 318 页。

③ 同上，第 318 页。

色彩单调的连衣裙，穿在她身上却显得特别合身，入时，就好像各大都会的裁缝们聚在一起商议过，精心为她设计的。”① 读到这里，我们一定会想到既然前面是幻觉，这里总应该是真实的了吧，可是，作家偏偏不满足我们的好奇心，因为“这也是一种错觉”②。“其实她的穿着是很随便的，并没有特意打扮过。她随便拿一块没有剪裁过的布料，只在两三个地方缝几针，穿在她身上，便会自然形成美丽的皱褶，既合身又入时。”③ 果戈理用清新明快的语言展现了乌琳卡的出场，不用刻意去装扮，便能有着一种不俗的气质，以至于惊艳全场。乌琳卡的光彩比阳光更明媚，她的美丽、淳朴、圣洁使刻意的装扮黯然失色。她仿佛是降临人间的天使，肩负拯救信徒的使命。

乌琳卡爱憎分明，嫉恶如仇，与他父亲贝特里谢夫将军是截然不同的两类人。她和父亲的价值观有很大差别，维施涅波克罗莫夫上校在父亲的眼里是个略带俗气的人，而在乌琳卡的眼中他是一个侮辱兄弟姐妹、六亲不认、下流无耻的卑劣小人。同样的事件中她心目中唤起的感情与乞乞科夫大相径庭。乞乞科夫将古科佐夫斯基公爵庄园里德国管家的悲惨遭遇当成个笑话，而乌琳卡则对他们夫妻的遭遇表示同情。同样一个故事，在三个人心中唤起了三种截然不同的反响。将军认为那个德国管家笨头笨脑，很好笑，而乞乞科夫关心的重点是骗子手的骗术太浅薄，只有乌琳卡为让那些“作恶多端的人逍遥法外而感到气恼”④，而且愤愤不平地说了两次“反正我觉得这件事很可气”⑤。我们可以深

① 《死魂灵》，郑海凌译，第 319 页。
② 同上，第 319 页。
③ 同上，第 319 页。
④ 同上，第 322 页。
⑤ 同上，第 323 页。

刻地体会到乌琳卡这种众人皆醉我独醒似的无可奈何。

果戈理将管家的故事穿插于小说中，一方面诉说了小人物令人同情的悲剧性命运，另一方面也令人对乌琳卡的孤独感到无奈。在当时那个物欲横流、人情淡薄、奢靡腐烂的农奴制俄国社会中，这样的情景无所不在。“那些灵魂肮脏、堕落得不可救药的人还希望得到别人的爱，这意味着什么呢？莫非这是动物的本能，还是充满了卑鄙欲望的灵魂里发出的微弱的呼喊？尽管他们被肮脏行为迷住了心窍，心灵变得麻木不仁，是否有时候也会从心底发出感人的呼救声：‘兄弟，救救我吧！’假如还有第四个人在场的话，他也许会因为他兄弟的灵魂的堕落感到伤心。”① 乌琳卡的爱憎分明让她能洞察社会的不公，她的善良倾诉是地主阶层对小人物的同情。她是善与美融为一体的形象，她的出现弥补了《涅瓦大街》中善与美分离的遗憾。这样的形象是世界最美丽的饰物，必将以天使般的光芒感召世人弃恶向善。

乌琳卡是爱的化身，借助她的形象，果戈理道出了他作为一名虔诚的基督徒的真正的博爱思想：“请在我们难看的时候来爱我们，因为我们好看的时候人人喜爱。”② 我们不仅要爱可爱的人，更要爱不可爱的人，爱那些有罪的人。这与《与友人书简选》的最后一章“光明的复活”中的观点是前后呼应的。“这么多的卑鄙下贱之徒之所以出现，大概是因为出类拔萃的人们冷酷无情地疏远了他们，并且让后者变得更加冷酷。忍受对自己的鄙视可不容易啊！天晓得，有的人也许完全不是天生的无耻之徒；也许，他那可怜的心灵无力抵抗各种诱惑，他一直请求并乞求帮助，并心甘情愿地去亲吻那个出自内心的怜恤、在他处于人生绝境时给

① 《死魂灵》，郑海凌译，第 323 页。

② 同上，第 322 页。

予他支持的人的双手和双脚。也许，给予他的一点点爱就足以让他回到正确的道路。难道用爱的办法打动他的心困难吗？仿佛天性在他身上已经如此麻木不仁，以致唤不起他心中任何的感情了，然而就连强盗对爱也会表示感激，就连野兽也记得他那只抚摸的手！”① 博爱是果戈理的一个重要思想，爱拥有万能的力量，是通往圣地的唯一道路，而基督式的爱是博大的，是毫无等级分别的，是无穷无尽，是永恒的。果戈理主张用上帝的爱去爱所有人，用宽宏仁慈的心去对待，去感化迷途的兄弟，唤起他们对善与美的热爱。

在第二部人物塑造上，作家采用了与第一部不同的处理方式。恶魔乞乞科夫一类人物是俄国人间地狱这个典型环境中的典型性格，是熟悉的陌生人，很容易在读者中引起共鸣。在第二部里，具有自省精神的恶魔完善了自身灵魂后，将和其他地主一样作为榜样式的存在，将自身完善的光辉辐射到人物中。这样塑造的人物没有了生活中的原型，没有了时代的共鸣，难免苍白。彼得一世的改革让贵族和底层民众间有了裂痕，历史积淀的误解，民众对统治阶级的怨怼都是接受这一人物类型的障碍。陀思妥耶夫斯基、托尔斯泰都遭遇过类似的抵制，果戈理也未能幸免。唯一可以依靠的力量是信仰的力量，是民众对上帝之城的期盼，对彼岸世界的敬畏。革命民主派的救国之路变革社会制度，打碎统治俄国已久的罪恶国家机器，使民众积淀的怨恨有了宣泄的突破口，显然更能获得支持。种种原因让《死魂灵》第二部中的乞乞科夫形象难以超越之前，难以获得认可。这不能完全归结于作家创作灵感的枯竭，也是历史大潮选择的必然。果戈理焚稿，放弃了乞乞科夫形象，不等于放弃了宗教救国之路。以纯理念的

① 《死魂灵》，郑海凌译，第370页。

阐释代替说理性人物形象塑造，是他发表《与友人书简选》的原因。

（三）天堂篇

天堂（Heaven）是圣灵的居所，是永生的福地，是真正信奉上帝和追随基督耶稣的人的住所。天堂是超性的，完善的，是永远的幸福境界与所在。天堂最大的魅力在于那里没有痛苦和烦恼，没有哀号和死亡，并且是一旦获得，将永远不会丧失的永恒的幸福和快乐。在充满痛苦与哀号的俄国大地上，终极而永恒的幸福极具吸引力。果戈理在其生命历程的最后十年只发表了一部著作——《与友人书简选》，这部作品包括了作家与友人来往的一些信件以及果戈理为本书所写的一些新的篇章。在这部作品中，体现了果戈理热爱祖国，忠于沙皇，忠于农奴制度，信仰上帝，笃信宗教以及作家理想中的俄国社会构建的一些思想，展示了果戈理作为作家对人的心灵、社会心理、历史进程等诸多层面深切的清醒的解剖。①果戈理追求的天堂不是个人灵魂的永生，而是国家体制的健全、法理的公平、人人享有安稳的生活，民族的发展生生不息。

• 获永生者—— 理想国中各司其职的合格公民

在《与友人书简选》的许多篇章里，果戈理着重刻画了一些他理想中的合格公民形象。其中包括社会政治层面的形象，如沙皇、总督、省长；有具有宗教色彩的形象，如神职人员、基督徒；有女性形象，包括省长夫人、上流社会的女人、普通家庭的妻子；有艺术家，如作家、诗人、画家；有对不同阶层人群的总体概括，如地主、农奴等。这些人物形象并不丰满，只是作家对道德自我完善之后俄国大地上各类人群的想象，除了他们的社会

---

① 《与友人书简选》，任光宣译，第 282 页。

属性，自然的性别属性，作家没有给出任何形象上的设定。他们没有年龄、背景、样貌、服饰，像一个个抽象的概念符号镶嵌在作家的新天新地里。下面我们就结合《与友人书简选》中的一些章节对果戈理心目中的理想公民形象做一番简单的探索。

在理想国中，国家的第一代表人物是沙皇，是爱的符号。沙皇是上帝在人间的使者，代表上帝在人间行走。他应该是合格公民中最能起表率带头作用的人物。沙皇的身份是神给予的，上帝赋予其神圣的使命，他必须尽职尽责地为人民服务，管理国家和人民是他不可推卸的责任。沙皇应该是一切爱的源泉，赐予他的子民们力量，不论哪个阶层，哪种身份的人都应该去传递这种爱，这里体现出了果戈理的博爱精神。博爱是果戈理宗教思想的一个重要体现，他认为那些道德高尚、品行纯洁的人固然应该去爱，但是那些心灵丑恶、已经堕落的人更需要爱，更应该被关怀。每个人都应该用爱去温暖别人，用爱去点亮美好的心灵，沙皇就应该是这种精神的凝聚。在《致身居要职者》的篇尾，果戈理描述了爱的传递过程。沙皇将爱的种子遍撒俄国大地，让爱在人与人之间汇聚，之后传递到官员手中。官员们应该将爱层层向上传递，让爱以这种方法到达合理的源头，即沙皇手中。“我们人人敬爱的沙皇大概就会当众郑重其事地把爱传递给上帝本人。”①

其次，在《致身居要职者》这一篇章里，果戈理还表达了他对其他处于社会领导地位的人的要求。身居要职的人应该“在其位，谋其政”。“总督派出的目的，是为了加快省内国事活动的脉搏跳动，加速各省里相互有联系的地方还是独立的，直属个别部管辖的地方的国有生产的运转，促进各项工作，以自己的全权去缓解许多地方同个别部委打交道时的困难，不引入任何新措施并

① 《与友人书简选》，任光宣译，第 207 页。

且也不制定任何条文，在这种情况下，这一切事情尽快地在业已制定和规定好的法律和范围内运转起来”。[①] 官吏的职位都不是随随便便就能改变的，是上帝已经安排好的。官员必须真正地认清自己的身份，要懂得上帝赋予其神圣职务的崇高意义。官员要起到表率作用，每个人都应该为下属，为后人树立很好的榜样，“您应成为您的所有下属官吏的真正的父亲，并且要帮助每个人严格地，诚实地履行自己的职务。您兄弟般地向每个人伸出手，让他摆脱自身的缺点和毛病吧。您应对所有人产生影响，但影响的唯一目的，是让每个人对自己起影响”[②]。果戈理认为每个人都应该不求回报地去关心、关爱别人，把每一份爱都传递给所有的人，而要求别人来爱自己是不合理的。《死魂灵》第二部里的公爵形象体现了作家对官员们的一些要求，尽管是个孤单的呼告者，但毕竟给我们提供了真正的人物形象参考。

宗教是果戈理解决俄国社会问题的依托，因此，神职人员在新天新地里的形象尤为重要。果戈理认为，俄国的教会是完美的，它不像西欧教会那样捶胸顿足，挥舞双臂，用浅薄的语言和博取同情的泪水去宣传自己。俄国教会有着与生俱来的和谐和圣洁，并像处子一样将这圣洁保存至今。它只需要静静地存在，以自己圣洁的光辉普照世人。“教会就像位贞洁的处女，唯独它从圣徒时代起保持着自己的毫无瑕疵的原始贞洁，这个教会及其深刻的教义和极其细微的外在仪式好像为了俄国人民而直接从天上移了下来，它独自有能力解决一切疑团症结和我们的问题，它可以当着整个欧洲的面搞出前所未闻的奇迹，让我国的任何阶层、身份和职位走进其合理的界限和范围，并且在不改变国家任何东西

① 《与友人书简选》，任光宣译，第 204 页。

② 同上，第 205 页。

的情况下，赋予俄国一种力量，以教会迄今以来用来吓唬人的那种机构本身的协调严谨去震惊世界。”① 这段精辟的论述清晰地表明了果戈理的救世救国思想，他认为在不改变现有社会制度的情况下，只要我们始终关心教会这件“无价之宝”，并且诚心诚意地接纳它并付诸现实生活中，那么我们每个人，不论沙皇还是乞丐，都能够得到救赎，社会的方方面面将会步入正轨，俄罗斯也将在教会力量的指引下以一种全新的姿态来面对全世界。神职人员应该是社会完善的正面力量，他们担负的最重要的任务，就是保持俄国教会严谨的传统。俄国的传教士肩负着启迪人们心灵的重要责任。作为《圣经》的诠释者，神职人员应该远离人群，“去进行深刻的内在观察，去探索自己个人的心灵，因为那里有万物之规律：只是应首先找到通往自己个人心灵的钥匙；你找到它后，你就能用这把钥匙开启所有人的心灵”②。《死魂灵》第二部里出现了笃信宗教的大富翁穆拉佐夫，他的形象带有神职人员的意味。他不仅自己信仰笃定，还劝他人向善。他在牢狱里对乞乞科夫的话传播着上帝的旨意，最终让乞乞科夫决心走上自新之路。他的形象丰盈了新天新地里神职人员的形象。

艺术家在俄国担任着类似神职人员的使命，因为他们获得了上帝赐给人最崇高礼物——语言。作家用了多篇文字，讨论什么是语言，分析世人创作的题材，讨论俄国诗歌的本质和特色。他还特别强调朗诵诗人的作品，并将“当众朗诵俄国诗人的作品”作为单独的一章。作家们应该诚实地对待语言，谨慎地使用它。当众朗诵意味着将上帝赐予的文字和灵感对他的子民们宣讲，以实现上帝的旨意在人间的行走。在这个意义上，诗人具有世俗的

① 《与友人书简选》，任光宣译，第 45 页。
② 同上，第 49 页。

神职人员的意味。诗人应当将来自宗法制时代的美好的东西通过诗歌的芳唇注入人们的心灵，使它们以无形的方式传遍俄国大地。只有这样，果戈理的救国方案的实现也才有了可靠的保证。而作为一位作家，果戈理一直对这一职责身体力行，他本人正是以《与友人书简选》中对诗人的要求来写作和宣讲自己的语言的，他的生平与创作是对作家形象的最好诠释。

果戈理对女性提出了一系列要求。他在《上流社会的女人》一节中指出，女性的力量来自三方面：年轻貌美、完美的名声、纯洁的精神。只要女性善用这三种武器，她们就将对社会的风气起到重大影响。在《什么是省长夫人》中，他要求女性应该运用自己在家庭中的地位和在丈夫心目中的重量来促使官员们恪尽职守。在“在俄国当前的事情关系中，在普通的家庭日常生活里，妻子对于丈夫应该是什么人”中还写出了妻子应当是丈夫的贤内助，不应当妨碍他供职，应让他全身心地报效祖国。当丈夫遇到某种挫折坎坷时，应给他建议，给他最大的鼓励，妻子将是丈夫从事一切美好事业的真正鼓励者。显然，作家依然将女性作为社会的附属品，这也是正常的，到了托尔斯泰时代，女性解放应该在厨房，还是在广场仍然是有争议的问题。他为各个阶层的女性做出指引。女性很少参与到社会政治生活中去，她们被孤立在家庭中，腐化堕落不易感染她们。果戈理给女性的定位是家庭的引导者，用她们未被玷污的纯洁灵魂引导她们的丈夫走上正确道路是她们对社会应尽的义务。《死魂灵》第二部中的乌琳卡是完美女性的典范，她年轻貌美，名誉无懈可击，而且精神纯洁善良。她拥有果戈理所说的女性所有最具威力的武器，因此给乞乞科夫带来了巨大的震撼，她应该就是作家完美女性的典范。

在《俄国地主》这一章节里，果戈理表达了他理想中的俄国地主与农奴之间的和谐关系。果戈理认为，地主的身份是与生俱来的，是上帝赐予的，“你生来就是地主，如果你把这种身份换成别的，上帝会惩罚你，因为任何人都应在自己的位置上而不是在别人的位置上为上帝效劳，因为没有任何政权不是来自上帝的”①。同时，地主与农奴之间的关系是天经地义的，地主管理，农奴干活，这一切事情都是符合上帝的意愿，地主应该时时刻刻教导农民，“人的心灵比世上的任何东西都可贵，你首先要监督，别让他们中间的某个人毁坏了自己的心灵，别让心灵遭受永恒的痛苦。有的人被揭发有偷盗，懒惰和酗酒行为，你在谴责，训斥他的时候，应让他面对上帝，而不是面对着你；要指给他，他对上帝而不是对你犯下什么罪孽”②。从此可以看出，果戈理主张回归到古老的宗法制社会，振兴农奴制，每个地主应像关心自己的亲人一样去关心农民，像父亲一样对待自己的孩子。作家在《死魂灵》第二部里刻画了一系列地主形象，他们都从不同层面体现了果戈理对俄国地主的要求。参考第二部的残篇，地主的形象在新天新地的人物形象里是最丰满的。

果戈理把社会中每个人的地位职责都神圣化，上到沙皇，下到乞丐，每个人都是上帝赋予的，是早已安排好的，不能轻易改变。在理想国中，人们各司其职，在每个属于自己的位置上为上帝效力。作家并没有塑造出新天新地里完美的形象，《与友人书简选》哲学书简式的写作风格不允许作家这样做，《死魂灵》里第二部的残篇尽管给我们提供了一些形象参考，但由于篇幅有限不足以刻画出深刻的形象系列。唯一的方法是将两者结合起来，分析果戈理心目中各个阶层的理想人物的特征。这样，

---

① 《与友人书简选》，任光宣译，第 151 页。

② 同上，第 151—152 页。

我们才能通过人物之间的关系，考察果戈理心中合理的社会模式。

• 新天新地——《与友人书简选》中的理想国社会构建分析

别林斯基在1847年7月15日写的《致果戈理的信》中第一句话就声明自己是“怒气冲冲”的人，以表达对《与友人书简选》的不满。他认为这本书“在宗教的庇护下和鞭子的防护下，将谎言和不道德当作真理与美德来宣传，让人难以保持缄默”①。他认为果戈理“只是作为一个艺术家，而不是在作为一个思想者来了解整个俄国”②。别林斯基强调，果戈理犯了这个错误是因为他太久地脱离了俄国的社会生活，囿于自己神秘主义的圈子里，导致失去了对时代正确的认识。“因为多年来您已经习惯从您那美丽的远方来眺望俄国……在这个美丽的远方，您完全生活在与它（俄国）隔绝的世界中，生活在自我内部，或者生活在心思与您相同，又无力摆脱您影响的小圈子里。”③ 别林斯基认为，正是果戈理封闭狭隘的环境导致他无力摆脱宗教思想的牵绊，看不出拯救俄国之路。“因此，您就无法发现，俄国的拯救之路不在于神秘主义、禁欲主义、虔信宗教，而在于文明、开化、人道主义的进步之中。”④

别林斯基与果戈理的分歧在于拯救俄国之路。在这一问题上，别林斯基的取向无疑更符合时代进步的脚印，那么，果戈理的努力是否有其合理之处呢？在对果戈理的救国思想进行分析之前，我们必须明确一件事情，就是写《与友人书简选》的果戈理

① Белинский В. Г. *Полное Собрание Сочинений Том X*, М：академии наук СССР, 1956, с. 212.

② Белинский В. Г. *Полное Собрание Сочинений Том X*, с. 213.

③ Белинский В. Г. *Полное Собрание Сочинений Том X*, с. 213.

④ Белинский В. Г. *Полное Собрание Сочинений Том X*, с. 213.

是否还保持着对俄国社会清醒的认识。别林斯基认为果戈理的这部作品是同封建农奴制的背叛性和解，背弃了《死魂灵》时期对俄国社会的清醒认识，陷入了宗教神秘主义误区。其中一个重要的依据就是作家在这部作品里对《死魂灵》第一部进行了严厉的批判。事实上，果戈理一生都是清醒面对并深刻批判俄国现实的。在《死魂灵》第一部中，他塑造了一幅俄国地主的百丑图，从尽可能大的角度展现了俄国现实生活的丑陋与悲哀。他虽然在1846年《死魂灵》第一部的再版前言中批评了这本书，但否定自己先前作品的成就是他一向的作风。这种否定也许只是他在崇高使命感驱使下，对作品精益求精的表现。这种精神在作家身上始终存在，他的每部作品都经过了连读者也会震惊的反复修改。何况果戈理在《与友人书简选》中并未完全否定《死魂灵》的第一部。他在《就〈死魂灵〉致不同人的四封信》中说，这部作品以"嘲笑，真实和滑稽的模仿刺到了许多人的痛处，触及天天摆在所有人面前的事物秩序"，并由于描写了"一个比一个更庸俗"的人物吓坏了读者，让他们再也不能原谅作者。但是，第一部还是"干成了一件主要的事"，它的主人公展示了俄罗斯全部的"庸俗"与"卑鄙"，并"让所有人对主人公和他们的卑鄙产生厌恶"，目前，"这就够了"。[①] 在《与友人书简选》中，果戈理继续并加深了对俄国现实生活的批判，将矛头直接指向了沙皇。19世纪三四十年代的俄国现实令果戈理十分不满，祖国的前途让他感到担心和忧虑。翻开这部著作，一种不可言状的紧张气氛迎面扑来：瘟疫流行，饿殍遍野，火灾频仍，暴动迭起。造成这种动荡局面的根源，当然是主宰这个国家命运的地主、官吏的昏庸和腐败。这些人在《与友人书简选》中同在果戈理所有作品里一

---

① 《与友人书简选》，任光宣译，第113—117页。

样，是卑俗、平庸的同义语。作家清醒地看到了俄罗斯的“疾病和痛苦”、不公正、胡作非为、收受贿赂现象以及日益加深的社会矛盾和分歧。冷漠和纷争不仅存在于各阶层之间，也存在于同一阶层内部：“我国的贵族们彼此之间就像猫与狗，商人之间也像猫与狗，小市民之间也像猫与狗，农民们……相互之间也像猫与狗。”他深刻地指出，在俄罗斯有许多舞弊行为，出现了一些人类用任何手段都无法将其根除的贿赂现象。在国家法律旁边已形成了另一条非法活动的通道，而法律的存在只是为了装门面。为了制约一个官员的偷盗行为而指派一个新的官员，意味着让一个贼变成两个。他看到了贿赂自上而下进行的没有止境的等级形式，尖锐地指出了贿赂机制的核心：“县警察局长和陪审员们之所以往往昧着良心受贿，是因为有人向他们索贿并且他们还需要钱来买通保住自己的职位。”① 在《俄国地主》中，他谈到“那些把地主和农民缚在一起的昔日锁链”消失了，“这件事地主本身有错”。② 在《致身居要职者》中，他抨击了贪官污吏的卑劣行径，一针见血地指出了这些蛀虫侵蚀国家机器所造成的严重后果：“在国家的法律一旁已构成了另一个非法的行为进程，并且它已几乎变为一种合法的进程，所以法律只不过形同虚设。”③ 针对沙皇官吏的贪赃枉法行为，果戈理大胆地提出了“谁之罪”的诘问。在《什么是省长夫人》中，他说：“您只要努力做到上梁正，那么下梁自然就不会歪。”④ 至此，“谁之罪”的答案已呼之欲出了，沙皇政府对俄国的混乱和人民的不幸负有不可推卸的责任。所有这

---

① 汪海霞、马红刚：《论果戈理的社会思想和改造规划》，解放军外国语学院学报，2006 年第 4 期，第 115 页。

② 《与友人书简选》，任光宣译，第 150 页。

③ 同上，第 189 页。

④ 同上，第 140 页。

一切表明，果戈理对现实的认识同写《死魂灵》第一部时一样清晰，这位早年曾对沙皇政府寄予期望的作家，对现实生活中的尼古拉一世政府再也不报幻想了。但是这并不表示他放弃了对君主制的信心，因为他在作品中多次提及彼得大帝，显然是为了树立合格的君主形象。

既然果戈理仍然对俄国社会有着清醒的认识，有着深刻的批判，那么，背叛性和解，神秘主义误区之说显然是不符合作家思想发展轨迹的。应该说，果戈理与别林斯基的志同道合从最初就是个误解。在面对俄国现实，批判社会弊端这一点上，果戈理与别林斯基不谋而合，并因此彼此视为文学挚友。但是，两位艺术家的立足点显然是不一样的。认识问题的一致不等于解决问题的方法相同。在解决社会问题这一点上，两人的观念有着重大分歧。就社会现状而言，别林斯基认为俄国迫切需要的是引进西欧民主制度，推翻沙皇统治，推翻农奴制。而在果戈理看来，社会弊病的最深刻根源不在于社会本身，而在于人。因此，果戈理救国方案的第一步就是改造人，让人的道德完善。因此，两人产生了分歧。更准确地说，应该是两人本来就从不同的角度尝试解决俄国社会问题，只是在批判当下的这一点上产生了交集而已。

果戈理在《与友人书简选》的许多章节中都描绘了一幅改造社会的图画：不是用暴力革命的手段从总体上破除国家制度和国家机构，而是对它进行修补和完善；不是疯狂地毁灭并强行地重造社会，而是有理性地进行改造。他认为，只要人们的内心完善了，道德修养完善了，其他的诸如社会秩序、法制以及社会福利等都会自然而然地随之完善。在《与友人书简选》中，果戈理对社会各个阶层，下至最底层、最普通的民众，上至总督、检察官甚至于君主等的地位、状况、权利和义务等都一一做了详细的阐释，对君主和教会的作用，对地主和农民的相互关系，对现实俄国社会的方方面面都做了深刻的思考和反思，并提出了自己对俄国社会改造的独特的救世良方，展现了如何通过作家自己的规划来带领俄国一步步地走向光明。

道德的完善是果戈理心目中社会的出路，“一屋不扫，何以扫天下”的道理对我们来说并不难理解。信仰上帝是新天新地来临的最基本条件，信仰的最基本原则就是对上帝的绝对信任、绝对服从。恪守上帝的指示是道德完善的前提条件。上帝予人的最高指示就是上帝创造人类，并形成社会，为每个人安排好固定的等级、位置。因此，恪守自己的本分就是完成上帝旨意的最重要一步。“唯有基督可以把贤明赐予我们。贤明并非我们每个人天生具有，对我们每个人来说，它不是天生的，而是最高的天赐。”① 而基督教的一个中心思想就是博爱和服务精神，不仅为他人服务，还要为社会、为国家服务。基于这一原则，果戈理给社会各个阶层的人士都致信提出自己的忠告。他就像一位慈祥善良的老人一样，不厌其烦地教导他人，可见作家的良苦用心。果戈理认为，解决社会的第一步是要保证社会的稳定，然后才能谈及修缮。因此，从农民到地主，从个人到家庭，从诗人到教会神职人员，从总督到君主，所有人最重要的事情就是守本分、尽职责，完成上帝交给自己在人间的任务。还有一点很重要，就是要自愿去服务，而不是被迫去服务，而对于任何一个认真履行自身职责的人，上帝都会给予他们相同的报答。果戈理并没有否定现存的社会体制，因为上帝的旨意是不容置疑的。一切社会的腐败现象应归咎于心灵的堕落，人们对自己职责的疏忽。他相信，人

① 《与友人书简选》，任光宣译，第 74 页。

性之恶并不是社会大变革和历史大动荡所能彻底根除的，而每个人的最终向善，俄罗斯的最终觉醒必须通过拯救自己的灵魂，“首先让自己的灵魂变纯洁些，然后再努力纯洁他人的灵魂”①，只有人人拥有一颗洁净的灵魂时，才是俄罗斯走向复活和光明之日。

古老传统的遗失是果戈理心目中导致社会弊端的另一个重要原因，因此，他希望能够恢复古老的宗法制传统。果戈理认为“在俄国本性里有与宗法制十分相似的东西”。古代人在“只有自己的简陋工具，自己不完善的宗教的情况下”②。却因为善于履行古老的宗法制风俗而得到了上帝般的庄严与优雅。而抛弃了这种传统的现代人尽管具备一切优越条件，却失去了和谐与美。因此，“人类应当把它们当作自己合法的遗产归还给自己”③，为使这一古老的风俗得以恢复，要做的一件重要工作就是使神职人员和作家担负起寻找开启所有人心灵的钥匙这一任务。19世纪以来，俄罗斯社会的有识之士一直在思考着俄罗斯社会的发展道路问题：是走西欧国家的发展道路还是走自己的发展道路？为此在俄国社会上展开了激烈的争论。对该问题的不同解答产生出两个不同的思想派别：西欧派，斯拉夫派。西欧派认为俄国应当走西欧国家的发展道路，而斯拉夫派则认为应当依赖自己的、从基督教精神土壤产生出来的文化根基，走俄罗斯的独特的发展道路。《与友人书简选》正是在西欧派和斯拉夫派争论激烈的时候问世的，果戈理以公开忏悔的形式坦诚地论述了自己完整的宗教道德观念，指出俄罗斯的基督化是解决俄国现实问题的途径，个人的

---

① 《与友人书简选》，任光宣译，第99页。

② 同上，第42页。

③ 同上，第43页。

道德完善是解决社会问题的根本途径，这也是对西欧派和斯拉夫派论争的一种回答。

果戈理把改造现实社会的目标首先放在权力阶级机关官员身上，寄希望于英明的君主和仁慈的省长们。在《致身居要职者》这一篇章里，作家很清晰地阐释了自己的观点。果戈理认为他们的职务都是上帝赋予的，应该按照上帝的建议去履行自己的义务，而这些身居要职者都应该成为下属的榜样，“就像可以对奠定风俗起作用一样，可以对宗教合理地进入每个俄国人的当今生活中起作用：首先，他以个人生活为榜样；其次，用一些非强迫性的和非强制性的、但比任何强制性手段要强好多倍的措施”①。他们应该逐个听取不论地位高还是地位低的人的意见，只有听取了所有人的意见，才能合理地办事情。每个人都应懂得自己职务的崇高意义，真正地认识自己的身份，每个人都要严于律己，不断地进行道德的自我完善，所有阶层的人都应当关心国家的利益，将俄罗斯的利益与自身密切联系，不违反良心和法律，不营私舞弊，只有每个人都有强烈的社会责任感，道德品行完善，良心觉醒，才能够将俄罗斯从黑暗的深渊中拯救出来。果戈理认为，国家的第一人物是君主。君主应该领悟到自己的崇高使命，应该把治理国家作为自己的责任和义务。他是一切爱的源泉，只有君主自己道德高尚，贤明治国，他治下的臣民才会纷纷效仿他，这样人人都得到了自救，社会风气自然也就好转了。可以看出，果戈理主张忠于沙皇，赞成君主专制的思想。在果戈理对理想国社会构建的规划中，基督和教会也起着不可忽视的作用。基督教具有团结大众的作用，能够消除社会分歧和混乱，让个人服从规范，制止人们之间的纠纷和内讧。基督教教育人们“爱所有人就像爱

① 《与友人书简选》，任光宣译，第 204 页。

自己的兄弟”，为彼此而生活。基督教能唤起人和社会的道德觉醒，达到社会生活的全面革新。他认为：“唯有她才能解开种种疑惑的症结和我们的种种问题”，“使我们的每一个阶层、每一个职位和职务上的人都进入他们理所当然的界限和范围”。果戈理希望通过宗教净化和每个人的良心觉醒来改变国家。在这个过程中，需要服从教会，因为它能“产生空前的奇迹”，能赋予俄罗斯力量，以“……机构本身的和谐严整来使全世界惊异”。①果戈理还认为，地主和农民的阶级划分是上帝的旨意，是早已注定了的，不能随便改变。他认为，农奴受压迫剥削，最根本的原因并不是现行的农奴体制，而是地主并没有意识到自己对农民应尽的义务，没有尽职尽责地去关心和管理农奴。

果戈理的通过灵魂自救来救国和道德自我完善的思想与基督教的思想紧密相连，要救世不仅要救国，还要救国家里的每一个人；而救世的使命感不仅局限于作家本身，整个俄罗斯民族，整个人类社会都应承担起这一使命和责任。要想改造每个人，提高每个人的内在素质，以至于最终走向复活的圣地，这一神圣而又艰巨的任务在果戈理看来只有上帝才能胜任，只有教会才能帮助我们达到这一理想，只有把这一思想传递给每个人，洒落到世界的每一个角落，才能拥有一片新天新地，才能解救全世界，基督的光明的复活才会提前到来。《与友人书简选》最后一章是“光明的复活”，作家写道：“那些注定要永存的习俗是不会消亡的。它们在字面上消亡，可在精神上复活。它们在空虚的、风化了的群氓中暂时暗淡、消失下去，但以新的力量在出类拔萃的人士身上复活，为了从他们身上得到更强的光去传遍整个世界。任何其

① 《论果戈理的社会思想和改造规划》，《解放军外国语学院学报》，2006年第4期，第117页。

中含有真正俄国东西并被基督亲自阐述过的东西的种子都不会死亡。它将由诗人们的响亮的心弦、由圣者们的芳唇传播开来，暗淡下去的东西会突然闪出光芒——光明的复活节会首先在我国而不是在其他人民那里得到应有的庆祝！”①

《与友人书简选》是果戈理全部遗产中遭遇最坎坷的一部著作，也是作家宗教思想的集大成者。书中集中体现了果戈理对上帝的崇敬，对基督教的信仰，对自我深省与自我完善的执着，以及俄罗斯的未来该何去何从的理想。果戈理坚信，只要跟随上帝的脚步，只要笃信基督教，把基督的精神推广到世界的每一个角落，那么在人人怀有一颗纯净心灵的同时，整个人类、整个世界就能在基督的指引下走向复活的圣地，走向光明的未来。已经穷途末路的农奴制遭到了整个社会的强烈反对，取消农奴制是所有人的心声，是历史发展的必然，但是时刻关心国家前途命运的果戈理却并没有提出这一主张，而是希望恢复古老的“宗法制”体制，通过道德的方法来疗救社会。果戈理对理想国社会的构造思想具有深刻的矛盾性。他一方面揭露社会的黑暗腐朽，强烈要求改变社会现状救人民于水深火热之中；另一方面却不主张变革现有的国家社会体制，主张用拯救灵魂，道德完善的方法来救世救国。可见，他的这一思想方案带有很大的乌托邦性质，在当时的俄国社会是不可能实现的。但是，我们也不能否认果戈理耗费了十几年心血的心灵探索的重要价值，他的探索也有其合理性。如果说别林斯基的方向顺应了历史的大潮，那果戈理的方向则顺应了思想的走向。迄今为止，道德的自我完善仍是人类寻求进步的最常用手段。从我做起，固然是渺小的个体在面对庞大的社会整体弊端时唯一能够采用的方法，但从另一个角度来看，

---

① 《与友人书简选》，任光宣译，第274页。

修身、齐家、治国、平天下的思维模式至今仍闪烁着智慧的光芒。

三　果戈理宗教救国之路的悲剧走向

果戈理的创作具有明显的宗教色彩，他笔下有地狱，有炼狱，也有天堂。他将自己最伟大的作品《死魂灵》定为三部曲，即遵循宗教三界的划分，也向他敬仰的《神曲》致敬，更是他救世哲学的运用。他想带领俄罗斯乃至全人类离开地狱，步入天堂。但是纵观他的整个创作生涯，我们发现，他并没有实现自己信念中这条既定的宗教轨迹，拯救世界的使命没有如他期待那样完成。在黑暗的罗曼诺夫王朝统治下，果戈理慨叹信仰不再，人心不古。越是临近生命的尽头，救世的使命越虚无缥缈。确切地说，作为一名教徒，果戈理从始至终保持着对上帝的崇拜，对信仰的忠诚。作为以救世为己任的传教者，果戈理的事业却并没有遵循从地狱向天堂的升腾，而是经过“从天堂跌落地狱，在地狱想象天堂”的轨迹。初到彼得堡，果戈理对仕途充满信心，寄希望于服务司法界，拯救祖国。他的早期作品中，处处洋溢邪不胜正的信念，上帝降临人间的企盼。魔鬼企图伤害教徒，但他们在斗智斗勇中都被善良正义的哥萨克战胜。信仰坚定无比，上帝无处不在。但是，果戈理后期的作品笔触日渐悲哀。《米尔戈罗德》里的民间故事氛围凝重，人魔两败俱伤。《彼得堡故事及其他》里充满了善和美被扼杀的悲剧。《钦差大臣》《死魂灵》里的俄国大地满目疮痍，信仰被抛诸脑后。《与友人书简选》是作家固执但却哀伤的自白。

在《米尔戈罗德》里，我们能观察到一个信仰在人间逐渐衰退的轨迹。若论在作家文学生涯中的开创性地位，这部小说集不如《狄康卡近乡夜话》，若论整体的艺术成就，难与《死魂灵》比肩，但这只丑小鸭却同果戈理一样充满神秘的矛盾。从它里面我们能找到对果戈理两种矛盾解读的交叉点：现实主义的写作手法与神秘主义的精神实质。

果戈理的几部小说集中的篇章基本采用相似的主题，并且发生在同一个地点，而且篇章间的风格比较接近，这符合当时文学的主流文体向长篇小说过渡的时代特征。但《米尔戈罗德》的四个组成部分却似乎风格迥异。作家从两个地主的日常生活讲起，突然慷慨激昂地歌颂起民族英雄塔拉斯·布利巴，然后告诉读者一个导致神学生离奇死亡的鬼故事，最后又回到两个叫伊万的地主吵架的琐事上。而且，几个作品的排列并非以写作年代为序。作家这样的安排是否别有深意呢？小说集开端和结尾的两篇一直被认为是作家对旧世界体无完肤的批判，是他成为最清醒的现实主义者的标志，但奇怪的是，作家在两个故事里对待地主的态度截然不同。开篇故事仿佛是优雅的赞美诗，最后一篇却是尖刻的嘲讽。以宗教的视角来看待这部作品，以果戈理一心向往的上帝之城的完美程度来衡量，我们似乎能找到一个逐渐衰退的轨迹。

- **上帝之城的黄金时代**

由于别林斯基的一锤定音，《旧式地主》通常被看作果戈理对行将没落的旧世界庸俗生活的反讽。但是，从作家温情脉脉的叙述，对宗法制乡村生活的心驰神往，对往昔逝去的感伤，对取代旧式地主的资产者的憎恶，以及他与两个地主的生活原型——祖父母的亲密关系来看，种种迹象表明，他对旧世界和两个老人褒大于贬，爱多于憎。在地主的庄园里，彩虹的七彩辉映在天际，鸟儿在草原和林间啼鸣，青草和野花芳香扑鼻，人与自然比邻而居。两个老人身上体现着果戈理至死都在苦苦追寻的“光明的宽容精神和天使一样的幼稚童真”以及“美妙的博爱精神的芬芳”。[①] 伊甸园似的风光、古朴的人性、平和的气氛都在向我们证明着，这里就是人间的上帝之城。

“爱”是基督教信仰的核心，“上帝即是爱”[②]。旧世界中弥漫着爱，它首先表现为基督式的博爱，其次表现为夫妻间的恩爱。旧式地主不求名利，乐于助人，无私奉献，即使在招待陌生人时也倾其所有。每个来到庄园的客人都能感受到他们发自内心的热情。这不是玛尼洛夫式的矫揉造作，而是比尘世血缘关系更加亲密的亲情。因为对教徒来讲，人与人之间是按照比生父更亲近的圣父的意愿结为亲戚的。两个老人对周围的人有着孩童似的信任。尽管他们一直被欺骗，一直被掠夺，但心中从来没有产生怀疑的念头。背叛的概念直到生命终了也没侵入到他们内心，或许是因为无限制的给予，本来就是他们最乐于做的事情。

对旧式地主来说，恩爱是一种习惯，一种本能。尽管他们曾经年少轻狂，曾经私奔，但他们早就忘却了那种激情。这个作家略略交代的往昔让人想起亚当和夏娃逃离伊甸园的情节，而他们的背叛似乎已经得到上帝的宽恕。也许有人认为这种静如止水的生活缺乏激情，这种惯性的爱不够强烈。其实不然，正因为爱已经变成习惯，变成人们生活中必不可少的一部分，它才不会因时光的流逝而淡漠，可以永葆青春。因此，阿法纳西·伊万诺维奇在妻子去世 5 年之后依旧强烈地爱她，听从她的召唤。而作家亲

① 《与友人书简选》，任光宣译，第 272 页。

② ［比］保罗·费尔代恩：《与神在爱中相遇》，陈建洪译，中国致公出版社 2001 年版，第 268—270 页。

眼见到，对自诩充满激情的19世纪的人来说，一年的时光足以冲淡一切。

《旧式地主》中充满着静谧之美。在东正教中，静是造物主所固有的绝对完美。旧世界中的一切都笼罩在宁静而安详的气氛中。这里树叶的簌簌作响、狗的吠叫、夜莺的歌唱和主人温情的低语并不破坏庄园的寂静，反而给人以“蝉噪林愈静，鸟鸣山更幽”的感觉。旧世界没有噪音，连门的咯吱作响都像悦耳的歌声，有童高音、男低音和优美的颤音。“这些简朴的庄园主的生活是如此的宁静，宁静得会让你一时间心静如水，觉得激情、欲望和搅乱世界的恶魔的作祟全然不存在，只有在光怪陆离的梦境中才能见到它们。”①

旧世界中，连死亡也呈现出静穆之美。死亡带来的并非恐惧，而是平静。普列赫里娅·伊万诺夫娜感受到死神的召唤，开始从容地安排庄园事务和丈夫的余生。阿法纳西·伊万诺维奇听到妻子的呼唤后，像个听话的孩子一样顺从地熄灭了自己的生命之火。作家在普列赫里娅的召唤和阿法纳西的死亡中间加了一小段文字，写的是“我”在童年时代听到鬼魂召唤时的恐惧与逃离。“我”的心情应该是作家心灵的真实写照，从弟弟突然病逝后，病和死的阴影一直笼罩着果戈理的精神世界，是他一生无法摆脱的阴影。“我”的恐惧、抗拒同两个地主的平静、顺从形成了鲜明的对照。他们心中的爱战胜了死亡，基督教中爱的深层意义“是迎接神圣相异者，并且与他融为一体”。果戈理一直对这场“灵性的婚礼”充满期待，他临终时向人世索要的最后一件东西是梯子，那显然是登上天国的天梯。

---

① 《米尔戈罗德》，陈建华译，第3页。

● 捍卫教会的白银时代

旧世界中充满神性的爱存在于凡间，受到罪恶的冲击。在《塔拉斯·布利巴》中，田园诗般的绿洲变成了硝烟弥漫的战场。人们奋起斗争，反抗恶世界的进攻，捍卫教会和传统。《塔拉斯·布利巴》是一首苍劲雄浑的颂歌，它赞美哥萨克，赞美卫教者。果戈理在小说中流露出强烈的宗教情结，他先陀思妥耶夫斯基一步将俄罗斯与东正教等同起来。小说描写的不是国家间或者民族间的战争，而是东正教徒与异教徒之间的斗争。信仰的力量可以泯灭民族的界限，只要扎波罗什的哥萨克信仰东正教，他们就都是俄罗斯人。

小说集中笔墨刻画了塔拉斯·布利巴父子三人，老布利巴在故事中又占据着中心地位。在他身上果戈理再次强调了东正教的奉献精神。老布利巴首先属于哥萨克群体，属于教会，然后才属于自己的家人。为了祖国、民族和信仰，他可以毫无保留地奉献出自己的生命，甚至是妻儿。当他得知小儿子安德烈迷恋于波兰总督女儿的美色，临阵倒戈之后，毅然处死自己心爱的孩子。在燃烧着的火刑架上，他仍镇定地指挥战友撤退。老布利巴率领的哥萨克身上也体现着这种奉献精神。对哥萨克来说，自由高于一切。他们热爱豪歌狂饮，挥金如土的生活，可一旦信仰受到威胁，他们可以变成滴酒不沾，严守纪律的斗士。正是由于这种奉献精神，塔拉斯·布利巴麾下的哥萨克才形成了一个骁勇善战，令敌人望而生畏的战斗集体。

但是，老布利巴和哥萨克们的信仰并非坚不可摧，“整个谢奇在一座教堂里祈祷。为了保卫它，战士们打算流尽最后一滴血，但关于斋戒和禁欲他们却听也不愿听”①。排斥宗教仪式降低了信

---

① 《米尔戈罗德》，陈建华译，第 77 页。

仰的严肃性，是哥萨克心灵变软弱的原因。在布利巴看来，衡量哥萨克好坏的标准是勇猛，而不是虔诚。他将两个儿子送进神学校，却又忍不住嘲弄他们所受到的教育。他急于将儿子送上战场，是担心没有战火的考炼，孩子们成不了真正的哥萨克。显然，他在目的和手段之间已经本末倒置。两个儿子分别继承了他身上的矛盾特征：勇敢的牺牲精神和并不虔敬的宗教信仰。大儿子奥斯达普跟父亲一样勇猛好斗，敢于牺牲。他在被俘后坚强地面对酷刑和死亡，捍卫哥萨克的尊严。小儿子安德烈选择的道路是哥萨克不愿受束缚的天性进一步发展的必然结果。父辈信仰的瑕疵在他身上扩大为信仰的缺口。安德烈在寻找自由爱情的路上，要穿过一个天主教堂。进入教堂时，他心中充满憎恨与蔑视，离开时却感受到光明和庄严。经过天主教乐声的洗礼，他背弃了祖国，沦为异教徒。没有信仰就没有真正的自由，安德烈实质上成了欲望的奴隶。叛教者必然受到惩罚，这注定了他的悲剧性命运。

● 亵渎上帝的青铜时代

如果说果戈理在《塔拉斯·布利巴》中描写了基督教理想世界的隐患，那么在《维》中描绘的则是它的颠覆。传教者在与魔鬼的斗争中死去，信仰被淡忘，上帝被亵渎。

《维》从描写神学生们枯燥的生活入手，果戈理的口吻是戏谑的。神学生是性格忧郁，时常酗酒的惯偷。哲学生没有学长的体力，在顺手牵羊上却毫不逊色。年幼的修辞生已经将打架当成家常便饭。人们对他们没有丝毫敬仰和爱护，只有害怕和恐惧。这无疑是在指责东正教信仰基石的脆弱。惯偷哈利亚瓦后来成为敲钟人，他祈祷的地方不是教堂，而是酒铺。神职人员有这么多人格缺陷，如何能正确引导信仰的方向呢？教堂不再像谢奇那样，是哥萨克生活的中心，它“落寞地耸立在村庄边上，”而且“黑黝黝的长满青苔，”里面“已经很久没有做过弥撒了”。①

与女妖鲜活靓丽的外形相比，上帝的形象显得暗淡无光。“高高的古老的圣像已经陈旧不堪……金箔有的脱落了，有的整个儿发黑了，圣像黝黑的面容看上去有点忧郁。”② 魔鬼在人间肆虐，东正教徒深受其害。管狗人米基塔被烧成灰，舍普奇哈被妖精咬死，妖精公然剪姑娘们的头发，吸人血。几乎每个人都有被妖魔戏弄的经历，但却没有人敢反抗，诉苦，更不要说像老布利巴那样起来抗争了。哲学生霍马·布鲁特在极度恐惧中打死女妖，死去的妖精公然挑战上帝，让哲学生到教堂受众妖的围攻。霍马·布鲁特本想逃跑，失败后才被迫迎战。他为女妖祈祷的三个夜晚仿佛是上帝与魔鬼的三次交锋，其间上帝节节败退，霍马的祈祷没能保住自己的性命。

最可怕的是在《维》中，上帝和魔鬼并不是敌对的，而是相互作用的。果戈理似乎有了一个可怕的想法：他们是同类。魔鬼不仅威胁着理想的世界，而且已经闯进了上帝的领地——教堂，并且留在了那里。“那座门窗上卡着魔鬼的教堂就被遗弃了……如今已经没有人能找到通向那儿的道路了。”③ 找不到通向教堂的路也就意味着信仰的迷途，甚至消失。面对魔鬼，人们不再向上帝祈求庇护，而是选择逃离。他们遗弃魔鬼的同时，也遗弃了上帝。

• 背弃信仰的黑铁时代

《旧式地主》和《吵架的故事》形成鲜明的对比，前者温柔

---

① 《米尔戈罗德》，陈建华译，第 238 页。

② 同上，第 244 页。

③ 同上，第 261 页。

舒缓的调子在后者中变成了辛辣的讽刺。曾经温馨的烛光如今让人感到古怪和厌恶，过去及时的喜雨落到伊万的窗户上变成泪痕。旧式地主的面庞不需要微笑的点缀就很和善，而两个伊万堆满笑容的脸只能让人联想到一对方向不同的萝卜。简朴的陈年旧屋有着难以名状的吸引力，伊万的房子却像堆满煎饼的盘子，毫无美感。旧世界里作家珍爱的一切在两个伊万的故乡消失殆尽。两个老人大智若愚，伊万们的“智慧本身几乎已经感觉不到了”①。地主们清晨的开门声汇聚成美妙的乐曲，可音色优美的提琴在伊万的家乡只能在琴盒里发出恼人的噪音。果戈理一想到旧式地主的老房子有一天会荒废，变成“倾圮的农舍、荒芜的池塘和杂草丛生的水沟”，心就异样地抽紧。他的隐忧变成了现实，如今，“草屋被拆掉了，只有残剩的篱笆和栅墙凄凉地耸立在那里”②。果戈理对两组人物的爱憎分明源于在爱和恨中间的取舍。

果戈理在《与友人书简选》中提出过一个问题：“本世纪的人是否会爱人并且感受到对人的基督教之爱呢？”③ 他给出的答案是否定的。旧世界里的爱在《吵架的故事》里变成恨，它“像一只毁掉万物的蝗虫到处袭击人们的心灵”④。他们源于一句粗话的争执竟然持续了整整一生，“仅仅是由于不愿向对立派让步，仅仅是由于自豪感不允许当众去承认错误——一种代替智慧的纯粹仇恨已经降临了”⑤。

庸俗是果戈理笔下最邪恶的魔鬼。作为一名狂热的宗教信徒，庸俗对作家来讲首先是一个宗教范畴的概念，代表否定上帝

---

① 《与友人书简选》，任光宣译，第 272 页。
② 《米尔戈罗德》，陈建华译，第 331 页。
③ 《与友人书简选》，任光宣译，第 272 页。
④ 同上，第 271 页。
⑤ 同上，第 271—272 页。

的魔鬼的中庸存在。果戈理晚期的创作抛弃了有形的魔鬼，批判的是最不为人所察觉的永恒邪恶——貌似永恒与高深的庸俗。《钦差大臣》中的赫列斯塔科夫和《死魂灵》中的乞乞科夫都是这种“非驴非马”的形象，两个伊万身上也带有这一特征。此时在《米尔戈罗德》里，信仰名存实亡，人们赞颂上帝的言辞显得苍白空洞。“教堂里空荡荡的，几乎没有什么人。”在失去信仰的土壤里，最容易滋生的恶就是庸俗。果戈理对恶有着特别的敏感，他一生的事业就是用语言去批判万恶的庸俗。在《吵架的故事》里，庸俗表现为一个没有信仰、没有出路的沉闷世界和两个貌似高深的庸人。伊万·伊万诺维奇乐此不疲地戏弄乞丐，表现出魔鬼作恶的本质。伊万·尼基福罗维奇三句话不离鬼，在人们的传言里他“生下来的时候就拖着条尾巴”。作家又补充说只有妖精才长尾巴，这个庸人的形象似乎已经呼之欲出了。

伊万的米尔戈罗德是个嘈杂的城市：远远近近的狗吠、锯子发出的噪音、柱子断裂的嘎吱声、木棚坍塌的轰鸣、愤怒的摔门声不绝于耳。声线优美的提琴不再奏乐，在箱子里发出尖厉刺耳的声音。更折磨人的是笼罩在全城上空的，两个伊万没完没了的争执与咒骂。伊万的米尔戈罗德是个混乱的城市：最体面的老爷家里乱七八糟得像江湖艺人的木偶戏台，市长油光可鉴的制服上扣子七扭八歪，本应维持秩序的警察两年来一直在寻找他缺少的那颗纽扣，野兽经常窜到大街和广场上，猪闯进法院叼走公文。伊万的米尔戈罗德是个黑暗的城市：两个伊万吵架的房间护窗板全部关上，一缕光线从小孔钻进来，折射出一个颠倒错乱的世界。“整个房间被一种奇妙的若明若暗的氛围笼罩着。”教堂“幽暗的门廊里显得阴森森的。”脚下是布满“暗沉沉的坑洼”的大地，头上是“绵绵不断的雨，灰蒙蒙的哭泣的天，”耳边是“湿漉漉的寒鸦和老鸹”在聒噪，还有十二年来不绝于耳，而且没有任何终止迹象的两个伊万的争吵声。在这个猥琐、疯癫、痞俗的地方，果戈理按捺不住，发出悲呼：“这世上可真是沉闷呀，诸位！”①

果戈理想说的并不仅是沉闷，而是可怕。生活没有目标，没有方向，人们为了琐碎小事而无限期地虚耗生命。这个可怕的地狱绝不是沉闷一词所能概括的。“魔鬼已不用戴面具就闯进了世界。自豪的精灵不用化装成各种形象并吓唬迷信的人们，他以自己本来的面貌即可。”② 在魔鬼逐渐趋于内心化后，马克斯·米尔纳曾区分过魔鬼在文学领域的四个表现层次，其中一个是由作者创造的个人色彩仍较为浓厚的象征符号，因为每个诗人都会创造出独特的魔鬼形象。③ 果戈理为这个符号体系增加的是庸俗的形象。米尔戈罗德的每个庸人都是罪恶的魔鬼。背叛上帝是一切灾难的源泉，而摆脱灾难的唯一途径是忏悔。福音书的本质便是显明上帝的慈爱，耶稣降生人间就是证明。人们只要怀着虔敬的心去回应上帝之爱，就能回到平静的往昔。

《旧式地主》里天天都是美好的博爱节日，处处洋溢着宗教静谧之美。《塔拉斯·布利巴》中的哥萨克遇到了背叛和死亡，异教徒出现。《维》里魔鬼横行，残害教徒。最后一篇，两个伊万的家乡失去上帝赋予人类的爱、智慧、信仰，人间沦为庸俗的地狱。果戈理悲哀地看到，人间的信仰之光逐渐熄灭。但是，作家在地狱中并未放弃希望。他为《死魂灵》设计了三段式结构，希望带领俄国大地，经过炼狱，步入天堂。尽管作家的伟大设想没

① 《米尔戈罗德》，陈建华译，第 332 页。

② 《与友人书简选》，任光宣译，第 272 页。

③ ［法］罗贝尔·穆尚布莱：《魔鬼的历史》，张庭芳译，广西师范大学出版社 2005 年版，第 238 页。

有完成，但是《与友人书简选》充分说明了果戈理从未放弃对天堂的向往。《死魂灵》第一部结尾，象征俄罗斯精神的三套车腾空飞奔，《与友人书简选》中，最末一章题目是“光明的复活”，一切都告诉我们，果戈理在艰难的时世里，在人间的地狱里，想象着美好的天堂。

没有恐吓，没有劝诱，果戈理用现实之笔勾画出了信仰上帝与背离上帝的人们判若云泥的生活。为了使生命重新变得充盈，人们别无选择，只有回到教堂，祈祷理想之国“光明的复活”。鱼要完成鸟的飞行需要千万年的进化，但是从恶向善的飞升往往只需要一次顿悟。果戈理是现实主义与神秘主义杂糅成的精灵，《米尔戈罗德》就是这个精灵对精神感悟的书写。

小　结

在果戈理看来，文学与信仰是手段与目的的关系，人们对自己作品的关注大于对其中教义的关注，是典型的本末倒置。“我向您再说一遍，您想错了，您怀疑我有某种新的倾向。从很年轻的时候起，我就只有一条路，我现在还在走这条路。……现在您给我下的论断和结论，其原因是我对自己的力量已达到成熟充满自信，大胆地说出了以前应该缄口不言的话……这就是我的神秘主义的全部历史。”① 果戈理在 1847 年 1 月 20 日写给阿克萨科夫的信中的这段话是对“果戈理是被宗教毁灭的，果戈理放弃文学并陷入神秘主义是宗教的过错”这一误解的最好反驳。果戈理的宗教信仰中既有基督教神秘主义的共性，又有他作为具有强烈使命

① 《果戈理书信集》，李毓榛译，第 276—277 页。

感的俄国作家的个性。富有传奇色彩的小俄罗斯乡村生活赋予了果戈理浓郁的魔法感，对神启执着的追求成就了作家神圣的使命感；作为基督教信仰核心的博爱精神激发了作家强烈的救世热情。三者融为一体就形成了果戈理建立在“爱”基础上的极度迷离的入世的神秘主义。这种独特的神秘主义是作家宗教信仰的核心，是他所有灵感的源泉，使他走向将文学与宗教融合的道路。果戈理开创的这一传统在俄罗斯文学史上被陀思妥耶夫斯基所继续，在俄罗斯思想史上为索洛维约夫所传承。在宗教文学走向复苏的今天，果戈理的遗产具有愈来愈深远的意义。作为文学家的果戈理和作为宗教思想家的果戈理都是永世长存的。

结语

果戈理是位跨界的大师，他打破了乌克兰与俄罗斯之间的文化壁垒，以浪漫的笔法征服彼得堡，成为俄罗斯人心目中的民族诗人。尽管因为行政地域的变化，两国如今都试图以各自的方式封存果戈理，但事实证明，果戈理曾属于19世纪的俄国文学，如今，版图的分割无法割裂作家的创作，因为他的作品是带有全俄，甚至是世界意义的。

在流派归属上，果戈理也是跨界的。一是浪漫主义与现实主义之界。果戈理成为现实主义大师之前，经历过浪漫主义创作的阶段。但是，果戈理对俄国浪漫主义文学发展的巨大贡献并没有被充分地认识。俄国文学浪漫主义重诗歌、轻散文，加之果戈理当时是初涉文坛的新作家，可以说，浪漫主义者果戈理一直掩盖在普希金的阴影下。事实上，果戈理的浪漫主义作品也成就不菲。他的《狄康卡近乡夜话》《米尔戈罗德》在内容和结构上都汲取了民间文学的精华。从浪漫主义文学在全欧发展的大趋势来看，民间文学的发掘是很重要的组成部分，果戈理的早期小说有别于德国海德堡浪漫派的《格林童话》，不是单纯民间故事的整理，而是基于稳定的民间神奇故事结构上，对民间传说母题整理基础上的再创造，具有独特的艺术魅力。果戈理对民间文学在题材和结构上的吸收和整理不仅对自己后期的创作，也对俄国文学的发展有着深远影响。同时，果戈理也是一位现实主义大师，他一入文坛，就显示出深厚的现实主义功底。他以精雕细刻的笔法，真实地再现了小俄罗斯的风土人情，精细地描绘了一幅幅魔鬼、神怪的画像。民间传说总是虚无缥缈的，但是，落在果戈理笔下，却如影片一样清晰可见、历历在目。后期作品中，他一笔一笔、工整深刻地反映出从彼得堡到整片俄国大地的时代特征。他作品中鲜明的典型性格、平民化的创造趋势、对社会弊端的讽刺与批判、对小人物的人道主义同情让他成为当之无愧的现实主义领军人物。果戈理的创作给我们提供了一个鲜活的俄国文学从浪漫主义到现实主义的过程。普希金没来得及展现这个过程的全部，生命的意外终结让他没法完全展示现实主义的广阔与冷峻，同样遗憾的还有莱蒙托夫。屠格涅夫、陀思妥耶夫斯基步入文坛时已经怀着足够冷静务实的批判精神，同时，当时的社会现状已经使他们失去浪漫想象的空间。唯独果戈理，处于浪漫主义、现实主义大潮交界的时代，得以充分展示这一时代变迁的全过程。

在艺术手法上，果戈理更是跨界的。他有着现实主义大师对细节与真实的敏锐，有着生活赋予他的神奇瑰丽的想象空间，有着信仰赋予他的对彼岸世界的执着追求。在果戈理的作品中神鬼过界是最常见的写作手法。现实与虚拟、此岸与彼岸、上帝与魔鬼不仅仅是作为对立面出现，他们之间经常有交叉，甚至完全的融合。他的主人公毫无障碍地跨越真实与梦幻的空间，人间时而是魔地，时而是圣地，上帝与魔鬼一方面交战，一方面又是同本同源的共生关系，令人瞠目结舌。真实深刻，具有外倾性的艺术方式与只能意会，不能言传的宗教神秘主义冥想融合，碰撞出果戈理别具一格的艺术世界。

从某种意义上来说，果戈理的宗教信仰也是跨界的。一方面，整个俄罗斯东正教从基辅罗斯受洗以来就一直试图拒之门外的多神教其实从未离开，它也必然深藏在果戈理的宗教观念中。另一方面，历史原因在乌克兰造成了天主教与东正教的融合。尽管果戈理终身视天主教为异教，让受到天主教诱惑的主人公被亲生父亲当作异教徒处死，但是，事实证明，天主教对果戈理的信仰有着不容忽视的影响。这点体现在果戈理的生活中，也体现在《彼得堡故事及其他》《死魂灵》等作品中。

游走于边缘的跨界没有任何意义，往往代表着向往一鸣惊人的浅薄态度。但是，大师的跨界意味着敏锐的艺术触感，孜孜以求的执着精神，并且往往带来重大的时代启示，开启新的纪元。果戈理一方面在19世纪以现实主义精神开辟了俄国文学中的崭新传统，另一方面，他作品中的狂欢化形式，对于梦境、虚拟空间的描写同20世纪文学产生共鸣。他的跨界不仅带来多层次的美丽艺术世界，还体现了无惧艰辛、上下求索的大师精神。

参考文献

[1] Абаев В. И. *Образ Вия в повести Н. В. Гоголя* [G]. Русский фольклор, Т.М.–Л. 1958.

[2] Акимова Н. Н. *Булгарин и Гоголь* (*литературная биография и литературная репутация*) [J]. Русская литература, 1996, № 3.

[3] Акимова Н. Н.*Булгарин и Гоголь* (*массовое и элитарное в русской литературе: проблема автора и читателя*) [J], Русская литература, 1996, № 2.

[4] Андреев Г. Н. *Идеи либеральной интеллигенции в творениях русских писателей первой половины XIX века* [M], М.: «Стратегия», 2005.

[5] Афанфсьев Э. С. *Творчество Гоголя: «История души человеческой»* [J], Литература в школе, 2009, № 4.

[6] Барабаш Ю. *Соотечественники, я вас любил...* [J], Современное прочтение классики, 1989, № 3.

[7] Барабаш Ю.*Гоголь: страхи, ужасы и надежды России* [J],

Литература в школе, 1990, № 4.

[8] Барабаш Ю. *Гоголь: загадка «Прощальной повести»: («выбранные места из переписки с друзьями». Опыт непредвзятого прочтения)* [M], М.: Худож. лит., 1993.

[9] Бахтин М. М. *Собрание Сочинений Т. I–IV* [M], М.: Языки славянских культур, 2008.

[10] Белинский В. Г. *Полное Собрание Сочинений Т. I– XIII* [M], М.: АН СССР, 1953–1959.

[11] Бердяев Н. А. *Философия творчества культуры и искусства, Т. I* [M], М.: «Искусство», 1994.

[12] Боголепов П. К. *Язык поэмы Н.В. Гоголя «Мертвые души»* [M], М.: «Учпедгиз», 1952.

[13] Боровиков Д. *Пишущие герои у Гоголя* [J], Вопросы литературы, 2007, № 2.

[14] Бочаров С. Г. *Вокруг «Носа»* [J], Вопросы литературы, 1993, № 4.

[15] Бочаров С. Г. *Гоголь в русской критике: антология* [M], М.: Фортуна Э. Л., 2008.

[16] Булгаков Н. *«Душа слышит свет» Реализм позднего Гоголя* [J], Литературная учеба, 1995, № 2.

[17] Вайскопф М. Я. *Сюжет Гоголя: Морфология, Идеология, Контекст* [M], М.: РГГУ, 2002.

[18] Валагин А. П. *Утерянный рай. О повести Н. В. Гоголя «Старосветские помещики». Городничий и пустота* [J], Литература в школе, 2008, № 11.

[19] Вересаев В. В. *Гоголь в жизни: Систематический свод под-*

линных свидетельств современников [M], СПб.: «Лениздат», 1995.

[20] Ветловская В. Е. *Житийные источники гоголевской «Шинели»* [J], Русская литература, 1999, № 1.

[21] Викулова В. П. *Н. В. Гоголь и мировая культура: Вторые Гоголевские чтения: Сборник докладов* [M], М.: КДУ, 2003.

[22] Викулова В. П. *Н. В. Гоголь и театр* [M], М.: КДУ, 2004.

[23] Викулова В. П. *Н. В. Гоголь и русское зарубежье* [M], М.: КДУ, 2006.

[24] Викулова В. П. *Н. В. Гоголь и народная культур* [M], М.: ЧеРо, 2008.

[25] Викулова В. *Дом на Никитском: история, которая живет* [J], Библиотека, 2008, № 9.

[26] Виноградов И. А. *Гоголь–художник и мыслитель* [M], М.: Наследие, 2000.

[27] Виноградов И. А. *Неизданный Гоголь* [M], М.: Наследие, 2001.

[28] Виноградов И. А. *Н. В. Гоголь и Православие* [M], М.: Отчий дом, 2004.

[29] Виноградов И. А. *Гоголевский вестник. Вып. 1* [M], М.: Наука, 2007.

[30] Вишневская И. Л. *Гоголь и его комедии* [M], М.: Наука, 1976.

[31] Владислав О. *Гоголь и смерть* [J], Знамя, 2009, № 6.

[32] Войтоловская Э. Л. *Н. В. Гоголь: семинарий* [M], Л.: «Учпедгиз», 1962.

[33] Воропаев В. *Последние дни жизни Николая Гоголя* [J], Литературная учёба, 1996, № 2.

[34] Воропаев В. *Паломничество Гоголя по святым местам* [J], Литературная учёба, 1996, № 5–№ 6.

[35] ВоропаевВ. *Лествица Николая Гоголя* [J], Литературная учёба, 2000, № 2.

[36] Воропаев В. А. *Над чем смеялся Гоголь: о духовном смысле комедии «Ревизор»* [J], Русская словесность, 1998, № 4.

[37] Воропаев В. А. *Гоголь над страницами духовных книг: Научно-популярные очерки* [M], М.: Макариевский фонд, 2002.

[38] Воропаев В. А. *Н. В. Гоголь: жизнь и творчество* [M], М.: МГУ, 2002.

[39] Воропаев В. А. «*Он как будто уснул...*» [J], Моск. журн., 2007, № 3.

[40] Воропаев Н. В. *Гоголь Н. В. Духовная проза, критика, пулицистика* [M], М.: Астрель, АСТ, 2007.

[41] Воропаев В. А. «*Покойника встретить – к счастью*»: *народные приметы в поэме Н. В. Гоголя «Мертвые души»* [J], Русская речь, 2008, № 2.

[42] Воропаев В. А. «*Мы все работаем у одного хозяина*», *Н. В. Гоголь в Троице-Сергиевой Лавре* [J], Литература в школе, 2009, № 1.

[43] Воропаев В. «*..Достать написанное и перечитать...*»: *Рассказы из жизни писателя* [J], Журнал русской литературы, 2009, № 4.

[44] Галкин А. Б. *Гибель художника, или Гоголь под руинами*

«*мёртвых душ*»［J］,Юность,2009,№ 4.

［45］Гвидо Карпи *Гоголь-экономист. Второй том* «*Мертвых душ*»［J］,Вопросы литературы,2009,№ 3.

［46］Гейр Хьетсо *Что случилось со вторым томом* «*мёртвые души*»［J］,Вопросы литературы,1990,№ 7.

［47］Глузман С. А. *Деньги в мифологическом сознании человека:вчера и сегодня*［M］,СПб.:Санкт-Петербургского ун-та,2007.

［48］Глянц В. М. *Гоголь и апокалипсис*［M］,М: Элекс-КМ,2004.

［49］Голубева Г. Л.*Литературная викторина по повести Н. В. Гоголя* «*Тарас Бульба*»*. VII класс*［J］,Литература в школе,2008,№ 11.

［50］Гуковский Г. А. *Реализм Гоголя*［M］,Л.:Гослитиздат,1959.

［51］Гуминский В. М.*Гоголь в смысле любви*［J］,Литература в школе,2009,№ 8.

［52］Гус М. С.*Живая Россия и* «*Мертвые души*»［M］,М.:Сов. Писатель,1981.

［53］Данилова Л. Н. *Урок-исследование по повести Н. В. Гоголя* «*Портрет*»［J］,Литература в школе,2007,№ 9.

［54］Денисов В. Д.«*Философия имени*» *в гоголевской прозе 1831 года*［J］,Русская речь,2008,№ 6.

［55］Денисов В. Д.*Первые гоголевские повести о Петербурге*［J］,Русская литература,2009,№ 1.

［56］Еголин А. М.*Литературное наследство. Т. 58. Пушкин.*

Лермонтов. Гоголь [M], M.: АН СССР, 1952.

[57] Елисеева Т. А. *Изучение «Повести о том, как поссорился Иван Иванович с Иваном Никифоровичем» Н. В. Гоголя VII класс* [J], Литература в школе, 2009, № 1.

[58] Ермаков И. Д. *Психоанализ литературы: Пушкин. Гоголь. Достоевский* [M], M.: Новое литературное обозрение, 1999.

[59] Ермилов В. *Н. В. Гоголь* [M], M.: Сов. Писатель, 1952.

[60] Жданов В. В. *Н. В. Гоголь: очерк жизни и творчества* [M], M.: Гослитиздат, 1959.

[61] Завьялова Е. «..*Мелочь, которая ускользает от глаз*» [J], Вопросы литературы, 2009, № 3.

[62] Золотусский И. П. *Гоголь в Диканьке* [M], M.: Алгоритм, 2007.

[63] Золотусский И. П. *Гоголь* [M], M.: Молодая гвардия, 1984.

[64] Есаулов И. *Христианское основание русской литературы: соборность* [J], Литературная учёба, 1998, № 1.

[65] Ивинский Д. П. *К гоголевской типолигии характеров* [J], Русская словесность, 1997, № 6.

[66] Ильинский И. *Моя работа над ролью Хлестакова и городничего* [J], Литература в школе, 2009, № 8.

[67] Калюжная Л. С. *Драматургия русских классиков* [M], M.: Звонница-МГ, 2002.

[68] Кардаш Е. В. *Слово и реальность в поэтике Гоголя и Мережковского* [J], Русская литература, 2009, № 1.

[69] Каримова Н. Л. *Родина, породившая богатырские характеры. «Тарас Бульба» Н. В. Гоголя. VII класс* [J], Литература в школе, 2009, № 4.

[70] Качурин М. Г. *Изучение языка писателей: Пушкин. Лермонтов. Гоголь* [M], М.: «Учпедгиз», 1961.

[71] Короткова М. С. *Свет добра и духовности. Очерк жизни и духовные искания Н. В. Гоголя. VIII класс* [J], Литература в школе, 2009, № 4.

[72] Котляревский Н. А. *Николай Васильевич Гоголь, 1829–1842: очерк из истории русской повести и драмы* [M], М.: Летний сад, 2009.

[73] Кошелев В. А. *Гоголь в обшении с «живыми классиками»* [J], Литература в школе, 2009, № 5.

[74] Кошелев В. А. *«Понимать не понимаю, а отвечать могу»: образ русского чиновника у Н. В. Гоголя и писателей «гоголевского направления»* [J], Литература в школе, 2009, № 2.

[75] Кошелев В. А. *Вокруг гоголевской «Диканьки»* [J], Литература в школе, 2009, № 1.

[76] Крейнович З. Ю. *«Чепуха совершенная делается на свете» Изучение повести Н. В. Гоголя «Нос». IX класс (2 часа)* [J], Литература в школе, 2009, № 1.

[77] Кривонос В. Ш. *Путешествие Тараса в Варшаву и его роль в структуре повести «Тарас Бульба»* [J], М.: Сер. лит. и яз., Т. 66, 2007, № 3.

[78] Кривонос В. Ш. *Порог и «пороговый» герой в поэме Гоголя «Мертвые души»* [J], М.: Сер. лит. и яз., Т. 67, 2008, № 3.

[79] Кривонос В. Ш. *Притча о назначении человека. О втором томе «Мертвых душ» Н. В. Гоголя* [J], Литература в школе, 2009, № 2.

[80] Кривонос В. Ш. *Гоголь: проблемы творчества и интерпретации* [M], Самара: СГПУ, 2009.

[81] Криворос В. Ш. *Символика места во втором томе «Мертвых душ»* [J], Сер. лит. и яз., Т. 68, 2009, № 2.

[82] Кузнецов. П. *Он живет и здравствует* [J], Слово, 2009, № 2.

[83] Лаури Н. М. *Петербуг и судбьба «маленького человека» в повести Н. В. Гоголя «Записки сумасшедшего» IX класс* [J], Литература в школе, 2009, № 11.

[84] Левин Б. Н. *Венок Н. В. Гоголю: Гоголь и время* [M], Харьков: «Прапор», 1984.

[85] Лейдерман Н. Л. и Липовецкий М. Н. *Современная русская литература: 1950–1990-е годы, Т. 2: 1968–1990* [M], М.: Академия, 2003.

[86] Лычак. Н. П. *Низкий поклон гению* [J], Юность, 2009, № 4.

[87] Лурье С. *Палец Гарпократа* [J], Звезда, 2008, № 5.

[88] Лурье С. *Свист свахи* [J], Звезда, 2008, № 3.

[89] Люсьен Леви – Брюль *Мистический опыт и символы первобытных людей* [M], М.: «Канон+», 1998.

[90] Манн Ю. В. *«Сквозь видный миру смех...»: Жизнь Н. В. Гоголя, 1809–1835* [M], М.: МИРОС, 1994.

[91] Манн Ю. В. *Поэтика Гоголя* [M], М.: Художественная

литература,1998.

[92] Манн Ю. В. *Гоголь как явление мировой литературы* [M],М.:ИМЛИ РАН,2003.

[93]Манн Ю. В.*Гоголь:Труды и дни:1809–1845* [M],М.: Аспект Пресс,2004.

[94] Манн Ю. В. *Постигая Гоголя* [M], М.: Аспект Пресс,2005.

[95] Манн Ю. В.*Творчество Гоголя. Смысл и форма* [M], СПб.:Санкт–Петербургского ун–та,2007.

[96]Манн Ю. В.*Зачем сожжен второй том «Мертвых душ»...* [J],Сер. лит. и яз.,Т. 68,2009,№ 2.

[97]Манн Ю. В.*Гоголь:Завершение пути:1845–1852* [M], М.:Аспект Пресс,2009.

[98] Маргарита С.*Наследие и наследники* [J],Слово,2009, № 2.

[99]Марголис Ю. Д.*Книга Н.В. Гоголя «Выбранные места из переписки с друзьями»:Основные вехи истории восприятия* [M], СПб.:С.–Петербургского ун–та,1998.

[100] Машинский С. И. *Гоголь и «дело о вольнодумстве»* [M],М.:Сов. Писатель,1959.

[101]Мирошников Ю. И.*Феномен "Шинели" Н. В. Гоголя в свете философского миросозерцания писателя* [M],Екатеринбург: УрО РАН,2002.

[102]Михайлов И.*Гоголь–моголь* [J],Юность,2009,№ 4.

[103] Моисеева Л. П.*Страницы истории русской литературы:Пушкин – Лермонтов – Гоголь* [M],М.:Рос. ун – та дружбы

народов,2004.

[104]Молева Н. М.*Гоголь в Москве* [M],М.:КРПА «Олимп», 2008.

[105] Молева Н. М. *Москва и Рим в жизни Гоголя* [J], Литературная критика,2009,№ 4.

[106]Монахова И. Р.*Путь навстречу* [J],Слово,2006,№ 6.

[107]Монахов С. И.*Жанрово-стилевые модели в поэме Н. В. Гоголя «Мертвые души»* [J],Русская литература,2007,№ 1.

[108] Монахова И. Р. *Проповедь Гоголя продолжается сегодня: К 160 - летию выхода в свет «Выбранных мест из переписки с друзьями»* [J],Наш современник,2007,№ 3.

[109]Монахова И. Р.«*Что может доставить пользу душе». Новая книга Гоголя* [J],Литература в школе,2007,№ 9.

[110]Монахова И. Р.*Долгий путь к музею Гоголя* [J],Моск. журн.,2008,№ 2.

[111] Монахова И. Р. *Путь к самопознанию* [J], Слово, 2009,№ 2.

[112]Монахова И. Р.*Страхи и ужасы. О повести Н. Гоголя «Вий»* [J],Вопросы литературы,2009,№ 3.

[113] Мочульский К. *Духовный путь Гоголя* [M], Париж: УМСА-Press,1976.

[114] Набоков В. В. *Лекции по русской литературе: Чехов, Достоевский, Гоголь, Горький, Толстой, Тургенев* [M], М.: Независимая газета,1996.

[115] Набоков В. В. *Лекции по русской литературе: Чехов. Достоевский, Гоголь, Горький, Толстой, Тургенев* [M], М.:

Независимая Газета, 1999.

[116] Назаренко М. *Сокращенный рай. Украина между Гоголем и Шевченко* [J], Новый мир, 2009, № 7.

[117] Невольниченко С. *Мир и антимир Запорожья в повести Н. В. Гоголя Тарас Бульба* [J], Вопросы литературы, 2008, № 4.

[118] Недзвецкий В. А и Филиппов В. В. *Русская «деревенская» проза* [M], М.: МГУ, 2002.

[119] Николаева П. В. *Как поссорился Иван Иванович с Иваном Никифоровичем* [J], Русская речь, 2007, № 3.

[120] Николаева П. В. *О неконвенциональном слове в творчестве Н. В. Гоголя* [J], Филол. науки, 2007, № 4.

[121] Онуфриев Н. *Н. В. Гоголь: критико-биографический очерк* [M], М.: Гослитиздат, 1952.

[122] Падерина Е. Г. *Старое и новое в непревзойденной гоголевской развязке Игроков: Гоголь и Лесаж* [J], Вопросы литературы, 2008, № 2.

[123] Падерина Е. Г. *К вопросу о карточной теме, карточной игре и шулерстве у Гоголя («Мертвые души» и «Игроки»)* [J], Русская литература, 2009, № 1.

[124] Переверзев В. Ф. *Гоголь. Достоевский. Исследования* [M], М.: Сов. Писатель, 1982.

[125] Пляшко Л. А. *Город, писатель, время: Нежинский период жизни Н. В. Гоголя* [M], Киев: Наук. думка, 1985.

[126] Полторацкий А. И. *Юность Гоголя: повесть* [M], Л.: Сов. Писатель, 1960.

[127] Полякова А. А. *Игры в «Вечерах на хуторе близ Диканьки»* [J], *Русская речь*, 2008, № 4.

[128] Полякова А. А. *Стилистика образа жениза в «Сорочинской ярмарке»* [J], Русская речь, 2009, № 2.

[129] Попова Т. М. *Гоголь в воспоминаниях современников* [J], Литература в школе, 2009, № 3.

[130] Пропп В. Я. *Поэтика фольклора* [M], М.: Лабиринт, 1998.

[131] Путсынь В. В. *Гоголь и Опатина* [J], Литература в школе, 2009, № 2.

[132] Романова Г. И. *От Пушкина до Лейкина Путь русской классической литературы в интерпретации В. В. Розанова* [J], Русская словесность, 1994, № 3.

[133] Рыбина Н. *Фантастика в "Вии" Н. В. Гоголя* [OL], 2007-02-12. (http://nikolay.gogol.ru/articles/fantastika_u_gogolya/fantastika_v_vii)

[134] Рязанцева Л. П. *Поэтические средства изобразительности в картине Днепра. Н. В. Гоголь. «Страшная месть». VI класс* [J], Литература в школе, 2007, № 9.

[135] Савельев О. *Гоголь и «Мертвые души» в пейзаже XIX века* [J], Моск. вестн., 2007, № 2.

[136] Серебровская Е. *Белинский и Гоголь: (к истории борьбы за реализм)* [M], Л.: Ленииздат, 1952.

[137] Скатов Н. Н. *Человек и гражданин земли своей…* [J], Русская литература, 2009, № 1.

[138] Скатов Н. Н. *«Назначение человека－служить. И вся*

наша жизнь есть» (*Н. В. Гоголя*) [J], Литература в школе, 2009, № 1.

[139] Славкина М. В. *Общественная полемика в связи с книгой Н. В. Гоголя "Выбранные места из переписки с друзьями"* [M], М.: Центр РГГУ, 2000.

[140] Соколов Б. В. *Николай Васильевич Гоголь: энциклопедия* [M], М.: Эксмо, Алгоритм, 2007.

[141] Соколов Б. В. *Расшифрованный Гоголь «Вий. Тарас Бульба. Ревизор. Мертвые души»* [M], М.: Эксмо, Яуза, 2007.

[142] Соловей Т. Г. *Конкурс на переиздание. Литературная игра на заключительном этапе изучения творчетсва Н. В. Гоголя. VII класс* [J], Литература в школе, 2008, № 11.

[143] Соловей Т. Г. *Изучение комедии Н. В. Гоголя «Ревизор» VIII класс* [J], Литература в школе, 2009, № 8.

[144] Софронова Л. А. *Рассказчик и слушатель в ранних повестях Гоголя* [J], М.: Сер. лит. и яз., Т. 67, 2008, № 3.

[145] Софронова Л. А. *Коды зрения и слуха в ранних повестях Гоголя* [J], М.: Сер. лит. и яз., Т. 68, 2009, № 2.

[146] Сухарева Е. В. *Образ народа в поэме Н. В. Гоголя «Мертвые души»* [J], Литература в школе, 2009, № 3.

[147] Сушков Б. Ф. *Пророк в своем отечестве: Пушкин. Гоголь. Толстой* [M], Тула: Гриф и Ко, 2003.

[148] Тамарченко Д. Е. *Из истории русского классического романа: Пушкин, Лермонтов, Гоголь* [M], М.: АН СССР, 1961.

[149] Татьяна Д. *Чудо «Майской ночи» VI класс* [J], Литература в школе, 2007, № 9.

[150] Титов А. *Тьма будущего. Эсс на тему «Петербургских повестей» Н. В. Гоголя* [J], Литературная учеба, 2009, № 2.

[151] Турбин В. Н. *Пушкин Гоголь Лермонтов: Опыт жанрового анализа*[M], М.: МГУ, 1998.

[152] Успенский В. А. *Зарисовки по поэме Н. В. Гоголя «Мёртвые души» для фортепиано* [M], Л.: Музгиз, 1962.

[153] Фефёлова Н. Н. *Анализ лирического отступления о «метко сказанном русском слове» из пятой главы поэмы Н. В. Гоголя «Мёртвые души»* [J], Литература в школе, 2009, № 2.

[154] Фефёлова Н. Н. *Язык художественного произведения. Украинская ночь в описании Н. В. Гоголя VI класс* [J], Литература в школе, 2009, № 4.

[155] Фридлендер Г. М. *Гоголь: истоки и свершения (статья первая)* [J], Русская литература, 1994, № 2.

[156] Фридлендер Г. М. *Гоголь: истоки и свершения (вторая первая)* [J], Русская литература, 1995, № 2.

[157] Фролова В. В. *Уловки Чичикова в диалогах с помещиками* [J], Русская речь, 2008, № 3.

[158] Харитонова О. Н. *«Творение чисто русское». Интеллектуальная игра по поэме Н. В. Гоголя «Мертвые души». IX класс* [J], Литература в школе, 2008, № 11.

[159] Храпченко М. Б. *Николай Гоголь: Литературный путь, величие писателя: Избранные труды* [M], М.: Наука, 1993.

[160] Черняк М. *С Гоголем на дружеской ноге: юбилейные заметки* [J], Знамя, 2009, № 6.

[161] Шуралев А. М. *«Я брат твой»: Образ лестницы в*

повести Н. В. Гоголя «Шинель» [J], Литература в школе, 2007, № 6.

[162] Шустов А. Н. *«Капитан Копейкин» – малороссийский сосед Гоголя* [J], Русская литература, 2009, № 2.

[163] Шустов М. П. *Сказачная традиция в гоголевских повестях «Вечера на хуторе близ Диканьки»* [J], Литература в школе, 2009, № 12.

[164] Юрий О. *Очарованный странник* [J], Слово, 2009, № 2.

[165] [南斯拉夫] 巴拉希:《果戈理的手稿及其他》[M], 焦菊隐译, 平明出版社 1954 年版。

[166] [比] 保罗·费尔代恩:《与神在爱中相遇》[M], 陈建洪译, 中国致公出版社 2001 年版。

[167] [美] 保罗·卡鲁斯:《魔鬼史》[M], 王月瑞译, 文汇出版社 2006 年版。

[168] [俄] 别尔嘉耶夫:《俄罗斯思想》[M], 雷永生、邱守娟译, 生活·读书·新知三联书店 1995 年版。

[169] 陈建宪:《神话解读: 母题分析方法探索》[M], 湖北教育出版社 1997 年版。

[170] [美] 弗雷德里克·詹姆逊:《语言的牢笼》[M], 钱佼汝译, 百花洲文艺出版社 1995 年版。

[171] [奥] 弗洛伊德:《梦的解析》[M], 赖其万、符传孝译, 作家出版社 1986 年版。

[172] [苏] 高尔基等:《苏联作家谈创作经验》[M], 曹靖华等译, 中国青年版社 1959 年版。

[173] 高承恩:《文学与宗教》[M], 辅仁大学外语学院 1987

年版。

[174] 广超法师:《大乘百法明门论讲记》[M], 复旦大学出版社 2009 年版。

[175] 龚举善:《象征: 果戈理艺术思维的“原型”批判》[J],《外国文学研究》, 1999 年第 3 期。

[176] [俄] 果戈理:《果戈理小说选》[M], 满涛译, 人民文学出版社 1996 年版。

[177] [俄] 果戈理:《果戈理选集》(第一、二卷) [M], 满涛译, 人民文学出版社 1983、1984 年版。

[178] [俄] 果戈理:《死魂灵》[M], 满涛、许庆道译, 人民文学出版社 1983 年版。

[179] [俄] 果戈理:《死魂灵》[M], 郑海凌译, 浙江文艺出版社 1996 年版。

[180] [俄] 果戈理等:《文学的战斗传统》[G], 满涛译, 新文艺出版社 1953 年版。

[181] [德] 黑格尔:《美学》(第三卷下册) [M], 朱光潜译, 商务印书馆 1995 年版。

[182] [俄] 赫拉普钦科:《果戈理的“死魂灵”》[M], 付大工译, 新文艺出版社 1957 年版。

[183] [俄] 赫拉普钦科:《尼古拉·果戈理》[M], 刘逢祺、张捷译, 上海译文出版社 2001 年版。

[184] [法] 亨利·特罗亚:《幽默大师果戈理》[M], 赵惠民译, 世界知识出版社 2002 年版。

[185] 胡淇珍:《果戈理和他的创作》[M], 北京出版社 1982 年版。

[186] 贾放:《普罗普故事学思想研究》[M], 北京师范大学

出版社 2002 年版。

[187] 金亚娜:《俄国文化研究论集》[G], 黑龙江教育出版社 1994 年版。

[188] 克冰:《果戈理与魔幻现实主义》[J],《内蒙古师范大学学报》, 1994 年第 3 期。

[189] [苏] 柯罗连科:《文学回忆录》[M], 丰一吟译, 人民文学出版社 1985 年版。

[190] 李琛:《阿拉伯现代文学与神秘主义》[M], 社会科学文献出版社 2000 年版。

[191] 李达三:《比较文学研究的方法论》[M], 台北联经出版事业公司 1982 年版。

[192] 梁坤:《末世与救赎——20 世纪俄罗斯文学主题的宗教文化阐释》[M], 中国人民大学出版社 2007 年版。

[193] 刘洪波:《尼·瓦·果戈理〈与友人书简选〉研究》[D], 学位论文, 北京大学 2002 年版。

[194] [法] 罗贝尔·穆尚布莱:《魔鬼的历史》[M], 张庭芳译, 广西师范大学出版社 2005 年版。

[195] [荷兰] 吕斯布鲁克:《灵性婚礼》[J],《基督教文化学刊》, 1999 年第 2 辑。

[196] [荷兰] 吕斯布鲁克:《精神的婚恋》[M], 张翔龙译, 商务印书馆 2012 年版。

[197] [荷兰] 吕斯布鲁克:《七重阶梯: 吕斯布鲁克文集》[M], 陈建洪等译, 华东师范大学出版社 2011 年版。

[198] 毛峰:《神秘主义诗学》[M], 生活·读书·新知三联书店 1998 年版。

[199] 南怀瑾:《道家·密宗与东方神秘学》[M], 北京燕山

出版社 1992 年版。

[200] [英] 帕林德尔:《世界宗教中的神秘主义》[M], 舒晓炜、徐钧尧译, 今日中国出版社 1992 年版。

[201] [俄] 普罗普:《故事形态学》[M], 贾放译, 中华书局 2006 年版。

[202] [俄] 普罗普:《神奇故事的历史根源》[M], 贾放译, 中华书局 2006 年版。

[203] 钱中文:《果戈理及其讽刺艺术》[M], 上海文艺出版社 1980 年版。

[204] 任光宣:《俄国文学与宗教》[M], 世界图书出版公司 1995 年版。

[205] [苏] 斯捷潘诺夫:《果戈理的戏剧创作》[M], 王爱民译, 新文艺出版社 1958 年版。

[206] [苏] 斯捷潘诺夫:《果戈理传》[M], 张达三、刘健民译, 黑龙江人民出版社 1984 年版。

[207] 汪海霞:《身背十字架的道路: 果戈理的晚期作品及其思想探索》[D], 学位论文, 上海外国语大学 2004 年版。

[208] 汪海霞、马红刚:《论果戈理的社会思想和改造规划》[J],《解放军外国语学院学报》, 2006 年第 4 期。

[209] 王晓朝:《神秘与理性的交融》[M], 杭州大学出版社 1998 年版。

[210] 王小璜:《论果戈理的讽刺艺术》[J],《外国文学研究》, 1998 年第 4 期。

[211] 王远泽:《果戈理》[M], 辽宁人民出版社 1982 年版。

[212] 王远泽:《论果戈理创作的艺术特色》[J],《外国文学研究》, 1981 年第 2 期。

[213] [苏] 魏列萨耶夫:《果戈理是怎样写作的》[M], 蓝英年译, 辽宁教育出版社 1998 年版。

[214] [俄] 西尼亚夫斯基:《笑话里的笑话》[M], 薛君智等译, 中国文联出版社 2001 年版。

[215] [古希腊] 亚里士多德:《诗学》[M], 人民文学出版社 1962 年版。

[216] [俄] 叶夫多基莫夫:《俄罗斯思想中的基督》[M], 杨德友译, 学林出版社 1999 年版。

[217] 袁晚禾、陈殿兴选编:《果戈理评论集》[G], 复旦大学出版社 1993 年版。

[218] 张百春:《当代东正教神学思想》[M], 上海三联书店 2000 年版。

[219] 赵瑞蕻:《鲁迅〈摩罗诗力说〉注释·今译·解说》[M], 天津人民出版社 1982 年版。

[220] 赵晓彬:《普罗普民俗学思想研究》[M], 黑龙江人民出版社 2007 年版。

[221] 周启超主编:《果戈理全集》[M], 安徽文艺出版社 1999 年版。

[222] [苏] 佐洛图斯基:《果戈理传》[M], 刘伦振等译, 天津人民出版社 1982 年版。

图书在版编目（CIP）数据

果戈理神秘的浪漫与现实 / 于明清著. —北京：东方出版社，2017. 12
（阅读俄国）
ISBN 978-7-5060-9109-1

Ⅰ.①果… Ⅱ.①于… Ⅲ.①果戈理，N. V.（1809-1852）—文学评论 Ⅳ.
①I512. 064

中国版本图书馆 CIP 数据核字（2016）第 150302 号

果戈理神秘的浪漫与现实
GUOGELI SHENMI DE LANGMAN YU XIANSHI

作　　者：于明清
责任编辑：王　艳　葛灿红
出　　版：东方出版社
发　　行：人民东方出版传媒有限公司
地　　址：北京市东城区东四十条 113 号
邮　　编：100007
印　　刷：北京京都六环印刷厂
版　　次：2017 年 12 月第 1 版
印　　次：2017 年 12 月第 1 次印刷
开　　本：640 毫米×950 毫米　1/16
印　　张：20. 75
字　　数：250 千字
书　　号：ISBN 978-7-5060-9109-1
定　　价：45. 00 元
发行电话：（010）85924663　85924644　85924641

如有印装质量问题，我社负责调换，请拨打电话：（010）85924602　85924603